02 │ 민음의
     │ 비평

글로컬
시대의
한국 문학

02 | 민음의 비평

글로컬 시대의 한국 문학

박성창 비평집

민음사

머리말

 6년 만에 비평집을 펴낸다. 첫 번째 비평집(『우리 문학의 새로운 좌표를 찾아서』)과 이번 비평집(『글로컬 시대의 한국 문학』)의 제목을 놓고 보면 내가 찾아가고자 하는 비평의 윤곽이 잡힐 듯하다. '좌표'나 '지형도', '콘텍스트', '(세계 문학과의) 비교' 등은 한국 문학의 위상을 설명하면서 내가 즐겨 사용하고자 한 용어들이다. 특히 '한국 문학과 세계 문학'이라는 주제는 이번 비평집의 제목으로 달아도 좋을 만한 것이었다. 그러나 실제로 이러한 제목의 책이 출간된 적도 있고, 그동안 너무 거시적인 틀 속에서 작업이 이루어져 왔기 때문에 한국 문학을 실질적으로 검토하는 데 별 도움을 주지 못한 것도 사실이다. 나는 이번 비평집에서 '한국 문학과 세계 문학'이라는 주제가 한국 문학의 외연을 넓히고, 깊이를 더하면서 한국 문학 비평의 실제 작업으로 연결될 수 있도록 노력했다. 또한 한국 문학이 그 자체로 완결되는 자족적 실체가 아니라, 그 안과 밖에서 세계 문학과 끊임없이 교섭하고 소통하고 있다는 점도 비평 작업을 통해 유념하고자 했다.

 주지하다시피 세계화를 뜻하는 '글로벌라이제이션(globalization)'과 지방화를 뜻하는 '로컬라이제이션(localization)'의 합성어인 '글로컬라이제

이션(glocalization)'이라는 개념은 지역적인 것의 세계적 생산과 세계적인 것의 지역화를 표현하기 위해 마케팅에서 사용하기 시작한 용어로 알려져 있다. 그만큼 세계 자본주의의 흔적이 담긴 용어이다. 즉 세계 자본주의는 소비 자본주의의 끝없는 필요와 욕구를 창출하기 위해 글로벌한 세계 시장에 여러 지역들을 편입시키는 데 만족하지 않고, '지역적인 것'의 관심사에 부응하는 것을 세계화의 전략으로 삼는다. 이런 사정을 감안한다면 전 지구적으로 세계화가 진행된 이 시점에서 어느 특정 지역의 특수성과 다양성을 강조하는 것만으로는 자칫 소비 자본주의의 세계화 전략에 휘말릴 위험이 있다. 이에 맞서 글로벌과 로컬의 관계, 즉 글로컬리티(glocality)를 새롭게 정립하는 것은 문화적 세계주의의 중요한 과제일 것이다. 마케팅에서 유래한 이 용어를 21세기 문화 연구의 키워드로 다듬을 필요가 있다. 또한 자본주의적 근대성은 경제적 균질화에 만족하지 않고 세계의 문화적 동질화를 지향한다. 그러나 문화 담론의 세계적 유통은 반드시 중심에서 주변부로 가는 한 방향으로만 흐른다고 할 수 없으며, 중심과 주변부의 관계가 문화 제국주의의 양상으로 귀착되지도 않는다. 동질화의 움직임에 맞서 파편화, 이질화 그리고 혼종화의 메커니즘이 수반되기 때문이다. 중심과 주변부의 접점에 놓여 있는 한국 문학은 자본주의적 세계화와 문화적 세계화가 빚어내는 다양하고 복합적인 양상들을 관찰하고 기술할 수 있는 훌륭한 위치에 있다.

이러한 상황들을 고려한다면 한국 문학과 세계 문학의 관계성을 설명하기 위해서는 '글로벌'이나 '로컬'이라는 두 용어 가운데 어느 하나만으로는 충분하지 않다. '글로컬'이란 용어는 선행하는 두 용어의 단순한 합성어가 아니다. '글로컬'은 '글로벌'과 '로컬'의 이항 대립을 해체하면서 생산적인 방식으로 재구축하기 위해 필요한 개념이다. '글로벌 시대의 문학' 또는 '글로벌 시대의 한국 문학'은 자칫 한국 문학의 특수성을 고려하지 않은 채 서구 중심의 세계 문학 속으로 한국 문학이 들어가 어깨를 나란히 해야 한다는 강박 관념을 은연중에 시사한다. 그동안 수없이 강조된 '한국 문학의 세계화'도 이러한 글로벌 시대의 한국 문학의 세계화 전략의 일환이었던 셈이다. 글로벌 시대에 전 세계적으로 유통되는 이른바 상업적 성격의 '세계 문학'에 대한 검토도 새로운 각도에서 이루어져야 한다. 주제, 형식, 언어, 스토리의 유형 등이 전 지구를 통해 점진적으로 획일화되고 규범화되는 '세계 문학'과 구분되는 세계 문학 공간의 가능성이 '글로컬'의 관점에서 적극적으로 탐구되어야 한다. 그러나 이에 대한 반작용으로 한국 문학의 '로컬'한 성격을 강조하는 것 또한 지나치게 편향된 문제의식의 소산이다. 글로벌과 로컬이 추상적 보편주의의 차원에서 만나는 것을 경계하면서 로컬리티에 대한 탐색이 세계적인 좌표 속에서 이루어지도록 해야 한다. 이를 위해서는 한국 문학의 탈식민주의적 전략이 세계적 보편주의와 다시 만날 수 있는 지점을 모색하는 것이 중요하다. 한국 문학의 특수성과 보편성을 새로운 관점에서 설명하기 위해 나는 그 상위 지점에 '글로컬 시대'라는 명칭을 부여하고, 그러한 시대에 한국 문학이 보여 주는 다양한 면모들을 찾아보고 설명하고자 했다. 몇 년 동안 쓰고 발표한 글들 가운데 이 주제에 부합되는 것들만 골라 비평집에 묶으면서 제목을 『글로컬 시대의 한국 문학』으로 정한 이유다.

이를 바탕으로 비평집에 수록된 글들을 크게 세 가지 방향으로 정리할 수 있겠다.

우선 우리의 경우처럼 '번역'이 활성화되어 있고, 이를 통해 외국의 문학들이 실시간으로 소개되며, 한국 문학 못지않게, 아니 특정 외국 문학의 경우 한국 문학보다도 월등한 영향력을 독자들에게 행사하고 있는 현실에서 한국 문학과 외국 문학을 떼어 놓고 설명하기란 힘들다. 그러나 한국 문학과 세계 문학을 단순하게 이항 구조로 설명하는 것은 설득력을 갖추기 힘들다. 나는 '접촉', '교환', '유통' 등의 용어들을 통해 한국 문학과 세계 문학을 매개하는 역학 관계를 설명하고자 했다. 한국 문학이 세계 문학의 장에 본격적으로 편입되어 있을뿐더러, 세계 문학에 대한 논의가 재조정되고 있는 현 상황에서 이 두 항목을 연결시켜 사유하는 것은 매우 중요하다. 이러한 사유가 영향과 수용이라는 전통적인 비교문학의 틀을 넘어서 진척되어야 필요도 있다.

둘째, 한국 문학의 진정한 세계주의와 가짜 세계주의를 구분하고, 문학의 영역에서 이루어진 세계화의 허상과 진실을 드러내고자 했다. 예컨대 작품의 무대가 '세계화'되고 작중 인물들이 다양한 국적과 혈통을 지닌 인물들로 설정되었다고 해서 그 작품이나 작가가 '세계 문학적' 차원을 획득하는 것은 결코 아니다. 이런 측면에서 2000년대 문학의 두드러진 특징 가운데 하나인 '탈국경 서사'를 집중적으로 검토하고자 했다. 또한 '한국 문학의 세계화'라는 표현에서 감지되는 구호의 차원을 걷어 내고, 지금 이 시점에서 진정한 의미에서의 한국 문학의 세계화란 무엇인가라는 화두를 고민하고자 했다. 한국 문학의 세계주의와 관련해 상식적으로 떠올리는 "가장 민족적인 것이 가장 세계적인 것이다."라는 명제가 언제부터 한국 문학에 등장했으며, 일정한 비평적 논리의 틀을 갖추었는가 같은 질문을 던지면서 계보학적 탐색도 시도해 보았다. 또한 한국 문학이 진정한 세계화의 전략을 수행하기 위해서는 '문학적 세계화(literary globalization)'라고 부르는 획일화된, 시장 중심적 문학의 유통과 구분되는 문학적 지점을 지향해야 한다는 점을 강조했다.

마지막으로 1990년대 후반 이후 한국 문학은 연구나 창작의 측면 모두에서 백년 가까이 한국 문학을 이끌어 온, 말 그대로 한국 문학의 '근대성'을 추동했던 핵심 개념들에 대한 비판적 검토와 반성의 작업을 수행했다. 민족, 근대, 남성, 계급 등 한국 문학의 모더니티를 이끈 개념들이 한국 문학 연구와 비평의 영역에서 해체되고 재구성되는 국면을 맞이한 것이다. 기든스는 근대성의 제도를 그 앞에 놓인 모든 것을 쓸어 버리는 거대한 권력을 지닌 통제 불가능한 괴물에 비유한다. 특히 서구발 세계화 담론은 근대성이 서유럽에서 기원했고, 이어 전 세계에 전파되었다는 관점을 취한다. 그러나 오직 한 가지 종류의 근대성, 특히 서구 중심의 근대성만 존재하는 것은 아니다. 그 대신에 복수적 의미에서 지구적 근대성들(modernities)이라고 부를 수 있는 현상들을 발견하고 그 성격을 규명해 내야 한다. 한국 문학도 예외가 아니다. 나는 이번 비평집에서 한국 문학 연구와 비평의 영역에서 근대성이 구성되고 해체되는 양상들을 면밀히 관찰하고자 했다. 창작의 측면에서도 근대성의 탈구축과 관련된 새로운 문학적 징후들이 발견된다. 예컨대 한유주나 편혜영, 김중혁 같은 작가들의 작품을 근대성의 익숙한 범주를 잣대로 삼아 살펴볼 경우 생산적인 결과를 기대하기 힘들다. 지금이야말로 한국 문학의 '정체성'이 새롭게 구성되는 시점이 아닐까. 이런 측면에서 한국 문학의 근대성과 모더니티에 관한 비평적 탐색을 주로 작가론이나 작품론의 측면이 아니라, 비평적 담론을 대상으로 수행하고자 했다.

'글로컬 시대의 한국 문학'을 기술하기 위해서는 한국 문학의 '안과 밖'을 '가로지르는' 모험이 절대적으로 요구된다. 여기서 '가로지르다'라는 말은 서로 분리되어 있는 두(혹은 둘 이상의) 공간들을 병렬적으로 배열하는 것을 의미하지 않는다. 한국 문학과 세계 문학 사이에 벌어지는 '접촉', '교환', '유통'의 양상들은 공간의 병치라는 단순한 도식을 뛰어넘어 보다 복합적인 논리의 틀을 요구한다. 이는 '안과 밖'이라는 용어에도 해당된다. '안과 밖'은 마치 회전문처럼 서로 연결되어 있으며, 선명하게 그 경계를 가를 수 없기 때문이다. 아마도 '경계'라는 용어는 이번 비평집의 핵심어 가운데 하나일 것이다. 이를 통해 국가와 국가 사이의 경계(국경), 한국 문학과 세계 문학 사이의 경계, 근대와 탈근대의 경계, 수사학(언어)과 문학 사이의 경계 등을 바라보고자 했기 때문이다. 그러고 보니 '경계'라는 용어는 그동안 내가 수행해 온 작업을 설명하는 데도

적당한 말인 듯싶다. 외국 문학 전공자의 입장에서 바라본 한국 문학 연구와 비평, 한국 문학의 관점에서 살펴본 세계 문학 등은 연구자나 비평가로서 나의 '정체성'을 구성하고 있다. 그 경계에서 서성거리기도 하고 작은 불빛에 반해 달려가기도 하면서 느꼈던 고민과 지적 즐거움이 이 책의 행간에서 읽혔으면 한다. 이 책을 준비하면서 비교문학과 관련된 또 다른 책을 동시에 출간한다. 학문적 또는 비평적 쌍생아이기에 부끄러움을 무릅쓰고 동시에 세상에 내놓는다. 그 과정에서 도움을 받은 분들께 감사드린다.

2009년 10월
관악에서 박성창

|차 례|

한국 문학의 세계화,
그 진정성을 묻다

한국 문학의 세계화를 다시 생각한다

1 '한국 문학의 세계화'와 한국 문학의 정체성

최근 들어 우리는 '세계 속의 한국 문학'이나 '세계 문학으로서의 한국 문학' 또는 '한국 문학의 세계화'란 용어와 자주 마주치게 된다. 물론 이러한 용어들은 예전에도 존재했지만 일종의 구호를 벗어나 보다 구체적이고 현실적인 논의의 장으로 들어온 것은 비교적 최근의 일이다. 이러한 상황은 한국 문학의 내적인 논리를 뛰어넘는 더욱 포괄적이고 복합적인 문맥이 작용한 결과이다. 예컨대 1990년대 초부터 한반도에 불기 시작한 '세계화'의 바람은 문학에 대한 논의도 영향권 밖에 두지 않을 만큼 강력한 것이었다. 위에서 열거한 여러 표현들은 방향이 동일한 것처럼 보이지만 함축하는 바는 서로 다르다. 우리가 그 함의에 대해 별로 의식하지 않고서 사용하는 '한국 문학의 세계화'라는 표현을 예로 들어 설명해 보자.

우선 이 표현은 한국 문학이 세계 문학의 틀 속에서 유통되고 논의되기 위해서는 일종의 '전략'이 필요하다는 점을 함축하고 있다. '한국 문학의 세계화'를 주제로 한 논의의 대부분은 이러한 전략에 관계되어 있다. 이러한 '전략'은 한국 문학이 세계 시장으로 편입되고 유통되는 과정을 보다 원활하고 순조롭게 만들기 위한 방법론적 성격을 지니고 있으며, 주로 제도적인 차원에서 이루어지기 때문에 공적인 성격을 지닌다. 어쩌면 '한국 문학의 세계화'란 표현 자체가 제도적이고 공적인 전략의 과정에서 만들어진 산물인지도 모른다. 그렇기 때문에 이 용어는 일종의 구호(한국 문학은 우물 안의 개구리로 만족할 것이 아니라 세계 무대 속으로 웅비해야 한다는)와 같은 성격으로 변질되기 쉬우며, 문학을 극도의 인내와 수련의 과정 속에서 창조되는 정신적인 산물로 간주하려는 사람들에게 거부감을 줄 수도 있다.

물론 한국 문학이 민족 문학의 차원에서 논의되는 단계를 넘어서서 세계 문학의 장 속에 편입되고자 할 때, 제도적이고 공적인 전략의 필요성은 새삼 중요해진다. 예컨대 노벨 문학상에 대한 기대가 근거 없는 희망이 아니라면 이러한 기대가 충족되기 위해서는 작가들의 고군분투만으로는 역부족이며 제도적인 전략이 반드시 뒷받침되어야만 한다. 이는 뛰어난 우리 작가들의 작품을 외국어로 훌륭하게 번역하는 작업부터 '한국'이라는 국가 이미지에 대한 논의에 이르기까지 다양한 차원을 포괄하고 있다. '문학의 세계화'란 측면에서 일본 문학이 우리보다 앞서 있는 것은 이러한 제도적인 전략을 일찍부터 그리고 훌륭하게 구사한 결과로 보아야 할 것이다.

문제는 이러한 전략을 반드시 공적이고 제도적인 차원에서만 이루어지는 것으로 간주하면서 한국 문학의 세계화를 이러한 전략의 산실로 해석하는 태도이다. 이와는 정반대로 작가의 창작 과정에서 은밀히, 그러나 끈질기게 작동하는 창조의 한 동력으로서 '전략'을 생각해 볼 수도 있을 것이다. 가장 단순하게 말해서 내 작품의 독자가 내 이웃이 아니라 먼 나라의 낯선 이방인인 경우 과연 내 작품은 공감과 호소력을 가질 수 있을까와 같은 의문이 창작 과정에서 작가에게 중요한 질문으로 작용한다면 이는 '전략'(물론 공적이고 제도적인 전략이 아닌 '내적' 전략)이 될 수도 있지 않겠는가? 즉 내 작품이 세계와 어울리고 있다는 생각, 또는 우리의 문제를 생각하면서도 다른 나라 사람의 눈으로 봐서도 공감할 수 있는 작품을 쓰겠다는 의지가 바로 내적 전략인 셈이다. 외국에 머물면서 한국의 현실과 정서를 객관화하는 작업에 몰두한다거나, 부단한 여행의 체험을 통해 안과 밖의 경계를 넘나드는 노마드적 삶을 언어화한다거나 아니면 작품 속에 보다 넓은 세계의 공간을 담아내는 일 또한 이러한 전략의 중요한 일부일 것이다. 이러한 내적 전략을 내면화한 작가들과 연구자들이 많이 배출될 때 진정한 의미의 한국 문학의 세계화가 촉발될 것이다.

'한국 문학의 세계화'라는 용어가 함축하고 있는 또 다른 전제는 문화의 수출과 그와 관련된 한국 문학의 고정된 정체성에 관한 것이다. 한국 문학의 세계화라는 표현은 지금까지 한국 문학과 세계 문학의 관계에 있어 한국이 수신자가 되어 세계 문학의 여러 경향과 조류들을 받아들이는 일방통행식의 흐름이었다면, 이제 발신자의 입장에서 한국 문학을 세계에 알려야 한다는 생각을 은연중에 깔고 있다. 말을 바꾸면 이 용어에는 마치 한국적인 어떤 것이 있고 이를 세계적인 것으로 만들기 위한 노력과 전략이 필요하다는 전제가 깔려 있다. 이러한 생각이 완전히 틀린 것이라고 말할 수는 없고, 또 우리가 일상생활이나 직접적인 문화 체험에서 한국적인 어떤 것과 조우하는 경험을 무시할 수는 없지만, '한국 문학의 세계화'란 용어는 자칫 잘못하면 한국 문학에 대한 일종의 '실체론적 접근'을 중시하게 만들 우려가 있다. 이러한 실체론적인 접근법은 항상 지역적이고 특수한 어떤 것을 보편화시켜야 한다는 발상에서 자유롭지 못하게 된다. '글로컬라이제이션(glocalization)'이라는 용어가 잘 드러내 주듯이 지역적인 것과 세계적인 것은 일종의 관계망 속에서 동시에 작용하는 개념들이다. 지역적이고 특수한 것이 먼저 어떤 실체로서 정립되고, 이러한 실체가 어떤 전략을 통해 세계화된다는 발상은 매우 단순하고도 위험한 발상이다. 정말 한국 문학이 세계화되는 것이 중요하다면, 또한 한국 문학을 민족주의의 관점에서 벗어나 세계 문학의 틀 속에 놓고 바라보려 한다면 한국 문학에 대한 '관계론적 접근'이 필요하다고 보기 때문이다.[1]

서두에서 '한국 문학의 세계화'라는 용어에 깔린 인식론적 전제에 대해 다소 길게 거론한 것은 한국 문학을 세계 문학의 공간 속에 위치시키고 한국 문학의 지평을 세계적인 것으로 확장시키려는 노력에서 흔히 저지를 수 있는 오류들을 피하고 위에서 말한 한국 문학에 대한 관계론적 접근의 구체적인 양상에 대해 설명하기 위해서이다. 그러나 한국 문학에 대해 실체론적 접근을 시도하건 관계론적 접근을 시도하건 간에, 사전에 반드시 선행되어야 할 작업은 한국 문학의 정체성에 관한 논의이다. 문제는 이러한 정체성에 대한 탐구가 어떠한 각도에서 이루어져야 하는가이다. 나는 성급하게 그리고 다소 도식적으로 이 각각의 접근을 통해 얻어진 정체성을 '닫힌 정체성'과 '열린 정체성'이라는 대립적인 용어로 설명하고자 하는데, 이는 설명의 편의를 위한 것이지 어떠한 개념적 구속력도 가지고 있지 않음을 사전에 밝혀 둔다.

---

1) 나는 이러한 실체론적 사고가 '한류'에 대한 논의에서 어떻게 나타나는가를 분석한 바 있다. 즉 '한류'에 대한 논의에서 비판적으로 분석해야 할 논점들로 첫째, 한류를 고부가가치 문화 산업 시대를 선도할 일종의 대박 산업으로 만들려는 상품 문화적인 논점, 둘째, 한류를 '한국 문화의 자부심'과 '한국 문화의 우수성'을 알리려는 계기로 보려는 민족주의적 논점, 마지막으로 한류를 동아시아 문화의 상호 교류와 복수적인 문화의 생존을 가능하게 만들려는 동아시아론적 논점을 들었는데 실체론적 사고는 두 번째 논점에서 집중적으로 드러난다고 보았다.(졸고, 「'한류'로 되짚어 본 한국 문학의 세계화」, 이 책 1부 2장.)

2 1유형: '밖'에서 본 한국 문학

한국 문학의 정체성과 관련해 가장 먼저 머릿속에 떠오르는 단어가 있다면 아마도 '한(恨)'이라는 용어일 것이다. 한을 집중적으로 연구한 대표적인 이론가인 천이두에 따르면 1980년대 이후 한국 문학 연구자들에 의해 집중적으로 거론되기 시작한 한에 관한 논의들은 "우리 문학의 바탕에 깔려 있는 동질성이란 무엇이냐를 반성하기 시작한 것이라고 할 수 있"[2]으며 이는 한국 문학의 정체성을 구명하려는 노력이라는 측면에서 1960년대의 전통 논의나 1970년대의 민족 문학 논의의 연장선상에 있다. 어느 나라의 문학이건 문학 연구의 가장 중요한 과제 가운데 하나는 해당 문학의 정체성에 관한 논의일 것이다. 예컨대 일본 문학이란 무엇인가라는 질문을 던지지 않는 일본 문학 연구는 피상적인 문학적 사실들의 나열이나 축적이기 쉬우며, 여러 세기들을 거쳐 형성된 프랑스 문학을 가로지르는 특성을 끄집어내지 못하는 프랑스 문학 연구 또한 마찬가지의 비판에 직면하게 될 것이다. 문제는 한국 문학의 정체성에 관한 논의가 앞서 언급한 '닫힌' 정체성이란 결론에 도달하는가, 아니면 '열린' 정체성이란 새로운 질문을 제기하는가이다.

제일 먼저 살펴볼 예는 외국인의 시각에서 본 한국 문학 연구의 범주에 속한다. 한국인의 가치나 문화에 대해 관심은 있지만 정통하지 못한 외국인의 관점에서 볼 때 제일 궁금한 것이 바로 정체성의 문제일 것이기 때문이다. 다음에 인용하고자 하는 인용문의 저자는 특이하게도 한국 문화의 정체성을 한국 소설, 보다 정확하게 말해서 한국 근대 단편 소설에서 찾고 있다. 한국어에 어느 정도 능통해 보이는 이 외국인이 표본으로 삼은 10여 편의 단편 소설들을 한국어로 읽었는지, 아니면 영어 번역

---

2) 천이두, 『한국 문학과 한』(이우출판사, 1985), 8쪽.

본으로 읽었는지는 확실하지 않지만, 그가 일련의 한국 소설들을 읽고 난 뒤 한국 문학 또는 한국인의 정체성에 대해 어떤 결론을 내리는가를 살펴보기로 하자.

① 등장인물들은 잘 돌아가지 않는 조국에서 자신의 삶도 역시 잘 돌아가지 않는 소외된 개인들이다. 그 결과는 '한(恨)'이다. 한은 분노와 그 조절이 결합된 까다로운 의미인 탓에 영어로 번역되지 않는 개념이다.

② 한국 단편 소설의 또 다른 주요한 특징은 사회와 자연에 대항하여 투쟁하다가 파멸하는 서구식의 비극적 주인공이 등장하지 않는다는 점이다. (……) 많은 작품들이 자기 비하와 자기 경멸의 태도를 갖고 있다. 외국과 국내 독재자들의 지배를 받으면서 한국인들은 자신들의 회의를 무기력하게 경험한 듯하며, 마치 자기 자신까지 포함하여 아무것도 변화시킬 힘이 없어진 듯하다.

③ 그러한 억압적인 삶에서 비롯되는 분노를 특징짓는 말로 한국인이 흔히 사용하는 것이 바로 '한'이다. 그 용어는 개인적인 분노만이 아니라 국제적으로 세 열강의 지배, 국내적으로 과거에는 양반, 그리고 최근에는 군부 독재자들의 지배하에서 고통스럽게 살아올 수밖에 없었던 한국인들의 이름을 포함하는 의미이다.[3]

위의 인용문에서 알 수 있는 것은 한국 문학은 '한'의 문학이며(①), 이는 사회와의 대립과 투쟁을 기본 축으로 삼는 서구 문학과 대비되며 (②), 이러한 '한'의 정체성은 한국 사회의 역사적 전개 과정을 통해 설명

---

3) C. Fred Alford, *Korean Values in the Age of Globalization*(Cornell University Press, 1999), 79~80쪽; 남경태 옮김, 『한국인의 심리에 관한 보고서』(그린비, 2000), 134쪽.

될 수 있다(③)는 점이다. 이러한 결론이 피상적인 관찰의 결과라는 점은 다음 두 가지 측면에서 지적할 수 있다. 우선 저자가 관찰의 대상으로 삼고 있는 한국 단편 소설이 극히 제한적이라는 점이다. 이상의 『날개』에서 이문열의 『시인』에 이르기까지 저자가 선택한 일련의 소설들은 거의 무작위로 뽑은 한국 소설들의 나열에 불과하다. 그보다 더 문제가 되는 것은 소설을 분석하는 저자의 관점이다. 예컨대 이상의 『날개』에 나오는 주인공의 태도를 자기 비하와 자기 경멸의 태도로만 해석하는 것은 소설 마지막에서 주인공이 피력하는 상승과 비약의 염원을 무시하는 일면적인 독법의 결과인데, 이는 저자가 한국 문학의 내적 흐름에 대해 전혀 고려하지 않았기 때문에 생겨난 것이다. 즉 이상이 한국 문학사에서 차지하고 있는 위상이나 이상 문학의 전후 맥락을 조금이라도 소상하게 살피기만 했더라도 이러한 결론을 피할 수 있었을지 모른다. 추측건대 저자는 한국 문학 또는 한국인의 지배적인 정서를 '한'이라고 보고 싶은 욕망 때문에 일련의 소설들을 평면적이고도 획일적으로 해석했을 것이다.[4]

이에 비해 한국 연구자들의 '한'에 대한 연구는 훨씬 포괄적이면서도 한국 문학의 역사적 전개를 심층적으로 고려하고 있다. 우선적으로 지적할 수 있는 것은 이들 연구자들에 의해 한이라는 정서의 '구조'가 적극적으로 해명되었다는 점이다. 이는 한이란 "상실, 좌절에서 연유되는 원망, 한탄, 비애 등을 짙게 거느리고 있으면서도 그것을 삭히고 익혀 가는 과정에서 점차로 예술적 승화, 윤리적 안정을 획득해 가는 일종의 승화, 조절의 장치"[5]라는 설명에 잘 요약되어 있다. 이러한 한의 정서적 구조가 앞서 한 외국인이 관찰한 피상적인 한의 정서와 어떤 점에서 구별되는지는 쉽게 알 수 있다. 전자가 한의 구조를 상실과 승화의 역설적 구조

---

4) 정명환은 앨포드의 이러한 주장을 한국 문학을 외국 문학으로 살피려는 사람이 빠지기 쉬운 일종의 "환원주의의 함정"으로 해석하였다.(정명환, 「한국 문학의 보편화를 위하여」, 『문학을 생각하다』 (문학과지성사, 2003.))
5) 천이두, 앞의 책, 33쪽.

로 파악한 반면, 후자는 상실과 좌절이라는 한 가지 측면만을 과장하고 있기 때문이다.

이청준이 '남도 사람' 연작을 통해 탁월하게 형상화한 이러한 한의 구조가 한국 문학의 역사적 전개에 대한 세심한 관찰의 결과인 것은 말할 나위도 없다. 다시 말해서 시조나 가사, 판소리 같은 고전 문학의 장르들이나 김소월, 서정주, 김동리 같은 현대 문학의 대표적인 시인이나 작가들에 대한 총체적인 관찰을 통해 한의 역설적 구조를 해명하고 있기 때문이다. 문제는 한의 정서는 어느 나라 말로도 번역할 수 없는 "우리 민족의 독특한 대표적 정서"[6]이며 이는 한국인의 고유한 정서 현상을 표상하는 용어이면서 동시에 국문학의 보편적인 주제로 파악할 수 있다는 논지로 도약할 때 생겨난다. 그러나 한의 정서적 구조를 밝히는 작업과 이러한 정서가 한국 문학의 정체성의 핵심에 놓여 있다는 것을 밝히는 작업은 섬세하게 구분되어야 한다.[7] 어떠한 주제가 한 나라 문학의 정체성과 관련된 핵심적인 주제라는 것을 밝히기 위해서는 다른 나라 문학과의 총체적이고도 전면적인 비교와 대조의 작업이 필요할 것이기 때문이다. 한이라는 주제가 나타나는 역사적인 문맥에 대하여 고찰하거나 또는 한국 문학에서 발견되는 다른 지향이나 주제와의 관련성을 검토하지 않고서, 즉 상대적이고도 비교적인 차원에 대한 고려 없이 한의 주제를 절대화시키는 것, 이것이야말로 한국 문학의 '닫힌' 정체성 규명에 다름이 아닌 것이다. '닫힌' 정체성의 작업은 한국 문학에 특수하고도 고유한 정서나 주제의 탐구에 그치는 반면 '열린' 정체성의 탐구는 한국 문학이 세계

---

6) 예를 들어 오세영, 『한의 논리와 그 역설적 의미』, 《문학사상》 51호, 1976. 또는 천이두, 『한의 구조 연구』(문학과지성사, 1993) 참조.
7) 이는 이청준의 '남도 사람' 연작을 영화화한 임권택의 『서편제』에도 마찬가지로 지적할 수 있는 문제이다. 즉 이청준이 탁월하게 형상화한 한의 구조를 영화에서는 '우리의' 정서로 규정하고 이를 '다른' 즉 '서구의' 가치 체계나 문화와 대립시키고 있기 때문이다. 이러한 민족주의의 코드는 이청준의 소설과 임권택의 영화를 가르는 중요한 차이이다.

문학과 어떠한 보편적 테마를 공유하고 있는지, 혹은 보편적 테마와 어느 지점에서 갈라지는가를 탐구한다. 나로서는 오늘날 한국 문학이 세계 문학의 공간에 바람직하게 편입될 수 있으며, 그를 통해 세계 문학으로서 한국 문학을 논의할 수 있는 훌륭한 방법은 이러한 '열린' 정체성의 탐구와 규명을 통해서 가능하다고 생각한다.

3 2유형: '안'에서 본 한국 문학

'한'의 정서에 대한 논의를 예로 들면서 한국 문학의 정체성 탐구가 자칫 빠져들 수 있는 함정[8]에 대해 살펴보았는데, 위에서 언급한 두 가지

---

8) 그러나 외국인이 파악한 한국 문학의 정체성이 모두 이러한 함정에 노출되어 있는 것은 아니다. 그 한 예로 2008년에 노벨 문학상을 수상한 르 클레지오의 논의를 들 수 있다. 그는 「정(情), 한(恨), 사랑과 복수」라는 한국 문학과 관련된 짧은 에세이에서 제목 그대로 한국 문학의 경향을 '정'과 '한', 또는 '사랑과 복수'라는 두 가지 상반된 개념들의 복합체로 파악하고 있다. 르 클레지오는 한국어에는 프랑스어나 유럽 언어로 옮기기 힘든 두 개의 단어가 있는데, 첫 번째 단어가 가족 구성원을 묶어 주는 강한 정서적 연대감을 나타내는 '정'이라면, 두 번째 단어인 '한'은 삶의 상처와 폭력을 드러내는 쓰라린 기억 혹은 복수의 감정을 뜻한다고 말한다. 한국 현대사의 굴곡 어린 모습에서 유래된 이 두 단어들이 서로 교차되면서 복합적으로 작용하면서 한국 문학의 다채로운 무늬가 만들어졌다고 르 클레지오는 보고 있다. '정한'이라는 말에서 흔히 비극적이고 파괴적인 측면만을 떠올리는 통상적인 상상력에서 벗어나 한국 문학에 나타나는 '정'의 요소를 강조하고 부각시키고 있다는 점에서 그의 시각은 흥미롭다. 즉 그는 '한'이 만들어 내는 가장 비극적인 상황에서조차 인간을 연결하고 응집하게 유도하며 모욕에 대해 저항할 수 있도록 해 주는 원동력이 '정'에서 나오며, 한국 문학의 가장 커다란 힘은 바로 정과 한의 이러한 복합성에 있다고 보고 있는 것이다. 르 클레지오는 이런 측면에서 특히 김애란과 이만교 그리고 이승우의 작품을 고찰하고 있다. 르 클레지오의 이러한 관찰은 외국인들이 한국 문학에 대해 흔히 갖게 되는 시각과는 뚜렷하게 구분된다. 흔히 외국인의 시각에서 한국 문학이나 문화에 대해 평가할 때, 한국 문학은 '한'의 문학이며, 이는 사회와의 대립과 투쟁을 기본 축으로 삼는 서구 문학과 대비되며, 이러한 '한'의 정체성은 한국 사회의 역사적 전개 과정을 통해 설명될 수 있다는 식의 논리적 도식을 갖추게 마련이다.

르 클레지오의 논의는 신선한 아웃사이더의 시각, 다시 말해 한국 문학을 익숙한 패러다임에서 벗어나 새로운 관점에서 바라보는 시각의 소중함을 잘 보여 준다. 또한 서구의 중요한 작가가 자신이 속한 문명권 이외의 다른 문학에 대해 열린 시각으로 바라보고 있다는 점은 이른바 세계 문학의 중요성을 다시 한 번 환기시켜 준다.

사례들을 보다 일반화시켜 그것들이 한국 문학 연구가 취할 수 있는 유형들 가운데 일부라고 조심스럽게 말할 수 있을지 모르겠다. 첫 번째 유형의 연구는 좁게는 외국인의 관점에서 이루어진 한국 문학 연구의 범주에 속한다. 물론 외국인의 관점에서 이루어진 한국 문학 연구가 모두 이러한 환원주의의 오류를 범한다고 하는 것은 엄청난 논리의 비약일 것이며, 오히려 외국인의 관점에서 보기 때문에 문학에 대한 신선하고도 창의적인 해석이 가능할지도 모른다.[9] 문제는 한국 문학의 맥락이나 역사적인 전개에 대한 관심이나 개략적인 지식이 배제된 상태에서 제한된 정보와 독서에 의거하여 결론을 내리는 일이 불러오는 위험성이다. 이 첫 번째 유형의 연구를 보다 일반화시킬 수 있다면, 여기에는 외국 문학 전공자나 연구자에 의한 한국 문학 연구도 포함될 수 있다고 생각한다. 외국 문학 전공자가 한국 문학의 내적 전개 논리나 개별 문학 또는 민족 문학으로서 한국 문학이 제기하는 문제들에 대한 배려나 관심 없이 산발적으로 접한 한국 문학 텍스트에 대한 분석을 통해 일반적인 결론을 유추해 내고자 할 때, 이는 외국인의 관점에서 한국 문학을 바라볼 때 생길 수 있는 문제점과 유사한 문제점이 발생할 수 있다고 생각하기 때문이다.

예컨대 외국의 어느 작가나 작품이 한국의 어느 작가나 작품에 영향을 미친 측면을 탐색하는 영향 연구가 한국 문학 연구자가 아니라 외국 문학자에 의해 시도된 경우에는 비교의 무게 중심이 외국 작가에게 기울어져 있기 때문에 한국 문학의 특수성이나 독자성에 대한 올바른 평가가 이루어지기 힘든 경우가 많다. 한국 문학에 대한 부정적인 평가나 그 미숙성, 불완전함에 대한 강조는 외국 문학자에 의해 이루어진 초창기 영향 연구의 전형적인 모습이라고 할 수 있다. 예를 들어 송욱은 김기림의

---

9) 정명환은 앞의 논문에서 이러한 관점에서 이루어진 외국인의 한국 문학 연구의 몇 가지 사례들을 분석하고 있다.

모더니즘 시학을 검토하면서, 주로 김기림이 리처즈나 엘리엇 같은 서구 모더니즘 시학을 얼마나 잘못 이해했는가를 밝히는 데 치중하고 있다. 즉 송욱은 한편으로는 김기림의 시학을 리처즈의 『시와 과학』과 비교하고, 다른 한편으로는 김기림의 모더니즘(실제 비평)을 엘리엇의 『황무지』와 비교하는 일련의 작업을 통해 다음과 같은 결론을 내린다.

> 기림의 시와 시론을 읽고 느끼는 것은 그가 시간 의식, 그리고 이와 관계가 있는 전통 의식과 역사의식을 '자기 작품 속에 구현할 만큼' 가지고 있지 않았으며, 또한 내면성이나 정신성을 거의 모르는 시인이고 비평가였다는 슬픈 사실이다. 역사의식과 전통 의식이 없이 어떻게 참된 모더니즘이 가능하며, 내면성이 풍부하지 않고 어떻게 훌륭한 시인이 될 수 있겠는가! 그는 '현재에도 살아 있는 과거'를 몰랐기 때문에 과거의 모든 것을 등지고 무엇이든지 새로운 것을 따르는 것이 모더니즘이라고 그릇 생각하였다. (……) 엘리엇트의 매우 동적인 역사의식 그리고 전통 의식과 기림의 '원시'·'명랑'·'건강'과 같은 단순한 모더니즘의 '구호'를 비교하면 이 나라의 모더니즘이 얼마나 그 발판부터 보잘것없는 것이었나를 넉넉히 짐작할 수 있으리라.[10]

'역사의식'과 '전통 의식', '내면성'과 '정신성'은 서구의 모더니즘에서는 발견할 수 있지만 한국의 모더니즘에서는 찾아볼 수 없는 긍정적인 특징들이다. 서구에는 있는 어떤 것이 한국에는 없다는 식의 논거는 초창기 외국 문학 연구자들에 의해 이루어진 영향 연구에서 나타나는 중요한 단면이다. 서구의 현대적 문학 사조와 한국의 근대 문학을 비교함에 있어 송욱은 이 둘을 가치론적 우열의 관계로 설정하고 서구에는 있는 긍정적인 것이 동양이나 한국에는 없다는 식의 결핍과 부정의 양상으로 둘 사이의 관계를 서술한다.

---

10) 송욱, 『시학평전』(일조각, 1963), 186~187쪽.

두 번째 유형의 연구는 한국 문학의 내적 논리나 전개 방식에 대해서는 훌륭한 지식과 분석력을 갖추고 있지만 그 지식과 정보의 범위가 한국 문학의 틀에 국한되어 있는 경우이다. 이러한 연구는 그 자체로는 한국 문학 연구의 필수적인 핵심을 이루며, 부단한 축적을 통해 한국 문학 연구의 폭과 깊이를 확장시켰음은 두말할 나위도 없다. 한국 문학사에 대한 다양한 관점의 서술, 개별 작가나 작품에 대한 풍부한 해석, 서양 문예 이론을 무리하게 적용하는 단계를 벗어나 한국 문학의 맥락 속에서 작품을 해석하는 안목 등 그 긍정적인 양상은 아무리 강조해도 끝이 없을 것이다. 그리고 한국 문학 연구가 본격화된 이래 양과 질의 측면에서 괄목할 만한 성장을 가져왔으며 중심적인 역할을 해 온 것이 이 두 번째 유형의 연구라고 할 수 있다. 다만 이 경우 문제가 되는 것은 한국 문학에 대한 세심한 관찰의 결과를 일반화시키고 이를 한국 문학 특유의 정체성이라는 범주에 귀속시킬 때 발생하는 어떤 오류이다. 다시 말해서 첫 번째 유형의 연구와 정반대 방향의 환원주의가 생겨나는 것이다. 한국 문학사를 관통하는 사실들에 대해서는 전문가적인 안목을 갖추고 있으면서도 세계 문학의 경향들이나 지배적인 흐름에 대한 관찰이 부족한 경우에는 한국 문학에서 추출한 여러 주제나 경향이 진실로 보편적인 주제인지 아니면 한국적인 주제인지 분별하기 힘들다는 것이다.

이렇게 한국 문학 연구의 두 유형을 거칠게 대립시킨 이유 중의 하나는 한국 문학의 정체성 탐구와 관련해 한편으로는 한국 문학에 정통하지 못한 외국 문학 연구자나 외국 문학에 무관심한 한국 문학 연구자가 자칫 빠져들 수 있는 위험성을 지적하고, 이 두 유형에 속하지 않는 제3의 유형이나 범주의 가능성을 사유하기 위해서이다. 그러기 위해서는 앞서 지적한 대로 인식론적 결함을 지닌 용어인 '한국 문학의 세계화'라는 표현을 지양하고 '한국 문학의 보편성 추구 또는 탐구'라는 표현을 적극적으로 생각해 볼 필요가 있다. 아마 이러한 보편성의 추구를 통해서 한국 문학의 의미망을 구성하는 주제들을 탐구하고 이를 서로 연결시키는 작업이 이러한 의미망에 포착된 주제들이 과연 보편적인 함의를 갖는지, 그렇지 않다면 그 특수성은 어떠한 맥락에서 생겨나는지와 관련된 일련의 문제들에 대한 탐색과 이어져야 할 것이다.

여기서 개인적인 소회를 간단하게 피력하는 것이 허용된다면 실제로 이러한 제3유형의 연구는 나 스스로가 한국 문학 연구자로서 염두에 두고 있는 길이기도 하다는 점이다. 외국 문학을 전공했으면서도 한국 문학을 연구하고 가르친다는 입장에서 볼 때, 외국 문학에 대한 그동안의 탐구나 지식은 한국 문학 연구에 어떻게 활용되어야 하는가? 혹은 질문을 바꾸어서 한국 문학 연구나 외국 문학 연구는 동일한 지평 속에 놓여 있는가 아니면 어느 하나가 다른 하나를 포괄하고 유인하는 입장에 서야 하는가? 여기까지는 외국 문학 연구이고 여기부터가 한국 문학 연구라고 말할 수 있는 경계선이 있는 것이 아니라 외국 문학 연구와 한국 문학 연구가 모두 포괄될 수 있는 공통의 범주 같은 것은 존재하지 않는가? 이런 일련의 질문들은 새내기(?) 한국 문학 연구자로서 내가 스스로에게 던지는 질문들이다.

지난 몇 십 년 동안 이루어진 한국 문학 연구나 비평 활동을 검토해 볼 때 사실 외국 문학 연구자들의 기여는 결코 적지 않았다. 비록 한국 문학 연구자들로부터 첫 번째 유형의 연구가 가져올 수 있는 오류에 빠져들었다는 비판을 받은 적도 많았지만 한국 문학 연구의 외연을 넓히고 보다 새로운 관점에서 한국 문학을 바라보았다는 긍정적인 측면을 무시할 수는 없다. 오히려 최근의 한국 문학 연구나 비평이 안고 있는 문제점 가운데 하나가 외국 문학 전공자들이 점점 더 한국 문학에 관심을 기울이지 않으며, 한국 문학과 외국 문학이 원활하게 소통되지 않는다는 점이다. 혹은 역으로 말해 본다면 한국 문학 연구자의 층은 두터워졌지만 외국 문학에 관심을 갖고 이를 바탕으로 한국 문학을 분석하는 연구자는 드물어졌다는 점이다. 혹시 외국 문학이나 한국 문학 모두 일종의 지역학으로서의 문학으로만 다루어지는 것은 아닌가라는 의문이 들기도 한다. 만일 프랑스 문학을 연구하는 외국 문학자가 단지 유럽이라는 지역의 한 부분으로서 프랑스 문학과 문화를 연구하는 데 만족하지 않고 한국 문학과의 접속을 시도한다면, 마찬가지로 한국 문학을 연구하는 한국 문학 전공자가 그 시야를 한국 문학의 틀에 가두지 않고 세계 문학의 폭넓은 틀을 고려하고자 한다면, 한국 문학과 외국 문학의 소통의 문제가 절실하게 다가올 수밖에 없을 것이다. 그리고 한국 문학과 외국 문학의 소통의 문제는 '한국 문학의 세계화'가 아닌 '한국 문학의 보편성 탐구'를 중심 명제로 삼을 때만이 생산적인 결과를 낳을 것이다. 나는 비교문학적 연구가 그러한 생산적인 결과를 낳는 데 어느 정도 도움을 줄 수 있다고 보며, 그런 측면에서 비교문학에 관련된 몇 가지 지적들을 통해 이를 살펴보고자 한다.

4 3유형: '안과 밖'을 가로질러 본 한국 문학

비교문학이란 말 그대로 두 나라 이상의 문학을 비교하고 대조하여 각각의 공통점과 차이를 추출해 내는 문학 연구의 한 방법을 가리킨다. 자국 문학과 외국 문학과의 교류 관계를 주로 연구하고 상호 영향 관계를 밝히는 이러한 비교문학의 방법이 한국 문학과 외국 문학 연구를 서로 분리시켜 생각하지 않았던 몇몇 연구자들에게 매우 시사적이었음은 다음 인용문을 통해 짐작할 수 있다.

사실 문학 연구에 있어서 우리는 너무 낡고 고식적인 방법에 만족하며, 외계와 절연한 울 안에서 서성대고 있었다. 국문학의 연구에서는 서지학이나

문헌학적인 연구에 열을 올리고 작품의 주석에만 급급했다. 또한 외국 문학
도는 우리 문학의 고유성과 특이성을 인정하려 하지 않고, 우리 문학을 단순
하게 외국 문학이 그대로 이식된 불모지로 보려고 한다. 하나는 타(他)를 도
외시하고 우물 안에서 아집에 빠져 있고, 또 다른 하나는 너무 타(他)에 현혹
되어 나를 찾지 못하는 우(愚)를 범하고 있는 것이다. 과연 우리는 어느 한 방
법을 고집할 이유가 있을까. 또한 우리 문학은 전혀 특이성이 없는 한갓 외국
문학의 모방이나 이식에 그친 문학일까. 여기에 문학의 비교문학적인 새로운
방법에 의한 연구와 우리 문학의 특이성을 밝혀 올바르게 이해하여야 할 필
요성이 있는 것이다.[11]

인용문의 저자인 이하윤(異河潤)이 1930년대 이른바 해외 문학파의 중
요한 구성원으로서 외국 문학의 소개와 보급을 위해 헌신했으며, 영문학
을 전공한 입장에서 한국 문학에 대해 지대한 관심을 표명했음은 잘 알
려져 있지만, 정작 1959년에 한국비교문학회를 창설하고 초대 회장을 지
냈으며, 비교문학과 관련된 여러 편의 글을 남긴 한국 최초의 몇 안 되
는 의식적인 비교문학자라는 점은 그리 알려져 있지 않다. 30년 전의 이
러한 지적은 몇 가지 점을 제외한다면 현재의 관점에서 보아도 유효성을
갖고 있는 듯이 보인다. 그러나 예를 들어 국문학 연구가 서지학이나 문
헌학적인 연구에만 열을 올리고 있다는 지적은 그 당시에는 유효했을지
몰라도 요즈음의 한국 문학 연구에는 적용될 수 없는 발언이다. 오히려
최근의 한국 문학 연구는 지난 시대의 문헌학적 연구를 바탕으로 삼아
풍부한 해석의 시대로 접어들었으며, 물론 예측의 차원이지만 향후 한국
문학 연구의 중요한 양상 가운데 하나로 해석학자 폴 리쾨르의 표현을
빌려서 '해석들의 갈등'을 거론할 수 있을 것이다.
　이하윤의 이러한 유효한 발언이 향후 한국 문학 논의의 장에서 현실성

---

11) 이하윤, 「비교문학의 한국적 시도」, 『비교문학 —— 이론 · 방법 · 전망』(문학사연구회, 1973), 36쪽.

을 획득하지 못한 원인은 한국에서의 비교문학 연구가 좁은 의미에서의 영향 관계나 한국 근대 문학의 원천 탐구에만 집착했기 때문이다. 다시 말해서 한국 문학이 외국 문학과 일정한 관련을 맺고 있다는 전제에서 출발한 비교문학 연구가 영향의 문제에 너무 집중하게 되고 영향의 문제를 기계적이고도 수동적인 관점에서 파악했기 때문이다. 이는 외국 문학의 이식·수입·수용 등을 한국 문학의 변화와 발전에 작용한 근본 동력으로 보는 일종의 '전파론적 전제'[12]를 그 바탕에 깔고 있다. 일본을 통해 받아들인 서구의 자연주의와 같은 사조가 원본과는 거리가 먼 모조품이 되었다는 지적이나 해외 문학파에 속한 문인들이나 김기림, 최재서와 같이 '본격적으로 외국 문학을 전공한' 이들에 의해 비로소 왜곡되지 않은 외국 문학을 받아들일 수 있는 본격적인 계기가 만들어졌다는 발상은 모두 이러한 전파론적 전제에서 생겨난 것이다. 이러한 전제를 극복하지 않는 한 비교문학적 태도를 취하는 한국 문학 연구는 한국 문학의 결함이나 불모성만을 강조하기 쉬우며, 한국 문학의 내재적 동력을 무시한 나머지 한국 문학과 외국 문학의 올바른 관계를 정립하는 데도 실패하게 된다.[13] 앞서 말한 1유형의 연구에 빠져들 위험이 있는 것이다.

그렇다면 비교문학적 접근이 지니는 이러한 위험성을 피하면서도 비교문학적 방법의 유효성을 견지할 수 있는 방법은 어디에 있을까? 다시 말해서 앞서 말한 3유형의 한국 문학 연구로서 비교문학적 태도를 가능하게 하는 것은 무엇인가? 이는 앞으로 보다 심층적으로 탐구되어야 할

---

12) 비교문학의 이러한 '전파론적 전제'의 구체적인 내용과 그에 대한 비판에 대해서는 김흥규, 「전파론적 전제 위에 선 비교문학과 가치 평가의 문제점」(『비교문학 및 비교문화』, 1978)을 참조할 것.

13) 이러한 관점에서 비교문학 연구의 위험성을 지적한 논문으로는 최원식, 「비교문학 단상」(《한국학논집》 6권, 1979)을 대표적으로 들 수 있다. 그는 여기서 "한국 문학의 창조적 능력에 대한 깊은 신뢰와 한국 문학사 발전의 내재적 동력에 대한 깊은 인식이 전제되어야 비로소 비교문학이 국문학 연구에 독특하게 기여할 수 있을 것"(164쪽)이라고 지적하는데, 나 자신도 이러한 인식의 바탕 위에서만 앞서 말한 1유형의 연구에서 벗어나 3유형의 연구로 나아갈 수 있을 것이라고 생각한다.

과제이겠지만 나는 그 단서 가운데 하나로 뛰어난 외국 문학 연구자였으면서도 동시에 한국 문학의 이론적 체계를 수립하는 데 적지 않게 기여한 김현의 다음 글에 나오는 지적을 들고 싶다. 그는 『한국 문학의 위상』이라는 뛰어난 (한국) 문학 개설서에서 문학뿐만 아니라 인문학 전반에서 요구되고 있는 이른바 한국적인 이론의 수립의 필요성에 대해 다음과 같은 의견을 제시하고 있다.

> 가령 서구 이론에 경도해 있었다는 것 때문에 어떤 작가나 이론가를 공격한 후, 중국의 철학 이론이나 문학 이론에 경도한 중세기의 작가나 이론가에 대해서는 무비판적이라든가, 과거의 것은 무조건 받아들이고, 현재의 것은 무조건 비판하겠다는 태도는 한국적인 문학 이론의 성립에 하등 도움을 주지 못한다. 관점이 확실해야 하고, 그 관점에 의하면 한국적 이론의 성립이 어렵다 하더라도, 그 관점을 끝까지 유지할 수 있어야 한다. 물론 그 관점을 버리고 새로운 관점을 취하는 것은 자유다. 다시 말해 객관적이고 과학적이어야 한다. 한국적 이론이 필요하다면, 그것은 한국적 이론을 수립하기 위한 것만이 아니라, 한국적인 현상과 더불어 다른 여러 현상까지를 설명할 수 있는 보편적 이론을 성립시키기 위해서이다. 한국적인 현상에만 적용되며, 다른 현상에는 적용되지 않는 이론이란 보편적 객관적 가치를 얻기 힘들다. (……) 한국적 제현상을 설명하면서도 동시에 다른 현상까지도 설명할 수 있는 폭넓은 일반 문학 이론의 수립이야말로 한국 문학인의 최대 과제라 하지 않을 수 없다.[14]

다소 길게 인용한 위 문단에서 김현이 역설한 것은 바로 한국적인 문학 이론의 수립이 아니라 한국적인 문학 현상뿐 아니라 다른 나라의 여러 문학 현상들까지도 포괄할 수 있는 '일반 문학 이론'의 수립이다. 여기서 우리는 두 가지 유형의 문학 이론을 구별해 볼 수 있는데, 하나는

---

14) 김현, 『한국 문학의 위상』, 김현 문학 전집 1(문학과지성사, 1991), 98~99쪽.

한국적인 문학 이론(물론 그 가능성은 선험적으로 부정될 수 없다.)이며 다른 하나는 일반적인 문학 이론이다. 여기서 눈여겨보아야 할 것이 바로 두 번째 유형의 문학 이론을 수식하는 '일반(적)'이라는 용어의 의미이다. 김현이 별다른 설명을 덧붙이지 않은 이 두 번째 유형 문학 이론에 대해 내 나름의 생각을 덧붙여 보완하자면 다음과 같다. 즉 한국 문학의 여러 현상들을 설명해 줄 수 있는 이론 체계는 가능하지만 이를 굳이 '한국적인' 문학 이론이라고 명명하면서 그 특수성만을 지나치게 고집할 필요는 없으며, 한국의 문학 현상들을 설명해 주는 이론적 체계가 보다 폭넓은 문학 현상들까지 설명해 낼 수 있는지를 끈질기게 실험하지 않으면 이는 이론으로서 유효한 가치를 지닐 수 없다는 것이다. 이 경우 '일반적인' 문학 이론은 반드시 영향 관계가 입증된 문학적 사실들을 다루는 것이 아니라 발생론적으로 무관한 문학적 현상들을 서로 연결시켜 주는 원리나 목적을 탐구한다는 점에서 앞서 언급한 영향 관계에 치중한 비교문학적 방법과는 구분된다.

고도로 이론적인 성격을 지니는 이러한 두 번째 유형의 문학 이론에서 정작 주목해야 할 것은 그 이론성의 정도가 아니라 그 '보편성'의 정도이다. 즉 어떠한 문학 현상을 설명하는 이론 체계가 다른 문학 현상을 설명할 수 있을 정도로 보편적인가를 따져 봄으로써 한 나라나 시기에 국한된 것처럼 보이는 문학 현상이 사실은 보편적인 현상임을 밝혀내는 것이 중요하다는 점이다. 그러나 '일반적인' 문학 이론의 수립에서는 이러한 보편성을 추구하는 움직임이 진행되는 동시에 그것과 정반대의 움직임이 이루어지고 있음을 간과해서는 안 된다. 다시 말해서 일반적인 문학 이론의 틀로는 설명될 수 없는 새로운 지식이나 공표되지 않은 문학 현상들이 일반적인 문학 이론의 '보편성'에 도전하게 되는 것이다. 그러므로 여기서 중요한 것은 보편성 그 자체가 아니라 보편성과 특수성 사이의 부단 없는 왕복 운동이라고 할 수 있다. 일반 이론을 통해 정립된 통합적인 도식은 반드시 다양성, 분산, 공간적이고 시간적인 불균형의 시험을 거쳐야만 한다. 일반적인 이론의 틀을 벗어나고 위반하고자 하는 개별적인 것 또는 모방될 수 없는 것의 시험이나 테스트를 거치지 않는 통일성이나 보편성은 아무런 의미도 없으며 이는 선험적인 도식에 불과하기 때문이다.[15] 결국 일반적인 문학 이론은 '일자(一者)'와 '다자(多者)' 사이에 벌어지는 특수성과 보편성의 길항 관계를 따지는 작업으로서 앞서 말했던 1유형의 문학 연구와 2유형의 문학 연구가 지니는 위험성을 피할 수 있는 3유형의 문학 연구라고 생각한다.

5 한국 문학의 '정체성'에 대한 열린 시선

다소 장황하게 그리고 추상적인 방식으로 개진된 위의 진술들을 보완하고, 이 시론(試論)적인 성격의 글을 문학 연구자로서 내 개인적인 삶의 지평 속에 끌어들이기 위해 다시 한 번 개인적인 소회를 간단하게 말하면서 글을 마무리해 보자. 본격적인 한국 문학 연구의 길에 접어들기 이전에 외국 문학을 공부하는 입장에서 한국 문학은 내게 익숙함과 낯섦을 동시에 가져다주었다. 그것이 익숙하다는 것은 한국 문학이 모국어로 쓴 문학이라는 의미 이외에 내게 익숙한 지평의 산물인 동시에 내가 가지고 있던 독서의 기대 지평에 어느 정도 부합된다는 점을 의미한다. 그런데도 한국 문학이 낯선 느낌을 주었던 것은 어느 정도 외국 문학, 그 가운데에서도 프랑스 문학에 익숙한 여러 주제들에 젖어 있는 눈으로 볼 때

---

15) 잘 알려져 있듯이 르네 웰렉은 영향 관계에 치중하는 비교문학의 경향을 강력하게 비판하면서 이른바 '일반 문학'의 정립을 역설했는데, 그가 말하는 일반 문학이란 보편성의 추구라는 점에서 3유형의 연구와 유사한 듯 보이지만 사실 개별성의 테스트를 받지 않는다는 점에서 지향점은 매우 다르다. 그렇기 때문에 르네 웰렉이 힘주어 말하는 문학 연구에 있어서의 휴머니즘적인 가치도 자칫 선험적인 어떤 것, 또는 서구적인 가치의 일반화라는 비판에서 자유롭지 못하다.

잘 맞지 않는 부분이 늘 느껴졌기 때문일 것이다. 나는 은연중에 프랑스 문학을 읽고 분석하면서 가졌던 기준들을 한국 문학을 읽고 분석하는 데 있어 중요한(은밀하게 중요한) 잣대로 쓰고 있었던 것은 아닌가? 몇 편의 어쭙잖은 평론들을 쓰면서 가졌던 한국 문학에 대한 양가적인 감정이 반드시 불필요하다거나 비생산적이라고 생각하지는 않는다. 다만 예컨대 한국 문학에 대한 낯선 느낌을 가졌다면 그 이유는 무엇이며 이는 어떤 논리적 맥락 속에서 사유되어야 하는가를 보다 철저하게 검토하지 못했다는 아쉬움을 늘 갖고 있다.

몇 편의 평론들 속에서는 아마 앞서 언급한 1유형의 연구에서 드러나는 오류들이 적잖이 나타났으리라고 생각한다. 이제 그러한 오류들을 시정하는 첫 번째 길은 2유형의 한국 문학 연구에 적극적으로 참여하고 그로부터 여러 도움을 받는 것이라고 생각한다. 하지만 외국 문학을 전공한 한국 문학 연구자가 궁극적으로 나아가야 할 방향은 2유형의 연구에 그치는 것이(되풀이해서 말하지만 이는 결코 이러한 유형의 연구가 값어치가 없다는 것을 의미하지 않는다.) 아니라 이를 토대로 해서 앞서 말한 3유형의 연구를 지향하는 것이라고 믿는다. 이러한 세 가지 유형의 연구들이 단계적으로 구성되는 것은 결코 아니며 어느 것이 가장 뛰어난 것이라는 가치의 우열 관계 또한 설정할 수는 없지만, 앞으로 내가 생각하는 한국 문학 연구의 방향을 이야기하라면 2유형의 연구로부터, 또 이를 바탕으로 3유형의 연구를 본격적으로, 그리고 비교문학의 관점에서 투철하게 수행하는 것이라고 믿고 있다. 앞으로 나 자신의 한국 문학 연구가 더욱 진척될 때, 그래서 외국 문학에서 한국 문학을 바라보는 단계나 한국 문학과 외국 문학을 나란히 놓고 바라보는 단계를 뛰어넘어 한국 문학이나 외국 문학은 모두 다 문학이며 나는 어느 개별 문학에만 국한되지 않았던 행복한 '문학' 연구자라고 말할 수 있는 날이 올 수 있을까?

'한류'로 되짚어 본 한국 문학의 세계화

1 '한류'와 한국 문학의 세계화

몇 년 전만 해도 '한류'라는 말은 언론 매체에서 집중적으로 다루어졌지만, 한류의 열기가 어느 정도 가라앉은 현 상황에서는 좀처럼 언론의 이슈로 부각되지 않는 듯이 보인다. 하지만 최근 몇 년 동안 벌어진 '한류'의 현상들을 가만히 들여다보면 한류가 확산과 진정이라는 두 가지 상반된 국면에 접어든 것이 아닌가 하는 추측을 가능하게 한다. 즉 초기에 일본과 중국 혹은 베트남과 같은 동남아시아를 중심으로 전개되던 한류가 러시아, 중앙아시아, 중동 혹은 유럽까지 확산되는 한편 특히 중국과 일본을 중심으로 한때의 과열 국면을 진정시키고 새로운 모색의 단계에 접어들고 있다. 이러한 상황을 긍정적인 시각으로 바라본다면 특정 스타나 소수의 인기 드라마에 지나치게 의존하던 스타 시스템에서 벗어나 한국 문화의 저변 확대를 통해 새로운 한류의 움직임을 모색할 수 있게 되었다거나, 한국 문화의 우수성이나 탁월함을 한류의 원인으로 돌리는 편협한 민족주의적 시각에서 한발 물러나 한국 문화의 특수성과 보편성을 보다 냉정한 시각에서 고찰할 수 있게 되었다는 점을 들 수 있을 것이다.

한류라는 문화적 현상을 긍정적인 관점에서 바라보건(이 경우 한류는 한국민의 문화적 자부심을 고취시키는 중요한 계기로 작용한다.) 아니면 부정적인 관점에서 평가하건(이 경우 한류는 상업주의적 유행에 편승한 일시적인 현상에 불과하다.) 간에, 한류는 한국 문화의 정체성과 보편성 그리고 국제성과 관련하여 여러 가지 측면에서 생산적인 논의를 불러일으키고 있다. 특히 그동안 '한국 문학의 세계화'에 관한 논의가 주로 추상적이고 원론적인 차원에서 전개되는 경향이 있었는데, 한류에 대한 토론을 계기로 이러한 논의가 보다 구체적이고 한층 더 높은 차원에서 진행될 수 있는 기회가 마련되었다고 할 수 있다. 여기서는 한류 현상과 관련해서 제기된 질문과 논점들을 '한국 문학의 세계화'에 다시 투사하여 '한국 문학의 세계화'라는 용어가 갖는 문제점들을 새로운 시각에서 재검토할 수 있는 계기로 삼고자 한다.

다시 말해서 한류와 관련하여 다음과 같은 질문을 던져 볼 필요가 있다. 한류가 드라마, 영화, 가요 등 대중문화를 넘어 한국의 정신이 담긴 문학과 언어 그리고 출판과 같은 고급 문화에 대한 관심으로 확산될 수 있는가? 비유컨대 대중문화가 일종의 전위 부대처럼 개척해 놓은 길 위로 한국의 전통 문화와 고급 문화가 전파될 수 있을 것인가? 문학과 같은 고급 문화도 그것이 '세계화'되기 위해서는 영화나 드라마로 대표되는 대중문화와 동일한 전략과 목표를 가져야 한다고 할 수 있는가? 우리가 한류라는 문화적 현상을 '한국 문학의 세계화'(이러한 용어가 더 이상 바람직하지 않은 이유에 대해서는 이 글의 뒷 부분에서 다시 언급하겠다.)와 관련시켜 논의하려는 것은 바로 이러한 맥락에서이다.

이 글에서는 지금까지 한류에 대해 이루어진 논의들을 크게 세 가지 논점으로 압축시킬 수 있다고 보고, 이 세 가지 논점을 중심으로 '한국 문학의 세계화'와 관련된 문제를 짚어 보고자 한다. 세 가지 논점들을 이 글에서 다룰 순서대로 적어 보면 다음과 같다. ① 한류를 고부가가치 문화 산업 시대를 선도할 일종의 '대박 산업'으로 만들려는 상품 문화적인 논점 ② 한류를 '한국 문화의 자부심'과 '한국 문화의 우수성'을 알리는 계기로 보려는 논점 ③ 한류를 동아시아 문화의 상호 교류와 복수적인 문화의 공존을 가능하게 하는 수단으로 보려는 논점.

2 한류와 문화 산업

우선 첫 번째 논점은 문화 산업적인 관점만을 강조하고 있다. 이러한 관점에서 한류라는 현상은 문화 교류의 의미는 완전히 제거된 채, 마케팅 전략이라는 틀에 의해서만 인식된다. 한류가 대중문화의 확산이라는 의미를 내포하고 있고, 대중문화는 철저하게 상업적인 소비와 유통의 틀에서만 의미를 지니고 있기 때문에, 어쩌면 이러한 논의는 불가피한 측면이 있을 수 있다. 하지만 이러한 논점에서 이웃 국가를 철저한 경제 공략의 대상으로 간주하려는 시선이나 동아시아를 거대한 시장으로 탈바꿈시키려는 시선을 읽어 내는 것은 어렵지 않다.[1] 예컨대 다음 문단은 상업주의적 시각에서 한류를 바라보는 관점에 대한 비판을 잘 보여 주고 있다.

문화 자본이 그럴싸하게 포장해 낸 이른바 스타 군단. 이들을 좇는 중국의 십대들. 결국 한국과 중국, 혹은 한국과 동아시아의 21세기 문화적 관계망은 자본의 논리에 의해 철저하게 조장되고 있으며, 한류란 결국 이들 거대 자본들에 의해 기획되고 조직되는 21세기 초반 문화 산업 버전인 것이다. 특히 중

---

1) 이에 관한 자료와 구체적인 분석은 조한혜정, 「동/서양 정체성의 해체와 재구성: 글로벌 지각 변동의 징후로 읽는 '한류 열풍'」, 《한국문화인류학》 35집 1호, 2002, 13~16쪽 참조.

국의 경우, 초기의 한류가 긍정적이든 부정적이든 1990년대 중국 사회의 거대한 변화 과정에서 그 문화적 공백을 메우는 부분적 기제로 작용하였고, 거기에 한국 기업들의 중국 마케팅 전략이 엉겁결에 적중하여 조성된 것이라면, 지금의 한류는 중국을 거대한 문화 시장으로 조성해 가는 상업화 담론이자 문화 산업으로 조직되고 있는 것이다.[2]

본격적인 대중문화 시대에 들어서서도 고급 문화와 대중문화의 이분법을 고수하는 것은 시대착오적인 태도이다. 어쩌면 한류에 대한 성찰을 계기로 한국 지식인 사회에서 해묵은 관행처럼 이어져 온 고급 문화와 대중문화의 이분법을 재고할 수 있는 계기가 마련될 수 있을지도 모른다. 하지만 문학으로 대표되는 고급 문화가 이러한 상업적인 마케팅이나 자본의 논리에 의해서 생산되고 유통된다고 보는 것은 아직은 수긍하기 힘든 논리이다. 물론 귀여니의 소설이 중국 시장에서 호평을 받은 사실이나 영화나 드라마의 원작이 외국에 비싼 가격으로 팔린 것을 두고 반문할 수도 있지만, 이는 어디까지나 대중 문학의 경우에 국한된 논의일 뿐이다. 또한 한류의 확산으로 인해 우리 대중문화의 콘텐츠가 중국, 대만, 베트남 그리고 최근에는 일본에서까지 상업적인 성공을 거두었다고 해서 이를 우리 문화의 수준이 높아 충분한 국제적 경쟁력을 갖추고 있다는 식의 결론을 내리는 것은 매우 위험한 발상이다. 이는 우리가 곧이어 다루게 될 한국 문화 또는 한국 문학에 대한 편협한 민족주의적 발상에 연결되어 있으며 이러한 발상이야말로 '한국 문학의 세계화' 논의에 숨어 있는 심각한 논리적 허점으로 작용하고 있기 때문이다.

그러나 한류의 문화 산업적인 측면이 반드시 상업주의라는 부정적 현상만을 야기하는 것은 아니다. 오히려 문화 산업으로서 한류는 문화 콘텐츠의 중요성을 자각하게 만든 긍정적 측면이 있음을 부정할 수 없다.

---

2) 백원담, 「한류 열풍과 동아시아 대중문화 정체성」, 《문화연대》 21호, 2001, 6쪽.

즉 문화 산업으로서 한류는 콘텐츠의 차원에서 한국 문화의 특수성과 보편성의 문제를 제기한다는 점에서 중요한 의미를 지닌다. 예컨대 문화 산업의 논리에서 보면 "무엇을 만들기 위한 소재로 인식된 문화로서, 문화 콘텐츠의 소재", "문화 상품을 의식한 개념으로서, 상품의 재료가 될 만한 한국 전통문화 그 자체", "한국에서 전형성을 갖는 전통문화 현상으로서 세계적 차원에서 볼 때, 다른 나라와 구별될 만한 특성을 갖는 한국 문화"[3]에 관심을 기울일 수밖에 없으며, 이는 상품의 가치를 구현하기 위한 것이라고 하더라도 궁극적으로는 한국 문화의 보편성과 특수성의 문제를 제기할 수밖에 없게 한다.

여기서 간과하지 말아야 사실은 문화 산업의 논리에서는 한국 문화의 보편성과 특수성의 문제가 궁극적으로는 '트렌드'와 '콘텐츠'의 관계로 환원되고 만다는 점이다. 트렌드를 어떤 새로운 것이나 뭔가 다른 것으로의 변화나 발달을 갈구하는 대중의 욕망 정도로 요약할 수 있다면, 문화 산업이 요구하는 콘텐츠는 궁극적으로 소비의 트렌드에 종속되고 만다. 새로운 것을 갈구하는 대중의 욕구나 점점 변화하는 소비 사회의 트렌드에 부응하기 위해서는 한국 문화의 다양한 재료들을 콘텐츠의 관점에서 걸러 내고 추출해 내야 한다. 다시 말해서 문화의 특수성과 보편성의 결합은 '상품의 가치'라는 측면에서만 의미를 지닌다. 이러한 논리가 아무런 반성 없이 '한국 문학의 세계화'에 그대로 적용되었을 경우 생겨나는 부작용을 예상해 볼 수 있다. 변화하는 소비의 트렌드에 맞추어 작품의 소재와 내용을 취사 선택할 경우 작가는 더 이상 진정성을 갖지 못하고 시장 시스템에 종속되고 말 것이며, 은연중에 한국 문학의 특수성과 보편성을 문화 산업의 틀에서 상품의 가치로 인식하게 될 것이다. 이미 이러한 현상은 2000년대 이후 한국 문학에서 종종 목격되는 바이기도

---

3) 배영동, 「문화 콘텐츠 사업에서 '문화 원형' 개념의 함의와 한계」, 《인문콘텐츠》 6호, 2005, 48쪽.

하다.

　문화 산업으로서 한류라는 논점에서 간과할 수 없는 또 하나의 사실은 한국 문학은 대중문화와 동일한 맥락의 '상품'은 아닐지언정 그것이 세계 문학의 틀 속에서 유통되고 논의되기 위해서는 일종의 '전략'이 필요하다는 사실이다. 문학은 작가나 시인들 개개인의 밀실에서 극도의 인내와 수련의 과정에서 창조되는 정신적 산물이기는 하지만, 그것이 창조자의 손을 떠나 다른 세계로 편입되고 창조자가 전혀 염두에 두지 않았던 분위기에서 음미될 때, 이러한 편입과 음미의 과정이 보다 원활하고 순조롭게 이루어지기 위해서는 일종의 '전략'이 요구된다는 것이다. 이러한 전략은 물론 주로 제도적인 차원에서 이루어지기 때문에 공적인 성격을 지니기 쉽다. '한국 문학의 세계화'와 같은 용어도 사실은 이러한 공적인 전략의 과정에서 만들어진 결과일 수도 있다. 그렇기 때문에 이러한 용어는 구호의 분위기를 띠고 있으며, 문학을 밀실의 산물로만 간주하려는 사람들에게 거부감을 줄 수도 있다. 예컨대 다음과 같은 제안을 들어 보자.

　　따라서 변화하는 사회에 걸맞은 문학의 세계화 전략이 필요하다. 즉 혼종성, 다문화성은 문학과 소설의 세계화와 관련해서 무엇을, 어떤 방식으로 세계화할 것인지 전체 틀을 짜거나 구체적인 전략을 수립하는 데 새로운 시각을 요한다. 문학 세계화의 근본 원칙은 한국 문학의 특수성 내지 토착성을 유지하면서 세계 문학의 보편성에 도달해야 한다는 것이다. 일종의 상식처럼 통용되는 이런 원칙 외에도 다문화성은 한국 문학이 현재 문학의 위기 상황을 해결하기 위해 받아들여야 할 원리인 동시에 현재 세계 문학의 흐름이랄지 특성을 파악하는 데에도 필요하다. 문화 간 섞임이란 특정 문화와 문학의 위계 세우기, 경계 만들기를 지양하고 차이를 인정하는 데에서 출발하기 때문이다. 이런 점을 염두에 둔다면 한국 문학 및 소설의 세계화에 있어서도 특정 작가와 작품, 정전 중심으로 소개하는 선택과 집중의 원칙도 중요하겠지만 한국 문학 및 소설의 다양한 목소리들을 소개하는 전략도 필요하다고 본다. 물론 한국 문학의 세계화가 실제로 이루어지기 위해서는 번역과 홍보의 전략과 같은 정책의 문제가 선결되어야 한다는 것은 주지의 사실이다.[4]

한국 문학의 세계화를 주장하는 대부분의 글들에는 이러한 제도적이고 공적인 전략의 필요성을 강조하는 논리가 함축되어 있다. 물론 노벨 문학상을 예로 들더라도 아무리 뛰어난 작가라도 그의 작품이 번역이나 홍보와 같은 제도적 절차를 거치지 않고서 세계성을 획득하기란 거의 불가능하다. 또한 한국 문학이 세계 문학의 장에 편입되기 위해서는 국가적인 차원의 브랜드 관리 및 국가 이미지의 홍보 전략이 효율적으로 이루어져야 할 필요가 있다.[5] 그러나 정작 중요한 것은 이러한 공적이고 제도적인 차원의 전략이 세계화와 관련된 작가의 진정성과 맞물리지 않는다면 아무런 실효도 거두지 못할 것이며 아무런 내실도 기하지 못할 것이라는 점이다. 이를 우리는 세계화와 관련된 작가의 '내적 전략'이라고 부른 바 있다. 즉 "내 작품이 세계와 어울리고 있다는 생각, 또는 우리의 문제를 생각하면서도 다른 나라 사람의 눈으로 봐서도 공감할 수 있는 작품을 쓰겠다는 의지"를 내적 전략이라고 부를 수 있다면, 이러한 작가의 내적 전략이 제도적이고 공적인 차원에서 이루어지는 외적 전략과 맞물릴 때 한국 문화 또는 한국 문학의 세계화는 그 진정성을 발휘한다. 이 서로 다른 두 가지 차원의 전략이 분리되고 공적인 차원의 전략만이 강조되었을 때 한국 문학의 세계화는 설득력을 잃어버리고 형식적인 구호의 차원으로 전락하고 만다. 예컨대 한국이 세계 10위권의 경제 강

---

4) 김양선, 「한국 소설의 세계화를 위한 제언」, 《세계문학비교연구》 24집, 2008, 286쪽.
5) 가장 대표적인 예로 "한류는 한국의 국가 이미지를 홍보할 수 있는 좋은 기회이며, 한국과 같은 문화권인 아시아와는 달리 구미 지역에 한류를 확산시키려면 합작 등 적극적인 전략이 필요하다."라는 논의(최정화, 「한류 세계화를 위한 제언」, 《동아일보》 2004. 12. 29.)를 들 수 있다.

국으로 부상했으니 이제 노벨 문학상을 받을 만하다는 식의 발상이 그 대표적인 경우이다. 다행스럽게도 우리는 배수아, 김영하, 김연수처럼 특정 지역이나 민족 혹은 국가에 제한된 상상력의 한계를 벗어나서 국경을 넘나드는 글로벌한 주제와 상상력을 펼치는 작가들을 만날 수 있으며, 황석영, 전성태, 강영숙의 최근 작품들은 탈국경의 서사를 통해 세계화의 이면을 탐사하고 있다. 한국 문학의 세계화는 이런 작가와 작품들과 더불어 새로운 장에 진입했으며, 이전과는 구분되는 새로운 차원의 논의를 요구하고 있다.

3 한류에 스며든 민족주의적 관점

이제 두 번째 논점을 검토해 보자. 한류를 한국 문화의 우수성을 입증하는 민족적 쾌거로 해석하고 문화적 자부심과 긍지를 고취시키려는 이러한 견해를 비판적으로 분석해 보면 '한국 문학의 세계화'와 관련된 논의에 매우 시사적인 논점들을 발견하게 된다. 우선 한류를 해석하는 이러한 관점에는 무엇보다도 최근까지 미국을 비롯한 서구 대중문화의 수입국에 머물렀던 한국이 문화 수출국의 반열에 올랐다는 점을 높이 평가하고 있다.

한류는 문화사적으로도 한국인을 흥분시키기에 충분한 사건이라고 할 수 있어서 더욱 주목된다. 우리는 역사 이래로 문화적 발신자가 된 경험을 별로 갖고 있지 못했다. 백제 때 일본에 전파해 준 한문 문화는 사실상 문화 전파의 중재자 구실을 하는 정도였고, 임진왜란 시기 문화 발신자로서의 역할은 일부는 반강제적인 탈취의 결과이고, 일부는 전쟁의 소용돌이 속에서의 혼효일 따름이라서 최근의 한류 현상과는 차이가 있는 것이다. 드라마와 대중가

요가 중심이 되어 일기 시작한 '한류'는 유사 이래 최초의 대중문화 발신자로서 본격적인 문화 수출국으로의 전환을 가능하게 하여 문화사의 새 장을 쓰게 하였으므로 흥분과 기대가 생기는 것은 당연하다 할 것이다.[6]

위의 글에서 알 수 있듯이 한류는 한국을 문화의 수신자에서 발신자의 위치로 전환시킨 결정적 계기로 인식된다. 이러한 논리는 한류 현상을 분석하는 여러 글들에서 공통적으로 찾아볼 수 있는데, 이러한 논리를 비약시키면 "문화적 사대주의의 피해자로서 우리 문화를 논한 지가 불과 수년 전인데, 이제는 우리의 대중문화에 열광하는 중국, 대만, 베트남 등 아시아 여러 나라의 젊은이들의 모습은 문화 종주국의 자부심을 느끼게 한다."[7]라는 식의 결론으로 이어지게 된다. 이러한 논리를 자세히 들여다보면, 이는 한국 문화 또는 한국 문학은 주변부에 위치한 변방의 문화라는 기존의 인식에 대한 반발(또는 한국 문화가 지금까지 보여 준 이른바 '새것 콤플렉스'에 대한 반발적 표출)이 민족주의적 태도와 교묘하게 결합한 결과라고 할 수 있다. 한국 문학은 지금까지 세계적 대문명의 주변부에 위치해서 세계의 여러 문명이 산출한 문화를 받아들일 수밖에 없는 처지였으나, 이제는 일방적인 수입의 단계를 벗어나 자신의 문화를 다른 나라에 수출할 수 있는, 문화적 종주국의 반열에 오르게 되었다는 것이다.

사실 근대 문학 100년이 넘는 지금까지 한국 문학이라는 동일자와 세계 문학이라는 타자가 부딪히면서 만들어 낸 양상들은 대개 '새것 콤플렉스'라고 이름 붙일 수 있는 태도와 '민족주의적 태도'라는 양 극단 사이에 위치해 있다고 할 수 있다. 다시 말해서 서양적인 것을 무분별하게 수입하거나 그것에 맹목적으로 이끌리는 태도와 그러한 문화적 예속에

---

6) 이은숙, 「중국에서의 '한류' 열풍 고찰」, 《문학과 영상》 3권 2호, 2002, 32쪽.

7) 서정신, 「한류(Korean wave)와 문화 인식」, http://cafe.naver.com/intercom.

철저한 자기반성을 촉구함으로써 민족적인 것을 지키고 확립해 나가야 한다는 태도가 끊임없이 교환되고 반복되는 형국이라고 할 수 있다.

'새것 콤플렉스'는 위에서 언급한 한국 문학의 주변성과 밀접하게 관련되어 있다. 문화란 중심부에서 주변부로, 즉 위에서 아래로 흐르게 마련이며 새것 콤플렉스는 그러한 문화의 물결에 압도당한 자가 느끼는 심리적 중압감에 다름이 아니라는 것이다.[8] 그러나 문화적 역량이 드높아졌으며, 외국 문학이 유입되는 방향이나 경로가 여러 측면으로 다원화된 지금 이러한 새것 콤플렉스는 반드시 극복되어야 할 심리적인 태도이다. 새것 콤플렉스가 열등감의 표현이라면, 민족주의적 태도는 구겨진 자긍심의 표출이라고 할 수 있다. 물론 그러한 민족주의적 태도가 가장 잘 표출된 민족 문학은 그 무엇보다도 개별 문학으로서 한국 문학의 정체성을 확립시켜 주었다는 점에서 중요성을 갖는다. 하지만 어느 나라 문학이든 정도의 차이는 있어도 민족적 체험과 정서를 표현하기 마련이거니와, 민족문학론이 민족주의 이데올로기의 도구로서 문학을 논한다는 비판을 벗어나기 위해서도 민족문학론은 그 민족만이 갖는 특수성을 뛰어넘어 세계적 보편성을 담지하도록 유념해야만 한다.

이와 관련하여 '한류'라는 용어에는 크게 두 가지 경계해야 할 논리가 숨어 있다. 우선 한류를 한국민의 민족적 자부심의 발로로 해석하는 태도에는 마치 한국만의 고유한 문화적 요소가 존재하여 이것이 다른 나라들에서 인정을 받았다는 발상이 깔려 있다. 실체가 분명하지 않은 '한국적인 그 무엇'을 부르짖는 공허한 목소리는 비판적으로 검토되어야 한다. 여기서 우리는 '한국 문학의 세계화'라는 용어에 내재해 있는 모순을 지적해 볼 수 있다. 즉 이 용어에는 "지역적이고 특수한 것이 먼저 어떤

---

8) '새것 콤플렉스'를 한국 문화의 중요한 유형으로 제시했던 김현은 이를 다음과 같이 설명한다. "한국 문학, 한국 문화는 세계의 여러 문명과 나란히 서서 어깨를 겨룰 만한 것을 산출하지 못했으며 지금도 그러하다. 한국 문화는 항상 세계적 대문명의 주변에서 맴돌고 있을 뿐이다. 그렇다면 한국 문화의 주변성은 어떻게 극복될 수 있을까?"(김윤식·김현 공저, 『한국 문학사』(민음사, 1976), 16쪽.)

실체로서 정립되고, 이러한 실체가 모종의 전략을 통해 세계화된다."라는 단순한 발상이 깔려 있다. 이러한 발상은 자칫 한국 문학의 세계화를 외적이고 제도적인 전략의 차원으로 환원시킬 위험성을 내포하고 있다. 우리는 지역적인 것과 세계적인 것이 서로 교섭하는 현 단계에서는 문학에 대한 '실체론적' 접근에서 벗어나 '관계론적' 접근의 틀 속에서 바라보아야 할 필요가 있음을 역설한 바 있다.

두 번째로 경계해야 할 논리는 문화의 '흐름'에 관한 잘못된 전제이다. '한류'란 단어에 물결의 흐름이라는 한자 '류(流)'가 들어가 있듯이 한류는 문화의 흐름과 이동을 지칭하는 용어이다. 그런데 지금까지 수신자의 입장에 있던 한국 문화가 이제는 발신자의 입장에 놓였다는 발상에는 문화의 흐름을 종주국과 종속국이라는 이분법적인 구도 안에서 이해하려는 전제가 깔려 있다. 그러나 국가 간에 이동하는 문화를 언제나 위에서 아래로 흐르고 단일 위계적인 질서를 지니고 있다고 볼 수 있을까? 한류는 겉으로 보면 우리 문화의 수출이지만 좀 더 자세히 살펴보면 한국 문화의 소용돌이 속에는 바깥으로 나가는 문화의 흐름과 안으로 들어오는 다양한 문화의 흐름이 서로 맞부딪히면서 일어나는 다양한 물결을 볼 수 있다. 한류라는 동아시아로의 문화의 흐름은 얼마든지 역류 현상에 의해 동아시아에서 우리로 되돌아올 수도 있으며, 이렇게 다양한 문화의 흐름들이 들어오고 나가는 한 지점이 바로 우리 문화의 주소인 것이다. 민족주의 또는 민족적 자부심이라는 틀을 벗어나서 문화를 바라보면 그것은 해류에 의해 끊임없이 변화하는 바다와도 같다. 이를 통해 강조하고자 하는 것은 바로 문화의 역동성과 개방성을 염두에 두고 이 모든 현상들을 바라보자는 것이다. 이를 두고 어느 논자는 '복합문화주의'의 논리라는 말로 요약한 바 있다.

우리는 세계화라는 명목 아래에 외국 문화에 함몰되어 가는 우리 자신의 정체성 수립 문제와 관련지어 복합문화주의에 대한 논리를 세워야 하며 우리 자신의 문화적 정체성을 잃지 않고 가능하면 얼마나 주체적으로 타자에 가까이 다가갈 수 있는가 하는 문제를 진지하게 고려해 보아야 한다. 진정한 상호 문화적 대화는 타문화에 대한 적대감은 물론 어떤 지배를 시도하지 않는 관용에서 나온다. 우리 문화 안에 자리하면서 야누스의 눈으로 나라 안팎을 동시에 바라보면서 여러 문물의 교류와 이동을 통해 이룩할 수 있는 우리의 적극적인 삶의 태도일 것이다. 자신의 문화 속에서만 자신의 문화 정체성을 수립하고자 하는 것은 미시적이고 편견에 찬 식민지 콤플렉스이다. 문화적 정체성은 남을 통해서 이루어지며 그 혼합성은 이제 새로운 가치 창조이다. 그러므로 우리도 다양하고 복합적인 양식 속에서 자체의 새로운 문화적 위상을 정립해야 할 때에 이르렀다.[9]

우리가 '한국 문학의 세계화'를 강조할 때 항상 염두에 두어야 하는 것도 결국 이러한 문화의 역동성과 개방성이기 때문이다.

4 동아시아 문화의 상호 교류로서 한류

이제 마지막으로 세 번째 논점을 살펴보기로 하자. 이러한 논점에서 특별히 강조되고 있는 것은 바로 한국 문화의 동아시아적 맥락이다. 그리고 이러한 논점은 앞서 살펴본 두 가지 논점들에 비해 상대적으로 긍정적인 측면을 제시하고 있는 듯이 보인다. 다시 말해서 한류가 지금까지 상이한 정치·경제 체제와 식민지의 역사 경험 등으로 인해 오랜 기간 동안 단절되어 온 동아시아 국가들 사이의 문화적 흐름을 형성하는 계기가 되었다는 것이다. 다른 한편으로 이는 최근 들어 인문학의 핵심

---

9) 김효중, 『한국 문학의 세계화 전략』(푸른사상사, 2008), 32~33쪽.

담론으로 부상한 동아시아 담론과 밀접하게 연관되어 있는 듯이 보인다. 그렇기 때문에 이러한 입장은 비단 국내의 지식인들뿐만 아니라 동아시아의 지식인들 사이에서도 폭넓은 지지를 받고 있다. 예를 들어 타이완의 문화 연구자 첸 관싱은 어느 인터뷰에서 다음과 같은 견해를 피력하고 있다.

> 한류 문화는 일단 미국의 지배적인 대중문화 생산 시스템에 대한 분산 효과가 있고, 아시아 문화의 상호 교류와 복수적인 문화의 공존을 가능하게 할 수 있다고 봅니다. 사실 저 같은 이전 세대는 문화적으로 단자적인 경험만을 했습니다. 미국에 비해 우리는 지식이나 문화적 정보가 많지 않은 시대에 살았습니다. 우리들의 반미주의도 그런 맥락에 있죠. 그런데 지금의 젊은 세대들에게 동아시아 대중문화는 새로운 흐름으로 다가갑니다. 서로 개방적이고 열려 있고, 문화적 변경이 가능하고, 서로 다른 문화에 대해 논의할 수 있습니다. 결국 문제점은 (……) 과연 이러한 세대의 대중문화가 궁극적으로 현재 자본주의 시스템에서 하나의 대안적인 국면을 낳을 수 있겠느냐 하는 점입니다. 말하자면 이들의 문화 역시 자본주의 시스템의 하나의 순환 과정에 속해 있는 것이 아니냐는 것이죠.[10]

위에서 첸 관싱이 지적하듯이 한류는 미국으로부터 동아시아로의 문화의 일방적인 흐름이 이루어지던 시대로부터 이제 동아시아가 상호 소통하는 시대로의 전환을 상징적으로 보여 주는 사건이라고 할 수 있다. 일반적으로 한류를 통한 동아시아의 문화적 흐름이 가능하게 된 원동력으로 유사한 인종, 한자 문화권이라는 언어적 근접성 그리고 무엇보다도 유교 문화적 전통의 공유 등의 요소들을 들고 있다. 이런 측면에서 볼 때

---

10) 첸 관싱, 「자본주의 시스템의 순환 과정, 대안적인 문화 국면 창조 가능한가?」, 《문화연대》 21호, 2001, 8~9쪽.

문학을 통한 한중일 3국의 문학 교류는 예전에 비해 훨씬 중요한 의미를 지니게 될 것이다.[11] 그러나 이러한 아시아적 문화 공동체는 매우 시사적이기는 하지만 아시아 문화 공동체는 유럽 문화 공동체나 미국 문화의 교류를 위한 하나의 교두보일 뿐 그것 자체가 문화 교류의 한계 영역으로 설정되어서는 안 된다. 우리에게 절실한 것은 우리와 같은 문화권인 동아시아와는 달리 구미 지역에 한류를 확산시키는 일이며 이는 동아시아 문화 교류와는 다른 전략, 보다 적극적인 전략을 요구하기 때문이다. 여기서 강조하고 싶은 것은 동아시아 문화권의 중요성에 대한 부정이 아니라, 세계와의 소통을 하는 전 단계로서 아시아 문화 공동체를 생각하자는 것이다.

기술의 국제화와는 달리 문화의 국제화는 매우 복잡한 문제들을 야기하며, 이는 전통, 고유함, 저항, 유혹, 동화 등의 문제들이 서로 엇갈리면서 부딪히는 갈등의 장에서 기술되어야 한다. 문화에 대한 민족주의적 태도나 제국주의적인 관점 모두 이러한 복합적인 논리를 단순화시킬 위험이 있다. 앞서 우리는 '한국 문학의 세계화'를 위해서는 무엇보다도 작가들의 '내적인 전략'이 필요하지만 제도적이고 거시적인 차원에서 이루어지는 '외적인 전략' 없이는 세계 무대에서 빛을 발휘할 수 없다고 했다. 이는 이론적으로 볼 때 가장 한국적인 것은 가장 세계적인 것과의 마주침 속에서만 생명력, 다시 말해 문학적 모더니티를 획득할 수 있다는 주장과 일맥상통한다. 문화의 개방성과 역동성을 구호가 아닌 문학적 체험으로 육화시킬 때 진정한 한국 문학의 세계화를 기대할 수 있을 것이다.

---

11) 윤후명은 이를 '문화의 북방 정책'이라고 하면서 위기에 빠진 한국 문학이 나아가야 할 중요한 방향으로 강조한다. "문화적인 면에서 프랑스나 독일·영국을 공략하려고 하는데, 이는 어려움이 매우 큽니다. 기본적인 정서의 차이는 차치하고라도 지리적 거리도 문제이지요. 지금은 중국·러시아를 공략해야 할 때입니다. '문화의 북방 정책'이 필요한 거죠."(「신춘 방담: 한국 문학의 위기, 전환점이 오는가」, 《문학사상》 2005. 1.)

문학 · 국경 · 세계화
—황석영과 강영숙의 소설을 중심으로

1 이주와 정체성: 세계 문학의 트렌드

2007년 한국에서도 전시회를 가진 20세기 최고의 다큐멘터리 사진 작가 세바스티앙 살가도(Sebastião Salgado)는 지구상에서 일어나는 다양한 현상들 가운데서도 특히 난민이나 이주 노동자들의 모습을 렌즈에 담아 온 것으로 유명하다. 20세기 후반의 역사적 비극이 낳은 베트남전(보트 피플)이나 르완다 또는 코소보 난민(1999)은 말할 것도 없고 그 이후로도 5년 동안 세계 각국을 돌아다니면서, 국가들 사이의 전쟁이나 내전, 강제 수용과 경제적 이주로 인해 생겨난 난민의 모습을 담은 사진들에 짧은 설명을 곁들인 그의 사진집 『이주: 이동 중인 인류(*Migrations: Humanity in Transition*)』는 이주와 난민, 유배와 같은 전 지구적 현상에 대한 생생한 기록이라 할 만하다. 실제로 세계 난민 문제의 영구적 해결을 위해 설립된 국제연합 난민고등판무관 사무소의 2005년 통계에 의하면, 전 세계 인구의 3퍼센트에 해당하는 약 2억 명 가량의 난민이나 이주자들이 존재하며 해마다 200만 명의 인구(그 대부분이 여성이나 아이들인)가 일종의 현대판 노예 제도에 의해 강제적인 이주를 당하고 있다고 한다.

지역 간의 갈등이나 경제적인 이유로 인한 강제적인 성격의 이주 외에
도 최근에 두드러지게 나타나고 있는 막대한 인구 이동이나 활성화된 국
제 여행 등은 후기 산업 사회 및 탈식민주의적 경험이 낳은 중요한 현상
들이다. 국가와 국가, 지역과 지역 간의 '이동'에 연관되어 있는 이 일련
의 현상들은 한편으로는 세계화가 낳은 급속도로 변화하는 현대 사회의
양상에 정확하게 부합한다. 다시 말해서 이는 글로벌 경제가 낳은 국제
무역과 금융의 흐름, 노동으로 인한 이주의 확장, 글로벌한 생산 양식의
공고화, 미디어에 기반을 둔 새로운 탈국가적인 문화 소비 패턴의 등장,
미디어 경험들의 공유된 동시성, 국제 여행 및 의사소통의 용이함 등 질
적으로 변화된 세계의 한 단면이라고 할 수 있다. 이러한 동향은 문학에
도 고스란히 반영되어 서구의 한 비평가에 의하면 "최근 비평적 사유의
중요한 경향은 이동 · 이주 · 지도 · 여행 그리고 관광의 은유를 채택하는
것"[1]이다. 이른바 이주 · 이동 · 디아스포라 · 여행 등이 세계 문학의 중
요한 트렌드로 부상하게 된 것이다. 돌이켜 보건대 1904년 제임스 조이
스가 더블린을 떠나 스위스로 갔을 때 그는 이주와 유배를 삶과 문학의
중요한 원동력으로 삼고자 했던 것이며, 마치 그의 『더블린 사람들』에 실
려 있는 단편 「죽은 사람들」의 주인공 가브리엘처럼 그가 태어난 곳의 굳
건한 현실적 '그물망'(국적, 언어, 종교)으로부터 벗어나 탈국가적 상상력
을 극화시키는 '떠도는 세상의 예술가'가 되기로 결심한 것인지 모른다.
조이스의 가브리엘이 20세기 초반 이주와 유배에 대한 서구 예술가의 열
망을 표현했다면, 살만 루시디의 『악마의 시』에 나오는 두 주인공 가운
데 하나인 지브릴 파리슈타가 소설 초반부에서 봄베이발 여객기가 런던
상공에서 폭발하고 살아남았을 때 스스로에게 다짐하는 "다시 태어나기
위해서는 먼저 네가 죽어야 한다."라는 말은 이 소설에서 줄기차게 반복

---

1) Iian Chambers, *Migrancy, Culture, Identity*(London and New York: Routledge, 1994), 3쪽.

되는 일종의 후렴구일 뿐 아니라 탈식민주의적 혼종성의 경험으로부터 비롯된 21세기 주변부 예술가의 이주와 유배에 대한 열망으로 읽힌다.

아마도 최근 세계 문학을 지탱하는 중요한 원동력 가운데 하나는 이러한 이주나 유배의 경험을 통해 지구상의 서로 멀리 떨어진 지점들과 정체성의 탐구를 새롭게 연결시키려는 예기치 않은 접합점에서 분출된다고 할 수 있지 않을까. 쿠바의 작가가 파리로 오고, 자메이카의 작가가 미국으로 이주하며, 일본 작가들이 독일이나 영국에 거주함에 따라 새로운 글쓰기의 지형이 생겨나는 것이다. 이른바 자기가 태어난 나라 '밖에서' 이루어진 글쓰기가 세계 문학의 중요한 트렌드로 부상하게 되는 것이다.[2] 여행이 출발 지점과 도착 지점, 그것들 사이의 이동, 여정에 대한 지식 등을 함축하고 있으며, 가능한 귀환 혹은 잠재적인 귀향을 은연중에 암시하고 있다면, 이주와 유배는 이와는 반대로 출발점이나 도착 지점이 늘 변할 수 있으며 확실하지 않은 움직임을 수반한다. 여행이 정주민의 삶의 방식이라면 이주와 유배는 노마드의 삶의 방식이다. 이주는 언어와 역사 그리고 정체성의 유동적이고 가변적인 상황에 직면하게 하며, 에드워드 사이드가 말한 것처럼 새로운 환경과 예전의 환경에 대한 '대위법적 인식'을 가능하게 한다. 이러한 인식이 가져온 중대한 변화를 루시디는 다음과 같이 설명하고 있다.

대량 이주의 결과는 완전히 새로운 유형의 인간을 만들어 냈다. 장소가 아니라 관념에 자신들의 뿌리를 내리고, 물질적인 것뿐만 아니라 기억 속에 뿌리를 내리는 사람들. 자신들을 타자성에 의해(그들은 타자에 의해 규정되기 때문에) 규정할 수밖에 없는 사람들. 그 가장 심층적 자아에서 융합이 생겨나고, 그들 자신의 과거와 그들이 위치한 현재 위치한 곳 사이의 전례 없는 연결이 생겨나는 사람들. 이주자는 현실을 의심한다. 그는 여러 방식의 존재를

---

2) Azade Seyhan, *Writing Outside the Nation*(Princeton: Princeton University Press, 2001).

경험했기 때문에 그 환상적 본질을 이해한다. 사태를 정확히 보려면, 국경을 건너야만 한다.[3]

19세기 서구에서 이루어진 중심에서 주변부로의 여행이 사이드가 『오리엔탈리즘』에서 분석하고 있듯이 동양에 대한 환상적이고 고착된 이미지를 만들어 낸 것과는 정반대로, 루시디가 말하는 이주의 경험은 주변부에서 중심으로의 이동과 유배를 의미하며 이는 '고향'과 '장소' 그리고 '정체성'에 대한 근본적인 질문을 제기하게 만든다. 그렇다면 어느 한 문화에 절대적으로 귀속된 채 살아갈 수 없으며, 다양하고 이질적인 문화들과의 접촉과 갈등을 안고 살아갈 수밖에 없다는 점에서 '이주'는 현실적인 경험의 층위를 지칭하는 '행위'가 아니라, 인간 생활의 '조건'을 가리키는 것은 아닐까.

이주와 망명 같은 용어들은 더 이상 한국 문학에도 낯설지 않다. 1990년대 들어서 활발해진 디아스포라 연구는 국제 이주, 망명, 난민, 이주 노동자, 민족 공동체, 문화적 차이나 정체성 등의 개념을 활용하면서 한국 문학에 나타난 디아스포라의 양상들을 적극적으로 조명하고 있다. 작가들의 관심 또한 높아서 19세기 중엽부터 시작된 코리안 디아스포라를 재조명하는 측면에서 김영하는 『검은 꽃』을 통해 멕시코 이민사를 서사화한 바 있다. 또한 국내로 유입되는 이주 노동자들의 인권 및 노동권 문제와 탈북자들이 야기한 정치·사회적 문제에 대한 탐색은 전성태, 김재영, 천운영과 같은 작가들에 의해 이루어진 바 있다.

---

3) Salman Rushdie, *Imaginary Homelands: Essays and Criticism 1981~1991*(London: Granta, 1991), 124~125쪽. 강조는 인용자가 한 것임.

2 '무국적' 문학과 '탈국경'의 서사

민족주의와 제국주의가 서로 길항하여 생겨난 국민 국가들의 대립과 이를 유지하기 위해 강화된 국경이 생겨난 엄연한 현실에도 불구하고 이주의 경험이 만들어 내는 새로운 지도와 연결망 속에서 역사와 지리가 새롭게 새겨지고 있다. 아직 적절한 명칭을 얻지 못한 것으로 보이는 탈영토화된 민족의 문학이나 국가 중심의 문학의 범주를 넘어선 문학 연구를 광범위한 의미에서의 디아스포라적 글쓰기 또는 디아스포라적 서사라고 부를 수 있다면, 우리는 이러한 이주의 서사를 국경의 문제에 긴밀하게 연결시키려는 문학적 탐색을 지칭하기 위해 '탈국경의 서사'(border crossing narrative)라는 용어를 사용할 수 있을 것이며 이를 디아스포라적 글쓰기의 중요한 하위 범주로 간주할 수 있을 것이다.

이러한 탈국경 서사의 본격적인 양상을 살피기 전에 이와 유사해 보이지만 탈국경 서사의 진정한 의미를 성찰하기 위해서는 반드시 구분해야 할, 일종의 '의사-탈국경 서사'(pseudo-border crossing narrative)를 살펴보아야 한다. 이는 우리가 '국경 없는'(borderless) 글로벌 경제로 인한 탈중심화된 세계에 살고 있으며 이를 통해 문화적인 생산 및 소비 양식 또한 경계로 구분된 국경의 논리나 세계의 중심-주변부의 이원론에 의해 더 이상 설명될 수 없다는 인식의 문학적 표현이다. 이른바 세계화 시대에 문학은 국경 없는 지구촌의 새로운 '인터내셔널리즘'인 셈이다. 이러한 의사-탈국경 서사는 이주나 유배의 경험을 국경을 건너가고 횡단하는 서사의 모험으로 서술하는 것이 아니라 국경이 마치 없어진 것처럼 국경을 뛰어넘고 초월하여 이른바 '국적 없는' 문학을 만들어 낸다. 무라카미 하루키로 대표되는 이러한 문학은 국경을 지워 버리고 국가의 경계를 과감하게 뛰어넘음으로써 국가적이지 않은 보편적인 무엇을 상상하고자 하는 대중의 욕망을 자극하고 건드린다. 하루키의 소설 『국경의 남쪽, 태양의 서쪽』은 그러므로 앞서 설명한 이주나 유배의 문학적 형상화나 국경에 대한 문학적 탐색과는 거리가 멀며, 이 작품에서 쉼표로 나뉜 두 개의 소제목들은 각각 팝송과 재즈의 제목에서 따온 것이다.

하루키가 대중적인 차원에서 일종의 무국적의 문학을 만들어 내고 있다면, 그리고 전 지구적으로 소비되는 대중문화를 작품 속에 적절하게 구사하고 배치함으로써, 독자들에게 국경을 뛰어넘어 손쉽게 만날 수 있다는 환상을 심어 주고 있다면, 또 다른 일본의 소설가 가즈오 이시구로 (Kazuo Ishiguro)는 이른바 본격 문학의 차원에서 일종의 '무국적' 문학을 지향한다. 아주 어린 나이에 아버지를 따라 영국으로 이주한 이시구로는 일본인이면서도 서구에서 성장한 배경을 바탕으로 삼아 자신의 문학에서 일본과 영국이라는 자신의 '이중' 국적을 은밀하게 지워 버린다. 보다 구체적으로 작품의 배경에서 그가 태어난 일본과 그가 자라난 영국의 로컬리티를 탈색시키는 방식을 취한다. 그의 작품을 꼼꼼하게 분석할 지면이 없으므로 그의 말을 직접 들어 보기로 하자.

작가로서 내가 진정으로 고투하고 있는 것이 있다면, 사람들이 소설 속의 구체적 배경이 이게 일본이나 영국이라고 생각하지 못하도록 은유의 영역으로 이를 이동시켜 놓는 일이다. (……) 소설 속에서의 배경을 어느 정도까지는 구체적으로 만들어 놓아야 독자들이 나름대로 길을 찾아가겠지만, 너무 구체적이게 되면 사람들은 "이 소설은 그 시절 일본의 모습과 똑같잖아."라든가 "소설가가 1930년대 영국에 관해 무언가를 말하고 있네."라고 말하기 시작할 것이다. 이는 내게 아직까지도 익숙하지 않은 기법이지만 나는 직설적인 리얼리즘과 일종의 노골적인 우화 사이에서 길을 발견하고자 하며, 그 속에서 독자들을 소외시키거나 좌절시키는 세계가 아니라 다큐멘터리도 역사도 저널리즘도 아님을 분명하게 알아차릴 수 있는 세계를 만들고자 한다. 내가 창조한 이러한 세계를 모든 종류의 사람들이 살 수 있는 세계의 반영으

로 생각해 주었으면 한다.[4]

우리말로 번역되어 있는 이시구로의 소설들 가운데 『위로받지 못한 사람들』[5]은 그가 위치한 두 세계 사이의 긴장과 대립이 국적과 국경의 경계가 소멸되고 무화된 일종의 알레고리적 소설로 나타난 극단적인 경우라고 할 수 있다.

흔히 서구에서 탈식민주의 계열로 거론되는 소설들은 작품에서 국적을 지워 버리거나 국경을 뛰어넘는 방식을 택하는 것이 아니라 디아스포라적 경험에 의해 자신이 떠나온 문화와 새롭게 살아가게 되는 문화 사이에 일종의 '하이픈(‒)'의 관계를 형성한다. 여기서 하이픈은 분리하면서 동시에 연결시키며, 비판하면서 동시에 동의할 수밖에 없는 관계의 성격을 지칭한다. 이는 예컨대 '치카노‒스페니시'(Chican-Spanish), '터키시‒저먼'(Turkish-German), '알제리안‒프렌치'(Algerian-French) 같은 일련의 관계망을 만들어 낸다. 이러한 하이픈의 관계 속에서 디아스포라의 서사를 만들어 내는 작가들은 그들 뒤에 남겨진 고향으로 되돌아가는 것이나, 그들을 받아 준 나라에서 편안하게 살아가는 것 모두 자신들의 선택이 될 수 없음을 자각한다. 그들에게는 자신만의 기억, 언어, 번역을 표현할 수 있는 제3의 공간이 요구된다. 이러한 글쓰기의 공간은 국가와 국가 사이, 문화와 문화 사이의 경계에 대한 탐색에서 비롯된다는 점에서 일종의 '국경‒경계의 서사'(border writing)라고 할 수 있다. 호미 바바

---

4) Vorda and Herzinger, "An Interview with Kazuo Ishiguro", *Mississippi Review* 20(1991), 136쪽.
5) 가즈오 이시구로, 김석희 옮김, 『위로받지 못한 사람들』(프레스 21, 1998). 실제로 카프카의 소설을 연상시키는 이 소설의 배경으로 설정된 가공의 도시는 특정 국가의 정서나 풍경 같은 구체성이 모두 배제되어 있다. 로컬리티의 구체성을 배제하고 소설의 알레고리적 효과를 극대화시키는 이러한 전략이 소설의 보편적 호소력을 증대시키는 방향으로 나아갈 것인지에 대해서는 의문의 여지가 많다. 이 밖에도 지금까지 전부 6권의 소설을 발표한 이시구로의 소설 가운데 『떠도는 세상의 예술가』와 『남아 있는 나날들』이 우리말로 번역되어 있으며, 특히 『남아 있는 나날들』은 이시구로에게 부커상의 영예를 안겨 주었을 뿐만 아니라 영화로도 만들어져 대중적인 인지도를 높인 작품이다.

같은 이론가가 말하는 혼종성이나 ' – 사이에 위치함'(in-betweenness)은 탈식민주의 서사의 이러한 특성을 설명해 주는 개념일 것이다. 기실 미국을 비롯한 서구의 대학들에서는 정전 해체의 결과로 그리고 탈식민주의의 세례로 인해 문화의 혼종성과 양가성을 표출하는 탈식민주의 계열 소설들의 목록이 교육과 연구의 중요한 대상이 되고 있다. 우리는 이 목록에서 이른바 제1세계의 문학도, 그렇다고 해서 제3세계의 문학이라고 할 수도 없는 새롭고도 낯선 작가와 작품들과 마주친다.

우리는 하루키로 대변되는 이른바 '무국적'의 서사가 포스트모더니즘이라는 이름으로 1990년대 초반 한국 문학에 끼친 부정적인 영향을 알고 있다. 이제 한국 문학이 국경을 다시 문제 삼게 될 때, 그리고 세계화로 인한 다양한 현상들에 대한 고찰을 더 이상 미룰 수 없게 될 때, 아마 글로벌한 문학 시장에 편입된 대중문화의 강력한 유인 작용에도 불구하고 이러한 무국적의 서사로 또다시 회귀하는 방식을 취할 수는 없을 것이다. 또한 서구의 탈식민주의 계열의 소설이 보여 주는 여러 가지 매력과 장점에도 불구하고 이러한 모델이 그 자체로 한국 문학에서 실험될 수는 없을 것이다. 아직까지 한국 문학은 범박하게 말해 다음과 같은 탈식민주의적 질문에 대답할 만한 충분한 역사적, 문화적 경험을 축적하지 못했기 때문이다. 동시에 하나 이상의 고향을 마음속에 떠올리는 감정을 갖게 될 때 무슨 일이 벌어질 것인가? 이러한 질문을 보다 이론화된 개념들로 치환해 보자. 인종, 계급, 젠더, 세대, 지역 그리고 종교와 같은 범주들이 정적이고 고정된 것으로 파악되는 것이 아니라 끊임없는 재협상과 재해석에 종속된 유동적이며 유연한 범주들로 파악된다면 무슨 일이 벌어질 것인가? 한국의 작가들이 선택한 방식은 말 그대로 국경을 '가로지르는' 서사의 방식이다. 이렇게 국경을 가로지르는 서사의 방식을 통해 한국 문학은 그동안 한반도 혹은 그 남쪽에 국한되었던 작품의 무대를 확장시키고, 한국의 근대를 형성한 모더니티의 문제를 글로벌한 시야에서 조망할 수 있는 거리를 확보하고자 한다. 이를 보다 거시적인 측면에서 설명하면 한국 문학의 이러한 현상은 한편으로는 '디아스포라'라는 용어로 압축되는 이산(離散)의 문학적 형상화에 대한 전 지구적 관심과 세계화 또는 세계로의 무대 확장이라는 또 다른 차원으로 진입한 한국 문학이 마주친 지점에서 발생하는 현상이라고 할 수 있을 것이다.

최근 몇 년 동안 작품 속에서 국경을 등장시키거나 국경의 의미와 조건을 문제 삼는 일련의 문학적 시도들이 나타났으며 이는 한국 문학의 이전의 경향들과 비교할 때 중요한 문학사적 의미를 지니는 것으로 평가받고 있다. 그러나 작품 속에 국경이 등장하기는 하지만 탈북이나 이주 노동자와 같은 사회적인 이슈들을 다루는 일련의 작품들까지 모두 포함하여 이를 '탈국경의 서사'라고 하는 것[6]은 오히려 최근의 한국 문학에 나타난 의미 있는 문학적 시도의 가치와 비중을 약화시키는 역효과를 불러올 수 있다. 이런 측면에서 탈국경의 서사를 느슨하게 규정하는 대신, 문자적인 의미에서 국경을 가로지르는 경험과 사건들이 문학적으로 형상화되어야 한다는 필요조건 외에도 다음과 같은 일련의 충분조건들을 충족시키는 보다 제한된 의미로 사용할 필요가 있다.

1) 국경을 가로지르는 서사는 그 주체의 '정체성'의 문제에 서사의 초점이 맞추어져야 한다. 다시 말해 탈국경의 서사는 국경을 횡단하는 경험을 통해 정체성의 문제를 탐구하는 소설이다. 이를 통해 예컨대 탈북이나 이주 노동자의 문제를 소재의 차원이나 사회적 이슈의 관점에서 접근하는 소설들은 그 문학적 성취도 여하에 상관없이 이 범주에서 제외될

---

6) 예를 들어 한 계간지는 '한국 소설과 탈(脫) 국경'이라는 특집에서 다음과 같은 일련의 작가와 작품들을 탈국경의 서사에 포함시키고 있다. 황석영의 『심청』, 김영하의 『검은 꽃』, 강영숙의 『리나』, 공선옥의 『유랑가족』, 박범신의 『나마스테』, 방현석의 『랍스터를 먹는 시간』, 전성태의 『국경을 넘는 일』, 천운영의 『잘 가라, 서커스』, 김재영의 『코끼리』, 이명랑의 『나의 이복형제들』, 오수연의 『아부 알리, 죽지마』, 김정환의 『하노이-서울 시편』, 허수경의 『청동의 시간, 감자의 시간』, 배수아의 『에세이스트의 책상』.(조정환, 「경계-넘기를 넘어 인류인-되기로」, 《문학수첩》, 2007. 여름.)

수 있다.

2) 국경이라는 물리적, 혹은 지리적인 개념은 경계 또는 한계의 개념으로 확장되어야 한다. 다시 말해 물리적 공간으로서 국경은 남성과 여성, 지배자와 피지배자, 정주민과 이주민 등과 같은 '경계'의 의미를 담게 되며, 지리적 공간으로서 국경을 넘는다는 것은 개념적 대립쌍의 경계를 넘어서서 그 이분법적 대립의 의미를 되묻고 대립을 넘어선 새로운 지점을 모색한다는 것을 뜻한다. 왜냐하면 국경을 국경으로 만든 여러 실체들, 권력들, 힘의 작용을 의식하지 않고서는 국경을 넘을 수 없으며, 국경은 이러한 경계가 구축되는 지점이기 때문이다. 이런 측면에서 경계로서의 국경 개념은 인종, 국가, 섹슈얼리티 등의 개념과 매우 친연적인 연관성을 갖게 된다.

이러한 기준을 놓고 볼 때 국경의 문제를 소설의 전면에 내세우고 있는 작품들 가운데 보다 제한된 의미에서 탈국경의 서사로 간주할 수 있는 작품들이 바로 황석영의 『심청』(2003)과 『바리데기』(2007), 그리고 강영숙의 『리나』(2006)이다.

3 모성성의 '신화'와 제3세계 민중과의 연대의 '환상'

출옥 이후 다른 누구보다도 왕성하게 작품을 발표하고 있는 황석영은 『심청』 출간 이후 가진 대담에서 최근의 세계사적 변동에 대응하는 자신의 문학적 화두를 다음과 같이 정리하고 있다.

1990년 동구 사회주의권의 붕괴와 해체 이래로 세계는 미국의 유일 패권에 의하여 급속하게 재편성되었지만, 우리의 삶은 어쩔 수 없이 세계 금융 자본의 재편성의 강력한 영향력 아래 민족도 국가도 없다는 이른바 '세계화' 시

대에 적응하면서도, 한편으로는 민족과 국가의 분단이라는 전 세기의 유산에
짓눌려 있는 것입니다. 그래서 나는 요즈음 세 개의 낱말을 화두로 삼고 있지
요. 첫째가 '근대'라는 말이요, 둘째가 참새가 떠 있는 상태의 '트랜싯'이고,
셋째가 '난민'이라는 말입니다.[7]

작가의 이러한 발언은 『심청』뿐만 아니라 최근에 나온 『바리데기』에
도 마찬가지로 적용된다. 즉 『심청』의 경우 그 시기적 배경이 동아시아
근대 국가의 성립기인 19세기 중후반이라면, 『바리데기』의 경우 근대 국
가의 관념이 도전받는 20세기 말이라는 차이를 제외하면, 위에서 작가가
밝히고 있는 세 가지 화두, 즉 '근대', '트랜싯(transit)', '난민'은 그의 최
근작들인 『심청』과 『바리데기』를 관통하는 문학적 키워드라고 할 수 있
다. 이렇게 해서 동아시아 '근대'를 거쳐 근대 '이후'에 이르는('트랜싯')
시기를 국경을 가로지르는 여성('난민') 서사로 조망해 보고자 하는 기획
이 제시된다. 또한 '근대'와 관련하여 생각해 본다면 『심청』이 그 무대가
동아시아로 설정된 19세기 동아시아 근대론이라면, 『바리데기』는 그 무
대가 서구로까지 확장된 20세기 세계체제론 또는 (탈)근대론의 성격을
지닌다.

『심청전』이 효의 원리에 근거한 조선조 봉건 사회의 문학적 표현이라
면 『심청』은 심청이라는 여인의 일생을 서구, 근대, 자본과 충돌하며 극
심한 혼란의 양상으로 전개된 동아시아 근대화 과정의 알레고리로 설정
하고 그 한계에 직면한 모더니티의 대안을 모색하고자 한다는 점에서 작
가의 개작 의도를 충분히 짐작해 볼 수 있다. 이렇듯 심청을 동아시아 근
대의 알레고리로 간주할 경우, 우리는 서구와 동양, 남성과 여성, 전통과
근대와 같은 이분법적 대립 항들이 이 작품의 해석과 평가에서 매우 중
요한 요인이 되리라는 점을 알 수 있다. 보다 구체적으로 말해서 이 작품

7) 「작가 인터뷰」, 《작가세계》, 2004. 봄, 27쪽.

이 이 일련의 대립 항들을 국경을 가로지르는 서사로서 어떻게 공간적이고 시간적으로 배치하며, 두 대립 항들의 관계에 대해 어떠한 논리와 문제의식을 설정하는가가 작품 해석의 중요한 관건으로 대두된다는 점이다. 서구의 근대가 자본과 합리성, 그리고 남성의 힘을 앞세우며 동아시아 국가들에 모더니티의 보편성을 승인하도록 강요했을 때, 동아시아가 취할 수 있었던 전략과 방법은 무엇이었던가? 심청이라는 여성 인물의 성장과 해탈의 과정을 통해 서구의 근대를 어쩔 수 없이 받아들이면서도 서구의 근대가 지니는 맹점을 직시하고 그 한계에 직면한 모더니티의 어떤 가능성을 탐색하고자 한다는 점에서 심청의 수난사는 한편으로는 가해자-서구/피해자-동양의 모습이면서 다른 한편으로는 가해자인 서구가 궁극적으로 피해자일 수밖에 없는 한계 지점을 찾아내어 피해자인 동양이 오히려 가해자의 상처를 치유할 수 있는 대안을 제시하는 모순의 과정이기도 하다. 다시 말해서 서구 제국주의의 전 지구적 확산과 더불어 제시된 모더니티의 측면에서 볼 때 서구의 근대와 동아시아 근대 사이에는 모방과 부정, 유혹과 거부, 저항과 승인의 복합적이고도 모순적인 논리가 작용하는 것이다. 이와 관련하여 『심청』에서는 크게 두 가지 가능성이 제시되어 있다.

우선 '모방을 통한 전복'의 가능성. 이 작품에서 흥미로운 점은 매춘이 작품의 전반부와 후반부에서 매우 다른 기능과 의미를 지닌다는 사실이다. 전반부에서 매춘이 심청의 사회적 전략과 종속 관계를 주로 드러낸다면, 후반부에서 매춘은 더 이상 '몸을 파는' 행위가 아니라 심청에게 사회적 지위 상승과 대등한 인간관계의 바탕이 된다. 예컨대 작품 초반부에 나오는 첸 대인에게 몸을 파는 심청의 모습과 작품 후반부에서 센신과 거의 수평적인 동지애를 실현하는 심청의 모습은 매우 대조적이다. 이는 매춘에 대한 심청의 태도 변화와 밀접하게 연결되어 있다. 자기보다 권력과 자본에 있어 우월한 위치에 놓여 있는 여러 남성들에 몸을 팔 수밖에 없는 심청의 처지(작품의 전반부)가 서구의 근대에 문호를 개방할 수밖에 없는 동아시아 근대화의 상황을 정확하게 연상시킨다면, 매춘을 현실로 받아들이고 이를 '이용하여' 탈출구를 모색하는 심청의 모습(작품의 후반부)은 서양을 이용하면서 서양을 뛰어넘겠다는 의도의 발현이라 할 수 있다. 더 이상 수난자로서 피동적인 역할에 머물지 않고 능동적 행위자가 되어 닫힌 현실의 출구를 열고자 하는 심청은 서구의 근대가 가져온 자본과 권력에 좌절하거나 그 바깥으로 도피하는 것이 아니라 자본과 권력의 안으로 파고들어가는 전략을 취한다. 심청이 남다른 미모와 지략을 겸비한 여성으로 행동하며 궁극적으로 자본 축적과 신분 상승에 성공하는 것은 '서양의 것을 이용하여 서양의 허를 찌르기', 혹은 '되로 주고 말로 받기'와 같은 전략의 결과이다. 이는 탈식민주의에서 논의되는 '전유'의 전략과 상당히 유사한 맥락에 놓여 있다.

　이러한 전략이 잘 드러나는 예들 가운데 하나로 우리는 심청의 이주 지역 중에서, 서구의 제국주의와 동양과의 이항 대립적 관계가 잘 드러나는 싱가포르에서 3년간 보낸 심청의 삶의 방식을 들 수 있다. 다음은 제임스가 심청에게 정식으로 청혼했을 때 심청이 거절을 하면서 벌어진 상황에 대한 서술이다.

　제임스가 갑자기 시가를 마당으로 내던지며 소리를 질렀다.

　"이런 젠장할, 그걸 말이라고 하는 거야? 나는 시궁창에 빠진 너를 건져다가 숙녀로 만들어 주었어. 그리고 결혼해서 정처 자리까지 주려고 했단 말야. 그런데 너는 지금 단수이의 창녀로 돌아가겠단 말이지?"

　청이도 소리를 질렀다.

　"이봐, 제임스, 너는 장사꾼이야. 우린 계약을 했어. 당신은 내게 급여를 주고 나를 고용한 거야. 바오쭈도 몰라? 계약이 끝나면 당신이 다시 돈을 내고 재계약을 하든가 아니면 다른 여자를 찾는 거야."

제임스는 붉으락푸르락하면서도 금세 풀이 죽었다.[8]

심청은 동인도회사의 영국인인 제임스와의 생활을 통해 시간 관념, 자본, 서구적 삶의 양식(영어, 포크와 나이프, 드레스, 침대……) 등을 배우게 되는데, 자본을 매개로 한 계약이라는 서구적 인간관계의 수동적 피계약자로 머무는 대신 스스로 계약의 주체가 되고 제임스를 피계약자로 만듦으로써 지배자−피지배자의 관계를 단숨에 전복한다. 만일 심청이 제임스의 청혼을 받아들여 정식 부인이 되었다면 그녀는 표면적으로는 신분이 상승한 것처럼 보일지 몰라도 여전히 피계약자의 신분으로 살아가게 되었을 것이다. 즉 제임스의 말과는 반대로 청혼을 거절하고 계약을 파기함으로써 창녀의 신분으로 되돌아가는 것이 아니라 제임스와 동등한 인격체로서 자신을 주장할 수 있게 된 것이다.

앞서 심청이 매춘을 더 이상 몸을 '파는' 행위가 아니라 오히려 자신의 몸을 팔게 한 남성이 지닌 권력자의 '힘'을 이용하여 그로부터 벗어날 수 있는 계기로 만들고자 했다는 점을 지적했거니와, 이는 다음과 같은 심청의 대화에서 분명하게 드러난다.

청이는 세상에 벌어진 남자와 여자의 서로 다른 관계에 대해서 눈치를 채고 있는 것처럼 보였다. 청은 키우에게 속마음을 보이듯이 말하곤 했다. 나는 힘이 좋아. 힘을 가지고 싶어요. 힘은 여자의 것이 아냐. 키우의 애매한 말에 대해서 청이는 분명하게 표현했다. 힘 있는 것을 꾀어서 가지면 되잖아요.(상권, 94쪽)

문제는 "힘 있는 것을 꾀어서 가지"는 이러한 전략은 심청이 작품의 후반부로 접어들면서 몸을 파는 자신의 육체와 자신의 정신을 분리시킴

8) 황석영, 『심청』 하권(문학동네, 2003), 56쪽.

으로써 가능해진다는 점이다. 몸은 어쩔 수 없이 자본을 통한 육체적 매매 관계에 종속되어 있지만, 몸으로부터 정신을 떼어 냄으로써 정신의 고결함과 순수성을 지킬 수 있다는 것이다. 작품의 마지막에 이르러서 가즈토시와 혼인하기 전까지 심청은 자신의 몸을 하나의 상품으로 인정하고 이를 철저하게 활용하면서도 다른 한편으로는 상품으로 전락하지 않은 순수한 정신의 실체를 끝까지 간직하려고 노력한다. 청이에서 렌화, 로터스, 렌카로 이름이 변하는 과정이 심청의 육체가 자본의 논리에 종속되면서도 그 논리를 역이용하는 일련의 과정을 나타낸다면, 이러한 변화하는 삶의 여정 속에서도 심청이라는 자기 정체성을 끝까지 잃지 않고 유지하는 것은 그녀가 혼신의 힘을 기울여 육체로부터 분리시킨 정신의 순수함 덕분이다. 심청이 국경을 가로지르는 일련의 경험을 통해서도 끝까지 자기 동일적 정체성을 유지함에 따라 앞서 언급한 탈식민주의적 '전유'의 전략은 텍스트 내에서 철저하게 시도되지 못한다. 왜냐하면 탈식민주의적 전유의 전략은 서구적인 가치로의 단순한 동화나 철저한 저항이라는 이분법적 틀에서는 실현되기 어려우며, 이는 피식민자 주체의 정체성의 미묘한 혼란, 자기 동일성의 원리로 환원되지 않는 '차이'를 요구하기 때문이다. 작품에 등장하는 거울의 이미지는 청이가 한편으로는 렌화, 로터스, 렌카로 '육체'를 바꾸어 나가면서 다른 한편으로는 궁극적으로 자기 동일성의 원리로서 자신의 '정신'을 유지하고 강화시키는 모습을 잘 보여 준다.

넌 누구야?

넌 누구야,라고 바로 면전의 얼굴이 되물었다. 청이가 가리개를 밀치고 벽에 다가서자 그네는 선명하고 빛나는 물체에 부딪칠 뻔했다. 청이는 양거울을 처음 보았다. 거울은 작은 상만 한 크기였는데 그 속에 낯익은 얼굴이 떠올라 있었다. 물동이 속에서, 하늘거리는 냇물의 수면 위에서, 반질반질 닦은

낯뚜껑의 앞면 뒷면에서, 똑바로, 일그러지게, 길쭘하게, 넓적하게 보이던 바로 그 얼굴은 자기였다. 청이는 두 손으로 볼을 감싸안았다. 맞은편의 렌화도 볼을 감싸안는다.

아, 그래 내가 원래 청이었지……

심청은 멀뚱히 렌화를 바라보다 허리띠를 풀고 비단 홑옷을 벗어 발아래 떨구었다. 그네는 태어나서 처음으로 자신의 벌거벗은 몸을 남의 것처럼 바라보았다. 거울 속의 렌화가 말했다.

너는 내가 아니야.(상권, 35~36쪽)

렌화가 거울 속에 비친 자신의 몸을 바라보며 더 이상 청이가 아니라고 말하는 위의 장면은 일견 렌화가 지금까지 유지해 오던 '청이'로서의 정체성을 부인하고 상실하는 것처럼 보이지만 실은 이러한 변화를 오로지 '몸'의 차원에 한정시킴으로써 '정신'으로서 자기 동일성을 더욱 확고히 유지하는 계기로 작용하게 된다.

탈식민주의적 전유의 전략이 텍스트에서 심청의 고정된 자기 정체성으로 인해 실현되지 못하는 바로 이 지점에서 동아시아 모더니티의 또 다른 가능성으로 작가가 제시하고자 하는, 이 작품의 가장 중요한 메시지가 전달된다. 작가가 심청의 더럽혀진 육체로부터 떼어 내어 끝까지 간직하고자 한 내면의 원리란 바로 '모성성'이며 모성애가 소외받는 주변부적 인물들에게까지 확대되어 나타나는 '이타성'의 원리이다. 심청이 창녀로서 몸을 파는 것과 동시에 동료 링링의 아이인 유자오를 맡아 기른다거나, 싱가포르에서 제임스의 첩으로 살아가면서도 버려진 고아들을 모아 기르는 소보원(小寶園)을 설립하여 운영하는 등 일련의 이타적인 행위들을 실천할 수 있었던 것도 이러한 모성성의 원리가 뒷받침되어 있기 때문이다. 이러한 모성의 원리는 궁극적으로 '고향'이라는 가치와 결합한다. 심청이 렌화, 로터스, 렌카 등으로 계속되는 기표의 변화 과정 속에서 기의가 증발하거나 사라지는 것을 막아 주고 동일한 기의를 유지할 수 있게 해 주는 것이 바로 '고향'이며, 이 점에서 '모성'과 '고향'은 이 작품의 의미의 기원이자 종착점 구실을 한다. 궁극적으로 작가가 제시하고자 하는 가능성은 모성성의 가치이며, 이는 서구의 가치를 역이용하여 서구를 제압하겠다는 논리가 피력된 싱가포르에서의 생활에서 심청-로터스 부인이 심혈을 기울인 것이 다른 무엇보다도 버려진 고아들을 키우는 사업이었다는 사실에서도 잘 확인할 수 있다.

『심청』의 결말이 주인공이 오랜 여정 끝에 고향으로 돌아오는 것으로 되어 있는 반면, 『바리데기』는 집이나 고향에 대한 향수 또는 기원에 대한 그리움이 적극적으로 배제되어 있다. 『심청』이 마치 오디세우스의 서사처럼 주인공의 귀환 혹은 귀향으로 끝을 맺는 닫힌 원의 구조를 지닌 서사시라면, 『바리데기』는 고향을 떠나 타국에서 삶을 영위하는 주인공의 모습을 끝까지 유지함으로써 미래를 향해 열려 있는 서사 구조를 채택한다.

『바리데기』는 『심청』과 마찬가지로 작품의 전반부와 후반부가 상당히 다른 구조를 갖고 있다. 즉 전부 12장으로 구성되어 있는 이 작품의 6장까지가 바리와 그녀의 가족이 북한을 탈출하여 중국에서 겪는 여러 고통을 이야기하고 있다면, 7장부터는 런던에서의 삶이 펼쳐진다. 그 점에서 6장이 중국에서 런던으로 향하는 밀항선에서 일어나는 꿈과 환상에 대한 서술과 묘사로 가득 차 있으며 '허물'이나 '옷' 등의 비유를 통해 장차 바리가 런던에서 겪을 정체성의 혼란과 정신적 성숙을 예견해 주고 있다는 점은 매우 시사적이다. 이미 6장의 묘사에서 예고되듯이 작품의 후반부로 올수록 '환상'이나 '꿈'과 같은 장면이 더욱 빈번하게 그리고 밀도 있게 그려지고 있다. 보다 구체적으로 작가가 이 작품의 서사적 변동의 원리로 삼은 바리 공주의 서사 무가는 작품의 전반부에서는 주로 할머니가 바리에게 들려주는 옛이야기의 형식이어서 작품에서 그다지 중요한 비중을 차지하지 않지만, 작품의 후반부에서는 특히 타인의 감추어진 삶의 이력을 읽어 내는 '통령술'과 결부되면서, 주로 '환상'이나 '꿈'의 장면을 통해 나타나고 있다. 그러나 이 경우 '꿈'과 '환상'의 서사적 형식은 작품의 완성도를 높이는 것이 아니라 작가의 메시지를 간접화하는 방식으로 기능하면서 낯선 현실 속에서 바리가 맞부딪힌 삶의 구체성과 긴장감을 오히려 떨어뜨리는 역효과를 만들어 낸다. 여기서 작가의 메시지란 "분쟁과 대립을 넘어 21세기의 생명수를 찾아서"라는 문구에서 잘 드러난다. 그러나 환상을 통한 메시지의 간접적인 제시가 두드러지면 두드러질수록, 실제 현실 속에서 인물들 사이의 대립과 갈등 그리고 화해의 과정은 소략하고 간단하게 처리되기 쉬우며, 이는 『바리데기』의 후반부에서 진정 아쉬운 부분이라고 할 수 있다.

한마디로 런던에서의 바리의 삶은 서로 간의 차이가 거의 없거나 있더라도 별다른 어려움 없이 이를 극복할 수 있는 구성원들 사이의 '조화로운 연대'의 가능성에 더 초점이 맞추어져 있다. 차이가 차별을 낳지 않고, 말 그대로 평화로운 공존이나 이해의 가능성을 전제로 한 만남. 바리가 런던에서 만나는 사람들 대부분이 거의 대부분 이민자이거나 불법 체류자이거나 자의반 타의반으로 이주해 온 비슷한 운명 공동체라는 사실이 이를 반증해 준다. 런던에서 바리의 삶은 제3세계 민중이라고 부를 만한 사람들과의 만남으로 한정되어 있다. 런던에서 바리가 만난 거의 유일한 백인인 에밀리 부인의 경우에도 만남은 주로 주술과 환각 그리고 꿈의 장치를 통해 이루어진다. 그렇기 때문에 중국에서의 삶과 비교할 때 그 질적인 측면에서 커다란 변화가 이루어질 것으로 쉽게 짐작할 수 있는 런던에서 바리가 겪는 문화적 갈등이나 혼란의 소지는 그리 커 보이지 않는다.

통킹 살롱의 탄 아저씨는 불교를 믿었고 루 아저씨는 요리를 끝내고 쉴 때면 뭔가 주문 비슷한 기도를 끝없이 외우곤 했는데 차이나타운의 많은 사람들이 도교 사원에 나가 향불을 피우고 기원을 올렸다. 루나 언니와 사라 아줌마는 방글라데시와 스리랑카 사람이었지만 영국에서 태어나 교회를 다니고 예수를 믿었다. 그래도 이들은 서로의 풍습에 대해 예법과 격식 사이를 자유롭게 넘나들었다. 압둘 할아버지가 나의 이런 설명에 만족한 듯 웃음을 지으며 말했다. 아가야, 우리 옷과 음식이 서로 조금씩 다르듯이 그건 살아온 방식이 다를 뿐이다. 우주의 섭리는 하나로 모인단다.[9]

문화적 차이란 결국 우주의 섭리 아래 통합되고 극복될 수 있을 것이라는 믿음을 잘 보여 주는 위의 대목은 보다 구체적으로 고통받는 제3세계 민중과의 연대라는 환상과 제1세계와 제3세계의 대립에 기초해 있다. 『심청』에서는 모성성 또는 여성성이 구원의 원리로 제시되어 있다면, 『바리데기』에서는 제3세계 민중과의 연대, 혹은 디아스포라적인 유대가 구원의 원리로 제시되어 있다. 그러나 이러한 연대와 유대는 차이에 주목하지 않는 연대, 문화적인 혼란이나 갈등의 소지가 처음부터 배제된 연대라는 점에서 일종의 환상 속의 연대라고 할 수 있지 않을까? '국경을 가로지르는 서사'라는 표현에서 '가로지른다'라는 말은 단순히 국경을 넘어서 나타나는 일련의 공간들을 병렬적으로 배열하는 것을 의미하지 않는다. 이는 국경－경계가 만들어 내는 이분법적 틀에 대한 보다 면밀하고 심도 있는 숙고와 비판의 노력을 요한다.[10] 그러나 황석영이 국경을 가로지르는 서사의 방식을 통해 최근 두 작품에서 보여 준 것은 제1

---

9) 황석영, 『바리데기』(창비, 2007), 225~226쪽.

10) 김예림은 이와 관련해 '역사의 지리학'이라는 용어와 '역사의 지정학'이라는 용어를 사용하여 구분할 것을 제안하고 있다. 즉 "병렬적이거나 나열적인 공간 확장 방식을 통해 제작되는 느슨한 지역(간) 지도와 내적 연계와 관계의 연쇄를 통해 제작되는 공간 확장 방식을 차별화할 필요"가 있으며, "단지 누적적이며 축적적인 태도로 '몇몇의 나라', '몇몇의 에스닉', '몇몇의 경계'를 불러 모아 진열하는" 것이 아니라 "더 복합적이고 다층적으로 지역 마찰의 장을 선택할 때 단지 '주체'의 동선을 그리는데 그치지 않고 타자와의 복잡한 '관계'의 동선을 그리는 방향으로 나아갈 수 있을" 것이라는 점이다.(「경계를 넘는 문학적 시선들」, 《문학판》 2006. 봄, 233~234쪽.)

세계에서 제3세계로, 제1세계 지식인에서 제3세계 민중으로, 폭력적 남성에서 모성적 여성으로의 이동을 통한 후자 항목의 선택이었다. 이러한 구도는 국경을 가로지르는 서사가 탐색할 수 있는 다양한 경계들을 깊이 있게 해부하기에는 너무나도 익숙한 이분법은 아닌가. 그리고 이러한 선택은 기존의 제3세계 문학에서 제시된 해법에서 얼마만큼 더 멀리 나아간 것인가? 작품의 무대가 '세계화'되고 작중인물들이 다양한 국적과 혈통을 지닌 인물들로 설정되었다고 해서 그 작품이나 작가가 '세계 문학적' 차원을 획득하는 것은 결코 아니다.

황석영이 최근의 두 작품에서 새로운 서사의 형식적 실험을 시도하고 서구의 소설적 내러티브가 비서구의 전통적 내러티브(판소리 소설과 무가)와 만나 새로운 소설의 내러티브를 만들어 내는 역동성을 보여 주기 위해 심혈을 기울인 것과는 정반대로 소설 속에서 각각 동아시아 근대와 세계체제론의 대안으로 제시한 것은 우리에게 너무나도 익숙한 해결책이라고 보인다. 특히 형식적 실험에 대한 작가의 의욕에도 불구하고 두 작품 모두 작품의 후반부에서 보이는 여러 서사적 장치의 결합으로 인해 '모성'과 '민중적 연대'가 소설의 형식이나 서사 구조와 긴밀히 연결되어 제시되지 못하고, 작가가 의도하는 동아시아 근대와 신자유주의 또는 세계체제론에 대한 메시지로 성급하게 드러난다는 점에서 이 두 원리는 일종의 '신화' 또는 '환상적 초월'에 머문다. 이는 국경을 가로지르며 깊이 있게 다루어져야 할 가로지르는 주체의 정체성이 '관계'의 망 속에서 탐구되지 못하는 결과를 낳는다. 주체는 국경을 가로지르며 만들어진 새로운 관계망의 형성을 통해, 다시 말해 관계망이 가져다주는 차이와 대립 속에서 부단히 자신의 정체성을 모색해야 하지만 아쉽게도 '청이'와 '바리'는 국경을 넘나드는 '고난의 행군' 속에서도 처음부터 자신의 정체성을 확인하고 유지한다. 이런 측면에서 청이와 바리의 모험은 여성 인물이 등장하며 여성성 또는 모성성이 그 원리로 제시되면서도 영웅적 서사의 성격을 강하게 풍긴다. 그 점에서 탈국경의 서사로서 『심청』과 『바리데기』는 절반의 성공인 셈이다.

4 우리가 진정으로 국경을 넘는 까닭은?

자본만큼 손쉽게 그리고 전 지구적으로 국경을 넘나드는 것도 없다. 자본은 이념의 장벽이나 문화적인 차이, 인종적인 간격을 뛰어넘어 서로 다른 이념과 문화 그리고 인종을 연결시키고, 그 연결망 속에서 지속적으로 유통되고 확대 재생산된다. 자본은 또한 사람들을 움직이게 하고 국경을 넘어 이주하게 한다. 이런 측면에서 개방된 국경은 자원과 노동력을 비롯하여 시장에 이르기까지 무한 침투하는 전 지구적 질서의 표상이라 할 만하다. 그러나 자본은 영토들 사이의 경계를 지워 버리고 그 이동을 원활하게 하면서 동시에 헐거워진 영토들을 '재영토화'시킨다. 자본은 궁극적으로 노동의 세계를 요구하며, 노동의 세계란 정주의 토대를 떠나서는 생각할 수 없기 때문이다. 자본은 노동자를 어느 한 국가에서 다른 한 국가로 이동시키지만, 노동자는 노동의 세계를 벗어나지 않는 한 어느 한 국가에 정주할 수밖에 없으며, 이는 필연적으로 국가 시스템의 여러 장치들에 종속된다는 것을 뜻한다.

강영숙의 소설 『리나』의 주인공 리나는 이러한 자본의 재영토화에 종속되기를 거부하고 부단히 탈영토화의 움직임을 실천하며, 정주를 포기하고 끊임없이 한 나라에서 다른 나라로 탈주하는 노마드적 인물이다. 리나가 풍요와 안락의 상징인 P국에 정착하지 않고, 끊임없는 고통과 착취에 시달리면서도 국경을 넘고 떠도는 이유는 무엇일까? 어느 날 시링의 창녀촌에서 축구하는 아이들의 함성이 불러일으킨 뱃속의 북소리가 과연 리나에게 어떤 욕망을 불러일으키는지 들어 보자.

그 조용한 순간에 리나는 갑자기 뱃속 저 안쪽에서부터 들려오는 둥둥둥 북소리를 들었다. 북소리는 처음엔 아주 작게 시작해서 온몸을 통처럼 커다랗게 울려 때리고는 리나의 귓가에 머물러서야 다시 작은 소리로 잦아들었다. 리나는 북소리를 들을 때마다 낯선 나라의 도시 한가운데로, 뜨거운 사막으로, 심지어 다시 국경으로 나가 서 있고 싶은 충동에 입술을 달싹거린다. 온몸의 핏줄들이 팽팽하게 곤두서고 팔과 다리는 벌써 허공을 짚고 혼자서 저만치 앞으로 성큼성큼 걸어나가고 있다. 입을 커다랗게 벌리고 목청껏 노래라도 부르지 않으면 둥둥둥 북소리에 휘말려 귀가 터져 버릴 것만 같다.[11]

위의 인용문이 보여 주듯이 리나에게 국경을 넘어가고자 하는 이주와 탈주의 욕망은 강제적이거나 강요된 성질의 것이 아니라 다분히 자발적이며 의지적이다. 리나의 본능에 잠재되어 있는 것 같은 존재의 팽창과 확장, 그리고 이를 통한 탈주의 욕망은 화공 약품 공장에서 갖은 고생 끝에 탈출해서 가족을 만났을 때도 "고분고분하게 부모의 품으로 돌아가"(85쪽)지 않고, 가족에 정주하려는 욕망을 포기할 정도로 강렬하다. 작품에 걸쳐 여러 번 나타나는 '신발'의 이미지는 국가와 가족을 벗어나 국경을 향하고자 하는 주체적 삶에 대한 리나의 강렬한 열망의 표현이다. 리나는 가족들에게 돌아가기에는 "사회에 대한 불만이 너무 많았다."(85쪽)라고 고백하고 있거니와, 정주−국가−자본−노동−남성으로 표상되는 근대적인 시스템에 맞서 탈주−탈국가−탈자본−탈노동−여성의 저항선을 구축하는 것으로 이러한 불만을 구체화시킨다. 다시 말해서 자본이 초래한 재영토화의 움직임을 뒤집어 지속적인 탈영토화의 방향성을 추구하는 것이다.

이러한 리나의 저항선은 소설 곳곳에 두루 포진되어 있지만, 그것이

---

11) 강영숙, 『리나』(랜덤하우스, 2006), 145~146쪽. 이하 이 작품에서의 인용은 쪽수만 표기하기로 한다.

가장 효과적이면서도 전면적인 방식으로 구축되는 지점은 소설의 후반부, 즉 리나가 잡역부로 일하게 된 자유 경제 구역의 공장 지대에서이다. 실제로 자유 경제 구역의 공장은 다국적 기업으로 대표되는 자본의 전 지구화, 남성 주체에 의한 노동의 양식과 그 규범화, 이를 운용하기 위한 개발도상국가의 억압적 시스템 등이 잘 결합되어 드러나 있는 곳이다. 이제 소설의 후반부를 중심으로 이러한 국가 – 자본 – 노동 – 남성의 복합 시스템에 대한 리나의 탈주가 어떻게 드러나는지 살펴보도록 하자.

탈국가의 로컬리티

국경은 매우 양가적인 장소이다. 국경은 분리와 차단의 장소이지만 소통과 교환의 장소이기도 하며, 국가의 내부이면서 외부인, 아니 내부와 외부 어디에도 속하지 않는 애매모호한 지점이기 때문이다. 리나가 국적을 묻는 국경 초소의 병사에게 "나는 국경에서 왔어요."라고 대답하는 것은 국가의 내부와 외부 어디에도 속하지 않는 양가적 장소로서 국경의 의미를 강하게 환기시킨다. 혹은 뒤집어 리나가 탈주의 오랜 여정 끝에 P국으로의 정주를 택하지 않고 새로운 탈주를 결정하고 낯선 국경 앞에 서서 "국경은 그저 지평선에 지나지 않았다."(346쪽)라고 말하는 것은 그만큼 아무리 눈을 비비고 보아도 "그저 지평선"에 지나지 않을 장소를 국경으로 만든 여러 실체와 권력의 작동 방식을 반어적으로 되묻는 것이라고 할 수 있다. 황호덕의 적절한 지적처럼 "국가의 밖이 국가이므로 국가를 넘어갈 수 없"으며, "어떻든 국가를 경계(border)가 아니라 한계 개념(grenzbegriff)으로 사고하지 않으면 안된다."[12]면, 한계 개념으로서 국가를 어떻게 표상할 것인가의 문제가 생겨난다. 이는 국가를 벗어난 로컬리티는 과연 존재하는가라는 매우 까다로운 질문을 낳는다. 그 누구

---

12) 황호덕, 「넘은 것이 아니다: 국경과 문학」, 《문학동네》, 2006. 겨울, 422~423쪽.

도 영원히 국경에 머물 수는 없으며, 국경을 벗어나는 순간 또다시 국가에 귀속되기 때문에 국가를 벗어난 로컬리티란 사실 문자적인 의미에서 불가능하다. 이러한 모순을 해결하기 위한 방법은 계속해서 국가의 시스템에서 벗어나 탈주하는 길밖에는 없다. 이 점에서 자본과 국가 그리고 노동의 복합 시스템으로서 공장 지대가 가스 폭발로 폐허가 되었을 때 리나가 느끼는 자유로움과 편안함은 국가를 벗어난 로컬리티의 한 단면을 잘 보여 준다.

> 비 온 다음 날, 리나는 새소리에 놀라 잠에서 깼다. 기적이었다. 무너진 공단 지대 위에 신기한 목소리를 가진 새들이 출현하다니. 비 온 다음 날은 햇볕도 맑고 아지랑이도 진하게 피어났다. 광과민성인 리나는 눈물을 줄줄 흘렸다. 아지랑이는 무너진 땅 위에서 유연한 몸놀림으로 피어났다. 리나는 아지랑이를 따라 몸을 흔들었다. 그러다가 생각이 복잡해지면 가위를 들고 머리카락을 잘랐고 다른 애들이 그랬던 것처럼 포클레인 위에 올라가 놀았다.(329쪽)

이렇듯 자본 - 국가 - 노동의 시스템이 무너진 한순간, 그 폐허 위로 새가 날고 아지랑이가 피어오른다. 반복되는 추방과 재난으로 모든 것을 잃은 리나가 차라리 고향보다는 고통의 기억으로 얼룩진 공단을 그리워하는 것은 무너진 공단 지대의 폐허가 국가 시스템이 일순간 붕괴된 순간 '아지랑이'처럼 생겨난 로컬리티의 모습을 보여 주기 때문이다. 하지만 이는 '기적'의 '순간'이며, 리나는 "이 모든 것들이 그런대로 아름답다고 생각"하지만, 이 순간이 지나면 그녀는 다시 복구된 국가 - 자본 - 노동 시스템에 둘러싸일 것이다. 국가를 벗어난 로컬리티는 지구상에 한 점으로 고정될 수 없다는 점에서 계속해서 탈주의 모험에 몸을 맡길 수밖에 없는 리나의 운명과 흡사해진다.

자본과 노동으로부터의 자유

리나는 돈을 훔치는 것까지 포함해서 갖가지 악행을 저지르면서 돈을 모으려고 노력한다. 그러나 리나가 돈을 모으는 방식은 정당한 노동의 대가로 자본을 획득하는 자본주의 사회의 정상적인 부의 축적 방식과는 구분된다. 왜냐하면 리나는 노동의 세계에서 기원한 규범이나 노동의 이데올로기가 강요한 모든 행위를 거부하기 때문이다. 그렇기 때문에 돈을 벌기 위해서라면 살인이나 자발적 매춘까지도 서슴지 않는 리나의 행위에는 도덕적인 죄책감이나 윤리적인 책임 의식이 자발적으로 배제되어 있다. 리나는 자본의 규범에 종속되어 있는 낮의 노동의 세계에서 벗어나 밤의 세계에서 술에 물을 타서 팔고, 몸을 팔고 심지어는 대마초까지 팔면서 노동이 아닌 쾌락을 대가로 자본을 획득한다. 하지만 리나의 이러한 행위는 아무리 밤의 탕진의 세계에서 자본을 획득한 것일지라도 자본 그 자체로부터 자유롭지는 못하다. 가스 폭발로 인한 엄청난 열기를 견디지 못하고 그동안 소중하게 모아 온 돈통 속의 돈이 흰 재로 변해 버린 가슴 아픈 사연이 있기까지는. 그날 밤 리나는 구슬이 달린 예쁜 슬리퍼를 가질 수 없다는 것을 깨닫게 해 준 꿈을 꾼다.

> 잠에서 깨어났을 때 리나의 손끝에 담겨 있어야 할 것 같던 구슬이 달린 슬리퍼는 보이지 않았다. 리나는 머리가 아프고 온몸이 떨려 잠을 이루지 못했다. 리나는 얼굴을 팔에 묻은 채 소리 내지 않고 울었다. 삐의 몸에서 나는 쇳내를 맡으며 편안하게 잠들고 싶었다. 구슬이 달린 예쁜 슬리퍼를 가질 수 없다는 것과 삐를 다시 볼 수 없다는 사실을 받아들여야 한다고 되뇌는 순간, 리나는 조용히 눈을 감았다.(316쪽)

다시 말해서 그동안 밤의 세계에서 일한 대가로 얻은 돈이 사라져 버린 어처구니없는 사고로 인해 최소한도로 간직해 오던 정주나 안착에의 회망까지 지워 버리게 되는 것이다. 이후 리나는 소설의 결말 부분에서 마지막까지 남은 돈을 P국에 안주한 가족들에게 송금해 버림으로써 스스로 자본의 세계로부터 자유로워지는 길을 선택한다. 그리고 이 과정에서 결정적으로 P국으로의 탈출을 포기하고 영원한 탈주의 길을 선택하게 된다.

> '여기에 네 방이 있다. 빨리 오길 바란다!' 리나는 '방'이라는 단어를 여러 번 발음해 보았다. 그러나 아직 한 번도 혼자 쓰는 방을 가져 본 적이 없어서 아무런 감흥도 느끼지 못했다.(334쪽)

P국으로 탈출에 성공한 가족이 보낸 편지를 보고 리나는 자신이 P국에 대한 환상도, 자신의 방에 대한 집착도 버렸음을 확인한다.

새로운 연대의 가능성을 찾아서

자본과 노동의 세계로부터의 자유는 예를 들어 이익 추구와는 전혀 무관한 존재, 즉 사회의 지배적 규범에서 보았을 때는 무용한 존재인 할머니에 대한 리나의 애정과 집착을 부분적으로 설명해 준다. 사실『리나』에는 기존의 남성과 여성의 결합으로 이루어진 가족 관념으로는 잘 설명될 수 없는 새로운 가족의 형태가 제시되어 있다. 일종의 대안 가족이라고도 부를 수 있는 이 새로운 가족은 봉제 공장 언니와의 관계에서 드러나듯 동성애적 관계의 형식을 띠기도 하고, 성은 남성이지만 남성성과는 거리가 먼 인물인 삐와의 비정상적인 이성애를 통해 나타나기도 한다.

> 삐는 할머니를 번쩍 안아 인형을 다루듯 빙글빙글 돌리고 할머니는 어지럽다고 가르랑거리는 소리를 내며 웃었다. 두 사람은 반가워서 정신을 못 차렸다. 삐는 할머니를 제 무릎 위에 앉힌 뒤 저희들끼리만 아는 말로 한참을 지껄였다. 그사이 리나와 봉제 공장 언니는 요리 재료들을 시멘트 바닥에 늘어

놓고 쪼그려 앉아 열심히 요리를 만들었다. 비좁은 방에서 고기 삶는 냄새가 나자 요강을 가지고 나왔던 공동 숙소 사람들이 문틈으로 고개를 들이밀고 안쪽을 살짝 들여다봤다. 식탁이 없어서 네 개의 접시에 고기와 볶은 야채를 담고 밥을 담은 뒤 여자들 세 명은 침대에, 삐는 창가에 걸터앉았다.

작은 컵에 술을 따르고 넷이서 짠 부딪혔다. 리나는 이 순간만큼은 부러울 게 없어서 자꾸만 싱겁게 웃었다.(175~176쪽)

'할머니 – 리나 – 삐 – 봉제 공장 언니 – 봉제 공장 언니와 아랍계 남자 사이에서 태어난 아기'가 만들어 내는 가족적인 축제의 풍경이 잘 나타나 있다. 혈연·국적·인종·성차를 넘어선 새로운 관계에 의해 구성된 연대라는 점에서 그리고 여성성이나 모성성으로의 회귀를 손쉬운 해결책으로 제시하지 않는다는 점에서 이 작품에서 제시된 대안 가족은 매우 급진적이다.

『리나』는 '국경'이라는 틀 자체에 대한 급진적인 시각을 통해 국가와 자본, 노동과 가족이라는 근대적 범주의 '외부'를 적극적으로 탐색한 소설이다. 언어의 노마드적 경험, 고정된 고향 없이 떠돌기, 세계의 교차로에서 방황하기 등은 국경을 가로지르는 서사가 표현하는 '존재의 불연속적 상태'의 구체적 내용이다. 『리나』에서 표현된 시간과 공간을 살아 내는 새로운 방식은 '국경을 가로질러' 팔레스타인 출신 지식인 에드워드 사이드가 털어놓는 '유배자'로서의 경험과 겹친다.

유배자는 세속적이고 우연한 세계에서 고향은 항상 임시적이라는 것을 안다. 국경과 장벽(우리를 일상적 영토의 안전함 속에 둘러싸는)은 감옥이 될 수도 있으며, 전혀 이치에 맞지 않거나 필연성에 상관없이 옹호되곤 한다. 국경들을 가로지르는 유배와 이주는 사유와 경험의 장벽들을 허문다.[13]

---

13) Edward Said, "Reflections on Exile", R. Ferguson et al, *Out There*, *Marginalization and Contemporary Cultures*(Cambridge: MIT Press, 1990), 365쪽.

탈국경의 담론은 우리의 정체성은 이동에 의해, 이동을 통해 형성된다는 사실을 강조한다. '나'는 이러한 움직임에 앞서 존재하지 않으며, 세계 속에서의 움직임에서 끊임없이 만들어지고 재형성된다. 그 점에서 가족이나 국적과도 상관없이 자신의 몸과 삶 자체가 새로운 정체성의 기원이 되는 리나의 여정은 시사적이다. 황석영과 강영숙의 최근 소설들은 이주 여성이 겪어 내는 매춘과 노동의 서사라는 점에서 기존의 탈국경 서사와 확연히 구분된다. 하지만 황석영이 국가와 민족(민중) 그리고 여성성(모성성)을 그 대안으로 제시하고 있다면, 강영숙은 혈연·국적·인종·성차까지 뛰어넘은 새로운 지점을 모색하고 있다는 점에서 두 작가를 갈라놓은 차이점 또한 분명해 보인다. 탈국경의 여성 서사가 앞으로 일종의 클리셰가 될 위험성을 항상 경계하면서 이 두 상반된 대안들에 대한 논의와 새로운 모색이 탈국경 서사에 주어진 과제가 아닐까.

가장 민족적인 것이 가장 세계적인 것인가
─1950년대 비평에 나타난 세계주의의 양상

1 민족 문학으로서 한국 문학과 세계 문학

한국 문학의 세계화와 관련해 우리는 흔히 "가장 한국적인 것이 가장 세계적인 것이다."라는 말을 듣거나 하곤 한다. "가장 민족적인 것이 가장 세계적인 것이다."라는 발언도 같은 맥락에 놓고 볼 수 있다. 그러나 이 경우 같은 맥락이라고 하지만 사실 가장 한국적인 것을 '민족'의 범주로 환원시켜 사유하고 있다는 점에서 패러다임의 질적인 변환이 이루어졌다고 할 수 있다. 민족 또는 민족적인 특성이라는 범주를 매개로 해서 개별 문학으로서 한국 문학과 세계 문학을 연결하고 있기 때문이다. 예컨대 조연현은 1950년대에 발표된 어느 글에서 "가장 민족적인 것은 가장 세계적인 것이며, 가장 세계적인 것은 가장 민족적인 것이다."라는 괴테의 말을 여러 차례 인용하면서, 서정주나 김동리 같은 작가들의 작품을 대상으로 "민족적인 특성은 그대로 인류적인 보편성에 통하는 것이며, 인류적인 보편성의 구체적인 내용이 민족적 특성임을"[1] 입증하려고

---

1) 조연현, 「민족적 특성과 인류적 보편성」, 《문학예술》, 1957. 8, 48쪽.

애쓰고 있다. 조연현과는 비평적 이념을 완전히 달리하는 비평가라고 할 수 있는 백낙청도 1970년대 중반에 발표한 글에서 민족 문학으로서 한국 문학과 세계 문학의 관련성에 대해 다음과 같이 강조하고 있다.

> 진정한 민족 문학이란 오늘날 우리 민족이 처한 극단적 위기를 올바로 인식하는 문학인 동시에 모든 일급 문학에서 요구되는 보편성과 세계성을 지닌 문학이다. 그런데 이 두 가지 요건이 각기 다른 것이라면 이는 가뜩이나 매사가 어려운 우리 현실에서 도저히 감당하기 힘든 곡예를 문학인에게 강요하는 꼴이 된다. 반대로 만약에 우리의 민족적 위기는 곧 세계적 위기의 일환이요 이 위기와의 문학적 대결이 곧 세계적 위기의 본질적 극복에 불가결한 것이라면, 우리 작가에게 진정한 민족 문학의 역군이 되라는 것은 단순히 한 인간으로서의 본분을 다하라는 부탁에 지나지 않는 것이다.[2]

이 글에서 백낙청은 "가장 민족적인 것이 가장 세계적인 것"이라는 발언을 직접적으로 하지는 않지만, '우리의 민족적 위기'를 곧바로 '세계적 위기'로 치환함으로써 한국 문학의 민족적 성격과 세계적 성격을 동일시하고 있다. 물론 "가장 민족적인 것이 가장 세계적인 것"이라는 비평적 논리가 위의 두 비평가들에게서 동일하게 나타나는 것은 아니다. 조연현의 경우 민족 문학으로서 한국 문학과 세계 문학을 이어 주는 것은 '인류적 보편성'의 개념이고, 백낙청의 경우는 '세계적 혹은 세계사적 동시성'의 개념이다. 그러나 두 비평가의 이념적 편차에도 불구하고 한국 문학에 주어진 절대적인 과제는 민족 문학으로서 한국 문학과 세계 문학의 등가성 혹은 일치의 문제이다. "가장 민족적인 것이 가장 세계적이다."라는 명제는 비단 비평적 논리뿐만 아니라 일상생활 곳곳에서 세계화와 관련해 자주 인용되거나 언급되는 일종의 구호와도 같은 기능을 한다.

---

2) 백낙청, 「예술의 민주화와 인간 회복의 길」, 『민족 문학과 세계 문학』(창작과비평사, 1978), 298쪽.

가장 민족적인 것이 가장 세계적인 것일까, 아니면 민족적인 것을 넘어설 때 비로소 세계적인 것에 다가갈 수 있는 것일까? 다시 말해서 세계 문학의 형성이 민족 문학의 연장선상에서 가능한 것인가, 아니면 그 극복을 통해서 가능한 것인가? 사실 민족 문학으로서 한국 문학과 세계 문학과의 연관성은 이러한 까다로운 질문들에 정직하게 마주칠 때만이 생산적인 결과를 가져올 수 있을 것이다.

"가장 민족적인 것은 가장 세계적인 것이다."라는 명제는 끈질기게 한국 문학의 세계화와 관련된 담론에 등장한다. 그렇다면 도대체 이 명제는 한국 문학에 언제부터 등장한 것일까. 혹은 말을 바꾸어 이 명제는 한국 문학에 언제부터 일정한 비평적 논리의 틀을 갖추고 등장한 것일까. 이 글은 한국 문학의 세계화 또는 세계주의와 관련해 줄기차게 출몰하는 담론인 "가장 민족적인 것이 가장 세계적인 것이다."라는 명제가 1950년대 비평에서 처음으로 구호의 차원이 아닌 비평적 논리의 차원으로 다듬어졌다는 판단 아래 1950년대 비평을 중심으로 그러한 비평적 논리의 구축 과정을 살펴보고 그 허구적 성격을 드러내는 데 목적이 있다. 이를 위해 우리는 논의의 대상과 시점을 반세기 전의 한국 문학으로 되돌리고자 하지만, 이는 지난날의 비평적 논의의 허물을 끄집어내기 위해서가 아니라 아직도 우리의 비평적 담론 혹은 세계화와 관련된 담론에 아무런 반성 작업 없이 상투적으로 등장하는 "가장 민족적인 것은 가장 세계적인 것이다."라는 명제를 비판적으로 검토하기 위해서이다.

1950년대 비평에서 민족 문학으로서 한국 문학을 세계 문학과 연관시키려는 논의가 눈에 띄게 늘어난 이유는 무엇일까? 주지하다시피 민족문학론은 1950년대 이전까지의 시점만 놓고 보더라도 1920년대부터 1930년대를 거쳐 해방 공간에 이르기까지 지속적으로 논의되어 온 한국 문학 비평의 단골 주제였다. 그런데 민족문학론이 1950년대에 들어 한국 문학과 세계 문학의 연관성을 강렬하게 의식하고 이를 비평적 담론의 핵심 주제로 부각시킨 이유는 무엇인가? 우리는 이를 해방 이전부터 해방 이후까지 왕성하게 활동한 비평가 백철을 예로 들어 설명하고자 한다.

백철은 해방 이후 10년간의 문학이 한국 근대 문학에는 일종의 '견습 시대'에 해당하며 그 중심적 사안으로 '민족 문학'을 들 수 있다고 말한 바 있다.[3] 그러나 해방 이후 10년간의 민족 문학, 다시 말해서 1950년대 전반기까지의 민족문학론이 지나치게 정치적 이념에 휘둘린 결과 정치 편향의 민족 문학이 생겨났으며 이를 극복하기 위해서는 보다 '본질적인' 측면에서 민족과 문학을 이해하는 것이 중요하다고 지적하고 있다. 즉 민족 문학이 정치적으로 가장 격렬한 감정의 문학이나 이데올로기적으로 가장 편협한 지방적·회고적 문학에서 벗어나, 구체적으로는 민족의 특수한 현실을 그리지만 동시에 일반성이나 보편성을 향해야 한다는 원론적인 문제를 사유해야 할 지점에 와 있다는 것이다. 백철은 비슷한 시기에 발표된 또 다른 글인 「문학과 주체성의 문제」를 통해 1950년대 한국 문학에서 '주체성'이란 무엇인가라는 질문을 진지하게 물으면서, 참다운 주체성이란 자기 것만이 아니라 타자와의 관계 속에서 형성된 '객관성'이라고 지적한다.[4]

해방 공간의 극심한 이념적 대립이나 6·25전쟁이 가져다준 정신적 외상을 겪고 난 이후의 문학의 문제가 바로 이러한 질문으로부터 생겨난다는 것은 1950년대 비평에서 민족 문학과 세계 문학의 연관성 혹은 한국 문학의 지방성과 보편성의 문제가 핵심적인 사안으로 대두한 배경을 이해하는 데 무엇보다도 중요하다. 백철은 해방 이후 편협한 민족 문학(론)으로부터 벗어나서 민족 문학으로서 한국 문학의 객관성과 주체성을 확립하기 위해 전통과 현대, 민족 문학과 세계 문학의 관계에 대해 사유할 것을 촉구한다. 이를 위해 백철은 구체적으로 이 두 대립적 항목들 사이

---

3) 백철, 「해방 후 십년간의 문학」, 『문학의 개조』(신구문화사, 1966).
4) 백철, 「문학과 주체성의 문제」, 《신태양》, 1954. 11.

의 균형과 조화를 대안으로 제시한다. 예를 들어 전통과 관련해서 백철은 전통계승론과 전통단절론의 극단적인 입장이 아니라 그 중간에 서서 어떤 것을 계승하고 되살릴 것인가를 고민하면서 이를 문학의 세계성이나 보편성과 연결시킬 것을 주장한다. 또한 한국 문학과 세계 문학의 관계에 있어서도 상호 교류와 주체적 수용의 균형 잡힌 태도를 강조한다. 백철의 이러한 관점은 한국 문학이 세계성을 획득하기 위해서는 세계적인 시야와 지방적인 스타일을 '조화'시켜야 한다는 주장에서도 분명하게 드러난다. 해방 공간의 민족문학론이 좌우의 이념적 대결의 양상을 지녔다면, 이제 그 이념적 대립 항을 상실한 우파의 민족문학론은 순수 문학의 내용을 전통 계승을 위한 노력으로 채워 나가면서 세계 문학을 순수 문학으로 끌어들이는 전략을 취함으로써 민족문학론을 재정립하고자 했다.

사실 한국 문학이 민족 문학으로 정립되면서 혹은 민족 문학으로 정립되기 위해 우선적으로 세계 문학과의 연관성을 의식해야 한다는 발언에는 한국 문학의 후진성 또는 주변성에 대한 자각이 짙게 깔려 있다. 예컨대 백철은 한국 문학의 후진성을 극복하기 위한 다각도의 방안을 모색할 것을 촉구하면서 이를 세 단계로 나누어 방안을 제시하고 있다. 즉 선진 문화의 모방이 첫 번째 단계라면, 그 모방에 대한 반동으로 자기의 전통과 지방적인 것을 확립하는 것이 두 번째 단계이며, 전통을 통한 창조로서 후진성을 극복함과 동시에 문학의 세계적인 수준에 도달하는 것이 마지막 단계라는 것이다.[5] 해방 이후 이루어진 그의 신문학사 서술에서 잘 드러나듯이 신문학사 50년이 서구 문학의 모방과 이식의 시기였다면, 이

---

5) 백철, 「문학의 후진성과 부흥」, 《새벽》, 1954. 여기에서 백철은 흥미롭게도 한국 문학이 첫 번째 단계에서 다음 단계로 나아가기 위해 참조할 수 있는 문학적 모델로 전후 미국 문학을 들고 있다. 즉 미국 문학은 전후 서구 문학과는 달리 전통성과 세계성의 조화로운 균형을 모색한다는 점에서 한국 문학이 눈여겨 볼 지점이 있다는 것이다. 1950년대 세계주의와 관련해 서구 문학과는 구분되는 미국 문학에 대한 인식은 별도의 고찰을 요구한다.

제 전통적인 것의 모색을 통해 이러한 모방의 단계를 벗어나야 하며, 해방 이후 전통 지향적 민족 문학은 이러한 모방이나 이식에 대한 안티테제의 측면에서 의미가 있다는 것이다. 그러나 한국 문학은 이러한 전통 지향적 민족 문학이 편협한 지방주의로 떨어지지 않게 하기 위해서 궁극적으로 세계주의를 지향해야 한다는 것이다. 비슷한 시기에 조용만도 번역 가능성과 관련해 예컨대 『춘향전』이나 『파멜라』는 '여자의 정절'이라는 동일한 주제를 다루고 있지만 『춘향전』은 보편적 공감대가 없기 때문에 번역되기 힘들다고 주장하면서 한국 문학의 세계성에 대한 부정적인 견해를 표출한 바 있는데, 이는 결코 한국 문학의 독자성이나 특수성을 강조하기 위해서가 아니라, 한국 문학의 후진성을 인정하고 그만큼 한국 문학의 보편성을 열망하는 욕망이 강렬하기 때문에 표출된 것이라고 볼 수 있다.[6]

2 1950년대 비평의 이념적 좌표

이제 1950년대 비평으로 되돌아가 그 비평적 지형도를 보다 자세히 관찰해 보자. 1950년대 비평에 대한 기존의 평가는 대체적으로 부정적이다. 한국 문학의 '충격적인 휴지기'[7]라는 표현에서 짐작할 수 있듯이 해방 이전의 한국 근대 문학과 1960년대 이후의 한국 현대 문학을 이어 주는 교량 역할을 하지 못하고 마치 이 시기의 가장 커다란 역사적 사건인 전쟁이 불러온 분단이라는 비극적 결과처럼 이전의 문학과 이후의 문학을 단절시킨 역사적 공백기로 기록되어 있다. 특히 1960년대 이후에 등장한 새로운 세대의 비평가들은 1950년대 비평을 '서구 이론의 무분별한

---

6) 조용만, 「한국 문학의 세계성」, 《현대문학》, 1956. 10, 40쪽.

7) 정현기, 「문학 비평의 충격적 휴지기」, 김윤식 · 김우종 외, 『한국 현대문학사』(현대문학, 1989).

추종'이나 '추상적 보편성의 추구'와 같은 부정적 특성들로 규정함으로써 그 비평적 성과를 폄하했고, 민족문학론자들도 1950년대 비평의 탈이데올로기적 성격을 지적함으로써 1950년대 비평과는 분명한 선을 긋고자 했다. 특히 기존의 연구는 이 시기 문학이 서구의 '전후 문학'과의 동질성을 추구하기 위한 노력이었다는 전제에서 출발하여, 주로 실존주의나 휴머니즘론을 대상으로 그 한계를 지적하는 것이 대체적인 경향이다.

우리가 1950년대 비평을 관통하는 핵심어로서 설정한 '세계주의'라는 용어는 '무차별적 서구 문화 수입, 서구 지향적 사고, 서구 사회와 유사한 풍토에 놓여 있다는 환상'이라는 비판적 평가의 함의만을 지니고 있지 않다. 1950년대 비평에 대해 위와 같은 평가를 내린 대표적인 비평가인 김현은 「테로리즘의 문학」이라는 유명한 글에서 세계주의라는 용어를 '허상뿐인 세계주의'나 서구와의 '감정적 동일시의 환상'이라는 의미로 사용하면서 1950년대 문학과 비평의 의미를 폄하하고 있는데, 이는 '세계주의'를 현실 감각을 상실한 지식인의 서구 편향이란 의미로 사용한 대표적인 경우에 속한다.[8] 우리는 '세계주의'라는 용어를 보다 중립적이고 객관적인 의미로 사용하고자 할 필요가 있다고 본다. 즉 이미 부정적인 가치 평가가 내포되어 있는 용어가 아니라 한국 문학의 세계성과 관련된 다양한 입장들을 포괄할 수 있는 분석적 도구로 활용해야 할 필요가 있다는 것이다. 이 경우 '세계주의'란 용어는 '세계성', '세계 문학', '세계(문학)사적 동시성' 등과 같은 1950년대 비평에서 발견되는 다양한 용어들을 포괄하는 범주로 기능하게 될 것이다. 실제로 1950년대 비평은 "가장 민족적인 것이 가장 세계적인 것이다."라는 명제로 집약되는 한국 문학의 세계성을 추상적 구호의 차원이 아닌 비평적 논리의 차원으로 승화시키려고 노력한 시대로 간주되어야 한다. 세계주의는 1950년대 비평

---

8) 김현, 「테로리즘의 문학」, 《문학과 지성》, 1971. 여름.

을 구성하는 다양한 담론들의 공통된 전제로 기능한다. 그렇지만 이러한 전제에서 출발하여 비평적 논리 체계를 구축하는 과정이나 결과는 다양하고 상반된 모습을 보여 준다. 예컨대 1950년대 한국 사회가 전쟁과 분단으로 인해 오히려 세계사적 동시성을 갖추게 되었다는 견해는 이어령 같은 실존주의 비평가부터 최일수 같은 민족문학론자에 이르기까지 당대 비평가들이 공유하던 일종의 공통된 전제였다. 그러나 이러한 전제에서 출발하여 자신들만의 비평적 논리가 구축되는 방식과 양상은 매우 상이한 모습을 보여 준다.

흔히 그렇듯 1950년대 비평의 중심적 축을 민족문학론, 실존주의문학론 그리고 모더니즘문학론으로 나눈다면, 세계주의는 명시적이거나 암시적인 상태로 이 세 가지 축 모두에 작용하는 핵심적인 비평적 사안이다. 1950년대는 근대 문학의 어떤 단계보다도 서구 문학의 유입과 영향력이 지대했던 시기이며, 한국 문학과 서구 문학의 상호 교섭이 활발했던 시기이다. 또한 형식적으로 일본을 거치지 않고 맞바로 서구와 교섭하게 된 시기이다. 그러나 세계주의를 둘러싼 이러한 활발한 움직임이 서구 추수의 편향적인 결과만을 낳은 것이 아니라 한국 문학의 정체성을 모색하려는 일련의 시도들을 생겨나게 했음을 인식해야 한다. 서구 문학의 타자성을 통해 한국 문학의 정체성을 모색하거나, 역으로 한국 문학의 정체성을 확립하기 위해 서구 문학의 보편성과 논리 체계가 필요했던 시기가 1950년대이며, 1950년대 비평은 이러한 과제를 수행하기 위해 '세계주의'를 핵심적인 비평적 아젠다로 올려놓았던 것이다.

1950년대 비평의 좌표를 다음과 같이 구성해 볼 수 있을 것이다. 즉 공간적으로는 민족 문학과 세계 문학, 한국 문학의 특수성과 보편성, 한국 문학의 지역성과 세계성, 시간적인 차원에서는 과거와 현재, 근대와 현대, 전통과 모더니티의 대립 쌍이 1950년대 비평을 구성하는 여러 담론들의 상관 관계를 파악하게 해 주는 비평적 좌표인 셈이다. 특히 한국 문학 또는 민족 문학과 세계 문학, 전통과 모더니티의 네 항목들은 1950년대 비평적 좌표의 핵심적 항목들이다. 중요한 것은 대립 쌍을 구성하는 용어들은 이항 대립적 선택의 대상이 아니라는 점이다. 대립을 구성하는 용어들이 어느 한쪽의 이론적 정립이 제대로 이루어지기 위해서는 다른 한쪽의 도움이 절대적으로 필요하다는 점에서 서로가 서로를 비춰 주는 일종의 '거울'과도 같다.

예컨대 전통론은 항상 현대 문학의 모더니티를 규명하는 작업과 연결되기 마련이며, 한국 문학의 특수성을 밝히는 작업은 역으로 한국 문학의 보편성이 무엇인가를 묻는 질문을 전제로 깔고 있다. 민족 문학과 세계 문학의 관련성도 마찬가지다. 물론 1950년대 비평이 이 네 가지 항목들로 구성된 비평적 좌표를 통해 전체적으로 규명된다고는 볼 수 없으며, 위에서 제시한 동일한 담론의 계열 내에서도 동일화할 수 없는 차이와 균열을 발견할 수 있다. 이러한 차이와 균열이 1950년대 비평의 전체적 윤곽을 그려 내려는 노력 속에서 새로운 의미를 부여받아야 할 것이다. 마지막으로 1950년대 비평의 주제들(민족 문학/한국 문학, 민족 문학/세계 문학, 근대 문학/현대 문학, 민족 문학/현대 문학, 민족 문학/전통 문학 등)은 단지 그 시기에 국한된 비평적 아젠다가 아니라, 오늘의 한국 문학에서 여전히 논의가 이루어지고 있는 주제들이며, 그 비평적 해결이 현재까지도 모색 중인 주제라는 점이다. 우리는 1950년대 비평에 나타난 세계주의가 "가장 민족적인 것이 가장 세계적인 것이다."라는 명제로 표출되며, 이러한 비평적 논리는 그 이념적 지향이나 비평적 아젠다가 극히 상반되는 두 가지 계열의 민족문학론, 즉 김동리나 조연현으로 대표되는 민족문학론과 정태용이나 최일수로 대표되는 또 다른 민족문학론에 의해 대변된다고 보고 이를 집중적으로 검토하고자 한다.

3 김동리와 조연현의 민족문학론과 세계 문학의 보편성

시기적으로 보면 1950년대 비평에 나타난 세계주의는 1950년대 전반 김동리나 조연현의 민족문학론에 가장 먼저 모습을 드러낸다. 해방 이후 좌우익 문학 이념을 둘러싼 논쟁에서 생겨난 우파의 민족문학론이 좌파의 민족문학론에 대한 안티테제의 의미를 갖는다면, 1950년대 전반기 김동리 등에 의해 제시된 민족문학론은 서구 문학을 보편성의 잣대로 해서 한국 문학을 이해하고 평가하려는 움직임에 대한 안티테제의 성격을 갖는다. 이런 측면에서 손쉽게 세계 문학의 범주로 특성화하기 힘든 민족 형성의 원형적 특질을 민족 문학의 이념으로 내세우고자 한다. 그 대표적인 논자 가운데 한 사람인 조연현은 나중에 이 시기 문학을 되돌아보면서 그 특징을 "외래적인 것의 반성과 한국적인 것의 추구"로 요약한 바 있다.

> 이 문제('외래적인 것의 반성과 한국적인 것의 추구' ─ 인용자)는 항상 절실한 것이 되어야만 했다. 그러나 이러한 절실성은 선진 문학에의 추종이라는 당면한 현실성 때문에 항상 망각되어 왔다. (……) 우리의 신문학사는 어떤 의미에서 이러한 망각의 역사이기도 했다. 그러나 민족의 운명이 가장 암담했던 저 일제 말기에 가서 처음으로 그것이 자각되었다. (……) 일제 말기의 우리 문학의 중요한 한 특징은 민족적인 가치의 발견이었다. 그 당시의 김영랑의 시나 김동리의 소설은 이러한 면에서 매우 중요했다. 그러나 8 · 15의 해방은 그 직후의 혼란과 6 · 25의 위기, 그리고 그 후에 밀려들어오기 시작한 새로운 각종 문학 현상에 눌려, 그 문제는 우리의 중심적, 총체적인 관심이 되지는 못했다. (……) 전(前) 시대부터의 사람인 김동리나 서정주 작품이 그러한 방향을 지향해 가고 있다는 것은 새로운 것이 못 된다 할 수도 있으나, 오영수의 소설이 한국적인 정서나 감정, 또는 한국적인 생활의 풍물과 인

간을 추구해 가는 한 예라고 볼 수 있을 것이다. (……) 한국의 독자적인 문학적 위상을 발견하고 창조하려는 의욕은 의식적이든 무의식적이든, 이 20년 동안 일관해 온 가장 보편적인 문학적 조류이며 방향이었다고 볼 수 있을 것이다. 그것은 이 20년의 세월 속에서 일부의 극단적인 모방주의자를 제외한다면, 넓은 의미에 있어서는 이 땅 대부분의 문학이 그 방향 속에 포함된다고 볼 수도 있기 때문이다.[9]

민족 문학은 각 민족의 개성이 가장 잘 구현된 문학인데, 민족적 '개성'이란 특수한 것으로서 일률적으로 규정할 수 없다는 측면에서 본다면 세계 문학을 범주화하는 보편성이란 존재할 수 없게 된다. 조연현의 경우에 세계 문학이란 민족적 개성이 구현된 개별 민족 문학들의 총합 이상의 의미를 지니지 않는다. 이런 측면에서 보면 민족 문학의 특수성은 세계 문학의 보편성과 절대적으로 대립된다. 보편성과 대립 각을 세우는 특수성의 구현이야말로 민족 문학의 생명이기 때문이다. 이 경우 민족 문학으로서 한국 문학을 다른 언어로 번역할 수 있는 가능성은 철저하게 부정되며, "다른 언어로 옮길 수 있는 작품은 진정한 의미의 민족 문학이 아니다."라는 논리가 성립된다. 이러한 극단적인 민족문학론을 비평적 논리로 구현하고 있는 대표적인 비평가가 김종후이다. 그는 문학의 보편성이나 세계성의 테제를 의심하면서 민족 언어의 특수성을 절대화하는 방식을 제시한다. 특히 민족 문학의 근원이 되는 민족적 특질을 유전적이고 생래적인 원형에서 찾고자 함으로써 민족 문학에 대한 종족주의적 인식을 보여 준다. 아마도 가장 편협한 민족주의 이데올로기로 간주할 수 있는 배타적인 민족문학론의 한 예일 것이다. 앞서 조연현이 김동리나 서정주에 이어 한국적인 것의 특수성을 탐색한 중요한 소설가로 거론한 오영수도 조연현의 평가에 다음과 같이 화답하고 있다.

---

9) 조연현, 「개설(槪說)」, 한국문인협회 편, 『해방 문학 20년』(정음사, 1966), 27~28쪽.

(자신의 문학이 ─ 인용자) 또 언필칭 현실도피란 폄(貶)을 받기도 한다. 이 현실도피란 작가와 작품에 한해서만은 그 관념이 나와는 다르다. (……) 내가 보는 현실도피는 바로 사대(事大)다. 어떤 외래 사조나 경향에 합리화 내지 편승해 버리는 것이다. 말하자면 주체성의 상실 내지 포기다. (……) (자신의 문학이 ─ 인용자) 또 너무 '로컬 컬러'가 짙다고 한다. 그럴지도 모른다. 그러나 나는 미국인도 일본인도 아닌 한국인이요, 한국의 작가다. (……) 요는 로컬이니 국제색이니가 문제가 아니고 한 민족의, 한 개성의 창조가 얼마만큼의 보편성을 가지며 공감과 감동을 줄 수 있느냐의 문제가 아닐까? (……) 오직 참되고 아름다운 것은 시간과 국경과 민족을 초월한다. 즉 인류 보편적 감동. 이것이 곧 예술의 세계성이다. 예술은 결국 예술 이외의 아무것도 될 수 없다. 예술은 곧 미다. 미는 곧 감동이요, 진실이다. 내가 쓴 소설에서 만에 일이라도 희로애환의 인생을 공감할 수 있었다면, 나는 그것을 사회 참여라고 할 것이요, 또한 작가로서의 보람을 느끼겠다.[10]

오영수의 이러한 발언은 자신의 문학이 현실 도피적이고 지나치게 향토색을 추구했다는 비판에 대한 자기 변명의 성격이 강하지만, 앞서 인용한 조연현의 글과 다른 지점은 절대적인 대립 항으로 구축되었던 '보편성'의 개념이 슬그머니 들어와 '로컬'한 색채와 결합되고 있다는 사실이다. 이제 민족 문학으로서 한국 문학은 가장 '로컬'한 특성을 추구하면서도 '인류 보편적인 감동'을 줄 수 있어야 하는 것이다. 여기서 바로 "가장 민족적인 것이 바로 가장 보편적인 것이다."라는 명제, 혹은 이를 달리 표현하자면 "민족 문학은 세계 문학이다."라는 명제가 도출된다. 이제 한국 문학의 특수성은 세계 문학의 보편성이라는 외피를 두르게 되며, 이러한 변형된 형식의 민족문학론은 「민족적 특성과 인류적 보편성」이라는 조연현의 글에서 비평적 논리로 구축된다.

---

10) 오영수, 「작가는 말한다 ─ 변명」, 『현대 한국 문학 전집』 1(신구문화사, 1981), 477~478쪽.

조연현은 이 글에서 전통의 위기가 곧 전통에 대한 불신이나 부정을 뜻하는 것은 아니며 다만 현대의 과도기적 성격으로 인해 전통의 위기나 동요가 초래된 것뿐이라고 말하고 있다. 오히려 현대는 그 어느 때보다도 전통을 추구하고자 하는 시대이며, 그런 의미에서 전통의 문제는 현대의 가장 중요한 문제 가운데 하나이다. 조연현은 전통을 '민족적인 특성'으로 파악할 것을 제안하면서, 이 경우 민족적인 특성과 인류적인 보편성이 어떤 연관성을 지니는가의 문제가 생겨난다고 지적하고 있다. 조연현은 민족적인 특성과 인류적인 보편성은 언뜻 보기에는 서로 별개의 특성인 것처럼 보이지만 동일한 하나의 세계임을 해방 전후를 기점으로 한 서정주와 김동리의 문학 세계의 변모를 예로 들어 입증하고자 한다. 즉 해방을 기점으로 서정주가 반전통적인 것, 다시 말해 서구적인 보편성에서 전통적인 것, 다시 말해 한국적인 특수성으로 돌아온 것과 김동리가 민족적 특성에서 출발하여 인류적 보편성을 지향하는 것으로 변모한 것은 기실 동일한 세계를 바탕에 깔고 있기 때문에 가능하다는 것이다. 여기서 조연현이 인용하는 명제가 바로 괴테가 말했다는 "가장 민족적인 것이 가장 세계적인 것이며, 가장 세계적인 것이 바로 가장 민족적인 것이다."라는 명제이다. 즉 민족적인 것과 세계적인 것은 '동일한 노선' 위에 놓여 있다는 것이다. "곧 민족적 특성이 그대로 인류적 보편성에 통하는 것이며 인류적인 보편성의 구체적인 내용이 민족적 특성이다."[11] 민족적인 특성이 '그대로' 세계적인 보편성으로 통하는 몇 가지 소중한 사례 가운데 서정주와 김동리의 문학이 포함되는 것은 두말할 나위도 없다.

이어령은 조연현의 이러한 전통론에 대해 "한국적 문화와 전통을 말하는 데에 그 중요성만을 슬로건으로 내세우고 있을 따름이지 실제로 한

---

11) 조연현, 「민족적 특성과 인류적 보편성: 서정주와 김동리의 전통에 대한 태도를 중심으로」, 《문학예술》, 1957. 8.

국의 문학적 전통의 실체가 무엇인가를 한마디도 밝혀내려고 들지 않는
다."라고 비판한 바 있다. 조연현의 민족문학론에서 제시된 보편성이나
세계 문학의 개념은 비평적 논리의 모습을 갖추고 있지만 사실 '슬로건'
이나 추상적 구호의 차원에서 그리 멀리 나아가지 못했으며, "가장 민족
적인 것이 가장 보편적인 것이다."라는 명제는 논리의 비약이나 허술한
논리적 체계에 근거하고 있다. 논리적으로 연결시킬 수 없는 주제들을
비평적 논리의 명목 아래 결합하는 이러한 방식에서 우리는 비평적 논리
의 이데올로기적 성격을 짐작할 수 있다.

　김동리는 이러한 맥락에서 특수성과 보편성이 결합된 민족문학론을
제시한다. 그의 민족문학론은 보편성을 휴머니즘에 결합시킴으로써 이
른바 '세계사적 휴머니즘'의 보편적 궤도에 한국의 민족 문학을 올려놓
는 방식을 택한다. 즉 그는 "민족 문학이란 원칙적으로 민족정신이 기본
되어야 하는 것이며 민족정신이란 본질적으로 민족 단위의 휴머니즘 이
외의 아무것도 아니다."라고 말하면서도, "세계사적 휴머니즘의 연속적
필요성에서 오는 민족 단위의 휴머니즘"[12]을 역설함으로써 민족 문학과
세계 문학, 특수성과 보편성을 결합시키고 있다. 김동리가 말하는 "새로
운 인간 정신의 창조에 의한 순수 문학의 세계사적 사명"에서 '인간' 일
반에 대한 추상적 이해나 역사나 사회와의 연관성을 상실한 추상적인 절
대화를 읽어 내는 일은 그다지 어렵지 않다. 이는 김동리가 인식하는 세
계 문학의 특성에서 잘 나타난다.

　　내가 표방하는 민족 문학, 즉 인간주의적 민족 문학은 한마디로 말하자면
　　(따라서 그것이 또한 결론이기도 하겠지만) 그것은 곧 세계 문학이란 뜻이다.
　　여기 세계 문학이란 것은 물론 세계 안에 있는 모든 문학이란 뜻이 아니요 정
　　당한 번역을 통해서 언어와 혈통과 국적을 달리하는 세계의 교양 있는 대부

---

12) 김동리, 「순수 문학의 진의: 민족 문학의 당면 과제로서」, 『문학과 인간』(청춘사, 1952), 107쪽.

분의 남녀에 의하여 '세계 문학'에 해당하는 감동과 수준이 입증될 수 있는 문학을 가리키는 말이다. 다시 말하면 이러한 의미의 세계 문학의 일환이 될 수 없다면 내가 말하는 의미의 민족 문학이 될 수는 없는 것이다. (……) 그러므로 어느 한 민족이 그들의 민족 문학을 수립시켰느냐 못 했느냐 하는 문제는 그 민족이 그 민족 고유의 문학을 가졌느냐 못 가졌느냐 하는 데 있지 않고 그 민족이 진실로 자기의 것으로써 세계 문학이라고 세계가(세계의 교양 있는 인류가) 인정할 수 있는 문학을 가졌느냐 가지지 못했느냐 하는 데 있는 것이다.[13]

위의 인용문 다음에 김동리가 "물론 이 문제에는 많은 이론이 필요할 것"이라고 언급한 데서 알 수 있듯이 '교양 있는 인류'가 공감하는 문학의 보편성이란 막연하고 추상적인 성격에서 벗어날 수 없다. 여기서 김동리가 말하는 세계 문학의 보편성은 현재의 문학 정신이 아니라 시기적으로 과거에 고정된 문학 정신을 지향하고 있다. 순수 문학과 휴머니즘론이 결합된 김동리의 민족문학론에서 주목할 만한 또 다른 특징은 서양정신을 부정하고 동양 정신으로 회귀를 촉구하는 반근대의 논리이다. 그러나 곰곰이 생각해 보면 김동리가 강조하는 보편적 인간이 근대에 반하는 '전통'이나 현재를 지배하는 과거를 강조하는 방향으로 가고 있다는 점에서 그의 민족문학론이 반근대와 동양을 강조하는 것은 당연한 논리적 귀결이라고도 볼 수 있다. 근대로 대변되는 서양의 물질문명을 극복할 대안으로 아시아의 정신문명을 제시하는 이러한 오리엔탈리즘적 사유는 1950년대에 지속적인 영향을 미쳐 김양수의 민족문학론에서 반복해서 제기된다.[14] 결국 서구 문학으로 대표되는 세계 문학을 극복할 수 있는 대안적 논리로서 동양 문학 또는 한국 문학의 가능성이 결론으로

---

13) 김동리, 「민족 문학의 이상과 현실」, 《문화춘추》, 1954. 2, 50쪽.

14) 김양수, 「민족 문학 확립의 과제」, 《현대문학》, 1957. 12.

제시되는 이러한 오리엔탈리즘적 민족문학론에서 특수성과 보편성의 허술한 결합은 깨지고, 근대와 반근대, 서구와 아시아, 물질과 정신, 전통과 현대와 같은 일련의 대립 쌍들로 나타나는 이원론적 구조로 회귀하는데, 이는 앞서 조연현과 김종후의 예를 통해 설명한 한국 문학의 특수성과 보편성의 대립 구조로의 회귀 및 그 반복에 다름이 아니다.

4 최일수 비평에 나타난 세계주의의 논리

해방 이후 지속적으로 강조되어 온 '올바른 전통의 계승과 외국 문학의 비판적 섭취'가 형식적인 구호의 차원이 아니라 비평적 논리로 가장 구체화된 것은 1950년대 중반 이후 새롭게 나타난 민족문학론에서였다. 특히 최일수는 '민족의 폐쇄적인 굴레 속에 칩거하고 있는 전통주의'와 '모든 가치를 서구에서만 찾으려고 하는 세계주의'의 그릇된 이분법을 지양하고, 이를 구호의 차원이 아닌 비평적 논리의 차원으로 승화시킬 필요성을 강조했다. 이를 통해 1950년대 민족문학론은 해방 공간에서 논리적 입론을 마련했던 김동리의 민족문학론과 1950년대 중반 이후 정태용과 최일수 등에 의해 새롭게 제기되는 새로운 민족문학론으로 확연하게 구분된다. 김동리의 민족문학론은 순수문학론과 결합된 양상으로 표출되며, 이후 박종화나 홍효민 등의 계몽적 애국 문학의 논리가 첨가되면서 냉전 시대의 이데올로기 개념으로 변질된다. 또한 전반기 민족문학론이 민족을 종족적이거나 문화적인 개념으로 파악하고 있다면, 1950년대 중반 이후의 민족문학론은 이에 대한 비판으로서 민족 개념을 근대 시민 사회와 더불어 형성한 역사적 개념으로 파악하고자 한다. 이와 관련하여 정태용의 민족문학론과 그의 민족 개념을 주목할 수 있다. 정태용은 민족 문학이란 용어가 개념의 통일성 없이 혼란스럽게 사용되는 현실을 극복하기 위해 지역이나 혈통의 의미로서의 민족 개념이 아니라 역사적 운명 공동체의 의미로서의 민족의 개념을 제시한다. 그가 말하는 민족 문학이란 배타적 민족주의에서 비롯된 것도 아니고, 과거의 전통에 대한 숭고주의적 태도에서 비롯된 것도 아니며, '우리 민족 내에서 우리 말로 생산되는 모든 문학작품' 가운데 '일종의 이념이나 의미의 통일'이라는 기준을 통해 걸러진 작품들을 뜻한다. 그 기준은 예컨대 다음과 같은 것이다.

어떠한 시대 어느 지역 혹은 나라의 작가들이 의식적이건 아니건 간에 그 시간적 공간적 위치가 그 시대의 세계사적인 사건들을 짊어지고 해결해야 할 운명을 지고 있는 민족이나 집단에 소속해 있으며, 그 작가 또한 의식 무의식임을 막론하고 그 문제를 문학적 정신으로서 실천했다면, 그러한 작품들은 가장 민족적인 동시에 세계 문학의 대표작으로서 그 자리를 확보할 수 있을 것이다.[15]

그렇다면 정태용이 말하는 우리 민족이 해결해야 할 운명을 짊어지고 있는 "그 시대의 세계사적인 사건들"이란 무엇일까? 그는 한국의 경우 일제 강점이나 동학란 같은 사건은 민족의 테두리에서만 의미를 지니지만, 해방과 6·25전쟁에 이르는 과정은 "그것이 바로 민족사적인 동시에 세계사적인 사건들"이라고 말한다. 전쟁과 분단으로 인한 세계사적, 혹은 세계 문학사적 동시성은 최일수의 비평에서도 마찬가지로 강조된다.[16] 최일수가 전쟁이나 분단이 한국에 특수한 상황이 아니라 세계사적 운명과 직결된 상황임을 강조하는 까닭은 '1950년대 한국'이라는 시대적

---

15) 정태용, 「민족문학론 — 개념 규정을 위한 하나의 시고」, 《현대문학》, 1956. 11, 46쪽.
16) 최일수의 비평은 모두 세 권의 비평집으로 출간되었다. 『현실의 문학』(형설출판사, 1976), 『민족문학 신론』(동천사, 1983), 『분단힐기와 고루살기의 문학』(원방각, 1993).

상황을 역사 발전의 한 단계로서 인식하여 중요한 세계사적 의미를 부여하고자 하기 때문이다. 그에 의하면 1950년대는 이어령 같은 비평가가 말했듯이 모든 것이 폐허가 된 황무지가 아니라 새로운 민족성과 행동의 문제 그리고 세계성을 확보하게 된 시기이며 진정한 의미에서 세계 문학과 연결되는 시기이다. 즉 현대 문학은 과도기의 문학이나 황무지가 아니라 역사적 시대의 한 단계로서 특수한 위치를 가지고 나아가는 새로운 창현기로 파악된다. 이를 통해 최일수는 당대의 문학 현실에 '현대'라는 역사적 단계에 대한 역사적 인식을 강조하는 새로운 민족문학론을 제기하고 있다. 어떻게 보면 최일수의 비평에 가장 빈번하게 눈에 띄는 용어는 '현대'라고 할 수 있다. 이는 민족 문학과 관련해서 "민족 문학의 현대적 방향에 가장 요구되는 문제는 무엇인가?"라는 최일수 특유의 질문에서 잘 드러난다.

민족 문학과 세계 문학, 전통과 현대의 대립이라는 1950년대의 비평적 좌표가 가장 두드러지게 나타나는 것이 최일수의 비평에서인데, 그 가운데 민족 문학과 세계 문학의 대립 쌍에 대해 간략하게 살펴보면서 1950년대 중반 이후의 민족문학론에서 한국 문학의 특수성과 보편성의 문제가 어떤 방식으로 사유되는가를 살펴보기로 하자. 최일수의 민족문학론 또는 세계문학론은 크게 세 단계로 나누어 살펴볼 수 있다.

첫째, 최일수는 '세계 문학'과 문학에 있어서의 '세계성'을 구분한다. 세계 문학이 민족 문학을 초월해 위치하는 하나의 가공적인 차원의 문학이면서 동시에 개개의 문학들의 총합으로서의 문학이라면, 문학에 있어서의 세계성은 민족 문학이라는 고유한 형식에 있어서 '세계적인 내용의 공통성'을 뜻한다. 결국 세계 문학은 문학의 세계성과는 정반대의 성질을 지닌 셈이다. 이를 통해 민족 문학이 세계 문학이 될 수 있는 근거를 '초민족적인 보편적 인간성'에 두었던 괴테 식의 세계문학론은 배제된다.

둘째, 세계 문학이 민족 문학의 특수한 독자성을 초월해 전 세계를 하나의 전체로 간주한다면, 민족 문학의 세계성을 강조하는 시각에서는 민족 문학을 단위로 제각기 지니고 있는 민족적 특수성을 통해 세계적인 교류와 연대성을 확보한다. 이를 최일수는 라이프니츠의 단자론에 비유하여 민족 문학이라는 개개의 단자들이 개체로서의 특수성을 지닌 상태에서 서로 교류하면서 세계 문학의 보편성으로 나아가는 것으로 파악하고 있다. 결국 개별 문학은 민족 문학의 특수성을 거쳐서만 보편성을 획득할 수 있는 것이다.

셋째, 최일수는 여기서 한 걸음 더 나아가 제3세계 민족 문학의 선진성을 통해 세계 문학적 위상을 확보해야 한다는 주장을 편다. 즉 서구의 문학이건 아시아의 문학이건 모든 민족 문학이 나름대로의 특수성을 지닌 상태에서 교류와 연대성을 확보하는 차원에서 더 나아가 새로운 문학의 세계성이 서구가 아닌 아시아의 약소 민족의 문학에서 발현될 가능성이 있음을 강하게 주장한다. 여기에 바로 최일수 민족문학론의 일종의 '역사철학적' 전제가 깔려 있다. 최일수의 문학론은 "역사 발전의 특수한 법칙에 따라 문학사도 그러한 특수한 궤도 위에서 진행된다."라는 법칙성을 전제로 삼고 있으며, 한국 문학도 그러한 법칙성에서 예외가 될 수 없다. 즉 해방을 통해 일제 강점으로 인해 기형적인 테두리에 머물던 근대 문학에서 현대 문학으로 이행해야 하는 것과, 해방과 전쟁 그리고 분단으로 이어지는 세계사적 사건들을 문학적으로 형상화하여 민족 문학으로서 한국 문학의 세계 문학적 동시성을 확보해야 하는 것이 역사 발전의 법칙에서 유추된 과제이다.

그렇다면 한국을 비롯한 아시아의 문학이 새로운 문학의 세계성을 보여 줄 수 있는 '역사철학적' 이유는 무엇인가? 그것은 "세계사의 조류가 자아의식의 단계에서 무언가 새로움을 모색하고 있기" 때문이고, "민주주의가 집단적인 민족의 자주정신과 역사적으로 결합된 시대에 들어선 20세기 후반기의 현실"을 아시아가 반영하고 있기 때문이다. 여기서 최일수의 민족문학론은 김동리의 민족문학론과 이를 계승한 김양수의 민족문학론이 빠져들었던 오리엔탈리즘적 도식, 다시 말해 서구와 아시아, 근대와 반근대를 대립시키고 이를 이항 대립적 선택의 논리로 풀어 가는 도식을 다른 각도에서 되풀이하는 듯이 보인다. 즉 서구가 자본주의의 발전이라는 물적 토대에 기반한다면, 아시아는 제국주의 침략으로 인한 민족의식의 형성에 토대를 두며, 서구 현대 문학의 사조가 개인을 중심으로 한 자율성이나 소외를 주된 테마로 삼는다면 아시아의 문학은 민족을 단위로 한 자주적인 발전을 모색하고 있다는 것이다. 이제 20세기 후반 세계의 역사 발전 법칙은 서구의 근대가 낳은 여러 한계들을 심각하게 인식하면서 이를 아시아의 새로운 정신과 문학을 통해 극복해야 하는 데에 놓여 있으며, 서구 문학에 대한 우리 민족 문학의 새로운 가능성은 이러한 역사적이고 사회적인 측면에서 찾을 수 있다는 것이다.

민족 문학과 세계 문학이라는 테제는 개념적 공생 관계에 놓여 있어서 민족 문학이라는 내부의 정체성을 설정하기 위해서는 세계 문학이라는 외부의 틀이 항상 요구된다. 비단 1950년대의 민족문학론뿐만 아니라 그 이전 그리고 그 이후의 민족문학론에서 민족 문학과 세계 문학의 틀을 발견할 수 있는 것도 이러한 이유에서이다. 그러나 바로 그렇기 때문에 민족 문학과 세계 문학의 테제는 일종의 상투어나 구호로 작용할 수 있는 위험성을 지닌다. "가장 민족적인 것은 가장 세계적인 것이다."라는 명제는 1950년대 전반기의 민족문학론부터 1950년대의 민족문학론에 이르기까지, 아니면 시대를 넓혀 1970년대의 민족문학론에 이르기까지 한국 민족문학론의 중심 명제로 기능해 왔다. 그 명제가 구호의 차원이 아닌 비평적 논리의 차원으로 심화된 계기를 최일수의 민족문학론이 보여 주었다. 그러나 그의 민족문학론은 앞서 설명한 '역사철학적' 테제를 중요한 전제로 깔고 있기 때문에 역사적 현실에 문학을 종속시키는 결과를 낳을 위험이 있다. 또한 역사철학적 테제란 각 시대마다 변화된 역사적 과제를 부여하기 때문에 문학은 이러한 변화된 역사적 과제를 짊어지고 따라가야 할 숙명을 지닌다. 최일수의 민족문학론에서 문학적 형상화의 측면이 고려되지 않는 것은 바로 이런 이유 때문이다.

최일수의 민족문학론이 깔고 있는 역사철학적 테제는 그것이 논리나 사실이 아니라 일종의 믿음의 차원에 놓여 있기 때문에 최일수 민족문학론의 세계주의는 강렬한 파토스의 성격을 짙게 드러낸다.[17] 그에게서 문학은 역사 발전에 대한 믿음이나 확신 또는 열망에서 비롯되는 것이다. 결국 최일수는 "가장 민족적인 것이 가장 세계적인 것이다."라는 명제를 추상적 구호의 차원에서 비평적 논리의 차원으로 승화시켰으나, 이러한 승화의 작업에는 역사 반전에 대한 강한 신념 또는 강렬한 파토스가 깔려 있었던 셈이다. 이는 최일수가 극복하고자 했던 편향된 민족문학론의 비평적 논리가 궁극적으로 이데올로기적 전제에 의지하고 있는 것과 크게 다르지 않다. 최일수 민족문학론이 깔고 있는 신념이나 믿음 그 자체가 좋거나 나쁜 것은 아닐 것이다. 문제는 그것이 문학의 사명 또는 임무라는 식으로 문학의 외부로부터 부과되어 문학의 상상력과 현실 형상화 능력을 옥죄는 굴레로 작용할 위험성일 것이다. 최일수의 민족문학론에서 확인할 수 있는 파토스적 열망이나 이데올로기적 전제가 그 이후의 민족문학론에 구체적으로 어떤 방식으로 나타나는가는 추후의 과제로 남겨둔다. 다만 "가장 민족적인 것이 가장 세계적인 것이다."라는 명제가 다양한 성격을 지닌, 심지어는 상반된 문학적 목표를 지향하는 여러 민족문학론을 두루 관통하고 있으며, 한국 문학의 세계화와 관련해 거의 상식처럼 받아들여지고 그 이론적 전제가 무반성적으로 통용되면서 오히려 진정한 한국 문학의 세계화를 저해하는 요소로 작용할 수 있다는 점만을 지적해 두자.

---

17) 민족문학론이 지니는 이러한 강렬한 파토스적 욕망에 대해서는 서영채의 「한국 민족문학론의 개념과 역사에 대한 소묘」(『문학의 윤리』, 문학동네, 2005)를 참조할 것.

세계 문학의 진화와
한국 문학의 새로운 정체성

세계문학(론)은 가능한가
── 세계문학론의 비판적 검토

1 '세계 문학'에 대한 인식의 전환과 세계문학론의 대두

주지하다시피 1980년대 말에 생겨난 세계사적 변혁의 움직임과 1990년대 중반 이후 두드러지게 나타난 세계화의 물결은 문화적인 패러다임뿐만 아니라 문학 연구의 방향에 있어서도 중요한 변화를 요구했다. 즉 이제는 '글로컬라이제이션(glocalization)'이나 '글로컬리티(glocality)라는 용어가 암시하듯이 지역적인 것이 민족적인 것을 거치지 않고 바로 세계적인 것과 교섭하는 단계에 이르렀으며, 외국의 작가에게 문제가 되고 있는 것은 동시에 우리 작가에게도 중요한 의미를 지닐 만큼 문학의 세계는 하나의 동일한 공간 속에 놓이게 되었다. '글로벌'과 '로컬'이 서로 대립하지 않고 한 용어 안에서 새로운 관계를 모색하게 된다. 조동일의 지적에 따르면 세계화와 지방화가 서로 대립하는 것이 아니라 보완적인 관계에 놓이는, 이른바 '세계 · 지방화 시대'의 문학이 대두된 것이다. 따라서 좋든 싫든 이제 하나가 되어 버린 세계 속에서 문학의 교섭과 유통, 수용과 변용 등의 양상을 고찰하는 일이 무엇보다도 중요한 문학 연구의 과제로 등장하였다. 1990년대 이후로 이렇듯 변화된 세계 문학의 지형도에 그 누구보다 관심을 기울여 온 이론가인 프랑코 모레티의 말처럼 "우리 주위의 문학은 이제 전 지구적 체제이"며, "문제는 우리가 '무엇을' 해야 하는가가 아니라 '어떻게' 해야 하는가"[1]라면, 단일화된 세계 내에서 문학이 서로 접촉하고 유통하는 방식으로서 세계 문학(world literature)을 연구해야 할 필요성이 절실하게 요구된다.

이러한 측면에서 최근 비교문학적인 관점의 문학 연구가 강조되는데, 이는 개별 국가의 문학 연구가 거둔 성과를 긍정적인 면에서 보완하고 있다. 그러나 논의의 틀을 확장시켜 세계 문학이라는 공간 속에서 문학적 교섭과 수용의 문제를 생각해 볼 수는 없을까? 개별 국가의 경계선을 뛰어넘는 문화적 파동을 고려하기 위해서는 둘 또는 세 나라 사이의 문화적 교섭이 아니라 문명권과 문명권 사이의 접촉, 또는 전 지구적 문화의 흐름을 고려할 필요는 없는가? 세계 문학이라는 공간이 워낙 다양한 국가들의 문학을 포괄해야 하고 범위가 넓은 만큼 그러한 공간 자체의 설정이 선험적인 범주의 성격을 지닌다거나, 다양성을 훼손하는 단순한 도식의 위험성을 내포한다는 비판 때문에 이에 대한 논의가 지금까지 활발하게 이루어지지 않은 것이 사실이다. 그러나 서구에서 1990년대 후반부터 세계 문학의 공간에 대한 논의들이 활발하게 이루어지고 있음을 주목할 수 있는데, 프랑코 모레티의 일련의 작업에서 촉발되어 프랑스의 비평가 파스칼 카자노바의 『세계 문학 공화국(La République mondiale des lettres)』(1999)과 영국 케임브리지 대학교의 크리스토퍼 프랜더개스트가 편집한 『세계 문학을 토론하기(Debating World Literature)』(2004)를 거쳐 미국의 비교문학자 데이빗 댐로시의 『세계 문학이란 무엇인가(What is World Literature?)』(2004)에 이르는 일련의 작업들을 거론해 볼 수 있을 것이다.

최근에 들어 서구에서 세계문학론이 이론적 활기를 띠고 있는 것과는

---

1) Franco Moretti, "Conjectures on World Literature", *Debating World Literature*(London; Verso, 2004), 148쪽.

대조적으로 1980년대까지 세계 문학에 대한 논의는 통상적으로 유럽 또는 유럽 - 미국 문학 중심으로 이루어졌다. 세계 문학에 대한 최근의 활발한 논의는 유럽 - 미국 문학 중심의 세계 문학에 대한 일종의 반성이자 교정의 성격을 지닌다. 우리는 이 책에 수록된 다른 글에서 실제로 1956년 처음 출간된 이래 지금까지 미국 및 영어권의 세계 문학 강좌에서 가장 널리 활용되고 있는 교재인 『세계 걸작들의 노튼 앤솔러지(*Norton Anthology of World Masterpieces*)』의 판본 변화를 통해 세계 문학 개념의 변천을 간략하게 살펴본 바 있다. 세계 문학의 고전 또는 정전이란 무엇인가라는 질문에 대한 대답이 이른바 정전 논쟁이 가열되고 탈식민주의와 해체주의가 부각된 1980년대 이래로 급격하게 바뀌었으며, 서구 문학 중심이 아니라 서구 문학과 비서구 문학 전체를 아우르는 새로운 세계 문학 개념이 출현한 것으로 이러한 변화를 요약할 수 있다.

데이빗 댐로시에 의하면 세계 문학은 다음과 같은 세 가지 범주 가운데 하나로 인식되어 왔다. 1) 고전(classics)이라는 이미 확립된 범주, 2) 걸작들(masterpieces)의 변화하는 정전, 3) 세계를 향한 다양한 창들(windows).[2] 1990년대 이후 서구에서 이루어진 세계 문학의 범주의 변화는 기존의 '고전'과 '걸작' 중심의 세계 문학에서 세계를 구성하는 다양한 지역과 문화를 대표하는, 세계를 향해 열린 창으로서 세계 문학으로의 이동으로 설명할 수 있다. 물론 서구 문학 중심의 고전과 걸작으로 이루어진 세계 문학에서 벗어나 비서구 문학에 상대적으로 많은 비중을 할애한 새로운 세계 문학이 출현했다고 해서 그동안 세계 문학과 관련해 제기되어 온 모든 문제가 해결된 것은 아니다. 특히 댐로시는 다문화주의적 입장에서 취해진 서구 중심의 정전 비판이 한편으로는 문화적 다양성의 풍요로움을 인식하게 만드는 긍정적인 효과를 가져오기도 했지만, 다른 한편으로

---

2) D. Damrosch, "Goethe Coins a Phrase", *What is World Literature?*, 12~16쪽 참조.

는 세계 문학을 이루는 고전의 걸작들을 배제하고 이를 현대의 걸작들로 대체시키는 일종의 '현대중심주의'에 치우쳐 있는 폐단을 낳았음을 지적하고 있다. 즉 세계 문학에 대한 다문화주의적 인식은 공간적으로 전 세계의 창으로 열려 있는 반면, 시기적으로 지나치게 현대에 편중된 나머지 오래된 과거의 다양한 문학들에 대한 탐색을 게을리하게 만든다는 것이다. 공간적 다양성과 시간적 다양성을 아우르는 세계 문학에 대한 인식이 절실하게 요구되는 셈이다.

아마도 1990년대 후반부터 세계문학론이 서구에서 집중적으로 논의되기 시작한 배경에는 기존의 세계 문학에 대한 인식의 변화에 보다 이론적이고 체계적인 논리적 뒷받침을 제공하려는 의도가 깔려 있다. 서구 중심의 세계 문학에서 세계를 구성하는 다양한 문학들의 집합으로서의 세계 문학으로 이동하게 된 것이 대략 1990년대를 전후로 이루어진 커다란 변화라면, 1990년대 말을 기점으로 방법론 또는 인식론적 틀로서의 세계문학론으로의 또 다른 중대한 전환이 이루어진 셈이다.

2 비교문학의 '위기'와 세계문학(론)의 필요성

모레티는 '세계 문학'이라는 용어가 괴테가 주창한 이후 거의 200년 동안 통용되어 왔지만 그 개념이 지시하고 있는 대상에 대한 제대로 된 이론은 없었으며 세계 문학을 구성하는 방대한 양의 자료들을 조직화할 일련의 개념적 틀이나 가설이 부재했음을 지적한 바 있다. 세계 문학을 효율적으로 설명해 줄 수 있는 이론적 틀의 부재는 세계 문학에 관련된 문학적 현상이나 텍스트를 다른 어느 분야보다 직접적인 고찰의 대상으로 삼아 온 비교문학의 역사적 전개 과정에서도 확인해 볼 수 있다.[3] 예컨대 프랑스의 비교문학적 입장을 가장 체계적으로 정리한 것으로 평가받는 기야르의 『비교문학』은 그 고찰의 범위와 대상이 서유럽의 문학에 국한되어 있으며, 기야르 자신보다 한 세대 앞선 이론가인 방티겜이 제시한 일반 문학의 가능성을 현저하게 축소시키고 비교문학을 서구 문학 중심의 '국제적 관계'에 집중시킴으로써 서양과 동양, 서구와 비서구를 아우르는 세계 문학을 고찰의 대상으로 삼을 수 있는 가능성은 배제시켜 버린다. 보다 구체적으로 기야르는 프랑스 문학을 중심으로 유럽 문학의 범주 내에서 발생한 실증적인 문학적 사실들 사이의 영향 관계에 초점을 맞출 것을 제안한다.

> 비교문학은 문학사의 한 지류이다. 그것은 바이런과 푸시킨, 괴테와 칼라일, 월터 스콧과 비니, 작품들 사이, 영감들 사이, 여러 문학에 속하는 작가들의 삶 사이에 존재했던 사실상의 관계들, 국제적인 문학적 관계들에 대한 연구이다. 그것은 작품들을 그 원래의 가치 속에서 고려하지 않고 각 국가나 작가가 외국으로부터 빌려 온 것들에 가한 변형에 관심을 기울인다. 마지막으로 비교문학은 미국에서 가르치는 일반 문학이 아니다. 비교문학이 일반 문학에 도달할 수 있고, 어떤 사람들은 그렇게 해야 한다고 생각한다. 그러나 이 방대한 비교와 대조의 작업, 즉 휴머니즘, 고전주의, 낭만주의, 사실주의, 상징주의 같은 비교는 너무 체계적이고 시간적으로나 공간적으로나 너무 넓게 퍼져 있어서 추상화나 자의성에 빠질 위험이 있다. 비교문학은 이 커다란 종합들을 준비할 수는 있어도 기대할 수는 없다.[4]

기야르는 비교문학은 "바이런과 푸시킨, 괴테와 칼라일, 월터 스콧과

---

3) 필자는 비교문학의 이론적 틀이 서구 중심의 문학에서 이른바 동서 비교문학(East-West Comparative Literature)으로 어떻게 이동해 가는가를 「오리엔탈리즘과 옥시덴탈리즘을 넘어서: 동서 비교문학의 이론적 모색」(《한국학연구》 28집, 2008)에서 자세하게 논의한 바 있는데, 2장의 논의는 이 글과 중복됨을 밝힌다.

4) M. F. Guyard, *La littérature comparée*(Paris: PUF, 1951), 10쪽.

비니"처럼 되도록이면 'x'와 'y' 사이의 영향 관계를 따져야만 하며, 문예 사조나 문학 운동같이 두 나라의 지리적 범주를 뛰어넘어 한 대륙이나 대륙과 대륙 사이의 문학적 이행에 관련된, '눈에 띄지 않는' 광범위한 현상은 다루지 말아야 한다고 주장하고 있다. 인용문에서 기야르가 말하는 '여러 문학'이란 정확히 프랑스를 중심으로 한 서유럽 문학의 범주를 지칭한다. 문제는 기야르의 비교문학은 비서구 문학까지도 포함할 수 있는 일반 문학의 가능성을 철저히 봉쇄하면서(예를 들어 상징주의의 경우 유럽을 벗어나 비서구 지역에까지 영향과 수용이 미칠 수 있기 때문에) 서구 문학의 범주에 대상을 국한시키고 있다는 점이다.

프랑스를 중심으로 이루어진 초기의 비교문학 연구가 지니는 이러한 위험성, 즉 유럽중심주의를 최초로 강도 높게 비판한 이론가는 프랑스의 비교문학자 르네 에티앙블(René Etiemble)이다. 그는 앞서 인용한 기야르의 『비교문학』의 출간(1951)이 (프랑스) 비교문학의 '위기'를 집약해서 보여 준다고 보고, 그 위기의 원인을 유럽중심주의, 지방주의 그리고 정치나 이데올로기를 비교문학에 적용하는 폐단(소련과 동유럽의 비교문학) 등으로 요약한다. 예컨대 프랑스의 비교문학적 전통에서는 기야르의 『비교문학』이 잘 보여 주듯이, '외국의 프랑스 작가들', '프랑스의 외국 작가들', '외국 문학들 사이의 영향' 식으로 분류를 하는데, 이는 문학의 교류와 교환 관계의 중심에 프랑스를 두는 것에 다름이 아니며, 다른 모든 나라들이 이런 식으로 비교문학을 설정한다면 자국중심주의와 유럽중심주의에 빠지게 된다는 것이다. 그 결과 유럽 중심의 서구 문학과 아시아나 아랍 같은 동양 문학 사이의 심각한 불균형이 세계 문학에 자리 잡게 되었다고 에티앙블은 비판하고 있다.

그는 세계 문학의 정전에 유럽의 별볼일없는 작품들이 자리를 차지한 반면, 아시아의 훌륭한 문학들이 배제되어 있는 상황을, 예컨대 사정을 뒤집어서 어떤 일본 학자가 세계 문학을 구성하면서 괴테, 실러, 니체,

토마스 만과 같은 서구의 작가들을 누락시킨 것과 흡사하다고 통렬하게 지적한다. 에티앙블은 서구 문학을 논의의 중심에 두는 유럽중심주의적 경향은 일반 문학을 중시하는 미국의 비교문학에도 마찬가지로 존재한다고 지적한다. 다시 말해서 미국의 비교문학을 대표하는 르네 웰렉의 경우 그의 『문학 이론』에서 문학사로 환원되지 않는 문학의 보편적 가치를 강조하기는 하지만 그가 말하는 '문학'이란 여전히 유럽의 문학적 현상들만을 지칭하는 것이어서 예컨대 아랍이나 인도의 수사학이나 문학 이론 또는 일본과 중국의 작품들에 대한 일체의 언급이 빠져 있다는 것이다.

에티앙블은 18세기 말 유럽의 전기 낭만주의에 대한 자신의 강의를 일례로 들면서 문학의 보편적 성격을 강조하고 있다. 즉 '자연, 풍경, 영혼의 상태, 사랑-정념, 운명, 감수성, 흐르는 시간, 폐허' 등과 같은 주제들에 대응되는 사례로 당송 시대의 한시를 들었던 경험을 바탕으로 "18세기 유럽의 전기 낭만주의의 주제들을 당송 시대의 한시에서 빌려 온 인용문들로 해명할 수 있었다는 것은 형식, 장르, 문학의 '불변항(invariant)'들이 존재하고 있"[5]음을 입증해 준다는 것이다. 에티앙블은 세계 문학을 비서구 문학과 서구 문학이 동등하게 참여하는 개별 문학들의 '합(合)'으로 간주하면서, 이 개별 문학들을 가로지르는 보편적 주제나 감정의 가능성을 언급한다. 에티앙블은 서구와 비서구 문학에 공통된 '불변항'(이는 노스럽 프라이가 말하는 '원형(archetype)' 개념과 유사한 측면이 있어 보인다.)은 문학에 대한 진정으로 세계적인 이해에 필요한 기반을 제시해 줄 것이라고 주장한다.

그러나 에티앙블이 제시하는 개별 문학의 합으로서 일반 문학의 개념이나 일반 문학의 근거로서 보편성의 개념은 유럽중심주의적 시각을 비

---

5) René Etiemble, *Comparaison n'est pas raison*(Paris: Gallimard, 1963), 70~71쪽.

판하는 측면에서 본다면 효용성이 있을지 몰라도 세계 문학의 이론적 틀로 전유되기에는 너무 소박하고 단순하지 않은가라는 의문이 든다. 실제로 에티앙블이 주장하는 보편성은 서구 문학과 비서구 문학에 공통된 어떤 것으로서 보편성의 개념이며 이는 언어, 문화, 역사, 정치적 구조 혹은 사회 제도의 차이를 무시한 상태에서 드러나는 공통성을 의미한다. 그러나 지구상의 모든 사람과 국가의 동의를 요구하는 획일적인 공통성으로서 보편성은 자칫 세계에 대한 단순화된 관점으로 귀착될 수도 있다. 에티앙블이 보편성을 개별의 합으로서 전체를 가로지르는 공통분모로 간주했다면, 보편성을 시공을 초월한 영원한 불변성의 개념으로 잘못 취한 사례로서 르네 웰렉의 논의를 들 수 있을 것이다. 그는 양차 대전이 불러온 세계적 재앙을 되돌아보면서 국가의 경계나 차이 그리고 대립을 뛰어넘어 문화적 차이들이 보편적 원리 아래 조화롭게 결집될 수 있는 가능성을 비교문학에서 찾는다.

그러나 일단 우리가 문학을 문화적 권위의 투쟁에 대한 주장으로 생각하지 않고 또한 외국 교류의 상품이나 민족 심리의 지시물로도 생각하지 않는다면 우리는 인간이 손에 넣을 수 있는 유일하게 진실한 대상을 얻게 될 것이다. (……) 일단 우리가 예술과 시의 본질, 인간의 도덕과 운명에 대한 그것의 승리, 상상적인 새로운 세계에 대한 그것의 창조를 이해하면 민족적 허영은 사라질 것이다. 인간, 보편적 인간, 언제 어디서나 아주 다양한 가운데 처하고 있는 인간이 나타나며, 문학인은 고전 추구주의의 과거, 민족적 차변과 대변의 계산 관계, 조직망의 판도까지도 지양하게 된다. 문학 연구는 예술 자체처럼 상상의 행위가 되며, 인류의 고도한 가치를 보유한 것, 창조한 것이 된다.[6]

공교롭게도 에티앙블과 마찬가지로 '비교문학의 위기'를 거론하고 있

---

6) 르네 웰렉, 「비교문학의 위기」, 『비교문학: 논문선』, 이혜순 편역(중앙출판인쇄, 1983), 92쪽.

는 르네 웰렉은 보편성의 개념을 "인간, 보편적 인간, 언제 어디서나 아주 다양한 가운데 처하고 있는 인간"(man, universal man, man everywhere and at all times, in all his variety)과 결부시킴으로써 보편성에 시간과 장소를 뛰어넘는 고정불변의 초월적 성격을 부여하고 있다. 우리는 보편성 자체가 변하지 않는 영원한 개념이 아니라 문화적 콘텍스트 내에 위치해 있으며, 전략적 강조의 필요성에서 생겨난 것임을 인식할 필요가 있다.

세계문학론에서 상정되는 보편성은 이렇게 말할 수 있다면 고정된 불변의 보편성이 아니라 '차이를 존중하는' 보편성이 되어야 할 것이다. 위대한 문학작품은 시공을 가로질러 오늘날 우리에게 직접적으로 말을 건네는 초월적 특성을 분명히 지니고 있다. 그런 의미에서 보편성의 개념 또는 보편성의 차원을 상정하지 않고는 세계 문학에 대해서 논의할 수 없다. 세계 문학과 보편성을 분리시키려는 논의는 결국 문학과 인간에 대한 상대주의적이며 파편화된 인식에 도달할 위험이 크다.

세계문학론은 20세기 후반부에 지대한 영향력을 미친 해체주의 및 탈식민주의의 세례를 받아 문학에서 차이와 상대성을 강조하는 논리가 보여 주는 문학에 대한 편향된 인식을 교정할 수 있는 중요한 계기로 기능할 수 있다. 그러나 세계 문학 또는 세계문학론에서 상정되는 보편성은 결코 변하지 않는 실체로서의 보편성 또는 영원불변의 실체로서의 보편성의 의미로 이해되어서는 안 된다. 과거 세계 문학에 대한 대부분의 논의에서 절대적인 영향력을 행사했던 이른바 '시대를 초월한 걸작'이나 '영원불변의 고전'과 같은 개념은 보편성의 개념을 일종의 '실체'로 간주하는 오류를 범하고 있다. 중요한 걸작들은 미학적이면서 문학적인 이유에서 특별한 주목을 받을 만한 작품들이지만 그 중요성이 지속되는 이유는 이 작품들이 '시공을 초월한' 영원한 영역에 놓여 있기 때문이 아니라, 서로 다른 시대와 장소의 콘텍스트에서 태어나 새로운 콘텍스트에 부단히 적응해 온 작품들이며, 이 두 가지 상이한 콘텍스트 사이의 긴장 관계에서 벗어난 작품이 아니라 그 사이에서 미학적 긴장을 획득한 작품이기 때문이다. 보편성은 실체가 아니라 과정의 산물이며 과정 속에서 구성되고 해체되며, 재구성된다. 보다 진전된 세계문학론이 이루어지기 위해서는 서구 중심의 고전이나 걸작을 위주로 한 기존의 세계 문학이 지닌 한계를 극복하면서도 보편성에 대한 지향을 끊임없이 염두에 두어야 할 것이다.

3 문학의 그리니치 천문대는 가능한가
  : 파스칼 카자노바의 세계문학론

주지하다시피 괴테는 국가의 경계를 뛰어넘는 보편적인 문학으로서 '세계 문학(Weltliteratur)'의 이념을 제시한 바 있다. 그 이념이 여전히 소중한 것이기는 하지만 오늘날 세계의 문학적 지형도를 살피는 데 있어 한계를 드러내는 것도 사실이다. 괴테는 이른바 '국제적 대화'에 참여하는 개체들을 국민 문학으로 간주하면서 세계 문학을 '국가와 국가 간의 관계'로 규정한다. 괴테는 '국민'이나 '민족'의 범주를 초월하고자 했으나, 그가 상상한 대화의 참여자는 국민 문학의 범주라고 할 수 있다. 또한 그가 말하는 세계 문학에서는 유럽 문학이 중심적인 역할을 맡고 있었다.

괴테의 세계문학론에 깔려 있는 유럽중심주의에 대한 비판은 접어 두더라도 세계 문학은 국민 문학이라는 개별 문학의 합으로 이루어진다는 의견에는 쉽게 수긍하기 어렵다. 세계 문학은 지구상의 '모든' 문학들의 총합으로 기술될 수 없기 때문이다. 세계 문학의 여러 경향들에 아무리 민감한 학자라도 모든 문학들을 읽고 정리할 수는 없다. 실제로 비교문학자 클라우디오 기옌은 "그 개념으로 무엇을 할 수 있겠는가? 그것은 민족 문학들의 합계인가? 이는 실제로는 도달할 수 없는 거친 관념이며 가장 야심 많은 편집자도 그런 것을 꿈꾸지 못할 것이다."[7]라며 세계 문학의 개념에 회의적인 태도를 표명한 바 있다. 그런 측면에서 올바른 세계문학론을 정립하기 위해서는 세계 문학은 개별 문학들의 합이 아니라는 전제에 대한 동의를 필요로 한다. 왜냐하면 새라 라웰이 지적하듯이 "더 많은 자료들을 수집할수록 세계에 대한 독서의 올바른 좌표를 설정하기는 더 힘들어지며, 세계 문학을 구성하는 개별 텍스트에 대한 독서는 결코 완결될 수 없으며, 가능하지도 않기"[8] 때문이다.

그렇기 때문에 앞서 간략하게 언급했듯이 일종의 가설 또는 방법론적 틀로서 세계 문학의 필요성이 생겨나는 것이다. 우리는 1990년대 후반에 제시된 이러한 방법론적 틀로서 세계 문학의 두 유형을 거론해 볼 수 있는데, 하나는 파스칼 카자노바가 제시한 '세계 문학 공간(world literary space)'이며, 다른 하나는 프랑코 모레티가 월러스틴의 세계 체제에서 그 틀을 빌려온 '세계 문학 체제(world literary system)'이다.[9] 이러한 방법론 또는 인식론적 틀로서 세계 문학의 전환이 가지는 의미와 필요성을 파스칼 카자노바는 다음과 같이 설명하고 있다.

그 경계가 정치적이고 언어적인 경계와는 상대적으로 독립되어 있는 또 다른 세계를 설정하는 것이 가능하다. 이 공간은 그 자신의 역사, 법칙, 반항과 혁명을 지닌다. 이 매개적 공간을 '세계 문학 공간'이라고 할 수 있는데, 이는 구체적 연구에 의해 검증되어야 할 도구이자, 문학의 논리와 역사에 대한 설명을 제시해야 하는 도구이기도 하다. 중요한 점은 이 개념적 도구는 '세계

7) Claudio Guillén, *The Challenge of Comparative Literature*(Harvard Univ. Press, 1993), 52쪽.

8) *Reading World Literature: theory, history, practice*, edited and with an introduction by Sarah Lawall(University of Texas Press, 1994), 12쪽.

9) 필자는 이미 다른 곳에서 파스칼 카자노바의 세계문학론의 의미와 그 한계에 대해서 상세하게 설명한 바 있다.(『우리 문학의 새로운 좌표를 찾아서』, 새물결, 2003.)

문학 그 자체(그 자료와 존재 자체가 의문시되는 세계적 규모로 확장된 문학의 집합)가 아니라, '공간'이라는 점, 즉 관계적으로 사유되고 기술되어야 할 상호 연결된 지점들의 집합이라는 점이다.[10]

카자노바 자신은 '세계 문학 공간'의 개념이 브로델의 '세계 – 경제(world-economy)'나 부르디외의 '장(field)' 개념에 빚지고 있다고 말하고 지만, 최근의 세계문학론에서 중점적으로 다루어지고 있는 갈등의 장으로서 세계 문학에 이론적 바탕을 제시하고 있는 모델은 바로 월러스틴으로 대표되는 세계체제론이다. 바로 이런 맥락에서 모레티는 월러스틴의 세계체제론에서 '하나이지만 불평등한(one and unequal)'이란 공식을 가져와 세계 문학의 틀을 정립하는 토대로 삼는다. 주지하다시피 월러스틴은 자본주의의 도래가 세계를 중심, 주변부, 반주변부라는 세 영역으로 재편한다는 전제에서 출발하여 세계는 불평등한 하나가 된다는 인식에 도달한다. 즉 자본주의가 전 지구상의 생산을 제약한다는 의미에서 '하나'이며, 교환의 조직망이 세 영역 간의 현저한 불평등을 요구할 뿐만 아니라 강화한다는 의미에서 '불평등'한 것이다. 이러한 세계체제론으로부터 카자노바나 모레티가 모두 강조하는 '하나이면서 불평등한 세계 문학'이라는 개념이 도출된다. 카자노바는 세계 문학의 장을 '전 세계에 걸친 상징적 헤게모니 확보 투쟁'으로 인식하자고 제안하고 있으며, 모레티는 '세계 문학의 중심부와 주변부(또는 반(半)주변부)가 하나의 관계로 묶여 있지만 양자의 관계에서는 불평등이 점증하고 있는 체제'로 인식할 것을 제안하고 있다.

카자노바 자신은 자신의 세계 문학 '공간'과 월러스틴의 '체제' 혹은 모레티가 말하는 세계 문학 '체제'와의 차이를 설정하고 이 두 개념을 구분할 필요성을 제기하고 있기는 하다. '체제', 즉 시스템은 월러스틴 식

10) Pascale Casanova, "Literature As a World", *New Left Review* 31, 2005, 16쪽.

으로 말하자면 체계에 대항해서 싸우는 힘과 움직임들을 '반(反)체제적'인 것으로, 다시 말해서 체제 '외부'에 놓인 것으로 간주함으로써 문학적 체계 '내부'에 수반되어 있으며, 문학적 체계 그 자체를 구성하는 문학적 '폭력 관계'를 중화시키고 그 불평등성을 희석시키는 결과를 낳는다고 비판한다. 카자노바가 말하는 '공간'은 중심과 주변부 사이에 필연적으로 생겨나게 되어 있는 권력 관계를 재도입하고 지배자와 피지배자 사이의 대립을 강조하기 위해 고안된 개념이라고 할 수 있다.[11] 분명한 것은 이러한 공간적 대립이 서로 대립하는 두 범주들 사이의 단순한 구분을 뜻하는 것이 아니라, 종속의 정도가 엄청나게 다양한 일련의 서로 다른 상황들을 만들어 낸다는 점이다.

이러한 전 지구적 규모의 문학 공간은 처음부터 현재의 모습 그 자체로 나타난 것은 아니며 역사적 과정의 산물이라 할 수 있는데, 정치와 경제의 영역으로부터 독립해 나가면서 점점 더 자율적이고 독자적인 영역을 구축하게 된 것이다. 역사적으로 볼 때 16세기 유럽에서 태어난 이 공간은 18세기와 19세기를 거치면서 그 가장 전통적인 중심을 차지했던 프랑스와 영국에서 그 영역을 중부 및 동유럽으로 확장하게 되고 20세기에 이르러 탈식민지 과정을 통해 전 세계적으로 확산된다. 중요한 것은 카자노바가 말하는 세계 문학 공간은 비록 '하나가 된 세계'를 전제로 하지만, 그 메커니즘은 통상적으로 '문학적 세계화(literary globalization)'라고 부르는 획일화된, 시장 중심적 문학의 유통과는 구분되어야 한다는 점이다. 왜냐하면 문학적 세계화의 유형에 속하는 문학은 주제, 형식, 언어, 스토리의 유형 등이 전 지구를 통해 점진적으로 획일화되고 규범화되는 것을 뜻하지만, 세계 문학 공간이란 그 구조적 불평등이 낳은 문학 그 자

---

11) 카자노바는 이런 맥락에서 월러스틴의 세계체제론에서 중요한 위치를 차지하는 '반주변부(semi-periphery)' 개념에 대해 지배-피지배의 관계를 무화시키며 종속의 정도를 정확하게 측정할 수 있는 척도를 제시해 주지 못한다는 점을 들어 그 효용성을 부정한다.

체에 대한 투쟁과 경쟁 그리고 이의 제기를 우선적으로 고려하기 때문이다. 이렇듯 공간적으로 서로 불평등한 관계에 놓여 있는 각 지역들이 시간적 현재, 즉 모더니티의 획득을 위해 서로 경쟁하는 시스템, 이것이 바로 카자노바가 제시하고자 하는 세계 문학 공간의 시스템이다.

또 하나의 지표(덜 측정 가능한)는 모든 국가들에 공통된, 시간의 독특한 측정(특수한 시간 측정)의 출현이다. 새로 들어온 사람은 참조점, 그가 측정될 수 있는 규범을 인정해야 하며, 모든 지점들은 그를 통해 문학적 현재가 결정되는 중심과 관련해 위치한다. 이를 '문학의 그리니치 천문대'라고 부를 수 있을 것이며, 문학의 그리니치 천문대를 통해 각 선수들이 문학 공간 내에서 중심으로부터 떨어져 있는 거리를 측정할 수 있게 된다. 이는 문학적 시간 다시 말해서 미적 근대성의 측정이 형성되는 장소이다. 여기서 어느 시점에서 근대적 또는 현대적으로 간주된 것이 '현대적'인 것으로 천명될 것이고, 이러한 작품들은 일정한 기간 동안 이후의 작품들에 대한 비교의 모델, 측정의 단위로 작용하게 될 것이다.[12]

카자노바의 전반적인 논지는 전체 2부로 구성되어 있는 이 책의 구성에 맞추어 전개되고 있다. "문학적 세계"라는 제목의 1부에서는 대체로 다음과 같은 논의가 펼쳐진다.

1) 경쟁을 통한 세계 문학의 공간이 통합되기 위해서는 절대적인 표준점, 일종의 문학적 표준 시간이 필요하다. 이는 카자노바기 '문학적 그리니치 자오선'이라고 부르는 것으로서 공간 속에 위치할 수 있는 지점인 동시에(예를 들어 20세기 초 파리) 문학에 고유한 시간을 측정할 수 있는 지점(문학적 모더니티)이기도 하다. 그러나 세계 문학의 공간에서 유통되는 보편성은 선험적으로 주어진 것이 아니며, 반드시 서구 문학의 미

---

12) Pascale Casanova, "Literature As a World", 19쪽.

학적 규준으로 수렴되는 것도 아니다. 그것은 차라리 만들어지는 것, 또는 구성되는 것이라고 보아야 한다. 이러한 측면에서 보면 문학적 시간은 정치적인 시간과 연관되어 있기는 해도 그것으로 환원되지는 않는다.

2) 세계 문학의 장은 중심부와 주변부의 갈등의 장이다. 이는 문학적 자오선이 일종의 문학적 현재를 구성하며 문학적 중심으로부터의 미학적 거리가 시간적으로 측정될 수 있음에 따라 생긴 논리적인 귀결이기도 하다. 그런데 세계 문학의 공간을 특징짓는 이러한 불평등의 구조로 인해 이른바 '거대' 문학 공간과 '소수' 문학 공간은 서로 대립하며 후자에 속한 작가들을 비극적 상황에 몰아넣는다. 세계 문학의 공간에서 주변부에 속한 작가들은 그들 자신의 주변부성에 사로잡혀 중심의 명증함 속에 위치한 작가들과는 달리 세계 문학의 구조에 대해 부분적인 시각만을 지닐 수밖에 없게 된다. 카자노바가 말하는 국제적인 경쟁 체제란 전 세계적인 코스모폴리타니즘의 자유로운 표출의 결과가 아니라, 그녀가 '문학적 시간'이라고 부르는 것의 리듬과 산물을 통제하려는 국가들 사이의, 혹은 국민 문학들 사이의 문화적 갈등과 경쟁을 의미한다.

카자노바의 이러한 입장은 세계 문학의 개념을 주창한 괴테와 비교해 볼 때 확연하게 구분된다. 즉 괴테는 국경을 가로질러 문학작품이 유통되고 교환되는 것을 경쟁적으로 생각하지 않았던 반면 카자노바는 문학적인 '가치'가 비교적이고 경쟁적으로 산정되는 국제적인 시장의 존재를 상정하고 있다. 즉 카자노바의 이론에서는 세계 문학이 세계 시장과 결합되어 있으며, 그로부터 경쟁 관계에 기초한 국제적인 문학 관계가 구축되는 것이다. 세계 문학의 장은 이러한 대항과 경쟁을 통해 승자와 패자가 결정되는데 승자가 이른바 '문학적 그리니치 시간대'를 구성함으로써 중심을 차지하고 패자를 주변부로 밀어낸다는 것이다. 하지만 주변부로 밀려난 또는 어쩔 수 없이 주변부로부터 출발한 문학들은 중심부에 대한 다양한 문학적 이의 제기를 하는데 이를 통해 이질적이면서도 성층화되어 있고 위계적인 세계 문학의 시스템이 만들어진다는 것이다.

3) 세계 문학의 장을 이렇게 경쟁과 갈등의 모델로 사유하면, 거대한 문학적 혁명들의 국제적인 유통을 더 이상 '영향'이나 '수용'이라는 개념으로 기술할 수 없게 된다. 영향과 수용은 중심부에서 주변부로의 일방 통행을 상정하고 있기 때문이다. 또한 세계 문학의 공간 내부에서의 힘과 불평등의 관계는 매 순간 변화하며 변형될 소지를 지니고 있다. 예를 들어 라틴 아메리카의 문학은 1930년대만 하더라도 전혀 국제적으로 인정받지 못한 채 주변부적인 특성을 갖고 있었지만 30년 후에 이 위치는 완전히 뒤바뀌어서 가장 인정받고 중심부에 통합된 문학 공간이 되었다. 즉 문학적 자오선은 보편적이지만 절대적이지는 않다.

"문학적 반항아들과 혁명가들"이라는 제목의 2부에서는 복합적이고 이질적이면서 위계적인 이러한 중심과 주변부 사이의 세 가지 관계 즉, 동화, 반항, 혁명이 유형별로 제시되어 있다.

첫째, '동화의 패턴'은 정치적으로나 문학적으로 박탈된 지역에 속해 있는 작가가 스스로 활용할 문학적이고 국가적인 자원이 결핍되어 있을 때 취할 수 있는 길이다. 문학적 빈곤의 자각이 풍부한 유산을 지닌 다른 문화권으로의 편입을 낳는 것이다. 예를 들어 아일랜드의 전통 문학을 거부하고 영국이라는 지배 문화의 흐름 속에 귀속되기를 자청한 극작가 버나드 쇼의 경우나 자신의 모국어를 버리고 지배국가의 언어를 선택한 많은 식민국가 출신의 작가들(예를 들어 트리니다드 토바고 출신의 소설가 나이폴(Naipaul))의 경우를 들 수 있다.

둘째, '반항의 패턴'은 동화의 패턴과 상반되는 것으로서 문학적이고도 국가적인 차별화 또는 분리의 전략이다. 또는 자신이 속한 국가나 민족의 가장 특수한 곳, 이른바 지역적이고도 향토색 짙은 문화로 되돌아가려는 전략이다. 지배 문화의 언어를 거부하고 비록 소수이기는 하지만 자신의 언어를 고집하는 아프리카 작가들이 가장 대표적인 경우라 할 수 있다.

셋째, '혁명의 패턴'은 문학적 자오선으로부터의 회피도 그를 행한 동화도 아닌 전복의 시도이다. 다시 말해서 문학적 그리니치 자오선에서 보편적으로 통용되는 문학적 코드들을 전복시킴으로써 모더니티, 즉 세계 문학의 실천을 바꾸는 데 기여한 시도를 뜻한다. 이러한 미학적 전복의 가장 대표적인 사례로 꼽히는 아일랜드 출신의 작가 조이스와 베케트는 한편으로는 그 당시 형성되고 있던 민족주의 문학의 미학적 과제들에 집착하지 않으면서도 다른 한편으로는 당시 주류 문학이었던 영국 문학의 규범들을 맹렬하게 거부함으로써 그 어떠한 귀속이나 동화의 유혹으로부터 거리를 유지할 수 있었다.[13]

크리스토퍼 프랜더개스트가 편집한 『세계 문학을 토론하기(*Debating World Literature*)』는 카자노바의 논의를 출발점으로 하여 그 연장선상에 있거나 이를 비판적으로 검토하고 있는 열다섯 편의 논문들을 수록하고 있다. 몇몇 논문들은 이론적인 검토의 형식을 지니고 있고, 다른 논문들은 다양한 시공간에 집중된 사례 연구의 형식을 지니고 있다. 서로 다른 필자들에 의해 세계 문학이나 비교문학에 대한 다양한 의견들이 개진되고 있는 수록 논문들은 세계문학론의 최근 모델들이 빠져들기 쉬운 단순하고 도식적인 틀에 맞서 복합적인 논의를 이끌어 내려는 노력을 하고 있다는 점에서 공통점을 지닌다.

여기서 개진된 카자노바의 세계문학론에 대한 이의 제기는 크게 두 가지 주제로 요약할 수 있다. 과연 세계 문학 공간에는 경쟁과 갈등의 관계

---

13) 카자노바는 이 세 가지 패턴들이 모두 실현된 희귀한 문학 공간으로 아일랜드 문학을 드는데, 주변부에 위치한 문학이 세계 문학의 장에서 펼칠 수 있는 다양한 전략들이 구사되었다는 점에서 이 모델을 '아일랜드적 패러다임'이라고 부른다. 또한 카자노바는 2000년 9월 대산문화재단 초청 강연에서 "한국이 어느 정도 아일랜드와 같다고 생각한다."라며 아일랜드적 패러다임을 보다 깊이 연구해 볼 것을 제안하였다.(파스칼 카자노바, 「문학과 세계화의 길」, 『경계를 넘어 글쓰기』, 민음사, 2001.)

만이 존재하는가라는 질문이 첫 번째 주제와 관련되어 있다면, 두 번째 주제는 세계 문학 공간을 중심과 주변부의 공간적 대립으로 간주할 때, 이러한 설정이 주변부 문학의 활력과 움직임을 제대로 설명할 수 있는가라는 질문과 관련되어 있다. 이 책의 편집자이기도 한 프랜더개스트는 첫 번째 논문 「세계 문학 공화국(The World Republic of Letters)」에서 카자노바의 책을 전체적으로 조감하고 그 논의가 던져 주는 문제점들을 주로 첫 번째 주제와 관련해 검토한다. 그는 우선 카자노바의 이론이 '국민 문학들 사이의 관계들의 본질과 의미'와 '문학사의 경쟁 모델의 지위'라는 두 가지 핵심적이면서 서로 연관된 양면적인 질문들로 이루어져 있다고 지적한다. 이에 대해 프랜더개스트는 세계 문학의 장을 구성함에 있어 국가 이외의 다른 가변적 요소들도 존재하며, 경쟁 이외의 다른 관계들도 있을 수 있다는 점을 상기해야 함을 역설한다. 국가 간의 경쟁이 반드시 문학 발전의 중요한 요소도 아니며 '국가'라는 단일적인 이미지도 모든 분할과 구분을 내포하고 있다는 것이다. 또한 경쟁적 상호 관계가 아닌 협력적 상호 관계를 생각해 볼 수 있으며, 그런 의미에서 문학적 '협상'이란 용어를 사용할 것을 제안한다.

또 하나 주목할 만한 논문은 인도의 다양한 언어와 문학적 전통과 관련하여 최근의 세계문학론(특히 프랑코 모레티와 카자노바의 모델)을 비판적으로 검토하고 있는 프란체스카 올시니의 논문 「세계 소설의 거울에 비친 인도(India in the Mirror of World Fiction)」이다. 그녀는 앞서 언급한 두 번째 주세의 관짐에서 영어로 글을 쓰는 '디문화주의적' 작가(살만 루시디가 그 대표적인 예로 꼽힐 수 있는 망명 작가라면 특히 더 어울리는데)를 가장 높이 평가하는 중심부의 미학적 기준으로 볼 때 인도 문학의 상당히 중요한 부분이 가려짐을 치밀하게 논증하고 있다. 중심과 주변의 모델은 필연적으로 주변을 중심의 주위로 밀어내기 때문에, 주변부에서 벌어지는 복합적인 문학적 사실들을 제대로 고찰할 수 없다는 것이다.

4 세계 문학 '체제'의 가능성과 한계

프랑코 모레티는 카자노바와 유사하게 '하나인 불평등한 세계 문학체제'를 논의의 출발점으로 삼는다. 그는 이 세계 문학 체제에서 크게 두 가지 움직임이 맞물려 있다고 파악하는데, 발산(divergence)과 수렴(convergence)의 움직임이 이에 해당한다. 그는 중심부의 강력한 문학이 주변부 문학의 궤도에 '간섭'하고, 그럼으로써 체제의 불평등을 계속해서 확산시키는 움직임을 '발산'의 움직임으로 파악한다. 반면에 '수렴'의 움직임은 이러한 중심부의 발산을 받아들여 주변부에서 새로운 문학적 형식을 만들어 내는 것을 지칭한다. 그 예로 모레티는 19세기 후반 서구의 근대 소설이 확산되면서 주변부 문화에 도달했을 때 주변부 문화의 훌륭한 작가들이 서구 유럽의 모델을 이른바 '문체의 중층 결정'이라고 부를 수 있는 동일한 과정에 끌어들였던 것을 들어 설명하고 있다.

모레티는 카자노바와 마찬가지로 중심과 주변부의 대립과 갈등의 관계로부터 출발하면서도 중심부에서 주변부로의 발산의 움직임이 아니라 수렴의 움직임에 초점을 맞춤으로써 논의의 방향을 달리한다. 즉 중심부에서 온 이야기와 주변부에서 그것을 '수용한' 관점 사이에서 투쟁이 일어나며 이것이 새로운 형식을 획득한다고 봄으로써 주변부의 문화적 쇄신과 창조를 설명하는 데 논의의 초점을 맞춘다. 서구적 형식과 지역적 현실의 만남, 즉 갈등이나 경쟁이 아니라 수렴의 움직임이 모든 곳에서 구조적 타협을 만들어 냈을 뿐만 아니라, 이러한 타협 자체가 서로 다른 형식을 갖게 되기 때문에 세계문학론은 중심과 주변부의 대립 관계에서 출발하지만 궁극적으로는 수렴의 움직임이 서로 다른 지역에서 만들어 내는 다양한 형식들의 비교 연구, 혹은 모레티의 용어로 하자면 '비교형태학(comparative morphology)'으로 귀착된다. 모레티의 세계문학론은 '하나이면서 불평등한 세계'이면서 동시에 서로 다른 수렴의 형식과 방향성을 지닌, 차이들로 이루어진 세계이다.

　이로부터 세계 문학은 정말로 체계, 즉 다양한 변이들의 체계라는 결론에
도달하게 된다. 체계는 하나이지만, 그렇다고 해서 체계를 구성하는 모든 부
분들이 동일하다는 것, 즉 일률적이거나 획일적이지는 않다. 영국과 프랑스
라는 중심으로부터의 압력은 그것을 일률적이거나 획일적인 것으로 만들려
고 하겠지만, 절대로 차이의 현실을 지워 버리지는 못한다. 그렇기 때문에 세
계 문학에 대한 연구는 세계를 가로질러 상징적 헤게모니를 위한 투쟁에 대
한 연구라고 할 수 있다. 이를 다음과 같이 말해 볼 수 있다. 1750년 이후 소
설은 어느 곳에서나 서유럽의 패턴들과 지역적 현실 사이의 타협으로 나타나
는데, 지역적 현실이란 다양한 지역마다 다르고 서구의 영향이라는 것도 한
결같지 않다.[14]

위의 진술에서도 드러나듯이 모레티가 제시하는 세계 문학 체제는 카
자노바의 세계 문학 공간에 비해 서구 중심적인 시각에서 상당 부분 벗
어나 있는 것처럼 보이지만 기실 몇 가지 근본적인 측면에서 동일한 입
장을 공유하고 있다. 즉 세계 문학에 대한 논의는 필연적으로 세계 문학
의 중심을 설정할 수밖에 없으며, 항상 세계 문학의 역학 관계를 중심과
주변부의 문제 틀로 설명해 낼 수밖에 없다는 점이다. 모레티는 발산의
움직임보다 수렴의 움직임을 강조함으로써 상당 부분 서구 중심적 세계
문학 이해에서 벗어나 있는 것처럼 보이지만 그에게는 단지 중심부에서
주변부로의 이동만이 인정될 뿐이며, 주변부에서 주변부 또는 주변부에
서 중심부로의 이동이나 그 가능성은 철저하게 차단되어 있다.
　실제로 모레티는 2000년도에 발표된 자신의 글 「세계 문학에 대한 추
측(Conjectures on World Literature)」에 제기된 반론들에 대한 입장을 밝히

---

14) F. Moretti, "Conjectures on World Literature", 앞의 책, 150쪽.

는 또 다른 글에서, "유럽 근대 소설만 놓고 본다면 중요한 어떤 형식이 이동하지 않은 경우는 없으며, 중심을 거치지 않고 주변부에서 다른 주변부로의 이동은 들어 본 적이 없으며, 주변부에서 중심으로의 이동은 훨씬 더 희귀하거나 개연성이 없으며, 중심에서 주변부로의 이동만이 가장 빈번하게 일어나는 현상"[15]임을 분명하게 밝힌다. 카자노바의 모델은 말할 것도 없고 모레티의 세계문학론 또한 기원이나 기점이 되는 서유럽 문학의 중요성이나 원천적 영향력이 논의의 전제로 깔려 있다. 이들의 세계문학론에서는 서구의 근대 문학이라는 기원이 권위 있고 신뢰할 만한 의미를 함축하고 있다는 전제가 깔려 있다. 이와 관련해 아일린 줄리언은 모레티의 세계문학론에서 유럽 소설이 일종의 '규범'으로 기능하고 있음을 다음과 같이 지적한다.

주변부 문화들이 원래의 패러다임을 굴절시킨다는 사실은 언제나 그 소설의 가정된 기원들의 위엄과 권능에 대한 경의로 읽힌다. 소설의 기원과 '특수한' 또는 '진정한' 주변부적 굴절의 문제는 쓸모없을 뿐만 아니라 해롭기까지 하다. 그런 문제들은 기술적인(descriptive) 것이어야지 유럽의 규범으로부터 얼마나 이동했는가를 재는 척도가 되어서는 곤란하다. 그런데 이러한 편향은 모레티에 있기보다는 세계 문학의 개념화 자체에 내재해 있는 것은 아닌가?[16]

카자노바나 모레티의 세계문학론은 방법론적 정교함이나 세계 문학 전체를 설명할 수 있다는 이론적 포괄성 같은 장점들에도 불구하고 기존의 서구 중심의 비교문학이 안고 있는 문제점에서 크게 벗어나지 못한 것으로 평가할 수 있다. 주지하다시피 영향의 개념을 중심으로 한 서

---

15) F. Moretti, "More Conjectures", *New Left Review* 20, 2003, 25쪽.
16) 아일린 줄리언, 「최근의 세계 문학 논쟁과 (반)주변부」, 《안과 밖》 18, 2005, 129쪽.

구의 비교문학 방법론은 서구 문학과 비서구 문학 사이의 관계를 검토하는 작업에 적용되었을 경우 매우 심각한 문제를 일으킬 수 있다. 다시 말해서 영향 관계는 영향을 준 곳과 받은 곳의 우열 관계를 설정하고, 영향의 기원이 되는 작품이나 작가를 영향의 도달점이 되는 작품이나 작가보다 가치론적으로 우월한 입장에 두기 때문이다. 즉 영향론이 단순히 서구 문학 사이의 관계가 아니라 서구 문학이 비서구 문학에 미친 영향 관계를 따지게 되는 경우 이는 이른바 '전파론'의 전제를 깔게 된다. 세계 여러 곳의 문화가 서로 비슷한 양상을 설명하기 위하여 19세기 유럽에서 제출된 전파론은 전파의 진원지를 문화의 중심에 두고, 전파의 도달점을 그 주변부에 위치시키는 중심 – 주변부의 역학 관계를 만들어 낸다. 또한 영향 관계에 근거한 전파론은 일종의 기원론적 전제를 유포시킬 위험성이 있다. 즉 서구 – 중심이 기원이 되고 비서구 – 주변이 기원에 대한 모방의 관계에 놓이는 식으로 서구와 비서구 문학의 관계를 설정할 위험이 있다. 위의 인용문의 마지막 문장은 카자노바나 모레티의 세계문학론이 함축하고 있는 핵심적인 전제, 즉 서구가 중심과 기원을 이루고 비서구가 주변부와 영향의 대상이 되는 일종의 문화적 전파론에서 벗어난 세계문학론의 필요성과 가능성을 동시에 묻게 만든다.

카자노바나 모레티의 세계문학론과 관련하여 짚고 넘어가야 할 또 다른 문제는 이들의 이론적 모델이 그 위험성과 한계에도 불구하고 서구와 비서구의 문학 전체를 포괄적으로 설명하기 위해 서구에서 이루어진 거의 최초의 본격적인 시도라는 사실이다. 한국 문학을 세계 문학의 장 속에서 설명하려는 노력은 크게 두 가지 방향에서 이루어질 수 있는데, 하나는 조동일 등에 의해 시도된 방향으로서 한국 문학에서 출발하여 동아시아 문학을 거쳐 세계 문학에 이르는 길이며, 다른 하나는 세계 문학에서 출발하여 한국 문학을 거쳐 다시 세계 문학으로 나아가는 길이다. 첫 번째 방향에서 한국 문학의 특수성과 보편성은 그 자체로 중요한 논의의 출발점이 되며, 두 번째 방향에서 한국 문학은 세계문학(론)의 특수성과 보편성을 검증하는 중요한 잣대로 기능하게 된다.

우리는 첫 번째 방향의 시도가 지니는 중요성을 충분히 인정하면서도 두 번째 방향의 시도, 즉 카자노바나 모레티의 작업을 이용하여, 그들의 틀 속에서, 그 틀에 반(反)하여 한국 문학을 설명해 내는 작업 또한 중요하다고 생각한다. 예를 들어 모레티가 제기하는 세계 문학 체제를 한국 문학에 적용시켜(이미 일본이나 중국 또는 인도 등은 최근에 서구에서 제시된 세계문학론이 자국 문학에 적용되었을 때 생겨나는 의미와 한계를 구체적으로 고찰하는 작업을 수행한 바 있다.) 장단점을 규명하고 그 틀의 유효성을 점검함으로써 한국 문학을 세계 문학의 체제 속에 이론적으로 편입시키려는 노력이 필요한 것이다.[17]

모레티는 문학 연구의 가능한 두 방향을 각각 '나무'와 '물결'의 모델에 비유하여 설명한다. 나무의 모델이 한 국가의 경계 내에서 이루어지는 다양한 분화('가지')의 유형학을 그려 내는 작업이라면, 물결의 모델은 국가와 국가를 가로지르며 이루어지는 문화적 전파와 확산의 움직임을 그려 내는 작업이다. 세계 문학은 이 두 가지 모델의 복합적인 산물이지만 이 두 가지 모델 가운데 어느 하나를 작업의 전제로 취하는가에 따라 그 방향은 상당히 달라진다. 또한 비교문학 또는 세계 문학이 '물결'의 모델을 전제로 이루어지는 작업임은 두말할 나위도 없다. 중요한 점

---

17) 실제로 유희석은 모레티의 이론적 가설 가운데 '세계 문학 체제의 핵심부와 (반)주변부의 관계 및 그것이 문학 형식에 미치는 영향'에 주목하면서 다음과 같이 그의 이론적 모델이 한국 문학을 설명할 수 있는 근거를 다음과 같이 설명하고 있다. "문학 창조의 동력이 상당 부분 소진되었다는 서유럽 같은 세계 체제의 중심부보다는 (반)주변부가 '비동시적인 것의 동시성'과 그에 따른 혼돈의 활력이 집중되는 장소이기 때문에 모레티의 세계체제론은 동북아를 포함한 이른바 제3세계(요즘 용어로는 지구 남반부(the South))의 문화 현실이 세계 문학의 태동 현장이라는 주장과 맞아떨어진다."(「세계 문학에 대한 단상」, 《안과 밖》 18, 2005.) 그러나 과연 모레티의 이론이 위와 같은 제3세계문학론이나 민족문학론을 뒷받침할 수 있는 이론적 근거를 제시해 줄 수 있는가에 대해서는 보다 깊이 있는 성찰이 요구된다.

은 모레티는 비교문학 또는 세계 문학은 개별 작품이 아니라 광범위한 지역에 분포된 넓은 패턴을 연구하는 만큼 면밀한 독서를 포기하고 그가 '원거리 독서(distant reading)'라고 부르는 이차적인 작업을 수행해야 한다고 말한다는 점이다. 모레티는 심지어 개별 텍스트로부터 멀어지면 멀어질수록 세계 문학의 야망은 커진다고까지 말한다. 개별적인 텍스트에 대한 연구는 개별 문학 연구자에게 맡겨두고, 세계 문학 연구자는 이러한 일차적인 연구 성과들을 종합하고 비교하여 전체적인 지도나 구조적인 지형도를 그려 내는 작업에 몰두하면 된다는 것이다. 이 점에서 모레티의 작업은 광범위한 작품들에서 패턴과 모티프 그리고 원형을 찾아내고자 했던 노스럽 프라이의 작업을 연상시킨다. 그러나 동시에 노스럽 프라이의 작업과 마찬가지로 원형적인 패턴의 규명에 집착한 나머지 문학 작품의 '심층 구조'는 밝혀낼 수 있지만 고도로 개별적인 수단에 의해 이루어지는 문학적 '효과'는 그만큼 규명해 내기 힘들어진다.

세계 문학이 개별 문학이 제공해 주는 자료들을 분석한 결과 생겨나는 하나의 가설의 차원에서 벗어나기 위해서는 이러한 체계적인 접근 또는 '체제'를 통한 접근이 개별 언어나 개별 작품에 대한 면밀한 주의와 분석을 통해 보완되고 검증될 필요가 있다. 요컨대 모레티의 제안처럼 나무와 물결을 구분하고 이 둘을 대립시키지 말고 나무와 물결 혹은 상식적인 비유처럼 나무와 숲을 동시에 볼 수 있는 세계문학론의 가능성을 생각해 볼 수 있을 것이다. 카자노바와 모레티의 세계문학론은 그것이 제시하는 여러 가지 장점들에도 불구하고 위에서 설명했듯이 크게 두 가지 점에서 한계를 지니고 있다. 그것은 다음과 같은 이항 대립으로 표현될 수 있다. 중심과 주변부의 이항 대립과 나무와 물결 혹은 글로벌한 체계와 무한한 텍스트의 다양성 사이의 이항 대립. 더 이상 중심과 주변부의 체제에 기대지 않는 세계문학론과 구체적 작품에 대한 확장된 논의를 허용하는 전 세계적 규모의 세계문학론, 아마 카자노바와 모레티 이후의 세계문학론은 이 두 가지 방향을 적극적으로 탐색하려는 지점에서 출발해야 할 것이다.

5 정전에서 독서의 양태로: 데이빗 댐로시의 세계문학론

세계화가 가속화되면서 세계 문학에 대한 사유는 점점 더 필연적인 것으로 간주됨과 동시에 보다 복잡한 상황에 놓였다. 세계 문학은 세계화에 대한 논쟁에 깔려 있는 핵심적인 질문을 잘 보여 준다. 다시 말해서 세계화로 인해 확장된 의사소통과 상호 접속은 풍요로운 '다양성'을 지닌 세계를 열어 줄 것인가, 아니면 소수 문화 및 언어가 점점 더 상실되면서 단지 상업화된 전 지구적 단일 문화만을 남겨 놓은 결과를 초래할 것인가? 세계화로 인해 하나가 된 세계는 세계 문학에 대한 사유를 그 어느 때보다도 요구하지만, 세계 문학은 세계화가 가져오는 획일화에 저항하고 '하나가 된 세계의 동일성'으로 환원되지 않는 '차이들의 다양성'을 보여 주어야 할 임무를 갖게 된다. 다시 말해서 세계 문학에 대한 사유에서는 다양한 국가들이 보여 주는 환원될 수 없는 문학적 다양성이 존중되어야 하며, 차이들이 소멸되거나 평균화되어서도 안 된다. 특히 앞서 언급했듯이 세계 문학은 최근 10년 동안 다문화주의나 탈식민주의 그리고 문화적 상대성을 옹호하는 논리의 득세에 힘입어 범위가 급속도로 팽창했다.

세계는 지금 너무나도 다양한 문학적 재료를 우리에게 제공해 주고 있기 때문에, 모든 사람이 받아들일 수 있으며 이른바 서구의 제한된 정전의 목록이 중심 역할을 하는 어떤 표상의 논리나 단 하나의 이론적 골격은 문제시될 수밖에 없다. 다시 말해서 세계 문학에 대한 논의는 더 이상 정전의 목록에 어떤 작가를 포함시키고 배제시킬 것인가의 문제, 누가

'올바른' 정전의 모델이 될 수 있는가의 문제에 초점을 맞추어서는 안 된다. '어떤' 작가나 작품을 읽어야 하는가의 문제에서 '어떻게' 그 작가나 작품을 읽어야 하는가의 문제로 논의의 초점을 이동시킬 필요가 있다. 왜냐하면 세계를 읽고 이해한다는 것은 어느 특정 지역의 문화나 문학을 기준점으로 삼아 그 고정된 의미를 일방적으로 수용하는 것이 아니라 다양한 지역의 문화나 문학을 가로질러 수용하고 해석하는 일이기 때문이다. 이제 무엇을 읽을 것인가의 '목록'의 문제가 중요한 것이 아니라, 기준과 관점에 따라서 얼마든지 달라질 수 있는 목록을 어떻게 읽어 낼 것인가의 '해석'의 문제가 중요해진다. 동일한 작품이라도 이 작품이 다양한 지역과 문화를 '가로지르며' 생겨나게 하는 복수의 해석들이 '공존'하면서 서로 경쟁하게 된다.

아마 세계 문학의 목록이란 서로 다른 독자들이 만들어 내는 서로 다른 텍스트들의 배치로부터 잠정적으로 이끌어낼 수 있는 일종의 '친족 유사성'에 지나지 않을지도 모른다. 그렇다면 카자노바나 모레티의 세계 문학론에서도 확인할 수 있었던 세계 문학에 대한 단일한 표상 체계를 배제하고 상대적이고 복수적인 문학들의 '차이'를 이론화할 수 있는 세계문학론은 가능한가? 아마도 이 질문은 앞에서 설명했듯이 세계 문학을 정전의 목록의 문제에서 독서의 문제로 이동시킬 경우에만 가능해질 것이다. 우리가 데이빗 댐로시의 세계문학론에 주목하는 것은 바로 이러한 맥락에서이다.

댐로시는 세계 문학을 "번역이나 원어로 원래의 문화를 넘어서서 유통되는 모든 문학작품들"로 매우 넓게 정의하면서 어떤 작품이 원래의 문화적 체계를 넘어서서 다른 문화적 체계에서 적극적으로 존재하는 순간 그 작품은 세계 문학으로서 '실제적인' 삶을 산다고 말한다. 세계 문학을 번역 및 유통의 문제 그리고 독서 및 수용의 양태의 문제로 간주하려는 이러한 시각에서는 세계 문학의 가변성(variability)이 그 주된 특성으로 드러난다. 예컨대 어떤 작품은 어느 특정한 순간에 어느 특정한 독자들에게는 세계 문학으로 기능하지만 다른 독자들에게는 그렇지 않을 수 있으며, 특정한 유형의 독서를 통해서는 세계 문학으로 수용되지만 다른 유형의 독서에 의해서는 그렇지 않은 것으로 받아들여질 수 있다. 어떤 작품이 그 언어적이고 문화적인 출발점을 넘어서서 보다 넓은 세계로 유통됨으로써 세계 문학의 장으로 이동하게 되면, 원래 가지고 있던 진정성이나 본질의 상실을 겪는 것이 아니라 여러 가지 점에서 이득을 본다. 이러한 과정을 따르기 위해서는 한 작품이 개별적인 상황에서 겪는 변형을 면밀하게 지켜보는 것이 중요하다. 댐로시의 말에 따르면 세계 문학의 장을 이해하기 위해서는 예술작품의 '존재론'이 아니라 '현상학'이 필요하다. 달리 말해서 문학작품은 다른 곳에서는 원래 있던 곳과는 다른 방식으로 '드러나기' 마련이므로 문학에 대한 전 지구적 관점을 포기하고 문학이 시대와 장소에 따라 '가변적인' 성격을 지니고 있음을 인정해야 한다. 이를 위해서는 작품이 새로운 문화적 콘텍스트 속에서 재구성되는 방식을 면밀하게 검토해야 할 필요가 있다.

댐로시는 세계, 텍스트, 독자라는 문학작품을 구성하는 세 가지 측면에서 세계 문학을 다음과 같이 보다 자세하게 논의한다.[18]

"세계 문학은 개별 국민 문학들의 '타원형적 굴절(elliptical refraction)'이다"

위 문장에서 중요한 것은 '굴절'의 현상은 무엇이며, 그 양태로서 '타원형적'이란 무엇을 뜻하는가를 이해하는 것이다. 모든 문학작품은 자신이 태어난 지역적 경계를 넘어서서 세계 문학으로 유통된 이후에도 계속해서 그 국가적 기원의 흔적을 지니게 되며, 이러한 흔적들은 한 작품이

---

18) 이에 관한 자세한 논의는 D. Damrosch, "World Enough and Time", *What is World Literature?*, 225쪽 참조.

자신이 태어난 고향에서 더 멀리 여행함에 따라 확산되고 굴절된다. 그런데 이러한 확산과 굴절은 작품의 근원이 되는 원래의 문화와 그것을 받아들이는 문화가 모두 초점 또는 중심으로 기능하는 일종의 타원의 형상을 그리게 된다. 즉 출발 지점의 문화와 수용하는 문화가 타원적 공간을 만들어 내는 두 개의 초점이 되고, 그 타원의 공간 안에서 한 작품은 두 문화 모두에 연결되면서 (그러니까 어느 한 문화에만 둘러싸이는 것이 아니라) 세계 문학으로 기능하게 된다. 보통 세계 문학은 출발 지점의 문화를 떠나 복수의 다양한 문화들로 수용되기 때문에 보다 넓게 시야를 잡으면 세계 문학은 부분적으로 서로 겹치는 다수의 타원들의 형상으로 표상될 수 있다. 이 다수의 겹치는 타원들은 출발 지점의 문화라는 하나의 초점을 공유하고 있기는 하지만, 두 번째 초점은 시간과 공간에 따라 보다 넓게 분포되어 있는 것이다. 이를 다음과 같은 형상으로 나타낼 수 있다.

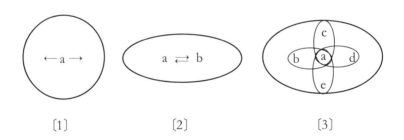

[1]   [2]   [3]

표 [1]이 진통적인 서구 중심적 세계 문학의 표상이라면,(여기서 서구 문학 a는 원의 중심에 놓여 있으며 원의 주변부에 위치한 비서구 문학에 영향을 행사하는 것으로 간주된다.) 표 [2]는 서구 문학과 비서구 문학이 각각 원의 중심이 되어 상호적인 관계를 형성하기 때문에(여기서는 엄밀한 의미에서의 중심을 설정할 수 없다.) 중심이 하나인 원에서 타원으로 이동된 표상을 보여 주고 있다. 서구 문학과 비서구 문학의 관계를 다원적이고 복수적인 것으로 표상한 것이 바로 표 (3)에 해당한다. 세계 문학의 공간은 서구 문학과 비서구 문학이 맺는 개별적인 관계, 즉 타원들이 겹치고 포개진 모습으로 표상될 수 있는 것이다.

"세계 문학은 번역을 통해서 이득을 얻는 글쓰기이다"

댐로시는 문학 텍스트를 일상 언어와는 달리 번역을 통해 손해를 보거나 이득을 얻는 글쓰기로 규정한다. 예컨대 어떤 종류의 문학작품은 특정 언어에 긴밀하게 연결되어 있어서 실질적인 손실 없이는 번역될 수 없다. 이른바 문학 언어에 대한 '순수주의적' 관점은 대표적으로 시를 '번역을 통해 상실되는 것'으로 간주한다. 이런 작품들은 세계 문학으로서의 실질적인 삶을 살지 못하고 지역적이거나 국가적인 콘텍스트 안에 머무른다. 이런 유형의 작품들은 언어적 문체론적 특성들이 잘 번역되지 않거나 그 문화적 전제들이 외국으로 이동하지 못하기 때문에 외국에서는 잘 읽히지 않으며, 자신의 문화에서만 명망 있는 위치를 차지한다.

댐로시는 문학이 번역을 통해 손실을 보면 국민 문학 또는 지역적 전통 내에 머물고, 반대로 이득을 보면 세계 문학이 된다고 설명하고 있다. 이러한 구분은 물론 결코 가치론적 전제를 깔고 있지 않다. 번역을 통해 손실을 입을 것을 우려해서 한 국가적 경계에 머무른다고 해서 그 작품의 가치가 낮게 평가되는 것은 아니며, 그 역도 마찬가지이다. 또한 두 경우 모두 번역의 '이득'과 '손실'이 단지 문체론적 차원에만 국한된 것은 아니다. 예를 들어 문체론적 상실이 거의 필연적인 시의 경우에 있어서도 이러한 상실이 다른 차원의 이득을 통해 상쇄될 가능성은 항시 존재하며 이 경우 시작품은 문체론적 손해를 입지만 다른 종류의(텍스트마다. 수용하는 문화적 콘텍스트에 따라 가변적인) 이득을 통해 세계 문학으로 기능할 수 있는 것이다. 댐로시의 이러한 설명에서 알 수 있듯이 세계 문학에 대한 이러한 관점에서는 번역의 문제가 매우 적극적으로 취급되며,

그 중요성이 부각된다. 텍스트는 외국으로 여행을 하면서 그 참조 틀이나 언어 모두에서 변화를 겪는데, 훌륭한 번역에서는 그 결과가 원본의 손실이 아니라 독자와 텍스트 사이의 상호 작용이라는 조명을 통해 이득을 만들어 낸다. 그리고 이러한 이득은 궁극적으로 독자 각자가 처한 개별적 상상력과 상황에 따라 완성한 일종의 문학적 울림에 다름이 아닌 것이다.

"세계 문학은 텍스트들의 확립된 정전이 아니라 독서의 양태, 즉 우리 자신의 시간과 장소를 뛰어넘은 세계에 대한 초연한 개입이다"
다양한 지역에서 산출된 다양한 문학들이 서로 교환되고 유통되는 지금 상황에서 모든 사람이 받아들일 수 있으며, 특정한 작품들이 중심 역할을 하는 세계 문학의 단일한 표상 논리나 단 하나의 이론적 틀은 존재하기 힘들다. 그 결과 앞서 설명했듯이 가변성이 세계 문학의 특성으로 부각된다. 이제 서로 다른 독자들은 서로 다른 텍스트들의 배치를 만들어 낸다. 문제는 갈수록 부피가 커져만 가는 세계 문학의 작품들을 '양'의 차원에서 섭렵하는 것이 아니라, 그것을 어떤 관점에서 읽어 내는가이다. 예전에도 그랬지만 이제는 세계 문학을 다 읽는 것은 가능하지도 바람직하지도 않다. 이런 맥락에서 '독서의 양태'라는 문제가 중요하게 대두된다.

다시 말해서 세계 문학은 여러 개의 작품들이 우리의 마음속에서 공명하기 시작할 때 완전히 작동하게 된다. 즉 세계 문학은 우리가 반드시 알아야 하는, (이는 게다가 불가능하다.) 그리고 정복되어야 하는 무한한 자료들의 집합이 아니라, 다수의 작품들과 '외연적으로' 확장될 수도 있을 뿐만 아니라 소수의 작품들과 더불어 '집중적으로' 경험될 수 있는 '독서의 양태'이다.[19]

19) D. Damrosch, *What is World Literature?*, 235쪽.

이제 서로 다른 개인들이 만들어 내는 세계 문학과 이를 구성하는 다양한 작품들 사이의 관계가 중요해지며, 각 개인이 창출해 내는 새로운 네트워크가 필요해진다. 이를 우리는 빌라시니 쿠판의 제안처럼 '세계화된 독서(globalized reading)'[20]라고 부를 수 있을 것이다. 독서를 출발점으로 해서 세계 문학을 사유한다는 것은 어떤 중심적인 장소나 위치에서 모든 것을 포괄할 수 있고, 모든 텍스트들을 포함하며, 전체를 표상할 수 있는 논리적 틀의 환상을 포기하는 것이다. 왜냐하면 여러 번 강조했듯이 이러한 환상은 고대로부터 현대에 이르기까지 훌륭한 걸작들의 '목록'이라는 형태를 만들어 내기 때문이다. 목록에서 체계, 세계 문학 '체제'에서 '세계화된 독서'로의 이러한 이동이 세계 문학에 대한 연구와 교육에 미치는 영향은 매우 클 것이다.

앞서 언급했듯이 카자노바나 모레티의 세계 문학 '체제'론은 세계 문학에 대한 포괄적인 이론적 틀을 제시하기는 하지만 이 틀을 구체적인 작품을 통해 설명하거나 예증하기 힘들다. 이론의 체계에 작품이 종속되며, 심층 구조의 해명을 위해 표층 구조의 다양성이 훼손되기 때문이다. 이에 반해 댐로시의 세계문학론은 구체적인 작품들이 세계 문학으로 기능하면서, 이른바 세계의 축을 따라 작품이 이동하면서 발생되는 구체적인 문학적 효과들을 검토할 수 있다는 장점을 지니고 있다. 댐로시는 공간의 틀이 지닌 성격이 아니라 공간과 공간 사이의 '이동'(댐로시의 표현에 의하면 '여행')의 문제에 초점을 맞춤으로써, 번역의 문제와 같은 구체적이면서도 이론적인 주제를 검토할 수 있게 해 준다. 또한 세계 문학에 대한 공식적이며 단일한 정전의 체계를 포기함으로써 기존의 목록 대신에 새로운 세계 문학의 네트워크를 창출하여 이를 연구 및 교육에 활용할 수 있는 계기를 만들어 준다. 예를 들어 기존의 정전 중심의 문학 연

---

20) Vilashini Coopan, "World Literature and Global Theory: Comparative Literature for the New Millennium", *Symploke* 9, 1-2, 2001.

구를 지양하고 서구 중심의 정전에 지금까지 알려지지 않은 소외된 문학 공간의 비정전을 서로 연결시키고 비교하는 일련의 작업들을 가능하게 할 수도 있는데, 이는 댐로시 자신이 그의 저서 『세계 문학이란 무엇인가?』에서 시도하고 있는 바이기도 하다.[21]

한국 문학과 관련하여 댐로시의 작업은 서구에서 만들어진 문학적 정전을 어떻게 받아들일 것인가와 관련된 문제에 보다 깊이 있는 이론적 성찰의 기회를 제공해 줄 수 있을 것이다. 즉 서구의 문학적 정전을 일방적으로 부과하는 기존의 관행에서 벗어나 상대적이고도 자율적인 세계 문학의 네트워크를 만들어 낼 수도 있는 것이다. 한국의 '세계 문학'은 서구의 '세계 문학'과 같을 수도 없으며, 같아서도 안 된다. 또한 이러한 차별화된 세계 문학은 '수용'과 '번역'의 문제에 초점을 맞추게 하여 외국 문학을 수용하는 문화적 환경에 대한 보다 치밀한 연구를 가능하게 할 수도 있는 것이다.

그러나 댐로시의 세계문학론이 제시하는 이러한 장점들에도 불구하고, 세계 문학을 수용하는 독자의 '책읽기의 즐거움'에 과도한 중요성을 부여함으로써 각자의 세계 문학이 그 나름의 정당성을 확보하고 있다는 식의 나르시즘적 환상을 갖게 만들 수도 있다. 아마도 카자노바나 모레티의 틀이 지니고 있는 일원론적이고 전체적인 성격에 대한 반작용으로 생겨났을 이러한 세계 문학에 대한 개인적이고 상대적인 인식은 전체적인 틀과 개인적이며 지역적인 자율성을 함께 고려할 수 있는 새로운 세

---

21) 이에 관해서는 댐로시의 또 다른 글인 "World Literature in a Postcanonical, Hypercanonical Age", Comparative Literature in an Age of Globalization(edited by Haun Saussy, Johns Hopkins University Press, 2006)을 참조할 것. 구체적으로 댐로시는 리얼리즘이 1890년대 젠더의 이슈를 다루는 방식에 관심을 갖기 위해 이른바 '초정전(hypercanon)'에 속하는 작가인 조이스와 '반정전(countercanon)'에 속하는 작가인 일본의 소설가 이치요를 비교하는 방식을 제시한다. 초정전에 속하는 작가들, 예를 들어 조이스와 프루스트 사이의 비교는 지난 몇 십 년 동안 지속적으로 이루어져 왔기 때문에, 지금의 세계 문학에 필요한 것은 과거의 정전과 현대의 정전 그리고 정전의 목록에 아직 올라오지 않은 작품들 사이의 비교라고 할 수 있다.

계문학론의 가능성에 대해 묻게 만든다.

세계화의 강력한 영향과 다문화주의 및 탈식민주의의 급속한 부상 아래 새로운 세계 문학의 개념과 인식의 틀이 등장했음은 부정할 수 없는 사실이 되었다. 이제 중요한 것은 세계 문학의 영역이 엄청나게 확장됨에 따라 생겨난 심각한 문제들에 대해 심사숙고하는 자세가 필요하다는 점이다. 이 새로운 텍스트들이 과연 문화적 다양성과 풍요로움의 증거인지, 아니면 전 지구의 디즈니화라는 세계화의 부정적 이면의 표출인지 질문을 던져야 한다. 세계문학(론)과 관련된 변화가 이전의 서구 문학 중심의 세계 문학에 대한 교정과 비판이라는 점에서는 환영할 만한 일이지만, 단순히 긍정적인 것으로 간주할 수도 없는 일이다. 특히 다문화주의를 등에 업고 세계화를 부르짖는 일련의 문화적 표상 밑에 깔려 있는 또다른 제국주의의 힘이나 문화적 권력을 읽어 내는 것은 비판적 지식인의 책무이다. 예컨대 다음과 같은 지적을 보자.

최근 '다문화주의', '혼종성', '흩어짐' 등의 개념을 동원하며 주목받는 작품들을 보면, 문화적 영향 관계가 전 지구적으로 어떻게 맺어지고 형성되었는가 하는 관점에서 출발하지 않은 것임은 물론, 자국의 문화 너머에 어떤 문화가 있는가를 알게 해 주는 창구로서 기능한다고도 볼 수 없는 것들이다. 이들은 이민자들의 체험과 문화적 차이에서 오는 갈등, 자기 정체성의 문제 등을 다루지만, 동시에 문화적 '타자성(otherness)'을 전형화하고 따라서 서양 문학에 잘 흡수되어 버릴 수 있는 것으로 전환시킨다. 요즈음 주목을 받는 작품들을 보면 어떤 공통점을 지니고 있다. 문화적 '타자성'이 갑자기 유행을 타게 되어서인지, 이들 작품들은 한결같이 '탈식민주의' 이념의 '판촉'이 아닐까 여겨질 정도이다. 인도의 아룬다티 로이(Arundhati Roy)가 그 대표라 할 만한데, 그녀는 영어로 쓴 (따라서 번역의 과정을 거칠 필요가 없는) 단 한 편의 작품으로 하루아침에 세계적인 스타가 되었다. 문화제국주의 혹은 '타자성'의 문제를 영어권 독자들에게 손쉽게 접근 가능한 것으로 다루었기 때문이라고밖에는 설명할 수 없겠는데, 따라서 이러한 작가들의 성공에는 미디어를 통한 적극적 후원이 작용했다.[22]

한국 문학 같은 비서구 문학의 입장에서 이러한 변화를 세심하게 주시하면서 그 의미를 성찰하는 것이 중요하다. 한국 문학의 세계화를 거창한 구호나 문화적 정책의 차원이 아니라 세계 문학이라는 그 밑에 깔려 있는 진정한 이념과의 관련성 속에서 재고하는 것은 새롭게 재편된 세계의 문화적 환경 속에서 한국 문학을 사유할 때 부딪히는 중요한 문제이기 때문이다.

---

22) 이성원, 「민족주의, 민족 문학, 세계 문학」, 《현대 비평과 이론》 15권, 2008, 42~43쪽.

세계 문학의 고전, 어떻게 읽을 것인가

1 한국 문학의 작은 콘텍스트와 커다란 콘텍스트

이 글의 목적은 다음과 같은 반성적 질문을 촉구하기 위해서이다. 기존의 한국 문학 연구 또는 비평 작업은 대부분의 경우 한편으로는 당대의 한국 문학이 세계 문학과 맺는 다양한 관계의 망을 적극적으로 고려하지 않을 뿐만 아니라, 다른 한편으로 한국을 포함한 동양 및 서양의 고전과의 연결 고리를 마련하려는 노력을 게을리함으로써 한국 문학의 의미망을 협소하게 만들고 있는 것은 아닌가. 다시 말해 공간적으로는 세계 문학의 좌표 속에 한국 문학이 차지하는 위치를 표시하고 시간적으로는 최근의 낯선 문학작품이 오래된 익숙한 고전과 맺는 관계를 드러내는 비평적 시도를 찾아보기 힘들다는 사실이다. 이러한 비평적 현실은 한국 문학 연구에서 한국 문학과 외국 문학과의 연관성을 규명하는 비교 문학적 작업이 아직까지 폭넓게 시도되지 못하고, 고전 문학 연구와 현대 문학 연구의 영역이 분리되어 있는 현상과 정확하게 일치한다. 한국 문학의 콘텍스트 안에서 비평의 대상이 되는 작품을 분석하고 평가하는 작업에서 더 나아가 세계 문학과 고전이라는 '커다란' 콘텍스트 속에서 한국 문학의 의미를 규명하는 작업은 힘들고 불필요한 시도인 것일까.

물론 이러한 반성적 질문은 한국 문학의 내적 논리나 전개 방식에 대해 훌륭한 지식과 분석력을 갖춘 일련의 한국 문학 연구 및 비평 작업의 중요성을 부정하거나 간과하지 않는다. 오히려 이러한 연구나 비평 작업은 한국 문학의 흐름에 대한 폭넓은 이해, 개별 작가나 작품에 대한 풍부한 해석, 서양 문예 이론의 무리한 적용 단계를 벗어나 한국 문학의 맥락 속에서 작품을 해석하는 안목을 통해 한국 문학 연구 및 비평의 폭과 깊이를 확장시켰음에 틀림없다. 다만 한국 문학을 한국 문학의 역사적 흐름이라는 '작은' 콘텍스트 속에 위치시키는 작업은 필연적으로 보다 커다란 콘텍스트 속에 한국 문학을 위치시키는 작업 속으로 연장됨으로써 그 진정한 의미를 확인하고 더 나아가 수정·보완할 수 있는 계기를 마련할 수 있다는 점이다.[1]

밀란 쿤데라는 최근에 발간된 자신의 문학 에세이에서 자신의 문화를 커다란 콘텍스트에서 고려하지 못하는 것을 '지방주의'라고 명명하면서 두 가지 종류의 지방주의를 생각해 볼 수 있다고 말하고 있다. 하나는 자신만의 문학으로 충분하다는 자족감을 바탕으로 하는 커다란 국가의 지방주의이며, 다른 하나는 세계 문학이 자신의 민족 문학과는 별 상관이 없는 이상적 실체라고 생각하는 작은 국가의 지방주의가 그것이다. 쿤데라는 커다란 국가의 지방주의의 한 예로서 프랑스에서 1990년대에 실시된 문학 설문 조사를 들고 있다. 프랑스의 한 잡지에서 언론인, 역사가, 사회학자, 출판인 그리고 작가 서른 명을 대상으로 프랑스 역사상 가장 중요한 책 열 권을 추천받아 이를 토대로 100권의 선정작을 발표한 적이 있었다. 쿤데라는 이 작품 목록에서 위고의 『레미제라블』이 1위를 차지하고 드골의 『전쟁 회고록』이 11위에 선정된 반면, 자신이 보기에는 세

---

1) 나는 이런 각도에서 한국 문학 연구와 비평 작업을 세 유형으로 나누고 그 유형들 사이의 바람직한 관계에 대해 설명한 바 있다. 「한국 문학의 세계화'를 다시 생각한다」, 이 책의 1부 1장 참조.

르반테스나 단테에 견줄 만한 작가인 라블레나 19세기와 20세기 프랑스의 위대한 소설들이 제대로 평가받지 못하고 게다가 아폴리네르, 베케트, 이오네스코 같은 문인들은 아예 선정작에서 빠져 있는 결과를 놓고, 이는 오직 작품을 프랑스라는 콘텍스트 안에서만 고려했기 때문에 생겨난 것임을 통렬하게 지적하고 있다.[2]

우리는 지금까지 커다란 국가들이 작은 콘텍스트에 집착한 나머지 생겨난 지방주의에서 비롯된 무리한 문학적 구도를 여러 번 목격하였다. 이는 대부분 자신의 지방주의를 세계주의로 환원시킬 때 생겨난다. 서구 문학이 세계 문학을 대표한다는 믿음이 환상에 불과하다는 비판을 설득력 있게 제기하는 것도 중요하지만, 우리의 비평적 작업 또한 작은 콘텍스트에 갇혀 있지 않은가 반성적으로 질문하는 것 또한 매우 중요한 일이다.

앞서 서두에서 제시한 반성적 질문에 대한 제대로 된 대답을 제시하기 위해서는 별도의 긴 글이 필요하겠지만 여기서는 그러한 작업의 예비적 단계로서 궁극적으로 고전으로서 세계 문학이 의미하는 바가 무엇인지 살펴보고, 지금 우리에게 합당한 고전으로서 세계 문학에 대한 바람직한 독서의 모습을 이끌어내는 데 논의를 집중하고자 한다.

2 고전으로서 세계 문학의 성립과 해체

과연 세계 문학이란 무엇인가. 세계 문학을 단순히 세계에서 산출된 개별 문학들의 총합으로 간주한다면, 세계 문학을 읽고 실천하는 일은 거의 불가능에 가깝다. 파우스트 박사나 보르헤스 같은 타고난 열정과 남다른 독서욕을 가진 소수의 사람들을 제외하면 세계 곳곳에서 만들어

---

2) 밀란 쿤데라, 『커튼: 소설을 둘러싼 일곱 가지 이야기』(민음사, 2008). 문학의 작은 콘텍스트와 커다란 콘텍스트에 관한 논의는 이 에세이의 두 번째 이야기인 「세계 문학」(47~81쪽)에서 다루어진다.

진 문학작품들을 모두 읽는 것은 현실적으로 가능하지 않기 때문이다. 혹은 세계 문학을 한 국가의 경계를 넘어 유통되는 문학작품이라는 넓은 의미로 받아들일 수도 있다. 괴테의 '세계 문학' 개념도 원래는 페르시아의 시나 중국의 소설이 번역을 통해 괴테를 포함한 서구의 독자들에게 전달되고 유통된 정황에서 비롯된 것이다. 이 경우 어떤 작품이 원래의 문화적 체계를 넘어서서 다른 문화적 체계에서 적극적으로 존재하는 순간 그 작품은 세계 문학으로서 '실질적인' 삶을 산다고 말할 수 있을 것이다. 괴테의 『서동시집』은 이러한 국가와 국가 사이에 유통되고 확산되는 문학의 양태에 대한 괴테 자신의 문학적 발언이라고 할 수 있다.

우리가 전 세계적 유통이라는 차원에서 세계 문학을 이야기할 때 반드시 고려해야 할 것은 자본의 전 지구적 유통을 통해 가속화되고 있는 새로운 상업적 문학의 존재이다. 최근에 두드러지게 나타나는 이러한 전 지구적 문학(global literature)은 그 수용의 원동력이 자발적인 독서나 창조적인 활력보다는 상업적인 자본의 막강한 힘에 있다는 점에서 우리가 논의하려는 세계 문학과는 구분된다. 하루키나 코엘료의 작품이나 댄 브라운의 『다빈치 코드』와 같은 전 지구적 문학의 출현은 세계 문학의 외연을 확장시킨다는 미명 아래 오히려 그 진정한 이념을 퇴색시키고 있다. 괴테가 말했듯이 세계 문학이란 서로 다른 사람들 간에 상호 이해와 지적 교류를 가능하게 하는 대화의 창구이며, 다른 문화의 전통이 산출한 문학작품을 열린 마음으로 받아들이는 기획과 연관된다고 할 때, 전 지구적 상업 문학은 오히려 획일적인 문화 상품의 유포를 촉진시키기 때문이다. 세계 문학은 단순히 수용과 유통의 양적 기준으로 설명될 수 없으며, 양적 기준이 반드시 질적 기준과 부합되지 않는 경우가 많기 때문에 세계화 시대에 전 지구적으로 유통되는 베스트셀러들을 무조건 세계 문학의 반열에 놓을 수 없게 되는 것이다. 예컨대 19세기 프랑스의 소설가 으젠 쉬(Eugène Sue)의 신문 연재 소설인 『파리의 신비』는 당대 유럽 최고의 베스트셀러였지만, 오늘날 아무도 이 소설가나 작품을 기억하지는 않는다. 우리는 비슷한 관점에서 오늘날 전 지구적으로 유행하고 있는 『해리포터』 시리즈의 운명을 예측해 볼 수도 있을 것이다.

　세계 문학을 개별 문학의 합으로 간주하지 않으면서 이를 전 지구적 문학과도 구분하기 위해서는 세계 문학의 범위를 특정한 관점에서 제한할 수밖에 없게 된다. 이를 위해서 일종의 가설 또는 방법론적 틀로서 세계 문학의 필요성을 강조하는 시도들이 생겨나게 된다. 최근에 서구의 비평계에서 세계 문학에 대한 논의가 부쩍 늘어나는 것도 '세계 문학'이라는 용어가 괴테가 주창한 이후 거의 200년 동안 통용되어 왔지만 그 개념이 지시하고 있는 대상에 대한 제대로 된 이론이 없었으며, 세계 문학을 구성하는 방대한 양의 자료들을 조직화할 일련의 개념적 틀이나 가설이 부재했던 상황에 대한 반성에서 비롯된다.

　서구에서 제시된 세계문학론의 이론적 가설로서 가장 널리 통용되는 것이 프랑코 모레티나 파스칼 카자노바 같은 이론가들이 제시한 '중심과 주변부'의 문제 틀이라고 할 수 있다. 월러스틴의 세계체제론에서 이론적 암시를 받은 이러한 문제 틀로부터 모레티나 카자노바가 모두 강조하는 '하나이면서 불평등한 세계 문학'이란 개념이 도출된다. 카자노바는 세계 문학의 장을 "전 세계에 걸친 상징적 헤게모니 확보 투쟁"으로 인식하자고 제안하며, 모레티는 "세계 문학의 중심부와 주변부(또는 반주변부)가 하나의 관계로 묶여 있지만 양자의 관계에서는 불평등이 점증하고 있는 체제"로 인식할 것을 제안한다.[3] 이러한 '중심과 주변부'의 가설은 비단 서구의 이론가뿐만 아니라 한국 문학과 세계 문학을 연결하려는 최근의 시도에서도 엿볼 수 있다. 그 한 예로 '세계 문학의 이념'을 주제로 한 문학 계간지에서 이루어진 대담 속의 발언을 주목해 볼 수 있을 것이다.

---

3) 최근에 제기된 서구의 세계문학론의 쟁점과 그 의미, 그리고 그러한 논의가 갖는 한계에 대해서는 《현대비평과 이론》(2008. 가을·겨울) 특집 「왜 '세계 문학'인가?」에 실린 글들을 참조할 수 있다.

이런 아시아 문학의 정황(중국 및 베트남 문학의 활력)을 전체적으로 보면서, 문학이 시대적 국면이나 상황에 따라 또 지역에 따라 발현하는 방식을 통괄해 내고 그것을 세계 문학 형성의 그림으로 엮어 내는 시각이 필요한 때가 아닌가 합니다. 우리가 민족 문학 얘기를 하면서 중심부에서 희미해진 역사의식이 생생하게 일깨워지는 주변부적 상황을 말했다면, 지구화 속에서 지역들 사이의 이런 대비나 중심부의 한계를 돌파해 내는 주변부 문학의 힘 같은 것들이 새로운 세계 문학 지형도에서 응당 자리 잡아야 할 것입니다.[4]

　서구의 이론가들이 '중심과 주변부'의 문제 틀을 주로 서구의 문학적 패러다임을 비서구의 문학이 어떻게 받아들이고 수용하는가에 초점을 맞추어 논의하고 있다면, 창비 계열의 비평가들은 이를 뒤집어 중심부의 가치 체계를 전도시킬 수 있는 주변부 문학의 활력을 강조하고 있다. 그러나 중심과 주변의 문제 틀이 과연 제3세계문학론이나 민족문학론을 뒷받침할 수 있는 이론적 근거를 제시해 줄 수 있는가에 대해서는 보다 깊이 있는 검토가 요구된다. 또한 이러한 '이념'으로서 세계 문학이 민족 문학과 맺는 관계에 대해서도 별도의 논의가 필요할 것이다. 이러한 중심과 주변부의 문제 틀을 통해 세계 문학의 이론적 가설을 마련하려는 최근의 시도를 제외하면 궁극적으로 세계 문학은 '걸작(masterpiece)'과 '고전(classic)'에 대한 논의로 수렴된다.

　세계 문학이 산출한 허다한 작품들 가운데 고전의 반열에 들어가는 작품의 수는 매우 적다고 할 수 있다. 대개의 경우 고전으로서 세계 문학을 이야기할 수 있는 기준으로 '탁월성'과 '시간의 테스트'를 든다. 서구의 경우 고전의 이념을 최초로 설득력 있게 논의한 영국의 비평가 매슈 아널드는 익히 알려진 대로 고전을 "세상에서 생각되고 말해진 것 가운데 최상의 것"으로 정의한 바 있다. 아널드가 보기에 현대인이 현재의 혼란

　4) 윤지관·임홍배, 「대담: 세계 문학의 이념은 살아 있다」, 《창작과비평》, 2007. 겨울, 35쪽.

과 무질서에서 벗어날 수 있으려면 다른 무엇보다도 탁월함의 전범인 고전을 읽고 배워야 했다. 그리고 잘 알려져 있듯이 아널드의 이러한 고전관은 '원숙한 언어로 제시된 원숙한 정신의 산물'로서의 고전이라는 엘리엇의 고전관으로 이어진다. 아널드와 엘리엇이 고전의 전범으로 간주한 작품은 그리스 · 로마의 문학작품이었다.

인류가 산출해 낸 작품 가운데 가장 탁월하고 뛰어난 작품으로서 고전의 정의는 이른바 이러한 인식이 정전 논쟁을 통해 정면으로 반박되던 20세기 후반을 지나서 지금까지도 지속적으로 제시되고 있다. 예컨대 해럴드 블룸은 "천재는 자신과 경쟁하면서 시대를 초월한다."라는 명제를 내걸고 서구 문학에서 가려 뽑은 100명의 천재들로 모자이크된 세계 문학의 정전을 구성하였는데, 이는 정전 확립을 위한 노력이 정전 해체를 위한 시도를 거쳐 다시 정전을 재확립하려는 시도로 이어지고 있음을 잘 말해 준다.[5] 즉 블룸이 말하는 고전으로서 세계 문학에 대한 논의는 정전 논쟁에 대한 반대의 의미를 갖고 있다는 점에서 일종의 반(反)'반정전(counter counter-canon)' 논의라고 할 수 있다.

특히 고전은 시간의 검증을 통해 살아남은 작품이라는 기준은 고전으로서 세계 문학을 거론할 때 매우 중요한 요소로 작용한다. 이러한 기준을 적용시킬 경우 고전은 말 그대로 과거의 작품들 가운데 현재 의미를 획득한 작품만을 뜻하며, 고전의 범주는 시대와 장소에 있어 매우 제한적일 수밖에 없게 된다.

이렇게 볼 때, 문학의 긴 명멸의 역사에서 보아 시대적 의의를 가진 작품은 무수하지만, 고전으로서 초시대성을 갖고 있는 작품은 그 수에 있어서 지극히 제한될 수밖에 없는 것이다. 따라서 시간적으로 매우 가까운 현대 작품에서 고전이나 고전적 의의를 가진 작품을 찾거나 가지는 것은 무리한 일일 수

---

5) 해럴드 블룸, 손태수 옮김, 『세계 문학의 천재들』(들녘, 2008).

밖에 없는 것이다. 그것은 당대의 수작이 없어서가 아니라, 수용과 반응의 긴 시간적 고선(考選)이나 심판을 거쳐 넘어온 고전으로 간주하기에는 대상이 우리와 시공적인 원근법에서 너무나 근접한 거리에 존재하여 주관적 착시 현상을 부를 수 있기 때문이다.[6]

이러한 고전관은 고전의 이념을 구성하는 가치들을 절대화하고 보편 화함으로써 현재의 관점에서 의미를 획득한 작품이라는 원래의 취지를 무색하게 하면서 일종의 절대적인 고전관으로 귀결될 위험이 높다. 즉 시간의 검증이라는 취지에도 불구하고 자칫 이러한 고전관은 전통에 대한 옹호나 과거로의 회귀를 강조하는 시각으로 변질될 위험이 있다.

실제 1930년대 후반 한국 문학에서 이루어진 고전 및 전통부흥론은 이러한 위험을 잘 보여 주고 있는 사례라고 할 수 있다. 최재서가 "역사라고 하는 가장 엄정한 심판자가 시대라고 하는 무자비한 선별기에 걸어추리고 남은 것이 현재 우리들의 고전"이므로 "클래식은 오래된 책일 수밖에 없다."라고 한 것이나, 문장파에 속한 시인들이 사라진 과거의 전통이나 문화유산에 대해 향수나 강한 집착을 보이는 것도 그 이념적 성향은 다르지만 동일한 맥락에서 해석될 수 있다. 이러한 고전관을 통해 세계 문학은 앤솔러지로 묶이면서, 불변의 가치를 지닌 '세계 명작(great books)'으로 탈바꿈된다.

3 세계 문학과 정전 논쟁: '무엇을' 읽을 것인가

이렇듯 시간을 통해 걸러진 명작들은 대부분의 경우 서구 문학에 한정되어 있었다. 이른바 '정전'이라고 불리는 고전으로서 세계 문학은 서

---

6) 이재선, 「우리에게 '고전'이란 무엇인가」,《시학과 언어학》, 2002, 7~8쪽.

구의 경우 1980년대까지 대부분 유럽이나 미국 문학 중심이었다. 그러한 서구 편향적 고전의 예들은 많지만, 고전으로서 서구 문학의 중요성을 누구보다 강조한 하버드 대학교의 철학자 아들러(Mortimer J. Adler)가 서구의 고전에서 추출한 '103가지 위대한 생각들(The 103 Great Idaes)'이 삶의 모든 주제들을 포괄적으로 다루는 보편성을 지니고 있기에 비서구의 작품이 포함된 목록은 의미가 없다고 본 견해는 그 극단적인 예에 속한다고 할 수 있다. 고전으로서 세계 문학이 서구 문학 중심의 편향적 성격을 지닌다는 점에 대한 통렬한 반격이 정전 논쟁을 통해 이루어지만, 고전으로서 세계 문학을 논의함으로써 정전을 구축하려는 시도나 이를 해체하려는 시도 모두 결국 세계 문학과 관련하여 '무엇을' 읽을 것인가라는 질문에서 자유로울 수 없었다. 이러한 과정을 잘 보여 주는 예가 1956년 처음 출간된 이래 지금까지 미국 및 영어권의 세계 문학 강좌에서 가장 널리 활용되고 있는 교재인 『노튼 앤솔러지』의 판본 변화 과정이다.

1985년 5판이 나오기까지 이 교재에서 말하는 '세계'는 서유럽과 미국에 한정되었다. 예컨대 1956년에 나온 초판을 살펴보면 여기에는 전부 73명의 작가들이 수록되어 있는데, 여성 작가는 단 한 명도 없고 모두 헬레니즘과 헤브라이즘에서 출발하여 현대 유럽과 미국에 이르는 이른바 '서구적 전통'에 속한 작가들이었다. 그러다가 1976년에 나온 3판에는 여성 작가 사포가 포함되는 등 작은 변화가 이루어지고 1992년에 나온 6판에는 소수의 비서구 작가들이 포함되기 시작하는데, 이러한 변화가 이루어지기 전까지의 상황을 고려해 본다면 『노튼 앤솔러지』는 서구 – 백인 – 남성 중심의 전형적인 서구 중심적 문학적 정전을 가장 잘 보여 주는 사례라고 할 수 있을 것이다.

시기적으로 볼 때 세계 문학에 대한 서구적 지형도는 1990년대 초부터 극적으로 변화하기 시작한다. 이제 세계 문학 앤솔러지는 보다 광범위한 지리적이고 문화적인 범위를 포용하며 비서구 문학에 더 많은 자리를 할애하기 시작한다. 그 극단적인 경우로 '걸작(masterpiece)' 중심의 통상적인 접근법을 버리고, 비록 적은 분량을 수록하더라도 보다 많은 서구 및 비서구의 작가들을 모두 포함시키고자 하는 경향을 들 수 있다. 예를 들어 1994년에 나온 세계 문학 앤솔러지인 『하퍼 콜린스 월드 리더(*Harper Collins World Reader*)』에서는 전 세계를 망라하는 475명에 이르는 작가들의 작품이 짧은 분량이나마 소개되고 있다. 세계의 모든 문학적 전통을 균형 있는 안배를 통해 소개하려는 이러한 시도는 예컨대 기존의 세계 문학 리스트의 출발점을 이루는 호메로스나 단테 같은 서구의 걸작들의 비중을 줄이는 대신 중국이나 인도, 일본, 베트남, 싱가포르 혹은 아랍권이나 아프리카 문명에 속하는 국가의 대표적 작품들을 수록하고 있다. 이러한 변화는 앞서 언급한 『노튼 앤솔러지』에도 영향을 미쳐 1995년에 나온 확장판에는 '걸작'이라는 용어 대신 '세계 문학(world literature)'이라는 용어를 사용하였으며, 비서구 문학에도 상당한 위치를 부여하여 약 4,000쪽 가량을 서구 문학에, 나머지 2,000쪽 가량을 비서구 문학에 할애하였다.

1990년대 이후 서구에서 이루어진 세계 문학의 범주의 변화는 기존의 '고전'과 '걸작' 중심의 세계 문학에서 세계의 이질적인 부분들을 비추어 줄 수 있는 다양한 창으로서 세계 문학으로의 이동으로 설명할 수 있다. 이렇듯 세계 문학의 장을 넓히고 그 초점을 서구 세계에서 세계 전체로 확장시키며, 시·소설·연극으로 대표되는 엄격하게 정의된 문학의 범주에서 보다 열린 문학의 범주로 이동하려는 이러한 일련의 시도는 범주의 확장을 불러온 대신, 상대적으로 확장된 범주 속에 무엇이 포함되어야 하고, 또 새롭게 포함된 재료들이 어떠한 논리적인 순서로 배치되고 제시되어야 하는가에 관한 질문에는 소홀했던 측면이 있다. 즉 세계 전체가 고려의 대상이 되기는 했지만, 이를 구성하는 각각의 단편적인 부분들의 병렬로 그쳤으며 이 각각의 부분들이 어떠한 구성의 원리 및 형식에 입각하여 배치되어야 하는가라는 물음에 대해서는 효과적인 논리적인 틀을 제시하지 못한 것이다.

특히 댐로시 같은 학자는 다문화주의적 입장에서 취해진 서구 중심의 정전 비판이 한편으로는 문화적 다양성의 풍요로움을 인식하게 만드는 긍정적인 효과를 가져오기도 했지만, 다른 한편으로는 세계 문학을 이루는 고전의 걸작들을 배제하고 이를 현대의 걸작들로 대체시키는 일종의 '현대중심주의'에 치우쳐 있는 폐단을 생겨나게 했음을 지적하고 있다. 즉 세계 문학에 대한 다문화주의적 인식은 공간적으로 전 세계의 창으로 열려 있는 세계 문학의 새로운 리스트를 제시한 반면, 시기적으로 지나치게 현대에 편중된 나머지 오래된 과거의 다양한 문학들에 대한 탐색을 게을리하게 만든다는 것이다. 정전에 대한 해체 작업이 공간적 다양성과 시간적 다양성을 아우르는 세계 문학이 아닌 새로운 편향성을 드러낸 것이다.

정전에 대항하여 새로운 독서 목록을 제시하려는 일련의 시도는 작품의 목록을 확장시키고 세계 문학의 시야를 넓히는 긍정적인 측면을 분명히 지니고 있다. 하지만 이러한 시도는 결국 어떤 텍스트를 골라 읽을 것인가, 그리고 선별의 기준은 무엇인가라는 문제로 되돌아가지 않을 수 없게 되며, 이는 고전을 통한 세계 문학의 정전 구축의 작업이 부딪혔던 문제를 다른 각도에서 다시 만나게 된 것을 의미한다. 세계 문학은 결국 작가와 작품들의 명단으로 제시될 수밖에는 없는 것일까. 이 명단이 무한히 늘어날 수는 없기 때문에 필연적인 제한이 따를 수밖에 없다면 그 제한은 어떤 기준으로 이루어질 수 있으며, 이는 보편적인 동의를 획득할 수 있겠는가. 모레티의 경우와 같이 세계 문학에 대한 논의를 예외적인 작가나 작품의 명단을 제시하는 것이 아니라 균등한 수평적 공간 속에서 세계 문학을 재정립하고자 하는 시도는 어느 정도 실효를 거둘 수 있는가. 고전으로서 세계 문학에 대한 논의와 이에 대한 이의 제기로서 정전 논쟁은 궁극적으로 명단으로서 세계 문학에 논의의 초점을 맞춤으로써 이러한 일련의 질문들로부터 벗어날 수 없게 된다. 문제는 이러한 논의가 세계 문학을 '무엇을' 읽을 것인가에 관련시킴으로써 '어떻게' 읽을 것인가라는 본질적인 문제를 탐색하지 못하게 한다는 점이다.

4 '무엇을' 읽을 것인가에서 '어떻게' 읽을 것인가로

정전 논쟁이 가장 치열하게 벌어졌던 미국의 경우 정전 논의는 정치적 경향이 매우 강했다. 그러한 해석의 대표 주자 격인 존 길로리는 정전 형성에 관한 연구에서 미국의 정전 형성 및 해체의 과정을 정치적인 입장에서 해석하고 있다. 즉 대의민주주의를 통해 다양한 집단의 의사 및 욕구가 정치에 반영되지 못하는 현실이 '정치적으로 옳은 입장에 서기 (political correctness)'와 같은 이른바 '정체성의 정치학'에 의해 문학 교육의 현장에 역으로 투사된 것이 정전 논쟁의 핵심이라는 것이다.[7] 그러나 정전의 문제, 즉 고전으로서 세계 문학 가운데 무엇을 읽어야 하는가의 문제는 문학 교육 또는 대학에서의 문학 교육의 문제와 결코 분리시켜 생각할 수 없다. 이는 앞서 살펴본 것처럼 대표적인 영문학 교재인 『노튼 앤솔러지』의 내용상의 변화나 커리큘럼의 변화에 잘 반영되어 있다. 즉 미국 대학의 영문과에서 지난 몇 십 년 동안 해 온 문학 교육과는 근본적으로 다른 내용을 새로운 방식으로 가르쳐야 한다는 것이 문학 교육과 관련된 정전 논쟁의 핵심이다. 하지만 목록의 변화만으로 문학 교육이 목표로 하는 정체성의 형성 및 타문화에 대한 폭넓은 이해가 이루어지는

---

7) John Guillory, *Cultural Capital: The Problem of Literary Canon Formation*(U. of Chicago P, 1993), 5쪽.

것은 아니다. 마크 트웨인 대신에 치누아 아체베를 읽고, 타고르 대신에 살만 루시디를 읽는다고 해서 문제는 해결되지 않는다. 정전이 무엇이 되었던 간에 그것을 읽어 내는 주체의 변화에 촉각을 기울이는 독서 및 수용의 방법론에 대한 반성 없이는 문학 교육이 뜻하는 정체성 형성이란 쉽게 이루어지지 않기 때문이다.

우리의 경우도 해방 이후 세계 문학은 전집류의 유행 및 보급과 더불어 중역이라는 오명을 벗어던지는 힘든 과정을 거쳐 오늘날 다양한 세계의 문학이 한국의 독자들에게 소개되고 있다. 물론 대부분의 경우 세계 문학 전집에 수록된 작품들 대다수가 아직도 서구 문학이며, 한국 문학까지 포함한 세계 문학이어야 하는가에 대해 아직도 불분명하다는(일본의 경우 세계 문학에 일본 문학은 포함되지 않는다.) 점이 취약한 부분으로 지적될 수도 있지만, 서구의 고전에서 현대의 고전으로의 이동이라거나 정전의 그늘에 가려진 잊혀진 작품들의 발굴 등 아직도 의미 있는 세계 문학의 목록을 구성하려는 노력은 진행 중에 있다.

문제는 우리의 경우도 고전으로서 세계 문학에 대한 사유는 무엇을 읽을 것인가의 문제에 매달려 있어서 그것을 어떻게 읽어야 하는가에 관해서는 깊이 있는 논의가 이루어지지 않는다는 점이다. 간혹 '서양 명작 소설의 주체적 이해'를 촉구하거나 '현대 영시에 대한 주체적 접근'을 강조하는 논의가 있기는 했지만 이는 민중 문학의 이념적 틀에서 서구의 명작을 재구성하자는 시각을 지나치게 앞세우고 있어 널리 받아들이기 힘든 상황이다.

특히 우리의 경우 고전으로서 세계 문학은 교육 및 입시 문제와 긴밀하게 결부되어 있는데, 이러한 교육 및 입시의 제도적 틀에서 고전이란 일종의 의무의 대상으로서 주어진다. 즉 고전은 반드시 읽어야 할 모범적 텍스트이며 일련의 무의식적인 금기가 작용하는 신성한 텍스트로 간주된다. 이런 상황에서 특히 제도적 교육의 틀에서는 고전에 대한 자유롭고도 창의적인 독서란 이루어지기 힘들다. 즉 현재의 교육적 상황에서는 고전과 관련해 창조적 과정으로서 독서를 이야기하기란 거의 불가능에 가깝다. 그렇기 때문에 너무나 당연한 이야기일 수도 있지만 이탈리아의 소설가 칼비노가 「왜 고전을 읽는가」라는 유명한 글에서 아홉 번째 이유로 제시한 "고전은 그 작품이 독자와 '개인적인' 관계를 맺을 때 고전으로 기능한다."라는 명제를 곱씹어 볼 필요가 있다.

작품을 대할 때 아무런 불꽃도 일지 않는다면, 독서는 아무런 의미도 없다. 의무감이나 무조건적인 경외의 관점에서 고전을 읽는 것은 아무런 소용이 없다. 오직 그 작품이 좋아서 읽어야 한다. 학교에서 읽는 경우는 제외하고 말이다. 그 작품을 좋아하든 좋아하지 않든 일정한 양의 고전을 습득하도록 가르치는 것은 학교 교육이 해야 하는 일이기 때문이다. 그러한 작품들 가운데서(혹은 그러한 작품들을 기준 삼아) 우리는 나중에 '나만의' 고전이 될 작품을 발견하게 된다. 학교는 우리가 스스로 선택할 수 있도록 기본적인 방법 틀을 가르쳐 줄 뿐 자신만의 고전을 진정으로 선택하는 일은 학교를 졸업한 후나, 학교 바깥에서 일어난다. 자유롭게 읽는 그때에야 우리는 각자 '자신만의' 책을 발견할 수 있다.[8]

여기서 칼비노는 학교에서의 고전 교육과 학교를 졸업한 '이후'나 학교 '바깥'에서 이루어지는 고전 독서를 구분하고 있다. 학교에서의 고전 교육은 어느 정도 의무적이고 강제적일 수밖에 없는 반면 그 이후나 바깥에서 자신만의 고전을 만들기 위한 창조적 독서가 이루어져야 한다는 것이다. 예컨대 학교에서 단테는 의무의 대상으로 부가될 수밖에 없지만, 이를 나만의 책으로 만들기 위해서는 일련의 개인적이고 창조적인 다시 읽기의 과정이 필요하다는 것이다. 이는 칼비노의 열한 번째 정의,

8) 이탈로 칼비노, 『왜 고전을 읽는가』, (민음사 2008), 14~15쪽.

즉 "고전이란 우리와 무관하게 존재할 수 없으며, 마침내는 그 작품과 대결하는 관계 안에서 우리가 스스로를 규정할 수 있도록 도와주는 책이다."라는 명제와 연결된다.

5 세계 문학과 독서/독자의 문제

세계 문학의 이론적 틀을 확립하려는 노력이 궁극적으로 정전의 문제로 귀결되면서 세계 문학의 목록에 어떤 작품을 포함시키고 배제할 것인가라는 질문에 논의의 초점이 맞추어졌다면, '어떻게' 읽을 것인가의 질문으로 논의의 중심을 이동시킨 대표적인 비평가는 데이빗 댐로시이다.[9] 그는 세계 문학을 정전 목록의 문제에서 독서의 문제로 이동시키면서 세계를 읽고 이해한다는 것은 궁극적으로 그것을 어떻게 받아들여 이른바 문화를 가로지르는 해석에 도달할 것인가에 관련된 '독서'의 문제에 귀착시킨다. 이를 통해 단일화된 세계 문학의 목록이 아니라 서로 다른 문화적 콘텍스트에 속해 있기에 서로 다른 세계 문학의 목록과 배치를 만들어 낼 수밖에 없는 서로 다른 독자들의 이해와 해석이 중요한 문제로 부각된다.

세계 문학을 독서 및 수용의 양태의 문제로 간주하려는 이러한 시각에서는 세계 문학의 가변성(variability)이 그 주된 특성으로 드러난다.

세계 문학의 개념은 서로 분리된 국가적 전통들의 상충하는 복수성으로 결코 분해되지도 않으며, 그렇다고 해서 추상적인 보편성으로 환원되지도 않는

---

9) David Damrosch, *What is World Literature?*(Princeton UP, 2003). 댐로시의 세계문학론에 대해서는 이 책에 수록된 「세계문학(론)은 가능한가: 세계문학론의 비판적 검토」에서 자세히 설명한 바 있다.

다. 세계 문학은 무한하며 포착될 수 없는 작품들의 정전이 아니라 유통과 독서의 한 양태, 개별 작품이나 작품군들에 적용될 수 있으며, 기존의 고전이나 새로운 창작에도 적용될 수 있다. 세계 문학을 탐색한다는 것은 이러한 유통의 양태를 밝히는 것이며, 세계 문학작품들이 가장 잘 읽힐 수 있는 방식들을 해명하는 것이다. 세계 문학의 단 하나의 정전이란 존재하지 않기 때문에, 모든 텍스트들이나, 모든 시대에 어느 한 텍스트에 적합한 단 하나의 독서 방식 또한 존재하지 않는다. 세계 문학작품의 가변성은 그것을 구성하는 특성 가운데 하나이다.[10]

그렇기 때문에 어떤 작품은 어느 특정한 순간에 어느 특정한 독자들에게는 세계 문학으로 기능하지만 다른 독자들에게는 그렇지 않을 수 있으며, 특정한 유형의 독서를 통해서는 세계 문학으로 수용되지만 다른 유형의 독서에 의해서는 그렇지 않은 것으로 받아들여질 수 있다. 이러한 세계 문학의 가변성에 의하면 한 작품이 겪는 세계 문학으로의 이동은 작품 그 자체의 내적 논리를 반영한다기보다는 문화적 변동이나 이의 제기의 복잡한 역학 관계를 통해 생겨난다. 이러한 논리를 따라가면 각 나라마다 자신의 이해관계나 지역 문화에 대한 중요성의 정도에 따라 세계 문학을 구성하고 배치한다는 결론에 도달하게 된다. 어느 한 문화의 규범과 요구는 그 문화에 세계 문학으로 들어오는 작품들의 선별에 영향을 미치고, 그것들이 번역되고 유통되며 소비되는 방식들에게도 영향을 미치기 때문이다. 이런 각도에서 보면 보편타당한 작품들의 목록으로서 정전 개념은 더 이상 세계 문학을 지탱하기 힘들게 되며, 예컨대 일본의 세계 문학(서구 중심의 세계 문학이며 인도나 아랍 문학은 배제되어 있는)이나 이집트의 세계 문학(여기서는 인도, 일본, 중국의 문학은 빠져 있다.) 혹은 브라질의 세계 문학만이 존재하게 된다.

---

10) 앞의 책, 278쪽.

앞서 언급했듯이 끊임없이 확장되어 가는 정전의 요구를 포함하기 위해 1990년대 이후로 세계 문학 전집이나 앤솔러지는 갈수록 부피가 커져 간다. 그러나 댐로시는 개별 문학과는 달리 세계 문학의 공간을 탐색하기 위해서는 포함된 모든 작가들을 섭렵하는 것이 바람직하지도, 그리고 가능하지도 않다고 간주한다. 세계 문학은 우리가 반드시 알아야 하는, 그리고 정복해야 하는 무한한 자료들의 '외연적(extensive) 확장'에 있는 것이 아니라, 소수의 작품들일지언정 그것들과 더불어 강렬하게 경험될 수 있는 '내적(intensive) 독서의 양태'에 있기 때문이다. 이로부터 독자의 '초연한 참여(detached mode of engagement)'라는 댐로시 세계문학론의 중요한 특성이 도출된다. "세계 문학은 텍스트들의 확립된 정전이 아니라 독서의 양태, 즉 우리 자신의 시간과 장소를 뛰어넘은 세계에 대한 초연한 개입이다." 아마 댐로시의 세계 문학 논의의 가장 핵심적이자 변별적인 지점에 속할 이 부분에 대해서는 좀더 설명을 들어 볼 필요가 있을 것이다.

하나의 문화에 몰두하는 것은 그것과의 직접적인 참여의 방식을 전제로 하는 반면, 세계 문학을 읽고 연구한다는 것은 보다 초연한 참여의 양식이다. 그것은 완전한 이해를 전제로 하는 동화나 정복이 아니라 거리와 차이의 규율을 수반한다는 점에서 작품과 다른 종류의 대화에 들어가게 된다. 우리는 작품을 그 기원이 되는 문화의 중심에서 만나는 것이 아니라, 서로 다른 문화와 시기들에서 생겨날 수 있는 작품들 사이에서 만들어진 힘의 장에서 만난다. 세계 문학작품들은 유동적이며 다양한 병치와 가능한 조합들에 의해 규정되는 장 속에서 상호 작용한다.[11]

이 점에서 세계 문학은 서로 다른 문화와 전통을 지닌 작가나 작품들

---

11) 앞의 책, 235쪽.

사이의 연관 고리를 찾아내고 이를 서로 연결시키는 데서 생겨나는 일종의 '책읽기의 즐거움'에 다름이 아니다. 예를 들어 댐로시는 일본의 대표적인 전통 서사인 「겐지 이야기」를 예로 들면서 이를 프루스트의 「잃어버린 시간을 찾아서」의 스완의 이야기에 연결시켜 보려고 시도하거나, 「겐지 이야기」, 「천일야화」, 「데카메론」 등의 작품을 스토리텔링의 관점에서 서로 묶어 보려고 하거나, 「겐지 이야기」를 젠더의 관점에서 20세기 서구의 어느 문학작품에 연결시키는 등의 개인적인 일련의 결합을 통해 중세 일본이라는 콘텍스트 속에서 「겐지 이야기」를 연구하는 개별 문학적 시각과는 구분되는 세계 문학적 독서를 수행할 필요성을 강조하였다. 세계 문학은 기존의 개별 문학에서 이루어지는 연구나 독서의 관행에서 벗어나 세계 문학을 구성하는 다양한 작품들 사이의 새로운 네트워크를 창출해 내고 서로 다른 문화적 콘텍스트를 지닌 작품들을 독서를 통해 마음속에서 서로 공명하게 만들 때 생겨난다. 칼비노 또한 앞서 말한 창조적이고 개인적인 독서를 통해 궁극적으로 "각자 자신이 생각하는 고전으로 채운 서가를 만드는 것"의 중요성을 강조하고 있다. 고전과의 '개인적인' 관계가 '개인화된' 고전의 목록을 만드는 것으로 귀결된다는 것이다. 실제로 칼비노의 『왜 고전을 읽는가』는 호메로스로부터 시작하여 보르헤스로 끝나는 칼비노 자신의 '개인적인' 목록으로 이루어져 있다.

독서를 출발점으로 해서 세계 문학을 사유한다는 것은 어떤 중심적인 장소나 위치에서 모든 것을 포괄할 수 있고, 모든 텍스트들을 포함하며, 전체를 표상할 수 있는 논리적 틀의 환상을 포기하는 것이다. 왜냐하면 여러 번 강조했듯이 이러한 환상은 고대로부터 현대에 이르기까지 훌륭한 걸작들의 '목록'이라는 형태를 만들어 내기 때문이다. 댐로시의 세계 문학론이 제시하는 이러한 장점들에도 불구하고, 세계 문학을 수용하는 독자의 '책읽기의 즐거움'에 과도한 중요성을 부여함으로써 각자의 세계 문학이 그 나름의 정당성을 확보하고 있다는 식의 나르시시즘적 환상을 갖게 만들 수도 있다. 프랑스의 정신분석학자 피에르 바야르는 『읽지 않은 책에 대해 말하는 법』이라는 책에서 교양의 무게에 짓눌린 독자가 다른 사람들의 말의 무게에서 해방되어 "자기 자신의 텍스트를 만들어 내고 마침내 독자 스스로가 작가가 되는 힘을 자기 안에서 찾게 되는 순간을 경험함으로써 탄생하는 창작 주체"[12]의 중요성을 언급하였다. 여기서 "읽지 않은 책"이란 고전의 목록에서 도피하라는 것이 아니라 고전의 무게로부터 해방되어 창조적 독서 주체를 찾아가라는 역설적 메시지의 표현임은 두말할 나위도 없다. 또한 세계 문학의 고전을 '어떻게' 읽을 것인가에 대한 문제를 진지하게 고민할 때 한국 문학을 커다란 콘텍스트, 즉 '세계 문학'과 '고전'에 결부시키려는 시도가 보다 깊이 있게 이루어질 것이다.

---

12) 피에르 바야르, 『읽지 않은 책에 대해 말하는 법』(여름언덕, 2007), 231쪽.

누구를 위해서 쓰는가: 21세기 문학과 독서의 운명

나는 지금 부르주아 민주주의의 발전 이래로, 그러니까 약 150년 전부터 기술의 발전, 대중문화의 발전과 더불어 독자와 필사자 사이의 명백한 분리, 내가 말하는 의미에서의 끔찍한 분리가 있어 왔다는 사실로부터 출발하려고 합니다. 한쪽에는 몇몇 필사자들 혹은 몇몇 작가들이 있고, 다른 한쪽에는 거대한 독자 대중이 있습니다. 그리고 읽는 사람들은 쓰지 않습니다. 문제는 바로 여기 있지 않을까요? 거듭 말해 읽는 사람들은 쓰지 않는다 이거죠.

— 롤랑 바르트, 『문학은 어디로 가고 있는가?』 중에서

1 문학의 '죽음'과 (근대적) 독서의 운명

사진가 앙드레 케르테츠(André Kertész)가 출간한 사진집 『독서에 관하여』에는 전부 책을 읽는 사람들의 모습을 찍은 65장의 흑백사진이 실려 있다. 사진가의 아무런 설명 없이 전 세계 각지에서 책을 읽는 사람들의 모습만을 제시해 주는 이 사진집의 의도는 세계 어느 곳에서, 어떠한 상황에서도, 특히 책을 읽는 것이 불가능해 보이는 상황에서도 독서 행위는 이루어진다는 점을 보여 주는 듯하다. 이 사진집에서 매우 인상적인 사진을 들라면 남루한 차림에 고통으로 얼굴이 굳은 세 명의 아이들이 맨발로 땅바닥에 앉아 그 가운데 한 아이의 무릎 위에 책을 올려놓고 몹시 집중해서 독서에 빠져든 장면과, 아픈 몸을 웅크리고 병원의 침대 위에 앉아서 손에 책을 든 채 주의 깊게 독서하는 한 할머니의 모습을 담은 장면을 들 수 있을 것이다.[1] 극심한 가난과 고통, 주위의 소음과 혼란에서도 독서는 이루어지며, 조만간 죽음을 기다리는 침대에서 꼭 필요한

---

1) 사진에 관한 설명은 『책 읽는 여자는 위험하다: 13세기에서 21세기까지 그림을 통해 읽는 독서의 역사』(슈테판 볼만 지음, 조이한 · 김정근 옮김, 웅진지식하우스, 2006), 43~44쪽을 참조했다.

것은 기도를 올리거나 삶을 위해 몸부림을 치는 것이 아니라 책을 읽는 것일 수도 있음을 이 두 장의 사진들은 잘 보여 준다. 이렇듯 독서는 인간이 어떠한 상황에서도 할 수 있고, 해야만 하는 너무나도 인간적인 행위이자 능력이다.

하지만 이러한 보편적인 독서 행위가 시대와 상황에 따라 서로 구별되는 독서의 모델을 보여 주는 것 또한 사실이다. 우리에게도 소개된 알베르토 망구엘의 『독서의 역사』 표지 그림으로도 널리 알려진 고전주의 화가 구스타프 아돌프 헤니히의 그림 「독서하는 소녀」(1829년 작)는 거의 종교적인 엄숙한 분위기에서 독서에 집중하고 있는 소녀의 모습을 그리고 있다. 모든 외면적인 디테일과 운동을 과감하게 생략한 채 무뚝뚝하고 금욕적인 자세로 독서에 임하는 소녀의 모습을 그린 이 그림에서 우리는 다른 세계로의 몰입 또는 내면적이며 심리적인 작용으로서 근대적 독서의 모델을 확인할 수 있다. 독서는 조용하고 고립적이며 사적인 공간에서 고독하게 이루어지는 내면적인 작업임을 이 그림은 잘 보여 준다. 이 그림을 보다 본격적으로 설명하기 위해서는 서구에서 사적인 공간의 탄생, 낭만주의로 대표되는 근대적 자아의 확립, 인쇄술과 독서 문화의 변화 같은 일련의 요소들을 동시에 고려해야 할 것이다. 이 그림이 보여 주는 반성적 독서의 모델을 프루스트의 다음 말만큼 잘 설명해 주는 것도 없을 것이다.

독자는 독서하는 순간 자기 자신에 대한 고유한 독자가 된다. 작가의 작품은 일종의 광학 기구에 불과하다. 작가는 이 기구를 독자에게 줌으로써 이 책이 없었다면 아마도 자기 자신 안에서 볼 수 없었을 것을 알아볼 수 있도록 돕는다. 독자가 책이 말하는 것을 자기 자신 안에서 인정하는 일은 곧 진실과 대면하는 것이다.

작품을 처음부터 끝까지 주의 깊게 읽으며, 작품에 독자의 내면을 투사시키면서 동화되는 것을 중시하는 독서의 이러한 모델을 '집중적' 모델이라고 부를 수 있다면, 서구에서 이러한 집중적 독서 모델은 대략 18세기 후반부터 시작된 것으로 추정된다. 루소나 베르나르댕 드 생 피에르, 괴테, 리처드슨 같은 낭만주의 작가들의 작품들에 대한 독서는 이러한 집중적인 독서 모델이 가장 극단적으로 적용된 사례라고 할 수 있다. 마치 종교 텍스트가 신도들을 지배하는 것처럼 독자들은 소설에 열광하였으며 압도되었다. 독자는 소설과 함께 살고 주인공과 일체화되며, 소설 줄거리의 변화를 실제 생활에 적용했는데, 잘 알려져 있듯이 괴테의 「젊은 베르테르의 슬픔」의 주인공을 모방한 자살의 유행은 이를 잘 보여 주는 대표적 사례이다. 괴테의 책이 이러한 부작용을 낳자 사람들은 마치 오늘날 폭력적인 컴퓨터 게임을 둘러싸고 벌이는 논쟁과 유사하게 문학과 독서의 유용성과 해악에 대해 격렬한 논쟁을 벌였다고 하니, 오늘날의 상황에서 돌이켜 보면 격세지감이 든다.

이러한 격세지감은 다음과 같은 질문을 낳는다. 이러한 집중적이고 내면적이며 정열적인 독서의 모델, 이른바 근대적인 독서의 모델이 전자 문화 시대라고 일컬어지는 오늘날에도 여전히 유효한가? 독서의 역사를 추적한 어느 책이 진단하고 있듯이[2] 음독에서 묵독으로의 변화와 정독에서 다독으로의 변화를 거쳐 우리는 이제 독서의 제3의 혁명이라고 부를 만한 단계에 와 있는가? 컴퓨터와 그에 수반된 기술들이 지식을 창조하고 저장하며 전달하는 방식 자체를 혁명적으로 변화시키고 있는 오늘날 이러한 변화는 텍스트의 존재 양상을 변화시키지는 않는가, 또한 텍스트는 독서에 의해서만 존재하므로 마치 독서의 변화가 다른 양태의 텍스트성을 불러오는 것처럼 텍스트의 변화는 독서의 양태에 필연적인 변

---

2) 로제 샤르티에, 굴리엘모 카발로 엮음, 『읽는다는 것의 역사』(한국출판마케팅연구소, 2006), 11~62쪽 참조.

화를 불러오지는 않는가?

우리 주변에는 전자 문화 시대와 근대적 의미의 독서가 더 이상 양립하기 힘든 것으로 판단하는 견해가 지배적이다. 즉 영상 매체의 위력으로 대표되는 우리 시대는 독서에 매우 불리한 환경을 조성하고 있으며, 근대적 의미의 독서가 내포하는 모든 가치들의 추구가 전자 문화 시대에 독서 행위를 통해 추구되거나 실현될 수 없다는 것이다.

만약 문학과 독서가 전자 문화와 공존할 수 없는 것이라면, 오늘날 우리는 독서를 무조건 권장할 수는 없다. 적어도 근대적 개념의 독서를 더 이상 강조하기는 어려울 것 같다. 전자 시대에는 책의 개념도 문학의 개념도 독서의 개념도 달라질 수밖에 없을 것 같다. 그리고 이와 아울러 책이나 문학이나 독서에 대한 우리의 근대적 존경심도 거두어들여야 하지 않을까. 그렇지 않고 일상적 삶과 현실은 전자 시대에 머물면서 관념만 문자 시대에 의존한다면, 자기모순에 빠지는 결과가 된다.[3]

전자 문화 시대와 근대적인 독서의 이분법은 기실 텔레비전과 더불어 문자 시대가 종말을 고할 것이라는 맥루한의 주장과 맥이 닿아 있다. 그러나 기술의 변화가 곧 매체와 문화의 변화를 가져온다는 기술결정론적인 시각은 전자 문화 시대에 독서의 운명을 균형 잡힌 냉정한 시각으로 바라보게 하기보다는 '종말'이나 '종언'과 같은 극단적인 용어를 통해 사태를 설명함으로써 다소 극단적이고 이분법적인 시각에 이르게 한다. 이러한 주장에 이론적인 뒷받침을 해 주는 것으로 보이는 앨빈 캐넌의 '문학의 죽음'이라는 테제가 대표적인 경우이다. 앨빈 캐넌은 테크놀로지가 문화적 변화에 주된 방향성을 부여한다는 관점에서 현대의 문화가 인쇄 기술에 바탕을 둔 활자 문화에서 전자 기술에 근거한 전자 문화로 급격

---

3) 이남호, 「소외의 독서와 독서의 소외」, 『문자 제국 쇠망 약사』(생각의나무, 2004), 158쪽.

하게 전환되고 있다고 진단하면서 20세기 후반에 들어 이루어지는 또 한 번의 문화적 전환을 '문학의 죽음'이라는 테제로 요약한다. 그는 자신의 책에서 안정된 활자 문화가 작가와 근대적 독서의 탄생을 가능하게 했다면 전자 문화는 문학의 죽음과 독서의 소멸을 불러올 것이라는 우울한 진단을 강력한 어조로 되풀이하면서 강조하고 있다. 특히 그는 심층적인 차원에서 텔레비전의 세계관과 근본적으로 인쇄된 서적에 기초한 문학의 세계관은 대립한다고 가정하고, 텔레비전이 "세계를 해석하고 바라보는 전혀 새로운 방식"이 됨에 따라 문학과 동일시되어 왔던 세계에 대한 전제들이 더 이상 신뢰받지 못하는 상황을 다음과 같이 설명한다.

돌이켜 보면, 문학과 출판은 진리, 상상력, 언어, 역사와 같은 문제에 관한 이전 시대의 휴머니즘적 전제들을 구현했다고 볼 수도 있다. 그러나 텔레비전은 단지 옛날 것에 대한 새로운 행동 방식일 뿐만 아니라 세계를 해석하고 바라보는 전혀 새로운 방식이다. 문자가 아닌 시각적인 이미지, 숨겨진 복잡한 의미가 아닌 단순하고 드러난 의미, 영원한 것이 아닌 순간적인 것, 구조가 아닌 에피소드, 진실이 아닌 연기, 독자가 시청자로 변하고 읽기 기술이 사라져 가고 텔레비전 화면을 통해 보이는 세상이 훨씬 더 구체적이고 직접적으로 느껴진다는 점을 고려해 보았을 때, 텔레비전과 공존할 수 있는 문학의 능력은 많은 사람들이 당연하게 여겨 왔기는 하지만, 점차 줄어들고 있는 것처럼 보인다. 문학에 기반한 언어에 대한 믿음은 필연적으로 사라지게 될 것이다.[4]

담론과 영상을 지배하고 있는 텔레비전이 문화의 영역을 매우 부정적인 형태로 변화시킨다는 부르디외의 지적과도 상통하는 앨빈 캐넌의 견해는 실제 우리의 문화적 삶에서 많은 비중을 차지하면서도 별다른 이론

---

4) 앨빈 캐넌, 최인자 옮김, 『문학의 죽음』(문학동네, 1999), 206~207쪽.

적 조명을 받지 못한 텔레비전과 문학의 역학 관계에 대해 성찰할 수 있는 좋은 기회를 제공해 준다.[5] 그러나 사태를 뒤집어 정반대의 해석을 시도해 볼 수는 없을까? 다시 말해서 디지털 시대를 맞아 변모하는 매체 환경과 사회적, 문화적 환경이 한국 문학에 새로운 과제를 제시하고 있으며, 이는 새로운 의미의 독서 혹은 독서에 대한 새로운 의미 부여를 가능하게 하지 않는가? 누구에게 위기로 인식되는 것이 다른 누구에게는 기회로 인지되는 법이니까.

2 나는 클릭한다, 고로 나는 읽는다

이 글의 모두에 인용한 바르트의 지적처럼 저자는 쓰고 독자는 읽는다는 점에서 문자 문화는 독백적이지만, 쌍방향성을 보장하는 인터넷은 구술 문화의 대화적 상황을 구현한다. 과거에는 저자와 독자가 신분에 따라 구분되었지만, 오늘날 그 구분은 기능적인 것이 되었으며, 대중 매체와 더불어 독자도 얼마든지 저자가 될 수 있는 상황이 조성되고 있다. 이러한 매체 민주화는 '창작이라는 것이 작가의 작품 발표 행위에서 끝나지 않고 눈에 보이지 않는 미지의 독자의 능동적인 독서 행위에 의해 완결된다'는 이른바 '능동적 독서 행위'를 부각시킨다. 매체 민주화로 인한 능동적 독서 행위의 가능성, 독자와 작가 사이의 허물어진 벽, 독자의 적극적인 참여, 쌍방향 의사소통 구조의 확립 등은 디지털 시대에 문학이 과거와는 다른 면모를 보일 수 있는 근거가 된다. 과거의 내면적이고 반성적인 독서에 몰두하던 독자의 시대는 가고, 이제 작가와의 구분이 더 이상 의미를 갖지 않는 적극적이고 참여적인 활동에 몰입하는 독자의 시

---

5) 텔레비전 시대의 문학의 위상에 대한 흔치 않은 고찰로 구모룡의 논문 「텔레비전의 장과 문학의 장」(《국어국문학》, 137, 2004)을 참조할 수 있다.

대가 온 것이며, 문학은 그러한 독자의 기능에 힘입어 새로운 영역을 개척할 수 있다는 논리가 성립된다.

　　20세기 후반 이러한 생각을 현실화시켜 이전의 어떤 이야기 기술도 가능하지 않았던 상상력의 자유를 열어 놓은 것이 바로 디지털 매체였다. 디지털 매체는 서사와 그림과 동작을 통합한 기존의 전통적인 스토리텔링에 다시 컴퓨터 통신 기술을 이용한 상호 작용성(interactivity)을 통합시킨다. 이러한 매체 통합성은 독자와 이야기의 양방향성, 즉 매체 민주성을 창출한다. 게임을 비롯한 디지털 매체의 허구적 공간 속에서는 독자의 분신인 에이전트(agent)가 활동하면서 이전의 이야기 서술로서는 힘들었던 강렬한 몰입(immersion)을 만들어 낸다. 그 결과 게임과 같은 디지털 스토리텔링은 이야기를 잘 짜인 유기적 총체로 구성하고 싶은 작가의 욕망과 이야기를 자기 식대로 상상하고 변형하고 싶은 독자의 욕망을 이론적으로 완벽하게 조화시킬 수 있다. 이러한 인식 아래 우리는 한국 현대 문학이 디지털 매체의 매체 민주성에 대응하는 궁극적인 형태는 게임과 같은 '전자 문학'이 아닌가 하는 가설을 조심스럽게 상정할 수 있다.[6]

　　요약하면 디지털 시대에는 '전자 문학'이라는 전혀 새로운 형태의 문학이 만들어질 수 있으며, 이는 독자의 적극적인 참여를 통해 이루어질 수 있다는 것이다. 위 인용문의 필자에게 '게임'은 서사 문학과 강한 유사성을 가지면서도 종래의 서사에서는 가능하지 않았던, 또는 충분히 실현되지 못했던 적극적 독자의 개념을 끌어들인다는 점에서 문학의 미래를 담보할 전혀 새로운 형식의 문학으로 간주된다. 실제로 '전자 문학'이 창작되고 유통되는 가상 공간에서 독자들은 작가에게 끊임없이 고쳐 쓸 것을 요구하는 동시에 텍스트의 의미 구축 작업에 직접 참여한다는 점에

---

6) 류철균, 「디지털 시대의 한국 현대 문학」, 《국어국문학》, 143, 2006, 86~87쪽.

서 분명 새로운 유형의 독자가 출현했다고 할 수 있다. 또한 실제로 이러한 논리가 하이퍼텍스트의 생성과 구축에 이론적인 뒷받침을 한 것도 사실이다. 최근 한국 문학에서 김수영의 시 「풀」을 화두로 삼아 하이퍼텍스트를 구축한 사례는 그 대표적인 경우로 꼽힐 수 있다.

우리는 '전자 문학' 이전에 이미 '활자 문학'의 단계에서 독자가 단순히 수동적인 역할에 머물지 않고 텍스트의 의미 구축에 동참한 사례로 두 가지 경우를 떠올릴 수 있다. 18세기에 인쇄술의 발전이 촉진되고 텍스트가 저자의 주관성으로부터 벗어나게 되면서 서구 문학에서는 이야기 속에 독자의 형상을 도입할 뿐만 아니라 독자를 서사적 유희의 중요한 구성 요소로 등장시키려는 시도가 생겨난다. 이 점에서 가장 두드러진 성공을 거둔 소설이 아마도 스턴의 「트리스트럼 섄디」와 디드로의 「운명론자 자크」일 것이다. 특히 디드로의 이 작품은 사랑 이야기만을 원하는 독자에게, 또는 소설적인 환상에 빠져 있는 독자에게 소설의 이야기란 얼마나 자의적인가를 강조하거나, 또는 독자를 친구로 부르며 이야기의 전개에 관심을 갖도록 하는 서사적 전략들로 일관하고 있다. 그한 예로 작가－화자는 길거리에서 마주친 한 여인에 대해 통상적인 묘사나 서술을 하는 대신 다음과 같이 독자에게 말을 건넨다.

독자여, 내가 문득 그대를 실망시키고 싶은 생각이 든다면, 이 모험은 내 손에서 어떻게 될까? 아마도 이 여인에게 중요성을 부여하여 이웃 마을 신부의 조카로 만들고 마을 농부들을 선동하여 사랑과 싸움을 준비했을지도 모른다. (……) 이번에야말로 그대가 생각하는 바를 진짜 말해 보라. 이 이야기가 당신 마음에 드는가? 아니면 들지 않는가? 그대의 마음에 든다면 농부 여인네를 다시 말꽁무니에 놓아 그들을 가게 내버려 두고, 우리의 두 여행자에게로 다시 돌아가라.[7]

---

7) 드니 디드로, 김희영 옮김, 「운명론자 자크」(현대소설사, 1992), 14~15쪽.

이 소설에서 작품의 창작 과정에 직접 참여하여 글쓰기의 방향을 같이 모색하며 해독하는 보다 능동적인 독자의 상을 찾기보다는 작가가 전통적인 의미에서의 이야기를 조직하고 말하는 서술 기능 이외에 독자와의 끊임없는 대화를 추구하며 소통을 원활하게 하는 친교적 기능까지를 함께 떠맡았다고 분석하는 것이 더 타당할 것이다.

흔히 하이퍼텍스트의 문제를 예견한 것으로 이야기되는 단편 「끝없이 두 갈래로 갈라지는 길들이 있는 정원」에서 보르헤스는 '독자와의 대화'라는 논리를 더욱 밀고 나아가 '독자의 참여'라는 관점에 서서 독자의 반응에 따라 끊임없이 의미 있는 변화를 일으킬 수 있는 텍스트를 구축하고 있다. 보르헤스가 작품에서 말하고 있듯이 모든 허구적 작품에서 독자는 여러 가지 가능성들과 마주치며 그 가운데 하나만을 선택하고 나머지는 버릴 수밖에 없는 형편에 놓여 있다면, 독자가 모든 가능성을 '동시에' 선택하는 경우의 수를 생각해 볼 수 있을 것이다. 독자는 이제 쓰인 텍스트의 의무적이고 익명의 파트너가 아니라 반드시 고려해야 할 능동적 요소가 되었다. 이러한 독자의 군림이 지난 몇 십 년 간 서구의 문학 이론에 활발하게 적용되었음도 주지의 사실이다. 1948년부터 사르트르는 '누구를 위해 쓰는가'라는 질문을 제기했으며, 바르트는 본격적인 독서 이론을 제시하기 이전에 이미 피카르와의 논쟁을 통하여 문학작품의 해석 작업에 있어 독자의 위치를 정당화했다. 또한 보르헤스를 위시한 여러 서사적 성과에 힘입어 레비스트로스나 브레몽 같은 서사학의 작업이 서사적 가능성의 논리를 구축하는 데 굉장한 성과를 냈으며, 콘스탄츠 학파는 수용미학이라는 이름으로 독자와 독서에 대한 새로운 이해의 지평을 만들었다.

디드로를 위시하여 보르헤스와 같은 소설가나 독자의 위상과 역할을 개념화한 문학 이론에 이르기까지 독서 행위는 문자로 된 텍스트에 기반하는 것이었다. 그러나 문자를 통한 독서 행위는 웹상에서 이루어지는 독서 행위와 동일시될 수 있는가? 독자의 적극적인 참여는 문자 텍스트와 하이퍼텍스트에서 동일한 층위에서 분석되고 평가될 수 있는가? 아마도 디지털 시대에 능동적인 독서의 중요성을 강조하는 논리가 정당화되기 위해서는 이러한 질문들에 대해 보다 심층적이고 본격적인 답변이 시도되어야 할 것이다. 그 이전에 다음과 같은 소박한 질문을 던져 보자. 인터넷의 정보를 검색하는 웹상의 '항해자'에 대해 그가 독서를 하고 있다고, '읽고' 있다고 말할 수 있는가?

원래 '읽다'라는 용어의 라틴어 어원은 'legere'인데 이 말은 '거두어들이다'를 뜻한다.[8] 독서 행위는 은유적으로 들판에서 수확하는 행위를 가리킨다. 독자는 책 속에서 그를 즐겁게 하거나 더 똑똑하고 현명하게 만드는 재료를 모으고, 합치고, 거두어들인다. 왜냐하면 독서는 타인의 지식을 제 것으로 만드는 방식이기 때문이다. 혹은 비슷한 맥락에서 독서 행위는 꿀벌이 꽃가루를 먹고 꿀로 만드는 방식에 비유된다. 그러나 웹상에서 이루어지는 확장적 독서는 새로운 은유를 요구한다. 오늘날은 더 이상 하이퍼미디어를 '읽지' 않는다. 하이퍼미디어에서는 항해를 하거나 파도를 탄다. 끊임없이 쇄신되는 정보의 물결 위에서 파도를 타거나,(웹서핑) 서로 연결된 자료들의 바다에서 항해하는(world wide web) 이미지만큼 사이버 검색자의 행위를 잘 설명해 주는 것도 없다. 항해는 고정된 지표나 정확하게 그려진 길이 없는 환경 속으로 이동해 가는 것을 전제로 한다. 이는 위험과 우연을 수반하는 행위이다. 이동 중에 길을 잃을 수도 새로운 땅에 닿을 수도, 암초에 좌초할 수도 있기 때문이다. 이전의 주소가 사라지거나 옮겨 갈 수도 있고 새 주소가 나타나기도 한다.

이러한 정보의 항해자에 대해 그가 '읽고' 있다고 할 수 있을까? 물론

---

8) 이후로 독서의 은유와 웹상에서의 독서의 성격에 관한 설명은 Christian Vandendorpe, *Du Papyrus A L'Hypertexte*: *essai sur les mutations du texte et de la lecture*(Paris: La Découverte, 1999), 207~211쪽을 참조.

그가 'world wide web(www.)'의 한 매듭에서 다른 매듭으로 가기 위해서는 읽어야만 한다. 그러나 그가 항해를 하는 한 그의 독서는 자주 중단되며, 속도가 빨라지고, 도구적이 되며 전적으로 항해라는 행위에 종속될 것이다. 마치 파도를 타는 사람처럼 사이버 검색자는 수천 개의 텍스트의 파편들로 이루어진 거품 위를 미끄러지는 것이다. 문자 텍스트에서는 '대충 훑어보는 행위'가 '읽는' 행위에 비해 부차적이었지만, 하이퍼미디어에서는 독서 행위가 서핑 행위에 비해 부차적인 역할을 한다. 하이퍼미디어는 책과 스펙터클 중간에 위치한, 기호들의 새로운 소비 양태를 만들어 낸다. 서핑 행위에서도 분명히 독서의 움직임을 발견할 수 있지만 이때 독자가 붙잡는 것은 이미지들이나 텍스트의 단편들에 불과하다. 텍스트가 그 서사적 형식 아래 제시하는 움직임이 박탈된 이 새로운 독자는 허구적 독서의 전통적 양식이 부응했던 요구들을 만족시켜 줄 수 없다. 이러한 하이퍼미디어의 독자는 오히려 기호들의 '사용자' 또는 '소비자'에 더 가깝지 않을까? 비록 전자 문학이 서사라는 전통적인 문학의 자양분을 지니고 있고, 하이퍼텍스트가 독자와 함께 텍스트를 구축한다는 명분을 지니고 있기는 하지만 전자 문학이나 하이퍼텍스트는 다음과 같은 환상을 그 전제로 하고 있는 것은 아닐까? 나는 클릭한다, 고로 나는 읽는다.

3 무상성(無償性)의 독서를 위한 권리 선언

독자는 역사적 실체를 가진 개인이나 집단이면서도, 아니 그 이전에 텍스트에 의해 규정된 존재이다. 텍스트에 의해 규정된 존재로서 독자의 이미지는 작품이 속해 있는 장르에 의해 생겨날 뿐 아니라(예를 들어 탐정 소설은 독자 – 탐정을 전제로 하며, 철학 소설은 비판적 독자를 전제로 한다.) 각

작품의 독특한 발화 행위에 의해 생겨난다. 그러므로 다음과 같은 구분이 가능하지 않을까? 텍스트에 기입된 독자와 책을 손에 들고 있는 살아 있는 개인으로서 독자. 이런 관점에서 보면 텍스트에 기입된 독자를 여러 유형으로 나누어 볼 수 있을 것이다. 예컨대 실제 이야기 속에 등장하는 수신자로서의 독자(혹은 인물 – 독자)와 화자에 의해 담론 속에 호출되었지만 실체가 없는 익명의 독자(앞서 디드로의 「운명론자 자크」에서 나타나는 독자의 유형)를 구분할 수 있을 것이며, 텍스트에 묘사되지도 호명되지도 않지만 서술자가 수신자에게서 가정하는 지식과 가치들을 통해서 암묵적으로 존재하는 독자(이를 움베르토 에코는 '모델 – 독자'라고 부른다.)를 상정할 수도 있다. 이렇듯 독자의 여러 유형들을 생각해 본 것은 새로운 문화적 환경에 직면한 한국 문학과 독자와의 관계에 대한 기존의 사유가 문학과 '현실 속의 독자'와의 관계에만 그 분석이 집중되어 있다는 느낌을 지울 수 없기 때문이다. 급격하게 변화하는 시대의 패러다임에 독서의 모델을 대응시키거나 독자의 모습을 투영하는 것에서 더 나아가 실제 텍스트 속에 나타난 독서의 모델과 독자의 모습을 찾아내야 할 필요는 없는가? 근대적 문학의 한 축을 담당했던 독서의 모델이 퇴조하고 현실 속의 독자가 감소함에 따라, 아니 그럴수록 더욱더 문학은 텍스트 속에 여러 장치들을 통해 새로운 독서의 모델을 갈구하고, 독자들에게 새롭게 읽어 줄 것을 요청하는 것은 아닌가?

시간적으로 약간 오래된 소설이기는 하지만 윤형진의 「책을 먹는 남자」(《문학과사회》 1998. 겨울)로부터 이야기를 시작해 보자. 이 소설을 "지식과 정치의 관계에 대한 일종의 우화"로 보는 시각[9]도 있으나, 소박하고 정직하게 이 소설을 책을 '읽는' 행위에 대한 근원적인 성찰과 반성이 우화의 형식으로 제시된 것으로 볼 수 있다. 이 소설에서는 책을 '먹고'

---

9) 정과리, 「우화의 정치학: 윤형진의 '책을 먹는 남자'에 붙여」, 《문학과사회》, 1998. 겨울, 1451쪽.

소비하는 인물이 등장한다. 한 남자가 책을 씹어 먹기 시작한다. 그는 책을 먹는 동시에 책의 모든 내용을 기억한다. 그는 이러한 재능으로 인해 유명한 지식인이 되지만, 많은 책을 먹다 보니 만성적으로 소화불량에 시달린다. 더욱 비극적인 것은 정작 자신의 견해는 가질 수 없다는 데 있다. "책의 내용을 반복하고 요약하며 경우에 따라서는 이런저런 내용을 훌륭하게 편집해 내"기는 하지만, "자기의 의견을 가질래야 가질 수 없"는 주인공이 자신의 입장을 밝히는 토론 같은 자리에서는 자신의 능력이 효과적으로 발휘되지 않는 것을 알고 반복·요약·편집의 기술이 요구되는 사회자로 변신하여 세속적인 명예와 권력을 쌓는 과정은 지식과 지혜의 세계와 유리된 정보화 사회의 허구성을 우화적 형식으로 풍자하는 데 성공하고 있다. 부검 결과 그가 그렇게 열심히 먹어 치웠던 문학 책이나 철학 책들은 거의 남아 있지 않고 대부분 스포츠 신문과 무협지가 검출된 것은 더 이상 반성적이며 비판적인 기능을 수행하지 못하는 독서가 지식과 지혜의 '읽기'가 아니라 정보의 '소비'로 변모하게 될 때 생겨나는 비극적 결과를 씁쓸한 어조로 말해 주고 있다.

한국 사회처럼 대중문화가 빠른 속도로 일상적 삶의 영역에 침투하고, 인터넷으로 대표되는 정보 산업이 의사소통의 중요한 부분을 차지할 때, 소설은 그러한 변화의 방향과 의미에 대한 반성적 작업을 수행한다. 이제 소설은 대중문화 또는 하위 장르의 문법을 차용하는 단계에서 벗어나 문학과 대중문화의 관계에 대해 진지하게 성찰하며, 새로운 미디어 공간 속에 놓인 현대적 개인의 존재론적 허구성을 탐색한다. 새로운 소설가들이 대중문화의 문법을 차용한다고 했을 때 이는 문학이 곧 대중문화의 차원으로 흡수되는 것을 의미하지 않는다. 이 경우 영상 문화와 문자 문화 또는 인터넷과 책의 관계에 대한 질문은 이러한 반성적 작업에서 매우 중요하다. 결국 '책'이란 문학의 근거이자 수단이며, 궁극적으로 영상 문화의 화려한 이면에 감추어진 삶의 진실을 드러내 줄 수 있는 비판적

힘을 지니고 있기 때문이다. 김경욱이 독서를 '위험'하다고 간주한 것도 바로 이러한 맥락에서이다.[10]

박주영의 『백수생활백서』에는 책을 '먹어 치우는' 또 다른 인물이 등장한다.[11] "고정적인 직업도 없고, 결혼도 안 했고, 은행에 잔고도 거의 없고, 꿈꿀 사랑도 없"는 주인공은 지식을 얻기 위한 공부로서 독서를 단호하게 거부하고, 삶의 최소한의 의무만을 이행하면서, 처음부터 유희로서의 독서, 자신의 삶을 위한 독서를 주장한다. 책을 읽기 위해 삶의 다른 모든 것을 희생하겠다는 태도는 이미 배수아의 『독학자』에서 화자가 표명하고 있는 굳건한 의지에 잘 드러난 바 있다.

> 만일 미래에 직업을 가져야 한다면, 반드시 그래야 한다면, 최소한의 시간
> 만을 투자할 수 있는 직업을 선택할 것이며, 자신의 글을 쓰기 위해선 책상
> 앞에서 인용문을 찾으며 고심하는 것보다는 오직 단지 즐겨 읽을 것이며, 가
> 족을 부양하는 의무에 짓눌리지 않도록 결혼을 하지 않으리라 결심했다. 그
> 럼으로써 나는 더욱 많은 시간을 오직 순수하게 읽고 공부하고 정신을 진보
> 시키는 일에 몰두할 수 있을 것이다.[12]

배수아의 '독학자'는 박주영의 독서하는 '백수'에 비하면 훨씬 더 금욕적이며 엄숙하다. 삶의 거추장스러운 모든 부분들을 무시하고 '정신을 진보시키는 일'에 독서 행위의 초점을 맞추고 있는 독학자에 비하면 단지 읽고 싶기 때문에 읽는다는 이 소설의 주인공은 겸손하고 소박한 희망을 지니고 있는 듯이 보인다. 실제로 "막연하긴 하지만 책을 읽고 있는 순간만은 적어도 내 삶이 허무하게 느껴지지 않는다. 현재로서는 책

---

10) 김경욱, 『위험한 독서』(문학동네, 2008).

11) 박주영, 『백수생활백서』(민음사, 2006), 앞으로 이 작품에서의 인용은 쪽수만 표기하기로 한다.

12) 배수아, 『독학자』(열림원, 2004), 59~60쪽.

이 나를 계속 살아갈 수 있게 하고 살고 싶게 만든다는 것밖에는 알지 못한다."(79쪽)라는 문장에 나타난 주인공의 태도는 소극적이고 수동적인 것처럼 보이지만 사실은 '읽는' 행위 자체가 '소비' 행위(정보를 '먹어 치우는')가 되어 버린 현실, 무엇을 위한 대가로서의 독서가 지배적인 시대에 대한 오히려 적극적인 저항과 비판의 의미를 지니고 있다. '책을 먹는 남자'가 빠른 속도로 게걸스럽게 책을 먹어 치운 나머지 소화불량에 걸려 죽는 반면, 주인공은 "세상의 속도를 무시한 나 자신만의 속도를 갖고" 있는데, 그것은 "책과 마주한 인간만이 가질 수 있는 고유한 속도이다." 그러니까 소설의 마지막 부분에서 주인공이 담담한 어조로 말하듯이 "같은 페이지의 책도 저마다 다른 속도로 읽을 수밖에 없다. 때로는 느리게, 때로는 빠르게, 그리고 원한다면 언제나 다시, 또 새롭게."(327쪽)

바르트는 어느 대담에서 "나는 독서할 의무가 없는 순간에만 진정한 독자가 된다."라고 말하면서 자신이 욕망하는 독서와 관련해 "정녕 무상적인, 비참여적인, 순수한 즐거움의 활동을 상상하는 일이 과연 가능할까?"[13]라는 질문을 던진 바 있는데, 박주영의 이 소설이야말로 이러한 질문에 대한 훌륭한 대답이 되는 셈이다. 여기서 독서는 다른 무엇보다 우선하는 무상성의 행위 그 자체이기 때문이다. 작품의 말미에서 화자는 흥미롭게도 작가에 대해 다음과 같은 권리를 인정해 준다.

작가들이 독자들을 위해 혹은 다른 무언가를 위해 글을 쓴다는 건 어떤 작가의 경우 거짓말이다. 그들은 자기 자신을 위하여 글을 쓴다. 쓰지 않을 수 없기 때문에 쓴다. 그리고 다른 무엇보다도 자기 자신을 위해서 쓰지 않을 수 없었던 글은 마음을 움직인다. 거기에는 그 무엇보다도 진실이 많이 포함되어 있기 때문이다. 그들은 하고 싶은 대로 한다. 결국 그렇게 쓰고 만다.(318쪽)

13) 롤랑 바르트, 『문학은 어디로 가고 있는가?』, 44쪽.

작가의 존재 이유에 대한 이러한 변호는 독자의 존재 이유에 대한 옹호에도 똑같이 해당된다. 위의 인용문에서 작가를 독자로 바꾸면 작가를 위한 독립 선언은 독자를 위한 독립 선언이 되는 것이다. 독자들이 작가들을 위해 혹은 다른 무언가를 위해 글을 읽는다는 건 거짓말이다. 그들은 자기자신을 위하여 글을 읽는다. 읽지 않을 수 없기 때문에 읽는다……. 작가의 독립 선언에 대응하여 독자의 독립 선언, 다시 말해서 '독자들의, 독자들을 위한, 독자들에 의한' 독서의 권리 선언이 생겨나는 것이다. 비록 주인공이 "책이 아무리 재미있다 하더라도 인생만큼 재밌을 수 없을지도 모른다고"(322쪽) 여운을 남기기는 하지만, 주인공을 포함한 여자 등장인물 삼인방은 오로지 '자신만을 위해' 사랑을 하며(채린의 경우), 소설을 쓰고(유희의 경우), 책을 읽을 뿐(주인공)이라고 당당하게 선언하는 것이다. 박주영의 이 소설은 바로 무상성의 독서를 위한 권리 선언에 다름이 아니다.

약간의 보충 설명이 허용된다면 최근에 매우 흥미롭게 읽은 다니엘 페나크의 「소설처럼」에 나타난 독서의 모델을 언급해도 좋을 것이다. 여기서 화자는 누보로망 이후로 '깨어 있는 독서', '참여하고 창조적인 독서', '능동적인 독서'의 개념과 같은 급진적인 독서 이론이 등장하면서 게걸스러운 독서의 즐거움, 이야기를 '게걸스럽게 삼키는' 독서(여기서도 독서의 은유로서 '먹다'란 동사가 사용되고 있다.)의 중요성을 강조한다. 무엇보다도 책읽기의 '즐거움'(물론 바르트가 말하는 텍스트의 '즐거움'과는 구분되는)을 되찾아야만 하며,(특히 청소년들의 경우) 그러기 위해서는 '무상성'의 독서가 요구된다는 것이다. 그러니까 "읽는다는 건 아무런 이유도, 조건도 따르지 않는 무상의 행위일 뿐이다. 우리는 그저 반복하여 읽는 즐거움, 다시 발견하는 즐거움을 누리려고, 친밀감을 새삼 확인하려고 다시 읽는다."[14] 박주영의 소설과 관련하여 흥미로운 점은 이러한 무상

---

14) 다니엘 페나크, 이정임 옮김, 『소설처럼』(문학과지성사, 2004), 207쪽.

성의 독서에 대한 강조가 보다 구체적으로 다음과 같은 열 개 항목의 '독자의 불가침 권리' 장전으로 나타난다는 점이다.

> 1) 책을 읽지 않을 권리
>
> 2) 건너뛰며 읽을 권리
>
> 3) 끝까지 읽지 않을 권리
>
> 4) 다시 읽을 권리
>
> 5) 아무 책이나 읽을 권리
>
> 6) 보바리즘을 누릴 권리
>
> 7) 아무데서나 읽을 권리
>
> 8) 군데군데 골라 읽을 권리
>
> 9) 소리내서 읽을 권리
>
> 10) 읽고 나서 아무 말도 하지 않을 권리[15]

책읽기가 목적이나 실용을 떠난 무상의 행위이며, 아무도 침해할 수 없는 독자의 권리라면, 독자들이여, 정녕 그대들은 어떠한 권리를 행사하고 있는가!

4 '나쁜 소설', 그 치명적인 계약 위반

이기호의 「나쁜 소설」은 부제가 가리키듯이 '누군가 누군가에게 소리 내어 읽어 주는 이야기'임을 자처한다.[16] 이 소설은 여러 겹의 서사 장치

---

15) 앞의 책, 188~189쪽.

16) 이기호, 『갈팡질팡하다가 내 이럴 줄 알았지』(문학동네, 2006). 앞으로 이 작품에서의 인용은 쪽수만 표기하기로 한다.

를 동원하며 반전의 묘미를 보여 주는 작품이다. 이미 이 소설집에서 「수인(囚人)」이라는 작품을 통해 이 시대에 도대체 소설을 쓴다는 것이 어떤 의미를 지니는가를 탐구하고 있는 이 소설가는 다소 엉뚱한 제목을 통해 이번에는 소설을 읽는다는 것이 어떤 의미를 갖는가를 천착하고 있다. 독자가 인물이나 수신자로 등장하는 대부분의 소설이 일정한 플롯에 의거하여 자체의 완결된 스토리를 전개해 나가던 도중 지금까지는 모습을 드러내지 않던 소설가나 화자가 '불쑥' 자신의 목소리를 내며 끼어드는 것과는 달리 이 소설에서 작가는 처음부터 독자를 상대로, 독자에게 끊임없이 말을 걸며 소설을 진행한다. 앞서 디드로의 소설에서 보았듯이 작가나 화자가 갑작스럽게 나타나 독자에게 말을 거는 까닭은 독자가 일상적 시간의 연장선상에서 잠정적으로 일탈하여 허구라는 또 다른 세계에 몰입해 있을 때, 사건 전개의 소설적 연결성을 잠정적으로 파괴함으로써 하나의 완결된 유기적 구조물로서의 소설 세계를 표상할 가능성을 독자로부터 빼앗는 효과를 거두기 위해서이다.

　이 작품에서도 작가는 독자의 적극적인 참여와 능동적인 독서를 강조하면서, 화자 본연의 서술적 기능 이외에 독자와의 친교적 기능을 강화하거나[17] 특히 소설의 중반부에서는 소설의 전개상 가능한 경우의 수를 던져 주고 독자가 선택하여 이야기를 만들어 나가는 이른바 하이퍼텍스트적 구성을 취하기도 한다. 그러나 독자의 참여를 유도하는 이러한 서사 구조는 얼핏 그것과 배치되는 또 다른 서사 구조와 나란히 놓이면서 묘한 긴장 관계를 조성한다. 즉 작가는 독자에게 일종의 '최면 상태'를 유도함으로써 독자를 깨어 있는 상태에 두는 대신 작가가 원하는 방향으로 독자를 유도하려고 한다. 그 최면 상태에서 소설가는 '빛'을 던져 주고 독자를 따라오게 한다.

---

17) "따뜻하고, 편안하게, 따뜻하고 편안하게, 당신을 감싸 주는 오후의 햇살, 당신에게도 그 햇살이 느껴지나요? 그렇다면 손가락을 살짝 들어 보세요. 예, 예, 아주 좋습니다."(21~22쪽)

자 이제, 그 빛을 통과하게 되면 당신은 더 이상 당신이 아닌 당신으로 존재하게 됩니다. 본래의 당신과 전혀 다른 당신이 되는 거지요. 이 소설의 주인공, 그렇죠. 바로 이 소설의 주인공이 되는 거지요. 제가 앞으로 말하는 당신으로만, 당신은 존재하게 됩니다.(15쪽)

다시 말해서 한편으로 소설가는 독자의 적극적인 참여를 유도하면서 독자를 계속 깨어 있게 하면서도, 다른 한편으로 독자에게 최면을 걸어 자신이 이끄는 방향으로 독자를 유인한다. 첫 번째 논리에 따르면 독자는 작가와 대등한 위치에 서서 서술자가 되기도 하지만, 두 번째 논리에 따르면 독자는 작가가 인도하는 빛에 이끌려 작가가 원하는 이미지나 상에 자신을 맞추게 된다. 결국 이러한 모순된 서사 구조는 '자기가 살고 있는 현실을 떠나 소설 속의 현실을 살다가 다시 현실로 되돌아오는' 전통적인 소설의 익숙한 구조를 되풀이하는 우를 범하게 되는 것은 아닌가? 독자로 하여금 누군가에게 끊임없이 소설을 읽어 주라고 하며, 그러기 위해서는 독자 당신의 참여가 꼭 필요하다는 부탁마저도 독자가 자신이 살고 있는 현실을 떠나 소설 속 현실을 살게 만드는 고도의 서사 전략으로 기능하지는 않는가? 마지막으로 이러한 서사 전략은 독서의 진정한 변증법이란 나와 타인, 내가 살고 있는 현실과 텍스트의 현실 사이의 긴장과 변증법에 있다는 사실을 잊게 만드는 것은 아닌가?

이러한 의문을 해소하기 위해서는 이 작품의 중반부, 다시 말해서 소설 속에서 당신과 주인공의 시점이 일치하는 부분을 유심히 검토해야 할 필요가 있다. 소설가는 독자에게 "당신이 들고 있는 카메라 렌즈를, 저기 앉아 있는 소설 속 주인공의 눈과 겹쳐지도록 해" 보자며, "당신이 들고 있는 카메라가, 저기 앉아 있는 소설 속 주인공의 눈 속으로 빨려 들어가는 것이라고"(16쪽) 상상해 보라고 독자에게 권유한다. 여기에는 "자 그럼 이제 서서히, 서서히, 빨려 들어갑니다. 천천히, 당신이 들고

있는 카메라 렌즈와 주인공의 동공이 하나가 됩니다."(16쪽)라는 문구에
잘 드러나듯이 앞서 말한 최면의 서사가 함께 작동하고 있다. 이 작품의
묘미는 소설가가 독자에게 최면을 걸면서 소설 속 주인공이 되라고 하
는 그 순간, 독자가 최면에서 벗어나 소설 속 주인공과 '거리를 유지하면
서' 주인공의 행태를 관찰하고, 이를 통해 진정한 독서 행위에 대한 성찰
을 이끌어내게 된다는 점이다. 혹시나 소설가의 최면에 걸려 이 소설을
누군가에게 읽어 주고 있던, 아니면 혼자서라도 소리 내어 읽던 독자도
이 주인공이 등장하면서부터, 다시 말해 주인공이 소리 내어 소설을 다
른 누군가에게 읽어 주는 역할을 대신하면서부터 슬쩍 이전의 역할을 벗
어던지고 독자 원래의 위치로 되돌아오게 된다. 혹은 소설가의 최면술에
단단히 걸려들어 주인공과 하나가 되어 끝까지 그의 이야기를 따라가 본
독자의 경우에도 작품의 마지막 부분에 소설가가 이제 '이야기에서 깨어
날' 것을 주문하는 장면에서 본래의 위치로 되돌아오게 될 것이다. 그렇
다면 독자를 대신하여 누군가에게 소리 내어 소설을 읽어 주고 있는 주
인공의 모습을 어떻게 이해해야 하는가?

그 핵심은 '공공도서관에 나와 9급 공무원 시험을 준비하는' 주인공이
윤대녕(으로 표상되는) 소설에 대해 갖는 감정과 태도에 잘 나타나 있다.
주인공은 소설을 읽고 난 뒤 소설 속 주인공처럼 행동하거나 소설 속 주
인공의 감정을 자신의 삶에서 느끼면서 마치 하나가 된 듯한 느낌을 가
졌으나, 현실 세계의 '벽' 때문에 그러한 소설로부터 멀어질 수밖에 없었
음을 다음과 같이 고백한다.

시간이 흐르고 흐르다 보니, 당신이 살아가고 있는 이 현실이, '윤대녕' 소
설에서 그려 내는 세계보다 더 소설 같고, 더 사막 같다는 생각을 하게 된 거
죠. 9급 공무원 시험에 여덟 번씩 떨어진 당신이나, 그런 당신이 언젠가는 꼭
9급 공무원이 될 것이라고 믿으며 해장국집 주방에서 하루 열두 시간씩 접시

를 닦는 홀어머니나, 하나 둘 당신 곁을 떠난 친구들이나, 모두 '윤대녕' 소설 속 인물보다 더 소설 같다는 생각. (……) 당신이 살고 있는 소설 같은 현실과, '윤대녕' 소설 속에 그려지는 현실 같은 소설 사이에 세워진 벽. 당신은 그 벽 앞에서 오랫동안 서성거리다가, 남들이 그랬던 것처럼 똑같이 등을 돌려 버린 것이지요.(33~34쪽)

현실 같은 소설과 소설 같은 현실 사이에 굳건한 벽이 서 있을 때, 현실은 소설보다 더 소설적이 되기 때문에 그 어떤 소설이 그려 내는 현실도 '현실성'을 가질 수 없게 된다. 소설이 소설 같은 현실과 대적하고, 혹은 소설보다 더 소설적인 현실과 맞서기 위해서 취할 수 있는 방도는 무엇일까? 신형철이 작품 해설에서 말했듯이 고상한 소설과 비루한 현실 사이의 벽을 줄이거나 없애는 일도 가능한 한 방도일 것이다. 그러나 특히 이 소설이 독자와의 관계를 염두에 두고 쓰인 점을 유념한다면, 소설을 '소설'로 '읽는' 것이야말로 그 방도가 아닐까? 소설의 리얼리티란 원래 작가와 독자의 암묵적 계약 아래 공들여 만들어 낸 허위라고 할 수 있다. 이러한 작가와 독자의 암묵적 계약에는 하나의 전제가 놓여 있다. 그것은 독자는 기꺼이 이야기의 사실성을 묻지 않는 대신, 저자 즉 이야기의 화자 또한 이야기 중에 그것이 지어낸 이야기임을 밝히지 않겠다는 것이다. 그랬을 경우에 비로소 자체로 완결된 한 편의 소설에 대한 독서 행위가 이루어질 수 있는 것이다.

소설을 '소설'로 '읽는다'는 것은 소설과 현실을 혼동하지 않고, 소설과 현실 사이에 단절된 벽이 아니라 서로 밀고 당기는 긴장 관계를 형성한다는 것이며, 소설이 지어낸 이야기임을 충분히 인식하면서 소설에서 현실로 이르는 퇴로를 열어 둔다는 것이다. 이 소설의 주인공이 '윤대녕' 소설에 몰입할 수 있었던 것은 작가와 독자 사이에 암묵적으로 형성된 계약 관계를 아무 의심 없이 받아들여서 현실의 문을 걸어 잠그고 소설의 세계로 들어가 버렸기 때문이다. 이제 주인공의 이러한 독서 행위를 관찰한 당신 - 독자는 더 이상 이러한 계약 관계를 당연시하지 않는다. 그 결과 독서는 이중의 경험으로 나타난다. 현실에서 소설로, 다시 소설에서 현실로 되돌아오는(그러나 되돌아올 때의 '나'는 떠날 때의 '나'가 더 이상 아니다.) 이중의 경험을 통하여 독자는 소설 같은 현실과 현실 같은 소설의 벽을 조금씩 허물고 그 틈새를 넓혀 나간다. 그러니까 이 소설은 소설의 계약을 위반한, 그것도 치명적으로 위반한 정말로 '나쁜 소설'이다.

5 침묵에 귀기울이기, 또는 넘쳐나는 이야기들의 틈새 엿보기

한유주는 언어에 매우 민감한 작가다. 이 소설가는 도처에 넘쳐나는 이야기들에 새로운 이야기 하나 덧붙이는 것으로는 결코 만족하지 못하며, 그러한 행위가 별 의미가 없다는 전언을 소설 전면에 뚜렷하게 드러낸다. 그녀의 언어 의식을 이해하는 데 중요한 단서가 되는 것처럼 보이는 작품인 「그리고 음악」에는 언어결벽증이라 부를 만한 증세 또는 고통에 시달리는 인물들이 등장한다. 그들은 말을 하거나 남에게 말을 걸거나 또는 남의 말이나 글을 듣고 읽는 데 적지 않은 고통을 느낀다. 우선 '나'는 "무슨 말을 해야 할지 모른 채 망설이며 입안이 하얗게 갈라지는" 고통을 느끼는 일종의 실어증에 걸린 인물이다. 그(녀)의 다음과 같은 독백을 들어 보자.

> 깊은 밤이었고, 하늘도 도로도 강물도 모두 새까만, 차들만 내 앞뒤로 어지러이 지나가고 있었고, 헤드라이트……, 나는 빨리 집으로 가고 싶은 마음뿐이었고, 택시를 잡으려고…….
> 그게 어디였더라……, 무슨 대교였더라, 그때 나는 말러 교향곡 1번을 들

고 있었는데, 3악장을 좋아했으니까, 그런데 택시는 좀처럼…… 서지 않아서, 자동차 바퀴들이, 지면을 사납게…… 훑는 소리 사이로, 그 장례 행진곡의 느린, 발걸음이 치밀하게 파고드는…… 내 가장 가느다란 신경들까지 옭아매는 것 같던…… 기분, 혹은…… 강물과 도로와 하늘이, 모두 또 다른 환각이 되던 밤, 택시를 잡으려고…… 반복해서 3악장을 돌려 듣던, 택시는 좀처럼 잡히지 않던, 음 하나하나가 내 영혼을 섬세하게…… 후려치던…… 다리 위에서 택시를 잡던 기억.[18]

이 독백의 도처에 놓여 있는 말없음표와 쉼표는 정상적인 말의 연쇄가 갈라져 있고, 그 틈이 벌어져 있으며, 말의 수평적 연합을 결정하는 환유적 인과 관계가 파괴되어 있음을 잘 보여 주고 있다. "우리는 닥치는 법을 배워야 한다."라고 생각하는 이 인물 옆에는 '읽지 않는 인물'인 '환영'이 있다. '환영'은 그 이름이 암시하듯이 나의 곁을 따라다니는 나의 분신과도 같은 존재, 혹은 나의 분신 그 자체이다. '내'가 실어증에 걸려 있다면, 그는 '실독증(失讀症)'에 걸려 있다. 환영은 "사방 곳곳에서 유령처럼 눈앞으로 달려드는 글자들", "일방적인 전언들, 돌아서는 순간 대부분 증발해 버리고 마는 덧없는 것들"에 절망해 아무것도 읽지 않으려고 한다. 읽으려고 아무리 노력해도 글자를 읽을 수 없는 난독증(難讀症)이 아니라, 읽는다는 것 자체를 거부하고 외면하는 증세이다. 그들에게 잃어버린 말과 글을 대신할 수 있는 것은 오직 음악뿐이다. "입을 다문다. 그리고 음악."

한 사람은 자기가 하고 있는 말이 거짓말일까 두려워 쉽게 입을 열지 못하며, 다른 사람은 도처에서 들려오는 거짓말 같은 언어에 귀를 닫고 눈을 감는다. 이 두 사람을 그토록 절망적인 상황으로 몰아넣는 것은 무엇인가? 이 소설의 여러 대목에서 다소 분명한 어조로 진술되는 이유는

18) 한유주, 「그리고 음악」, 『달로』(문학과지성사, 2006), 116쪽.

다음 두 가지이다. 치장된 언어와 거짓말이 난무하는 레토릭의 시대와 전자 매체를 타고 일방적으로 흘러들어오는 정보와 지식의 공세. 수사를 제외하면 아무것도 남을 것이 없는 "수사학이 선인 세대"에 언어는 장식이자 허위로 기능하고 있기 때문에 언어를 통한 의사소통은 절망적일 수밖에 없다. 또한 텔레비전의 전파를 타고 일방적으로 전달되는 지식과 정보는 세계에 대한 심층적인 해석을 불가능하게 할 뿐만 아니라, "한 줄의 폭력, 한 줄의 평화"로 스크랩되는 거짓말만을 낳는다. 사실 이러한 거짓말 같은 이야기는 책을 펼치면 도처에서 발견된다. 이와 관련하여 『달로』에 실린 다른 작품들에서 실어증과 실독증의 원인을 찾아보자.

책을 펼치면 완벽한 기승전결의 구조를 지닌 전무후무한 이야기들이, 쉴 새 없이 반짝이는 모래알처럼 쏟아져 나왔고, 인물들은 가장 더러운 동시에, 가장 아름다운 삶을 살았고, 나와 당신에게 말없이 읽으라, 강요했다. 나는 외면하는 척 가장했지만, 당신은 어떠했는지?(「지옥은 어디일까」, 197쪽)

무수히 많은 이야기들이 도처에 흘러넘쳤다. 이야기들이 서로를 질투하고, 베껴대고, 급기야는 한 몸이 되는 동안, 사람들은 여전히 버릇처럼 침묵했고, 버릇처럼 절망했다. TV를 켜면 언제나 수상한 이야기들이, 우편물을 뜯으면 언제나 사무적인 이야기들이, 옆집과 맞닿은 벽에 귀를 기울이면 언제나 은밀한 이야기들이, (……) 들려왔고, 사람들은 애써 무관심한 척하거나, 아니면 더 가까이, 그리고 더 분명하게 듣기 위해 소리 쪽으로 다가가다가, 다른 이들에게 그 부끄러운 몸짓을 들키기도 했다.(「죽음의 푸가」, 52쪽)

"완벽한 기승전결의 구조를 가진 이야기"나 판에 박은 듯이 비슷한 "무수히 많은 이야기들"이 넘쳐나는 현실에서 할 수 있는 일이라곤 귀를 막거나 입을 다무는 일뿐이다. 어느 대담에서 "80년대에 태어났고 큰 사건이나 거대한 경험 같은 것은 9·11테러밖에 없다."[19]라고 말했던 작가에게 이 거대한 경험은 소설에서 여러 차례 언급되지만, 그렇다고 "2001년 9월 11일로 시작하는 글"을 쓸 수는 없다. 왜냐하면 이러한 이야기는 '거짓말'이기 때문이다. 이제 남아 있는 선택은 침묵하는 것, 판에 박은 듯한 질서정연한 이야기가 강요하는 수동적 침묵이 아닌 자발적이고 능동적인 침묵을 선택하는 것이다. "지구를 오염시키는 전파"의 '수다와 요설'에 맞서는 길은 '침묵'에 가까이 가는 것이기 때문이다. 자발적이고 능동적인 침묵에 다가서면 다가설수록 우리는 알 수 없는 내면의 독백이 움트는 것을 느낀다. 참 이상하게도 "나의 언어와 욕망을 최대한 절제할 때 내가 들을 수 없었던 내면의 지혜와 소리가 비로소 몸을 열 것이다." 침묵의 역설, 침묵의 빈틈 속으로 말로 표현할 수 없는 진실이 조심스럽게, 그리고 고통스럽게 입을 연다.

옛날부터 전해 오는 이야기들은 더 이상 빛나지 않았다. 어째서 그렇게 되었을까? 사람들은 질문했고, 또 질문하지만, 그러나 대답은 없었다. 말들의 세계는 언뜻 정교하고, 섬세하게 보였지만, 빈틈이 너무나 많았고, 사람들은 말로 표현할 수 없다는 표현을 즐겨 쓰고는 했다. 가장 아름다운 것, 가장 지독한 것, 가장 슬프고 아픈 것들은 이루 말할 수 없이 (……) 했고, 사람들은, 형언할 수 없는 고통에 몸을 떨었다.(「암송」, 209쪽)

공간과 공간 사이, 시간과 시간 사이, 문장과 문장 사이에 틈이 생기고 그 틈 사이로 여간해서는 들을 수 없는 소리가 들려온다. 사실 위에서 지적했던 '말없음표'는 이러한 '틈'의 언어적 표현이다. 한유주의 소설은 매끈하게 정돈된 이야기에 틈을 만들고, 그 틈새에서 하나의 음악

---

19) 「2000년대의 한국 소설, 혹은 경계를 넘어서는 글쓰기의 열망」, 《문장웹진》, 2007. 1.(http://webzine.munjang.or.kr)

을 연주하고 말로 표현할 수 없었던 것을 소리로 들려준다. 한유주 소설은 독자들에게 제발 이 소리에 귀 기울이고, 틈새에서 조용히 울려 퍼지는 음악에 귀를 열 것을 간청한다. 새로운 글쓰기에는 새로운 읽기가 필요한 법이다. 이제 중요한 것은 침묵에 귀 기울이기, 넘쳐나는 이야기들의 틈새를 엿보는 일이다. 우리들 독자들은 혹시라도 그 틈새에서 '유령'이 나타나더라도("그들, 유령들은 어디에나 존재했다", 「암송」, 220쪽) 놀라지 말 일이다. 유령과 대화할 수 있는 능력이야말로 우리들 독자들의 능력이니까.

한국 문학과 세계 문학
: 접촉 · 교환 · 유통

우리들의 사랑에 무엇이 남았는가
―구조주의와 한국 문학

1 서구 문학 이론의 수용과 한국 문학 연구

서구 문학 이론의 수용이 불가피하다는 전제에 동의한다면 올바른 수용의 방향과 방법을 모색해야 한다는 명제는 이제는 너무나도 당연한 사실로 받아들여진다. 우리처럼 외국의 문예 사조를 빠른 속도로 받아들이는 경우 한 시기를 풍미했던 사조나 이론은 시간이 지나면 그 이론적 관심이나 열기가 금방 식어 버리거나 또 다른 사조로 대체되는 예들을 볼 수 있다. 빨리 받아들인 만큼 빨리 잊어버리는 것이다. 주로 1970~1980년대 한국의 인문·사회과학을 풍미한 구조주의의 경우도 예외는 아니다. 오늘날 비평계는 물론이고 전문적인 학술 연구에서도 구조주의적 방법을 원용한 작업들을 찾아보기는 어려우며 구조주의적 방법론은 보다 새로운 다른 방법론들에 자리를 내주었다는 느낌을 준다. 그러나 1990년대 이후 우리의 문화계를 강타하고 있는 일련의 사조들, 즉 후기 혹은 탈구조주의, 해체주의 또는 포스트모더니즘 등으로 표현되는 일련의 지적 움직임들이 그 밑바탕에 구조주의적 사유를 깔고 있음에도 불구하고 그것들이 구조주의에 대한 정확한 이해 없이 받아들여짐으로써 오히려 일반 독자들에게는 혼란만 가중시키고 있는 것은 아닌지 한 번 의문을 제기해 볼 필요가 있다. 다시 말해서 근원으로 되돌아가 애초의 문제의식을 돌이켜보는 것도 매우 중요한 일이며 그러한 관점에서 구조주의 방법론의 수용의 문제를 짚어 보는 것은 의미 있는 일일 것이다.

구조주의의 수용과 관련하여 이 문제를 총체적으로 진단해야 한다는 주장은 이미 여러 논자들에 의해 제기되었다. 김현은 구조주의의 성과와 의미를 개괄하는 글에서 구조주의가 단순한 유행 사조가 아니라 매우 중요한 학문적인 연구 방법임이 밝혀진 것을 다행스럽게 받아들이면서 장차 "문학 분야를 포함하여, 한국의 인문·사회과학이 구조주의를 어떻게 받아들이고 발전시키고 비판하였는가를 따져 보는 것은 흥미로운 과제"[1]라는 생각을 피력한다. 또한 최현무는 한국 문학 연구가 수용한 서구의 문학 비평 조류 가운데 가장 폭넓은 반향을 불러일으켰고 문학을 둘러싼 판도의 변화를 가져온 것은 문학적 구조주의와 기호론이라고 규정하면서 기호론을 포함한 넓은 의미의 구조주의에 대해 다음과 같은 의견을 제시한다.

짧은 기간의 모색임을 감안하면 이 특수한 문학 접근 방식이 국문학의 연구에 끼친 최근의 영향은 재삼 강조해도 부족하지 않으리만큼 지대한 것이며, 왜 우리의 문화 맥락에서 특정한 한 시기에 구조주의 혹은 기호론적 사고가 예외적인 호응을 얻으면서 발전할 수 있었는가 하는 현상에 대한 메타적 접근이 언젠가는 꼭 한 번 이루어져야 하리라 믿는다.[2]

---

1) 김현, 「문학적 구조주의: 그 역사적 배경과 현황」, 『20세기 이데올로기와 문학 사상』 증보판, 송동준 외 지음(서울대학교 출판부, 1997), 175쪽.
2) 최현무, 『한국 문학과 기호론』(문학과비평사, 1988), 11~12쪽.

우리는 구조주의가 수용된 분야를 한국 문학 연구로 제한시켜 구조주의의 방법론적 성과와 수용의 과정 및 그를 통해 드러난 문제점들에 대해 살펴보려고 한다. 구조주의 수용의 문제는 크게 두 가지 문제의식의 접점에서 생겨난다고 볼 수 있다. 그 하나는 한국에서의 프랑스 문학의 수용이라는 문제의식이며 다른 하나는 한국 문학의 서구 문학 이론 수용의 문제의식이다. 한국에서의 프랑스 문학 수용의 문제를 집중적으로 검토한 학위 논문에 따르면 구조주의 수용의 문제는 그 마지막 시기, 즉 제6기(1975~1990년)에 해당한다고 한다. 이 시기에 나타난 수용의 특징들은 다음과 같이 요약된다.[3] 즉 종전에는 문학작품의 번역이 거의 대부분을 차지하고 있었으나 문학 이론서 및 사상서의 번역이 늘어났으며, 번역에서 연구 중심으로 프랑스 문학 수용 양상이 변화하였다는 것이다. 다시 말해서 이전에는 문학작품의 번역이 연구보다 더 큰 비중을 차지하고 있었는데 6기에 들어서면서 번역보다 연구의 비중이 더 커졌다고 할 수 있다. 여기에는 연구 역량의 축적, 전문적인 연구의 시작, 학위 논문의 출간과도 같은 여러 요소들이 작용했음을 알 수 있다. 나중에 자세히 살펴보겠지만 이러한 여건의 변화와 수용 양상의 달라진 측면에 방법론으로서 구조주의는 매우 부합되는 측면을 지니고 있었다. 그런데 이는 비단 국내에서의 프랑스 문학 연구뿐만 아니라 한국 문학 연구에도 마찬가지로 적용될 수 있는 것은 아닐까? 이러한 의문은 '구조주의와 한국 문학 연구'라는 질문을 제기하게 한다.

다른 한편으로 구조주의 수용의 문제는 한국 문학의 외국 이론 수용의 문제와 매우 밀접하게 연관되어 있다. 외국 문학의 방법론을 도입하여 한국 문학을 연구할 때 생기는 일반적인 문제에 대해서 이미 많은 지적이 있어 왔다. 우선적으로 지적할 수 있는 것은 외국 문학의 방법론은

---

3) 이미혜, 『한국에서의 불문학 수용』, 서울대학교 불어교육과 박사 학위 논문, 1992, 67쪽 이하 참조.

모든 문학을 비차별적으로 담을 수 있는 보편적인 용기는 아니라는 점이다. 그로부터 다음과 같은 우려 섞인 지적이 생겨난다.

적어도 한 방법론은 어떤 세계관에서 필연적으로 분비된 것이기 때문에 이 근본 문제를 떠나서 어떤 방법론의 일부분만을 분리시켜 그것만을 우리의 요청 사항으로 도입할 때, 약간의 표면적 성과가 있을지 모르나 자칫하면 사상 및 방법론의 무한 포용 현상으로 전락할 위험성이 따를지 모른다.[4] 저쪽에서 거의 혈로(血路)를 개척한 것 같은 사상이나 방법론이 우리 쪽에서는 뜻밖의 상식론으로 받아들여지기도 하는 현상이 종종 목도되는 터이다. 이러한 이유로 뉴크리티시즘 역시 우리 쪽에서 받아들일 때, 그 방법론을 분비시킨 세계관을 명백히 파악해 두지 않은 마당에서, 그 방법론의 일부분만을 우리의 필요에 의해 도입하는 데 상당한 문제점이 있을 것으로 파악되고, 따라서 이 문제를 재검토해 볼 필요성이 드러나는 것이다.

이러한 지적은 "한 가지 방법이 제시되었다고 해서 방법의 탐구가 끝나는 것은 아니"[5]라는 지적과도 일맥상통하는 것이다. 그 점이 바로 외국 이론의 '수입'과 '수용'을 구분시켜 주는 차이점일지도 모른다. '수입'이 이론을 단순히 옮겨 놓는 데 만족한다면 '수용'은 그 이론이 우리의 토양, 즉 한국 문학 텍스트 속에 이식되고 열매를 맺을 수 있도록 세심한 배려를 하는 것이다. 이와 관련해 한국 문학 연구와 외국 문학의 방법론의 상관 관계를 분석하고 있는 일련의 작업들 가운데 『국어국문학과 구미 이론』[6]은 주목할 만하다. 분석비평, 문학사회학, 신화비평 등을 집중

---

4) 김윤식, 「뉴크리티시즘에 대하여」, 『구조주의』(고려원, 1992), 45쪽.
5) 조동일, 「『적도』의 작품 구조와 사회의식」, 『한국 문학과 구조주의』(이승훈 편, 문학과비평사, 1988).
6) 지식산업사, 1989. 이 책은 '국어국문학에 수용된 구미 이론의 검토와 반성'이라는 주제로 열린 1988년 국어국문학회 학술 대회에서 발표된 논문과 토론을 수록하고 있다.

적으로 검토하고 있는 이 책에서는 한국 문학 연구와 구조주의의 상관 관계는 다루지 않는데 이는 다음의 지적과 연관시켜 볼 때 매우 아쉬운 대목이다.

> 1960년대부터 일기 시작한 신비평류의 물결은 1980년대 대학가에서 형식 주의, 구조주의로 이어져 고조되고 있으며 문학사회학 쪽의 내용 위주와는 반대로 형식적인 기교를 분석함으로써 문학의 본질과 미학을 해석하려는 작 업을 활발히 하고 있다. 이는 분석비평학파를 형성할 정도로 한 대학에서도 석·박사 논문을 속출하고 있다.[7]

즉 신비평에서 형식주의를 거쳐 구조주의에 이르는 이른바 분석비평 학파에 대한 면밀한 분석이 신비평의 차원에서 멈추어 버린 셈인데, 그 점에서 이 글은 신비평 이후 구조주의에 이르는 분석비평의 전개 양상에 관한 분석이라고도 할 수 있다.

마지막으로 우리는 구조주의 수용의 문제는 최근에 그 중요성이 부각 되고 있는 비교문학의 측면에서 볼 때 매우 중요한 문제라는 점을 지적 할 수 있다. 즉 비교문학이 전통적으로 작품의 수용 문제를 다루는 데 치중했다면 최근에는 문학 이론의 수용 문제가 관심사가 되고 있다는 점[8]에 비추어 본다면 구조주의 수용의 문제는 매우 중요한 비교문학적 쟁점이 되는 것이다. 작품의 수용에서는 영향 관계가 성립하는 것들 사 이의 닮음과 변형이 문제되지만 문학 이론의 수용에서는 적용 가능성과

---

7) 윤홍로, 「국문학 연구와 서구 문학 이론의 수용 검토」, 『국어국문학과 구미 이론』, 20쪽.
8) 윤호병은 캐나다 토론토에 본부를 두고 있는 국제비교문학회에서 규정하는 비교문학의 영역을 열 가 지로 구분한 다음, 이러한 열 가지 비교문학 영역에서 가장 강조되는 영역은 문학 이론과 비평 영역이 라는 점을 밝힌다.(『비교문학』, 민음사, 2000, 14쪽 이하 참조.) 또한 그는 "서양식 사고에서 비롯된 현대 문학 이론과 비평 및 어휘를 동양식 사고에 의해서 수정하는 것이 가능해졌다."(19쪽)는 점에 서 비교문학의 영역이 확대되고 다양화되었다고 주장한다.

유용성이 문제된다. 즉 문학 이론의 수용은 학문적 틀에 관한 것이기 때문에 '비교'의 문제라기보다는 '적용'의 문제가 중요하며 이제 비교문학은 단순한 비교의 문제의식을 넘어서서 적용의 문제까지 다룰 수 있어야 한다.

2 문학 연구 방법론으로서 구조주의

구조주의 수용과 관련해 가장 먼저 검토해야 할 것은 구조주의의 범주 이해에 관한 문제이다. 이는 한편으로는 구조주의가 적용되고 있는 분야가 매우 폭넓기 때문이기도 하며 다른 한편으로는 구조주의가 기호학이나 신비평과 같은 유사한 이론적 범주들과 혼동되거나 일치되는 경향이 있기 때문이다. 다시 말해서 구조주의를 받아들이면서 그 범주를 어디까지로 설정했는가에 관련된 문제는 구조주의적 방법론을 받아들여 이를 한국 문학 연구에 적용시키는 구체적인 양상들만큼이나 중요한 문제이기 때문이다. 구조주의 범주 이해와 관련하여 살펴보아야 할 것은 우선 방법론으로서의 구조주의와 이념 또는 세계관으로서의 구조주의의 구분 문제, 그리고 구조주의와 기호학의 경계 문제, 마지막으로 구조주의와 신비평의 연관성 문제 등이다.

구조주의는 특정한 세계관에 근거하는 이념으로 파악되어야 할 것인가, 아니면 분석적인 도구로서 방법론으로 기능하는가? 구조주의를 인문학의 새로운 틀 또는 문학 분석의 방법으로 간주하고자 했던 많은 논자들은 구조주의의 방법론적 측면을 매우 강조한다. 이와는 반대로 구조주의의 이념적 측면을 집중적으로 부각시키고자 했던 대표적인 경우로 우리는 백낙청의 논의를 들 수 있다. 그는 "구조주의 비평이 현재 우리 문단의 여론 형성에 막대한 영향력을 행사하고 있을 뿐만 아니라, 서구의 이른바 선진 사조의 영향력이 새로운 역사와 새로운 예술을 창조하려는 우리의 노력에 오히려 큰 장애가 될 수 있다는 단적인 본보기"[9]라는 점에서 구조주의에 대한 비판적 시선이 필요함을 역설한다.

그는 우선 민족 문학에서 강조하는 역사의식은 형식의 문제에 대한 독창적인 이해를 가로막는다는 민족문학론에 대한 비판과 이러한 비판을 '형식주의' 또는 '예술지상주의'로 몰아붙이는 태도 모두를 뛰어넘을 것을 역설한다. 그런 관점에서 보면 구조주의는 '내용이냐 형식이냐' 식의 이분법이 이미 낡은 것임을 천명한 진전된 태도를 보이고 있다고 평가한다. 하지만 구조주의의 역사관이나 현실관 그리고 사물관 등을 검토해 보면 '낯익은 모더니즘의 이데올로기'를 발견할 수 있으며 결국 구조주의는 지난날의 예술지상주의 또는 형식주의가 '구조'나 '언어'의 이름으로 다시 나타난 것에 불과하다는 결론을 내린다.

> 형식주의와 예술지상주의를 넘어섰다는 구조주의 비평의 바닥에 깔린 것이 결국 옛날과 다름없는 모더니즘의 이념인 까닭에, 예술에 있어서 내용과 형식의 문제에 대해 그것이 보여 주는 통찰도 그만 한 수준을 넘어서지 못한다. 다시 말해서 모더니즘에 대한 진정한 극복이 이미 시작된 한국 문학 자체의 수준에도 미달하고 있다.[10]

구조주의가 발흥한 서구에서도 앙리 르페브르나 이글튼의 경우[11]에서 잘 드러나듯이 구조주의에 내재해 있는 보수적 이념을 지적하는 작업들의 예를 찾아볼 수 있다. 백낙청의 경우 그의 구조주의 비판은 상당 부분

---

9) 「역사적 인간과 시적 인간」, 『민족 문학과 세계 문학』(창작과비평사, 1978), 176쪽.

10) 앞의 글, 173쪽.

11) H. Lefevre, *L'idéologie structuraliste*(Editions Anthropos, 1971); 테리 이글턴, 『문학 이론 입문』(창작과비평사, 1986).

프레데릭 제임슨의 구조주의 해석을 따르고 있는 듯이 보이는데[12] 중요한 점은 그가 지적한 구조주의의 이러한 이념적 측면은 이후의 논의에서 커다란 영향력을 발휘하지 못한다는 사실이다. 그 이유는 백낙청의 이러한 지적이 구조주의에 대한 지나치게 가혹하고 과도한 비판이라는 점 때문이라기보다는 구조주의의 방법론적 측면이 당시의 한국 문학 연구에 더욱 절실하게 요구되었던 부분이기 때문이다. 다음 인용문은 당시의 그러한 상황을 잘 보여 준다.

> 우리의 경우 문학 일반의 총체적인 미학이 아직 성숙되기도 전에 편향된 사회적 시각만 강조하다 보면 자연히 문학이란 무엇인가에 대한 근본적인 시각이 흐려진다. 문학작품이 역사적 현실을 바탕으로 한 상상력의 모험이라면 문학의 연구도 역사, 사회와 관련된 체험을 바탕으로 한 언어와 미학의 실험 정신을 동반하여야 할 것이다.[13]

구조주의 혹은 보다 범주를 넓혀서 분석 비평은 당시에는 결핍되어 있던 '문학이란 무엇인가'라는 근본적인 질문을 가능하게 해 주며 '언어와 미학의 실험 정신'을 촉구해 줄 수 있는 것으로 파악되었던 것이다. 그 점에서 "지금까지 존재했던 모든 '주의'가 문학이나 예술, 혹은 인간의 철학적 사유에 있어서 이념적 성질을 띤다고 한다면, 구조주의는 이념적 성격을 갖기는 하지만 사실은 그 방법론에 더 큰 역점을 두고 있"[14]다는 지적은 구조주의를 받아들이고자 했던 대부분의 논자들에게 공통된 견해였다고 할 수 있다. 구조주의의 장점은 그것이 새로운 세계관이 출현하면 다른 것으로 대치되는 일회적인 사조가 아니라 상당 기간 동안 그

---

12) 그는 「언어학적 모형과 문학 비평」(『민족 문학의 새 단계』, 창작과비평사, 1990)이라는 글에서 제임슨의 『언어의 감옥』(까치, 1985)에서 제시된 형식주의 및 구조주의 해석과 비판을 자세히 소개한다.

13) 윤홍로, 앞의 글, 19쪽.

14) 김치수, 「구조주의와 문학 연구」, 『문학사회학을 위하여』(문학과지성사, 1979), 266쪽.

영향력이 계속될 방법론이라는 데 있다는 것이다. 이렇듯 이념이 아닌 방법론으로서의 구조주의는 구조주의 수용의 한 단면을 잘 보여 주며 이는 예를 들어 그보다 앞선 시기에 이루어졌던 실존주의의 수용과도 확연히 구분된다. 왜냐하면 실존주의는 하나의 문학 사조로 이입된 것이지 문학연구 방법론으로 이입된 것은 아니었기 때문이다.

방법론으로서 구조주의는 다음과 같은 사실의 추론을 가능하게 한다. 우선 그것은 구조주의가 적어도 대학의 문학 연구에 있어서 가장 선호 받는 방법론 가운데 하나로 자리 잡는 사실과 밀접하게 결부되어 있다. 구조주의는 대학의 문학 연구에 끼친 막대한 영향력을 행사했지만 그 수용이 전문적인 독자들로 제한되었기 때문에 대중들로부터 폭넓은 호응을 얻을 수 없었다는 반대급부도 지니고 있다. 또한 구조주의 연구는 주로 문학 교육이나 대학 비평에서 주도되었기 때문에 일반 비평계에는 미미한 흔적만을 남겼다. 그런 측면에서 보면 구조주의의 영향력은 제한되어 있다고 할 수 있다. 이는 신비평에 속하는 다른 사조들 가운데 예컨대 문학사회학이나 정신분석 그리고 주제 비평이 우리의 현장 비평에 남긴 흔적이나 영향력과 비교해 보면 쉽게 수긍할 수 있는 사실이다.

방법론으로서 구조주의에 초점을 맞출 때 우선적으로 검토해야 할 문제는 구조주의와 기호학의 혼동의 문제이다. 그러나 다음 지적에서 알 수 있듯이 두 범주들 사이의 혼동은 논리적인 오류에서 기인한 것이 아니며 구조주의와 기호학의 밀접한 연관성에 기인한다.

구조주의가 인문·사회과학의 시점의 특수한 성격을 가리키는 개념인 데 반해서 기호학은 그러한 관점에 의해서 이룩되는 인문·사회과학의 대상의 특수한 성격을 나타내는 개념이다. 인문·사회과학이 다루는 현상을 자연 현상과 구별하여 단순한 물리 현상이 아니라 기호로 보고, 인문·사회과학은 기계적인 인과 관계로서가 아니라 구조적 관계로서만 가능하다고 믿어질 때 구조주의와 기호학은 동일한 내용의 표리 관계를 나타낸다.[15]

우리는 이러한 관점에서 문학적 기호를 대상으로 하되 구조주의를 그 방법론으로 삼는 이른바 '문학기호학'의 가능성을 충분히 생각해 볼 수 있다.[16] 그러나 기호학과 구조주의는 서로 겹친다는 바로 그 이유 때문에, 구조주의 비평이나 기호학에서는 방법론적인 혼란이나 용어상의 혼란이 보다 예각적으로 표출될 소지가 있다. 따라서 구조주의와는 별도로 문학기호학의 정립과 전개 과정을 살펴보는 것은 매우 중요하고 시급한 과제라고 할 수 있다. 다만 한 가지 가설을 제시한다면 기호학은 구조주의와의 변별적 차이가 부각된 이후로 주로 문학 이외의 다른 기호들에게 폭넓게 적용되는 과정을 밟는 반면 문학기호학은 신화나 설화에 적용된 예들을 제외하고는 엄밀한 의미에서의 문학적 기호들에 대한 적용의 측면에서는 커다란 진전을 보이지 못하는 것처럼 보인다.[17]

그다음으로 검토해야 할 문제는 구조주의와 신비평과의 연관성의 문제이다. 이 문제는 프랑스의 이론가들 사이에서도 중요한 쟁점이라고 할 수 있는데 예를 들어 파주는 넓은 의미의 구조주의와 좁은 의미의 구조주의를 구분할 필요가 있다고 지적한다. 그에 의하면 좁은 의미의 구조주의란 구조언어학을 모델로 한 주네트, 토도로프, 바르트 등의 이론을 지칭하며 이런 의미의 구조주의는 러시아 형식주의는 물론 구조언어학

15) 박이문, 『하나만의 선택』(문학과지성사, 1978), 10쪽.

16) 대표적인 예로서 다음 논문을 들 수 있다. 박종철, 「시 해석을 위한 언어 기호학적 접근」, 『구조주의』 이승훈 편, 고려원, 1992). 이 논문이 문학에 대한 구조주의적 접근의 시도들을 모은 책에 수록되어 있음을 상기하자. 또한 『한국 문학과 구조주의』에서도 기호학적 접근 방식과 구조주의는 구분되어 있지 않다.

17) 한 예로 우리는 최명제, 「문학 연구에서의 기호학적 방법론」, 『기호학과 철학 그리고 예술』(소명출판, 2002)을 들 수 있다.

이나 구조인류학과 밀접하게 연관되어 있다.[18] 이에 대해 르네 지라르의 욕망의 이론과 골드만의 발생론적 구조주의, 이미지를 기호로 본 바슐라르의 시학 이론, 출현 빈도수가 높은 은유에서 개인적 신화를 추출하는 모롱의 정신분석과 같은 신비평의 큰 흐름들이 넓은 의미의 구조주의에 속한다는 것이다. 이러한 다양한 접근법들을 구조주의 비평으로 간주할 수 있는 근거는 그것들이 문학 텍스트를 체계적인 분석에 의해 여러 요소로 절단하고 그들 사이의 상호 관계를 확립하여 재배열하는 구조주의의 기본 원칙을 따르기 때문이다. 이와는 반대로 도미니크 노게는 신비평의 갈래를 마르크스주의 비평, 정신분석적 비평, 테마 비평, 형식주의 비평, 실존주의 비평으로 나누면서 구조주의 비평을 형식주의 비평에만 한정시키고 있다.[19]

문제는 바슐라르의 이미지 유형론이나 골드만의 발생구조론, 지라르의 욕망 이론까지도 포함하는 넓은 의미의 구조주의와, 구조주의를 엄밀한 의미에서의 형식주의 비평에 한정시키는 좁은 의미의 구조주의 사이에서 어느 하나를 선택해야 한다는 점이 아니다. 또한 광의의 구조주의가 구조주의에 대한 그릇된 이해에 기반하고 있다는 점, 다시 말해서 바르트가 말하는 '구조주의적 활동'을 너무 느슨하게 해석한다는 점도 구조주의 수용과 관련된 부차적인 문제일 따름이다. 오히려 구조주의를 넓게 이해하는 것은 김준오의 지적처럼 "구조주의에 대한 편견과 오해를 불식시키면서 그 수용의 폭을 확대했다는 점에서 의미를 가진다."[20]라고 할 수 있다. 우리가 문학적 구조주의의 개념이 적용되는 범위의 문제를

18) 김현은 파주의 이러한 견해를 받아들여 넓은 의미의 구조주의자와 좁은 의미의 구조주의자를 구분하는데 그에 따르면 엄격한 의미의 문학적 구조주의자는 바르트, 토도로프, 주네트라고 할 수 있으며, 그 이론적 배경으로 야콥슨의 시의 시학 이론, 프로프의 이야기의 시학 이론, 율레스의 형태 이론 등을 들고 있다.(「문학적 구조주의」, 220쪽 이하.)
19) 도미니크 노게, 「현대 비평의 계보와 문헌선」, 『현대 비평의 이론』(김붕구 편역, 홍성사, 1979), 220쪽 이하.
20) 김준오, 「구조주의 비평의 수용 양상」, 『한국 문학과 구조주의』, 273쪽.

거론하는 중요한 이유는 과연 광의의 구조주의의 범주에 포함되어 있는 바슐라르나 골드만 같은 이론가들에 대한 수용이 그들이 지니고 있는 구조주의적인 측면에서 비롯된 것인가를 곰곰이 생각해 보아야 하기 때문이다.

우선 바슐라르와 관련하여 한국에서 1970년대 초반에 바슐라르에 대한 관심이 고조된 것은 구조주의 수용과 무관하지는 않다. 즉 구조주의를 접하게 되면서 문학에 대해 이념적으로 접근하는 것 외에도 또 다른 방식으로 접근하는 것이 가능하다는 인식의 폭넓은 확산이 바슐라르를 받아들이는 데에도 긍정적으로 작용했다고 해석할 수 있다. 그러나 이러한 구조주의적 측면이 그를 받아들이게 된 계기들 가운데 하나로 작용했을 수는 있어도 수용의 결정적인 양상으로 간주되기에는 부족하다. 왜냐하면 바슐라르는 주로 주제 비평이나 신화 비평의 갈래 속에서 언급되고 있으며 문학 텍스트를 분석하는 그의 태도도 '절단과 정돈을 통해 전체와 부분의 대립을 선명하게 하려는 방법론적 조작'으로서 구조주의적 활동과는 일정한 거리를 유지하고 있기 때문이다.

이러한 지적은 골드만의 경우 더욱 확실하게 적용된다. 즉 문학사회학에 대한 관심이 고조되면서 그의 이론이 활발하게 수용된 것이지 구조주의를 심층적으로 이해하려는 노력의 일환으로 소개된 것이 아니기 때문이다. 물론 골드만의 경우 바슐라르보다도 구조주의적 방법론을 보다 폭넓게 원용하고 있음을 알 수 있다. 그의 방법론을 '발생론적 구조주의'라고 부르는 것에서도 알 수 있듯이 골드만의 방법론은 구조주의자라고 부를 수 있는 이론적 양상들을 보여 준다. 하지만 골드만에 대한 관심의 배경에는 이러한 '구조'에 대한 관심보다는 '문학과 사회의 관계'에 대한 관심이 더 짙게 깔려 있다고 보아야 할 것이다. 그 점에서 골드만 문학사회학의 수용을 "1920년대의 카프 운동, 1930년대의 문학사회학에 대한 관심, 해방 후 좌우익이 각각 주장한 민족문학론, 1960년대의 순수/참여

논쟁, 1970년대 민중예술론으로 줄곧 이어져 온 문학과 사회의 관계라는 동일한 주제의 변주"[21]로 해석한 것은 매우 타당한 지적이다. 우리가 '구조주의와 한국 문학 연구'라는 주제를 다루면서 바슐라르나 골드만에 대한 수용을 논의에서 제외한 것도 바로 이러한 이유 때문이다.

3 프랑스 구조주의 수용에 나타난 문제점

그렇다면 구조주의를 방법론으로 받아들이면서 한국 문학 연구자들은 과연 어떤 부분을 메우고자 했으며 무엇을 희망하였는가? 구조주의의 수용에는 한편으로는 기존의 그릇된 문학 연구의 관습들을 비판하려는 측면과 다른 한편으로는 새로운 문학 연구의 자세를 확립하려는 측면이 서로 맞물려 있다고 볼 수 있다. 이 두 가지 측면들은 동전의 양면과도 같이 긴밀하게 연결되어 있지만 수용의 목적의식을 선명하게 드러내기 위해서는 어느 정도 분리시켜 고찰해야 할 필요가 있다. 왜냐하면 부정적인 결핍을 확실하게 인식한 경우에만 이론의 수용은 말 그대로 '수입'의 단계에 그치는 것이 아니라 보다 생산적으로 활용되고 적용될 수 있다고 보기 때문이다. 즉 부정적인 결핍에 대한 비판의 단계와 긍정적인 효과를 산출하고자 하는 적용의 단계를 구분해서 살펴보아야 할 필요가 있다.

비판의 단계에서 우선적으로 지적할 수 있는 것은 바로 실증주의적 연구 방식에 대한 비판이다. 이는 프랑스의 경우에도 구조주의나 신비평이 랑송으로 대표되는 문학에 대한 실증주의적 접근에 대한 비판에서 비롯되었던 사실과 부합되는 측면이 있다. 실증주의적 연구 방식이란 작품

---

21) 이미혜, 『한국에서의 불문학 수용 양상』, 124쪽.

그 자체에 대한 평가나 분석보다는 작품 이전의 객관적 사실들이나 작품을 둘러싸고 있는 외적 요소들에 치중하는 태도를 지칭한다. 다시 말해서 작품 그 자체에 대한 평가는 제쳐두고 작품을 둘러싼 객관적 사실들만을 문제 삼는 태도를 가리킨다. 다음 인용문은 작품에 대한 실증적 비평이 안고 있는 폐단은 무엇이며 구조주의적 방식은 이를 어떻게 교정할 수 있는가를 잘 보여 준다.

> 오늘날 문학 비평, 혹은 문학 연구의 과학화가 시도되고 있는 것은, 문학은 그 구체적 작품이 있기 때문에 실증적 비평 혹은 연구의 대상이 될 수 있다는 것이다. 이때 실증은 작가나 작품과의 관계라든가 작가의 사회의식이라든가 어느 작가가 언제 무엇을 썼다는 등 문학 텍스트의 외적 고증을 의미하는 것이 아니다. 그것은 문학 텍스트를 하나의 완결된(일시적으로) 대상으로 보고 그 대상 내부의 법칙을, 그 대상을 이루고 있는 제요소들, 그 제요소들의 상관 관계를 밝히는 것으로서 이른바 작품의 구조를 끌어내는 노력과 아울러 문학작품의 '문학성'이 무엇인지 밝혀내는 방향으로 기울어지고 있다.[22]

위의 인용문은 문학작품에 대한 진정한 실증적 태도란 그 문학성을 밝히는 작업과 상통한다는 점을 시사해 준다. 여기서 우리는 실증주의에 대한 비판이 '과학성' 또는 '문학성'에 대한 옹호와 긴밀하게 맞물려 있음을 발견하게 된다.

두 번째로 지적할 수 있는 것은 문학사회학 또는 교조주의 비평에 대한 비판이다. 한국 문학 연구가 문학과 사회의 관계를 파고드는 문학사회학적 방법에 경도될 수밖에 없었던 까닭은 다소 거칠기는 해도 다음과 같은 논리로 설명할 수 있다.

---

22) 김치수, 「분석 비평 서론」, 『문학사회학을 위하여』, 288쪽.

우리는 식민지 경험을 씻기도 전에 분단 국가로서 서구 이데올로기의 실험장 같은 뼈아픈 극한적 고통 속에 살고 있다. 근대화 이후 이런 극한 상황 속에서의 인간의 삶을 표현한 한국 문학의 정체를 해명하기 위해 한국 문학 연구가 문학사회학 쪽으로 기울어졌다. 1920년대 중반부터 활발히 전개된 민족주의 이데올로기와 카프와의 논쟁도 문학과 사회와의 연계성을 강화한 사회 인식의 심화라는 측면에서 재조명하는 작업도 이루어지고 있다. 해방 후 민족사관에 의해 재정립한 국문학사의 기술 태도 역시 국권 상실기의 희석화된 민족의식, 해방 후 분단 국가에서의 분열된 이데올로기 충돌에 의해 야기된 민족 동질성 상실을 회복하기 위한 역사 상황에서 자생한 문학 연구 방법론이었다. 우리 문학 비평계에서 가장 오랜 쟁점이었던 순수와 참여의 논의와 1970년대 이후 산업 사회로 진입하면서 다시 고조되었던 민족 문학, 민중 문학, 시민문학론 역시 문학사회학적 연구 과제로 삼고 문학사의 거시적 관점에서 진지하게 논의하고 성찰하였어야 할 것이었다.[23]

문제는 문학과 사회의 관계에 대한 탐구가 문학작품에서 언어의 속성에 대한 연구를 도외시하고 오히려 문학 외적인 것의 지나친 개입을 유도한 결과 문학의 본질에 대한 과학적 고찰을 외면하게 한 결과를 초래했다는 점이다. 이렇게 문학과 사회의 관계를 경직된 방식으로 파악하는 태도를 김현은 '교조주의 비평'이라고 부른다.

실증주의 비평이 원칙에 대한 반성 없이 세목에만 집착하고 있다면 교조주의 비평은 그것을 입증시켜 줄 세목에 대한 반성 없이 원칙에만 매달려 있다. 교조주의 비평이란 민족주의 비평, 민중주의 비평 등을 총괄하는 개념이다. 그 교조주의적 비평이 힘주어 역설하고 있는 것은 문학의 사회적 효용성이다. 교조주의 비평은 모든 현상을 간단하게 이원론적으로 구분한다. 사회는

---

23) 윤홍로, 「국문학 연구와 서구 문학 이론의 수용 검토」, 『국어국문학과 구미 이론』, 18쪽.

억압받는 자와 억압하는 자로 구분되며, 억압받는 자의 승리라는 유토피아가 곧 설정된다. 그 억압받는 자의 대표적 유형이 농민이다.[24)]

그러나 작품에 대한 구조주의적 분석이 작품의 사회의식에 대한 검토와 반드시 대치되는 것은 아니다. 다음 인용문에서 알 수 있듯이 구조 분석이란 어떠한 비평 방식을 택하더라도 반드시 지켜야 할 일종의 '기본기'에 해당되기 때문이다.

> 문학의 이해는 작품 구조에서 이루어져야 한다. 문학작품은 그것대로의 유기적인 질서를 가지고 있으며 다른 무엇에 종속된 것이 아니다. 작품 자체의 구조를 분석하지 않는 문학 연구는 결코 성실하다고 할 수 없으며, 믿을 수 있는 것도 아니다. 작품 자체를 분석할 수 있는 능력은 없으면서 문학의 사회의식만 장황하게 다루는 태도는 사실 작품에 대한 선입견을 되풀이하는 데 지나지 않고, 문학 연구를 정상화하기 위해서 시급히 시정하지 않을 수 없는 장애이다.[25)]

여기서 구조주의적 방식 또는 작품에 대한 구조 분석은 작품을 성실하게 다루는 태도와 동일시되고 있다. 다시 말해서 이러한 시각에서 본다면 작품의 사회의식을 다루는 것과 작품의 구조 분석을 행하는 것은 전혀 대립적이지 않다. 하지만 전반적으로 볼 때 구조주의는 앞서 말한 교조주의 비평에 대한 반작용으로 받아들여졌기 때문에 문학에 대한 실천적 테제와 문학에 대한 미학적 테제를 대립적으로 인식할 수밖에 없는 한계를 드러낸다. 즉 구조주의와 문학사회학의 이러한 대립적인 관계 설

---

24) 김현, 「비평 방법의 반성 ── 실증주의·교조주의 비평에 대한 비판」, 《문학사상》 1973. 8, 241~242쪽.

25) 조동일, 「'적도'의 작품 구조와 사회의식」, 『한국 문학과 구조주의』, 43쪽.

정은 한국 문학에 고질적으로 드리워진 순수와 참여의 이분법 속에 함몰될 위험을 초래한다.

마지막으로 지적할 수 있는 것은 과도한 주관주의에 대한 비판이다. 물론 비평이란 비평가의 주관성을 배제한 상태에서 이루어질 수는 없다. 여기서 말하는 과도한 주관주의란 비평가의 주관성이 자의적인 판단의 형태로 나타나는 것을 말한다. 다시 말해서 작품에 대한 객관적인 거리가 확보되지 않은 상태에서 비평가 자신의 주관성 또는 인상이 처음부터 끝까지 작품에 대한 분석을 지배하는 경우를 말한다. 이는 문학 연구에 있어서 감상적 정당화의 태도를 낳을 수 있으며 더 나아가 비평가의 개인적인 신념이나 가치 체계를 작품에 투영시키는 주관적인 독법을 옹호하게 되는 결과를 초래할 수도 있다. 텍스트 자체에 대한 엄격한 분석을 거치지 않은 주관적 판단에 대한 비판으로 다음 인용문을 살펴보기로 하자.

구조주의적 방식은 지금까지 사용되고 있었던 문학 용어들의 직관성에 대한 반성을 불러일으키는 데 도움이 되고 있고, 바로 그러한 정신에 입각하여 논리적·객관적 정의를 내려 가며 새로운 문학 용어와 이론을 정립하는 것이 급선무로 대두하게 되었다. 이것이 문학 언어의 '논리적 분석'을 가능하게 하고, 나아가서 문학을 문학 아닌 모든 억압적 요소들로부터 보호하여 문학이게끔 할 수 있는 가능성을 찾게 하는 길이 될 것이다.[26]

여기서 우리는 직관성 또는 주관성에 대한 비판과 동시에 객관성 또는 논리성에 대한 옹호를 찾아볼 수 있다. 구조주의 비평은 문학에 대한 태도가 오랫동안 감정이나 직관에 의해 지배받아 온 경향에 대한 비판을 함축하고 있다.

---

26) 김치수, 「분석 비평 서설」, 『문학사회학을 위하여』, 88쪽.

이제 부정적인 결핍에 대한 비판의 단계에서 긍정적인 효과를 산출하고자 하는 적용의 단계로 넘어가기로 하자. 이미 앞선 논의에서 드러났듯이 실증주의적 방식, 경직된 문학사회학, 직관의 지나친 남용과도 같은 문학 연구의 부정적인 양상들에 대한 비판은 문학 연구의 과학성, 내재성, 논리성 등과 같은 긍정적인 가치들에 대한 옹호로 이어진다. 이제부터는 이러한 구조주의의 수용을 통해 창출해 내고자 했던 이러한 긍정적인 가치들을 보다 자세히 들여다볼 필요가 있다.

우선적으로 지적할 수 있는 것은 문학 연구의 객관성과 과학성이다. 김치수는 이와 관련해 "문학작품에 있어 '단위'와 '규칙'과 '문법'을 찾으려는 일련의 노력이 문학 연구의 객관성과 과학성을 시사해 주는 것이고, 이 객관성이 문학 연구의 과학화, 즉 문학과학의 길을 열어 주고 있는 것이다."[27]라는 매우 희망적인 관측을 제시한다. 위의 인용문에서 주목할 부분은 구조주의의 수용이 우리의 연구나 비평에 결여되어 있는 작품의 내재적 법칙들('단위'와 '규칙'과 '문법')을 제공하는 선에서 그치는 것이 아니라 연구와 비평의 엄정한 객관성과 과학성의 수립을 통하여 이른바 '문학과학'의 정립이라는 거대한 목표에 도달하고자 했다는 점이다. 한때 롤랑 바르트가 꿈꾼 '문학과학'이라는 문학 연구의 이상형이 구조주의 수용의 밑그림으로 그려지고 있는 것이다. 문제는 이러한 희망이 단순히 선언적인 의미를 벗어나서 실질적인 성과를 거두는 데 성공했는가라는 점이다. 우리는 이러한 야심만만한 계획을 제시한 바르트조차도 문학과학의 세부적인 틀을 완성하지 못하고 객관적이고 독립적인 분과 학문으로서 문학 연구와는 다른 길로 접어들었음을 기억하고 있다.[28] 또한 문학에 대한 조직적인 사유를 배양하려는 시도와 문학을 일종의 과학으로 정립하고자 하는 시도 사이에는 이루어야 할 많은 과제들

---

27) 김치수, 「구조주의와 문학 연구」, 『한국 문학과 구조주의』, 262쪽.

이 놓여 있기 때문이다.[28]

그러나 구조주의를 통해 배양된 문학에 대한 이러한 조직적인 사유의 틀은 문학을 둘러싸고 있던 신비화의 베일을 벗기고 문학이란 언어이며 언어 그 자체로 하여금 말하게 하는 입체적 공간이라는 사실을 주지시키는 효과를 거둔다.

하나의 작품을 해석한다는 것은 작가의 의도를 밝히는 것도 아니요, 작품 이전의 대상을 조명하는 것도 아니며 한두 마디로 요약될 수 있는 작품의 주제를 추출해 내는 것도 아니다. 결국 작품을 해석한다는 말은 작품의 세계를 밝혀낸다는 의미로 받아들여야만 할 것이다. 그렇다면 작품의 세계란 무엇을 가리키는 것일까, 그리고 그것은 어떻게 형성되어 있는 것일까 하는 문제에 대하여 궁금증을 갖지 않을 수 없게 된다. (……) 작품의 세계란 그 누구도 언어라는 제한된 매체를 통하여 전모를 밝히는 것이 불가능하다는 특성을 가지고 있다는 점이다. 작품의 세계는 그것이 아무리 단순하게 보이는 것이라고 할지라도, 그리고 해석자의 능력이 아무리 비상하다고 하더라도 결코 그 전모를 열어 보이지 않는 복잡하게 얽혀 있는 입체적 공간인 것이다.[29]

---

28) 그러나 김치수는 형식주의를 소개하는 또 다른 글에서 문학 연구의 객관성과 과학성을 확보하려는 노력의 상대성과 한계를 지적한다. "형식주의자들이 문학작품을 구성하고 있는 요소들만을 분석함으로써 '문학'을 연구하고자 하는 것은 가능한 한 주관적인 유추를 유발할 수 있는 것을 배제하고자 하는 노력으로 볼 수 있다. 하지만 그렇다고 해서 이러한 노력으로써 문학 연구의 객관성이 보장된다고 할 수는 없을 것이다. (……) 게다가 이와 같이 한편으로 연구의 대상을 객관화시키고 다른 한편으로 연구의 방법을 엄격하게 과학화시킨다는 것만으로 과연 문학의 모든 비밀이 벗겨진다고 주장하는 것은 하나의 무모한 이론에 지나지 않는다. 그것은 문학 자체가 지니고 있는 복합적인 이론과 문학작품의 존재 양식이 너무도 다양하다는 데서 기인한다. 따라서 형식주의자들의 노력이 다른 모든 문학 연구자들의 노력과 마찬가지로 문학이 무엇인지 하는 질문에 응답하고자 하는 하나의 노력에 지나지 않는다는 것을 전제로 하지 않을 수 없다."(「형식주의 이론의 의미와 한계」, 『러시아 형식주의』, 이화여대 출판부, 1981, 9쪽.)
29) 정효구, 「산유화의 기호론적 구조 분석」, 『한국 문학과 기호학』, 189쪽.

이렇게 언어로 이루어진 문학작품의 입체적 공간에 대한 탐색은 작품 하나하나의 구조를 보다 치밀하게 천착해 내는 미시적인 연구 방법을 선호하게 만든다. 정효구는 이상화의 『빼앗긴 들에도 봄은 오는가』에 대한 구조적 분석에서 지금까지 이상화 문학 연구의 단점을 다음 두 가지로 요약해서 지적하고 있다. 우선 연구가 개별적인 작품의 엄밀한 분석을 바탕으로 이루어지지 않았으며 논자의 주관적인 논리를 뒷받침하기 위해 작품이 종속물처럼 이용되는 경우가 많았음을 지적하고 있다. 이러한 관점에서 볼 때 무엇보다도 중요한 것은 작품에 대한 개별적인 분석을 성실하게 수행함으로써 기존의 연구가 이룩하지 못했던 부분을 보완하는 일이다.

개개의 구체적인 작품을 치밀하게 분석하는 일을 제대로 수행하지 않고서는 문학작품의 연구가 매우 관념적이거나 공소한 모습을 드러낸다. 하나하나의 작품이 지닌 구조적 회로를 다각도로 조명해 나갈 때 우리는 보다 완전하고도 과학적인 문학 연구의 차원으로 탄탄하게 발자국을 내딛을 수 있다.[30]

그 결과 이상화의 작품이 다른 어느 작품보다도 구조적으로 견고하며 작품 속에 내재하는 관계들의 매듭이 엮인 상당한 수준의 작품이라는 결론에 도달하게 된다. 지금까지 우리가 주목한 것은 구조주의 수용에 관련된 의도적 측면이었다. 문제는 그러한 의도들이 표명된 것과 이러한 의도들이 구체적으로 어떻게 실천되었는가라는 점은 별개의 문제라는 사실이다. 이론의 '적용'을 검토하는 것은 바로 이러한 의도들의 실천적 양상들을 살펴보는 일일 것이다.

---

30) 정효구, 「『빼앗긴 들에도 봄은 오는가』의 구조시학적 분석」, 『한국 문학과 구조주의』, 209쪽.

4 프랑스 구조주의 수용의 단계

서구의 문학 이론의 수용 양상은 크게 번역 — 해설 — 연구의 3단계로 나누어 살펴볼 수 있다.[31] 이 세 가지 단계들은 물론 시간적으로 엄격한 순서를 따르거나 논리적인 선후 관계를 형성하는 것은 아니다. 하지만 우리는 우선적으로 정확한 번역이 선행되어야 한다는 점을 강조할 필요가 있다. 특히 이론의 경우 정확한 번역은 이론을 형성하고 있는 개념들에 대한 올바른 이해를 가능하게 해 준다는 점에서 매우 중요하다. 또한 이론에 대한 해설도 이론을 올바르게 이해하는 데 반드시 필요하다. 왜냐하면 단지 개념에 대한 파악뿐 아니라 이론가의 사상이나 생애까지 우리가 충분히 검토했을 때만이 보다 깊이 있게 이론을 이해할 수 있기 때문이다. 그 다음 단계에서 엄밀한 의미에서의 적용이 이루어진다. 즉 번역과 해설을 통한 충분한 이해의 바탕에서만 작품에 대한 실제 분석에 들어가게 되는 것이다. 그렇기 때문에 서구 이론의 수용을 검토하는 경우 엄밀한 의미에서의 적용의 단계가 궁극적으로 중요하겠지만 그 이전에 번역과 해설의 단계를 살펴보는 것도 이에 못지않게 중요한 일이다. 외국 이론을 수용함에 있어 번역과 해설의 과정을 충분하게 거치지 않은 경우 성급한 적용이 생겨나며 이는 대부분 중대한 부작용을 빚어낸다. 왜냐하면 단편적인 지식이나 잘못 이해한 이론적 지식을 갖고 실제 분석에 임할 경우 생겨날 결과는 너무나도 분명하기 때문이다.

우리는 번역 — 해설 — 연구의 3단계에 비추어 구조주의 수용의 역사를 다음과 같은 몇 가지 시기들로 구분하고자 한다. 우리는 앞서 구조주의 수용과 더불어 작품 위주의 번역이 이론서 위주의 번역으로 바뀌었다는 점을 지적하였다. 하지만 문학 이론서의 번역 작업은 1970년대 중반

---

31) 이 3단계를 훌륭하게 적용한 예로 우리는 김준오의 논문 「서구 문학사회학 이론 수용 양상의 반성」(『국어국문학과 구미 이론』)을 들 수 있다.

이후에야 활발하게 진행되며 그 이전에는 주로 잡지를 통해 이론들이 번역되고 소개되었다고 할 수 있다. 그런 관점에서 우리는 번역의 단계에서 우선적으로 잡지라는 매체를 통한 소개를 생각해 볼 수 있다.

구조주의는 우리에게 이미 1950년대에 간헐적으로 소개되었지만 그것이 본격적으로 관심의 대상이 된 것은 1960년대 후반부터이다. 1967년에 롤랑 바르트와 레이몽 피카르의 신비평 논쟁이 《경향신문》에 소개되었으며 1968년에는 《사상계》에서 3회에 걸쳐 구조주의 특집을 마련하게 된다. 7월호에는 이휘영의 「구조주의 발단과 문학에 끼친 영향」, 김현의 「구조주의의 확산」 등의 해설과 니콜라스 뤼베의 「언어학과 인문과학」, 마르크 가보리오의 「구조적 인류학과 역사」 등 2편의 번역 논문이 게재되어 있고 9월호에는 리쾨르의 「레비스트로스와의 대화」, 바르트의 「구조주의적 활동」, 「언어로서의 비평」이 번역되어 수록되며, 10월호에는 신구 논쟁의 당사자들인 피카르와 바르트의 해당 텍스트들이 번역된다. 김현은 앞서 언급한 「구조주의의 확산」이라는 글에서 다음과 같이 적고 있다.

구조주의란 우리에게 어떠한 이점을 제공해 줄 수 있을까? 그것은 '우리 밖에 위치하는' 객관적인 사조인가? 단순한 외래 사조인가? 그것 또한 우리 정신의 부패를 조장시켜 줄 어떤 것인가? 나로서는 뭐라고 답변할 수 없다.[32]

위의 인용문은 구조주의 수용과 관련해 그 당시의 분위기를 잘 보여 주는데 구조주의의 수용 첫 단계에 나타나는 이러한 기대와 불안의 양상들이 그 다음 단계들에서 어떻게 교정되고 변형되어 나타나는가와 관련된 질문들은 구조주의의 수용과 관련해 매우 중요한 의미를 지닌다.

그러나 1970년대 중반까지 구조주의와 관련된 이론서들이 단행본의

---

32) 김현, 「구조주의의 확산」, 《사상계》, 1968. 7, 27쪽.

형태로 출간되는 경우는 거의 없었다.[33] 이러한 번역의 단계에서 흥미로운 점은 신비평 논쟁이 신문에 먼저 소개되고 나서 구조주의 이론이 번역되기 시작했다는 점이다. 그런데 주지하다시피 프랑스의 신비평 논쟁의 주요 논객은 바르트였기 때문에 구조주의 수용의 첫 단계에서는 구조주의, 신비평, 바르트의 비평 등이 서로 뒤섞여 소개되는 양상을 보인다. 이 용어들은 구조주의 수용이 본격화되면서 그리고 기호학이라는 학문의 본격적인 수용과 더불어 점점 더 세분화되고 제각기 독자적인 적용의 길을 걷게 된다.

잡지를 통한 구조주의 이론의 번역 및 해설의 단계를 지나 단행본을 통한 번역의 단계는 1970년대 중반부터 본격화된다. 이러한 본격적인 번역은 1980년대 중반까지 지속된다. 실제로 구조주의에 관련된 이론서들의 번역 목록을 자세히 검토해 보면 중요한 저작들의 번역이 이 시기에 집중되어 있음을 알 수 있다. 이는 신비평의 다른 이론적 저작들의 번역 작업과 맞물려 실로 활발한 문학 이론의 번역 작업이 이루어지게 된다. 그 점에서 1977년은 이론서의 번역에 있어 매우 획기적인 해로 기록될 만하다. 즉 골드만이나 에스카르피, 지마, 바슐라르, 토도로프, 뒤랑, 리샤르의 번역이 본격화된 해이기 때문이다. 이러한 본격적인 번역 작업과 관련해 다음과 같은 사실을 지적할 수 있다. 우선 넓은 의미에서의 구조주의, 즉 신비평의 여러 갈래들을 포괄하는 구조주의에 대한 소개는 활발하게 이루어진 반면 엄밀한 의미에서의 구조주의에 대한 소개는 그다지 활발하게 이루어지지 못했다는 점이다. 또한 구조주의의 이론적 토대를 이루는 소쉬르의 구조언어학이라든가 러시아 형식주의, 그리고 프로프의 민담론, 야콥슨의 시학 이론 등도 이러한 활발한 번역 작업에 포함되지 못한다. 이렇게 1980년대 중반에 이르러 구조주의 이론서들에 대한

---

33) 번역의 단계에서 구조주의 수용을 다루고 있는 것으로는 이미혜, 『한국에서의 불문학 수용 양상』, 57쪽을 참조할 것.

번역 작업이 소강 상태에 접어드는 상황을 맞는데, 이로 인해 아쉽게도 구조주의의 성과를 문학에 보다 구체적으로 적용하고자 했던 시도들, 예를 들어 수사학이나 시학 또는 서사학과 관련된 이론서들이 충분히 소개되지 못하는 결과를 낳는다. 왜냐하면 이러한 이론들은 구조주의를 문학 언어에 적용시킬 때 생겨나는 보다 구체적인 문제들을 다루고 있으며 이는 구조주의를 한국 문학 연구에 적용하는 데 보다 긍정적인 효과를 산출할 수 있었기 때문이다.[34] 그 점에서 다음 지적은 경청해 볼 만한 가치가 있다.

구조주의란 말이 요즈음에는 기호학 또는 기호론이라는 이름에 가려 전시대의 유행어처럼 들린다고 해도 현대의 비평은 오히려 초기와는 비교도 안 될 만큼의 무수한 구조주의자들의 활동에 입각하고 있다. 이미 언급했던 것처럼 이들은 초기 단계의 구조주의의 이론을 전제로 받아들이면서 위에 제시된 한계성들의 다각적인 인식에서 출발한다는 공통점을 지닌다.[35]

그 점에서 『한국 문학과 구조주의』가 간행된 1988년은 구조주의 수용의 역사에 있어서 매우 중요한 분기점을 이룬다. 우선 그 동안 이루어졌던 구조주의의 수용과 관련된 구체적인 성과들을 집약하고 그 문제점들을 살펴보려는 반성의 작업이 이루어졌다는 점을 지적할 수 있다. 그러나 이 책의 편자가 구조주의를 정리하는 책을 이 시기에 펴내는 것이 "시기적으로 다소 늦은 감도 없지 않다."라고 말하는 이유를 살펴보면

---

34) 이는 1980년대 중반까지 번역된 대부분의 이론서들이 구조주의에 대한 개괄적인 소개나 해설의 형태를 지니고 있다는 점에서도 확인될 수 있다. 예컨대 『구조주의와 기호학』(테렌스 혹스 지음, 오원교 옮김, 신아사, 1981), 『문학과 기호학』(박종철 옮김, 대방출판사, 1983), 『구조주의와 현대 마르크시즘』(글룩스만 지음, 정수복 옮김, 한울, 1983), 『구조주의의 시대』(에디츠 쿠르츠웨일 지음, 이광래 옮김, 종로서적, 1984), 『구조주의란 무엇인가』(프랑스와 발 외 지음, 민희식 옮김, 고려원, 1985) 등이 여기에 해당한다.
35) 최현무, 「구조주의 비평의 이론과 실제」, 『한국 문학과 구조주의』, 296쪽.

매우 흥미로운 사실을 발견할 수 있다. 그는 우선 구조주의의 원리가 서구의 이론이 소개되기 이전부터 비록 방법론적인 자각은 없었지만 한국 문학 연구에서 이미 작동되고 있었다는 점을 지적한 다음 두 번째 이유를 다음과 같이 설명하고 있다.

> 다른 한 가지 이유로 서구에서도, 특히 프랑스를 중심으로 살필 때, 구조주의라는 과학적인 방법론도 이제는 한물간 것이 아닌가 하는 점을 들 수 있다. 이 땅에도 소개되기 시작한 소위 해체 또는 후기 구조주의 이론에서는 구조주의의 원리를 제공한 소쉬르의 개념들에 의해 다시 소쉬르의 체계와 구조주의 자체의 토대가 파괴되고 있기 때문이다.[36]

이제 구조주의는 결산되어야 할 사조이며 이론적 관심은 구조주의에서 후기 구조주의로 넘어가고 있는 시점임을 위의 인용문은 잘 드러내 준다. 실제로 1980년대 말 혹은 1990년대 이후 우리의 문화계는 후기 구조주의 또는 탈구조주의의 거센 물결에 휩쓸린다.

구조주의에 대한 해설의 경우에도 1973년에 출간된 『문학의 구조주의적 접근』(전규채 편, 세종출판공사)을 필두로 해서 1970년대 말과 1980년대 중반까지 많은 개설서들이 출간되었고 구조주의에 대한 개괄적인 소개 작업이 이루어졌다. 하지만 『문학의 구조주의적 접근』에 실린 논문들을 비롯한 다른 많은 논문들에서 발견되는 아쉬움은 적지 않다. 우선 구조주의를 소개하는 논문인데도 지나치게 전문 용어가 많이 눈에 띄며 스타일도 지나치게 생경한 느낌을 준다. 즉 개괄적인 소개의 글이라면 당연히 갖추고 있어야 할 특질, 다시 말해서 이론 내부의 언어를 외부의 언어로 옮겨 주는 작업이 미숙한 점을 지적할 수 있다. 또한 원래 우리 말로 쓴 글이라는 느낌보다는 번역가가 외국어를 우리말로 옮긴 듯이 버겁

---

36) 이승훈, 「구조주의 이론과 실제」, 『한국 문학과 구조주의』, 19~20쪽.

게 읽히는 글들이 많다. 하지만 이러한 개괄적 소개와 해설의 작업들이 축적되고 집약되면서 구조주의란 문학 연구의 중요한 방법론이라는 인식을 확산시키는 데 결정적인 역할을 한다. 아마도 구조주의 이론에 대한 해설이 대학 인구의 팽창으로 많이 출판된 각종 문학 개론서를 위시해서 대학의 문학 교재에서도 독립된 한 장을 이루게 된 것은 그 가장 눈에 띄는 결과라 할 수 있을 것이다.[37]

5 구조주의 방법론의 적용과 한국 문학 연구의 구체적 성과

엄밀한 의미에서의 구조주의의 적용은 몇 가지 분야로 나누어 살펴볼 수 있을 것이다. 구조주의가 가장 먼저, 그리고 구체적으로 성과를 거두기 시작한 분야는 고전 문학, 그 가운데에서도 구비 문학 연구를 통해서이다. 구조주의는 1960년대 말부터 활발하게 이루어진 구비 문학 연구에 이론적인 토대를 제시했다. 특히 구조주의는 민담과 설화에 대한 연구를 통해 가장 구체적인 성과들을 내기 시작했으며 이는 프랑스의 경우에서도 레비스트로스의 구조인류학을 통해 구조주의의 이론적 성과들이 빛을 발했던 것과 일맥상통한다고 볼 수 있다. 다음 인용문은 구조주의 방법론과 민담 연구의 밀접한 관계를 잘 보여 준다.

문학 연구에서 구조주의 방법은 매우 다양하게 적용되어 왔다. 그중에서도 특히 서사 문학을 연구하는 방법론으로서의 구조주의의 역할은 매우 뚜렷한 것이다. 연구 대상으로서 서사 문학과 방법론으로서의 구조주의는 성격상 일

---

37) 김준오의 조사에 따르면 1980년대 후반까지 구조주의를 소개하는 문학 개론서나 대학 교재는 다음과 같다. 박철희, 『문학 개론』(형설출판사, 1975); 문덕수, 『문예비평론』(서문당, 1982); 이선영 편, 『문학 비평의 방법과 실제』(동천사, 1983); 신동욱 편, 『문예비평론』(고려원, 1985); 김열규 외, 『현대 문학 비평론』(학연사, 1987).

치하는 것으로 볼 수 있다. 서사의 분야는 한편으로는 신화로부터 다른 한편으로는 현대 소설에 이르기까지 걸쳐 있는데, 이들은 어떤 구조적 특성들(인물, 상황, 행동, 예절)을 지니고 있고, 그래서 그들은 구조주의자들에게 연구의 훌륭한 영역을 제공하였으며, 가장 발달된 분야가 되었다. (……) 민담을 소위 서사 문학 중 기록 문학인 소설을 제외한 거의 전 분야에 걸친 개념으로 볼 수 있으며, 따라서 서사 문학이 가질 수 있는 구조적 특성을 거의 포용한다 하겠다. 따라서 구조주의 방법론과 민담 연구의 맺어짐은 매우 자연스러운 일로 보인다.[38]

문제는 신화나 전설 그리고 민담 등에 적용되었던 구조주의 이론을 복잡하고 까다로운 현대의 텍스트들에 적용할 때 생겨난다. 왜냐하면 현대 소설이나 현대시는 예컨대 민담에서 목격할 수 있는 병립적 구조, 즉 갈등이 선/악, 본향인/이방인, 자연적인 것/초자연적인 것, 부모/자식 등으로 양분되어 나타나는 구조로는 그 전모가 파악되기 힘든 경우가 많기 때문이다. 즉 현대 문학의 경우 텍스트 내에서 발생하는 의미 작용이 설화나 민담보다 훨씬 더 복잡하고 미묘한 양상을 드러내기 때문이다. 구조주의의 이론적인 성과를 민속학에 훌륭하게 적용했던 김열규도 "현재까지 수록·채집된 우리 민담이 대부분 '단일 갈등과 그 해결'의 단일 삽화로 이루어진 단순 민담이기 때문에 레비스트로스의 신화적 분석표에서 볼 수 있는 지리적 계층, 우주적 계층, 사회적 계층, 경제·기술적 계층 등 일련의 개념 체계를 추출하기는 매우 어렵다."[39]라는 점을 지적하고 있는데 이러한 어려움은 현대 소설이나 현대시 분석의 경우 더욱 강화될 것이라고 예상할 수 있기 때문이다.

우리는 레비스트로스와 야콥슨이 시도한 보들레르의 시 「고양이들」에

---

38) 송효섭, 「구조주의 민담론」, 『민담학 개론』(일조각, 1982), 177~178쪽.

39) 김열규, 『한국 민속과 문학 연구』(일조각, 1971), 27쪽.

대한 분석의 결과에 대해 알고 있다. 즉 이들은 한편으로는 종래의 관습적인 분석에서 벗어나 과학적 실증주의로 향하는 구조주의의 독창적인 방법을 보여 줌과 동시에 구조 분석의 문제점을 드러내고 있다. "시의 문법적 분석은 우리에게 시의 문법이 주는 것 이상을 줄 수는 없다."라는 리파테르의 비판[40]은 가장 대표적인 경우에 속한다. 이를 통해 짐작해 볼 수 있는 무엇보다도 중요한 문제점들 가운데 하나는 텍스트에 대한 구조 분석이 이른바 정태적인 구조 분석의 차원에 머무르게 되었다는 점이다. 예컨대 다음과 같은 지적에도 불구하고 구조 분석은 활발한 의미 작용을 일으키는 '차이의 유희'로서 텍스트의 구조에 대해서는 별다른 조명을 가할 수 없게 된다.

말하자면 일체의 모든 것은 '차이의 놀이'에 의해서 그 의미를 획득하게 된다는 것이다. 이러한 관점에서 본다면 언어로 구성된 문학작품의 분석과 그 의미의 산출은 작품 내의 관련 망을 통한, 이른바 '차이의 놀이'를 인식할 때 제대로 이루어질 수 있다. 결국 무수한 관련 망의 타래로 이루어져, 마치 헝클어진 것처럼 보이는 작품의 결(texture) 속에서 우리는 무엇보다도 관계의 회로를 찾아야 할 것이고 그래야만 비로소 그 작품들은 소생하여 활발한 의미 작용을 일으킬 것이다.[41]

즉 위에서 언급된 '차이의 놀이'를 적극적으로 찾아내려는 의도에도 불구하고 실제 작품 분석에서는 시를 구성하고 있는 문법을 재구성해서 보여 주는 것 이상의 작업에 이르지 못하고 있다. 예컨대 「빼앗긴 들에도 봄은 오는가」를 분석하고 있는 또 다른 논문[42]에서도 분석은 이 시의 통

---

40) M. Riffaterre, "Les Chats de Baudelaire", Essais de stylistique structurale(Flammarion, 1971).
41) 정효구, 「「빼앗긴 들에도 봄은 오는가」의 구조시학적 분석」, 『한국 문학과 구조주의』, 195쪽.
42) 이승훈, 「「빼앗긴 들에도 봄은 오는가」의 구조 분석」, 『한국 문학과 구조주의』.

사론적이고 어휘론적인 구조를 파악하는 데 머물고 있으며 이는 레비스트로스나 야콥슨의 시 분석이 안고 있는 문제점을 그대로 보여 준다. 다시 말해서 시를 구성하고 있는 '시의 문법'을 보여 주는 시도에 머물러 있지, 이러한 문법이 어떠한 시적 효과를 불러일으키고 있는가, 즉 '문법의 시'에 대해서는 효과적인 지적이 이루어지고 있지 못하기 때문이다.

그런 측면에서 우리는 구조 분석의 작업이 이른바 '뉴크리티시즘'에서 말하는 내재적인 형식적 연구의 틀을 벗어나지 못하는 것은 아닌가라는 의문을 제기할 수 있다.

하나의 문학작품은 하나의 독자적인 세계를 구축하고 있으며, 언어 이외에는 대치 매체가 없는 언어의 구조체이다. 그렇기 때문에 하나의 문학작품 속에는 거대한 질서의 언어체가 간직되어 있는 것이다. (……) 구조를 염두에 두고 작품을 대할 때 우리는 작품을 하나의 완전한 통일체, 즉 부분들이 일관성 있게 세밀히 짜여 있는 존재로 보게 되며, 각 부분은 모두 총체적인 구조를 위하여 필요불가결한 것이라는 것을 알게 된다.[43]

그렇기 때문에 구조주의는 신비평 수용이 제기했던 여러 문제들을 전면적으로 의식하고 이를 풀어 가려는 의식적인 노력을 게을리하지 않았는가? 신비평은 크게 보아 비평 연구의 아카데미즘 지향과 전후 탈이데올로기적 문학의 지향이라는 두 가지 목표를 지니고 있었다. 또한 구체적인 작품을 검토하는 데 있어서도 신비평은 그 분석력을 인정받았으며 훌륭한 작품은 유기적이며 복잡한 의미의 구조를 지닌다는 점을 설득력 있게 주지시켰다. 하지만 이러한 긍정적인 측면에도 불구하고 신비평 수

---

43) 이사라, 「「찬기파랑가」의 구조적 접근」, 『한국 문학과 구조주의』, 215쪽.

용은 많은 문제점을 야기했다.[44] 다시 말해서 구조주의는 부정적 결핍으로 간주된 경직된 문학사회학이나 실증주의적 접근 방식 그리고 문학에 대한 감상적이고 직관적인 태도에 대한 반작용에 치우친 나머지 이전의 신비평 수용이 낳은 문제점들에 대해 숙고하지 못했던 것은 아닌가?

사실 신비평 수용 이전의 한국 문학 연구 상황과 구조주의 수용 이전의 분위기는 그 시간적인 차이에도 불구하고 매우 흡사한 측면이 있다.

> 우리 주변에서 분석 비평의 방법이 본격적으로 수용되기 시작한 것은 1950년대 후반기부터이다. (……) 이 무렵에는 한국 문학 연구 분야에서 일종의 변혁이 시도된다. 그 이전까지 우리 주변의 한국 문학 연구는 대체로 서지 주석적 방법, 전기 연구, 역사배경론, 딜타이나 텐 류의 양식, 상황론, 사회경제사의 입장들이 서툴게 적용된 상태에서 이루어진다. 그리고 이들 여러 업적 가운데는 상당한 난점을 지닌 것들도 있었다.[45]

이미순은 신비평의 수용을 검토하는 글에서 신비평을 지나간 시대의 유물에 불과한 것으로 간주하고 그것에 대한 논의 자체를 가치 없는 것으로 여기려는 태도를 비판하면서 신비평과 구조주의의 연속성을 다음과 같이 언급하고 있다.

> 그러나 한국 현대 비평에 신비평이 광범위하게 영향을 미쳤다고 한다면,

---

44) 신비평 수용이 낳은 문제점들에 대해서는 김용직, 「분석 비평 연구의 흐름과 문제점」, 『국어국문학과 구미 이론』과 이미순, 「신비평의 수용과 형식 탐구」, 『한국 현대 문학 비평과 수사학』(월인, 2000)을 참조할 것. 김용직은 신비평이 엄격하게 작품을 작품에 국한시켜서 이해하고 파악하려고 노력했지만 우리 주변에서 이루어진 분석 비평의 대부분은 신비평의 주장을 곧이곧대로, 또는 교조적으로 받아들였다는 점을 문제점으로 지적하고 있다. 이미순은 신비평은 몇 가지 도구들을 그 자체로 고립시켜 강조함으로써 오히려 자세히 읽기를 방해한 점과 신비평의 본질이 수용되지 못하고 그 술어나 슬로건만이 유입된 점을 문제점으로 지적한다.

45) 김용직, 「분석 비평 연구의 흐름과 문제점」, 『국어국문학과 구미 이론』, 31~32쪽.

또 작품의 형식 분석을 비평에서 배제할 수 없다면, 신비평을 단순히 비판하는 것은 의미가 없다. 신비평의 부정은 신비평 자체를 정면으로 검토함으로써만 비로소 가능한 것이다. 오늘날 새롭게 부각되고 있는 비평에 대한 이해를 위해서도 신비평에 대한 검토는 긴요한 과제가 된다. 신비평은 구조주의나 후기 구조주의, 나아가서 해체주의와 일정 부분 연속성을 가지고 있기 때문이다.[46]

신비평을 받아들이는 데 가장 적극적인 자세를 보였던 백철은 신비평을 비판적인 자세로 받아들이자는 제안을 하지만 비판적이어야 한다는 것이 구체적으로 무엇을 의미하는지에 대해서는 조금도 진전된 논의를 보여 주지 못했다.[47] 구조주의가 적극적으로 받아들여진 1970년대 중반과 1980년대 중반에 이르는 기간은 신비평이 수용되었던 1950년대와는 달리 외국의 문학 이론을 비판적으로 수용해야 한다는 주체적 자각의 노력이 두드러진 시기였다. 구조주의는 한편으로 앞서 지적한 부정적 결핍에 대한 비판에는 매우 적극적인 태도를 보였지만 신비평의 수용에서 비롯되는 이른바 문학에 대한 분석적 방법의 장단점에 대해서는 심사숙고하지 못했던 것은 아닐까? 문학의 역사는 항상 선조적인 발전의 궤적을 나타내지는 않지만 과거의 사례가 보여 주었던 공과를 거울로 삼아서 보다 성숙한 문학의 자세를 확립하는 데 도움을 준다. 신비평 수용과 구조주의 수용 사이에 질적인 변화의 계기가 있었다고 확신할 수 없는 것은 이 점에서 매우 아쉬운 대목이라고 할 수 있다.

사실 구조주의 수용의 문제는 그리 단순하지 않다. 왜냐하면 구조주의는 탈구조주의 또는 후기 구조주의와 매우 긴밀하게 연결되어 있기 때문

---

46) 이미순, 「신비평의 수용과 형식 탐구」, 『한국 현대 문학 비평과 수사학』, 201쪽.
47) 백철, 「뉴크리티시즘의 행방」, 《사상계》, 1966. 2.

이다. 우리는 구조주의와 탈구조주의를 각각 독립된 사유로 파악하는 경향이 있는데 기실 이 두 가지 사유는 서로를 긴밀하게 함축하고 있으며 대부분의 현대 프랑스 사상가들은 각자의 방식대로 이 두 가지 사유들을 모두 전개하고 있다. 레비스트로스를 제외한 대부분의 이론가들이 펼치는 사상적 모험에는 구조주의적 계기와 더불어 탈구조주의적 계기가 동시에 포함되어 있다. 그러므로 구조주의 수용의 문제를 다루고 있는 이번 글은 후기 구조주의 수용의 문제를 다루는 또 다른 글을 요한다. 그리고 이 책에 실린 다음 글에서 이른바 1990년대 '포스트 담론'이 미친 영향을 주로 문학 비평을 중심으로 살피고자 했다. 중요한 점은 그 어떤 계기로 인해 구조주의적 사유에서 탈구조주의적 사유로 이행하게 되었는가 하는 점을 살펴보는 일일 것이다.

특히 1990년대에 들어 현대 프랑스 사상은 우리의 사유 전반에 깊은 영향력을 행사했다. 우리가 번역, 해설, 적용의 3단계를 통해 검토했던 구조주의 수용의 문제가 1990년대 이후 불어닥친 이른바 탈구조주의 사상의 경우에는 어떤 식으로 적용될 수 있는가라는 점은 매우 흥미로운 과제일 것이다. 주지하다시피 1990년대에 들어 탈구조주의와 관련된 번역서 및 논문들이 봇물처럼 쏟아지면서 지식 사회에서 1990년대 특유의 새로운 지적 흐름이 생겨나게 된다. 우리의 경우 탈구조주의는 1990년대적 상황과 밀접하게 연결되어 있다. 1980년대 말에 이루어진 세계사적 지각 변동으로 인해 1980년대 지식인들을 결집시켰던 마르크시즘이 급속 도로 영향력을 잃어 가자 그 빈자리를 프랑스의 탈구조주의가 메웠음은 주지의 사실이다.

물론 탈구조주의의 경우 아직도 그 사상가들의 저작과 논문들이 우리말로 번역되거나 그에 관한 저술들이 발표되고 있는 상황이기 때문에 그수용의 문제와 관련하여 객관적인 관찰의 거리와 시점을 확보했다고 하기에는 아직 무리인 듯하다. 그러나 구조주의 수용의 경우와 비교하여 볼 때 흥미로운 사실은 구조주의가 대학의 문학 연구나 비평에 흡수된 반면 탈구조주의는 다양한 현장 비평에서 개념적 틀로 활용되고 있다는 점이다. 이렇듯 구조주의 연구가 일반 비평계에 있어서보다 대학의 문학 교육이나 대학 비평에서 강조되는 까닭은 구조주의가 앞서 언급했듯이 하나의 이념적 사조보다는 방법론으로서의 양상을 뚜렷하게 드러내고 있기 때문이다. 구조주의는 다양한 분야들이 힘을 합한 종합 학문으로서 설득력을 높였다고 할 수 있다. 오늘날 구조주의를 넘어서려는 많은 시도들이 나오고 있지만 구조주의의 성과가 하루아침에 무너지지는 않을 것이다. 구조주의는 시대의 분위기 속에서 나타났다가 변덕스럽게 사라지는 단순한 '사조'가 아니라 탄탄한 실증적 토대 위에서 수립된 '과학'이기 때문이다.

그런 관점에서 탈구조주의가 1990년대 한국 문학 비평(현장 비평)에서 어떻게 해석되고 활용되는가를 살펴볼 수 있을 것이다. 그리고 1990년대 들어 탈구조주의가 적극적으로 받아들여진 이념적 배경은 무엇이며 탈구조주의는 1990년대의 비평적 사유에 어떻게 작용했는가, 같은 질문들을 던져 볼 수 있을 것이다. 이제 1990년대를 지나 21세기를 막 시작한 지금의 시점에서 지난 1980~1990년대를 구조주의와 탈구조주의의 해석과 수용의 문제라는 시각으로 되돌아보고 앞으로 프랑스 사상에 대한 이해는 어떤 방향으로 나아가야 하며 보다 포괄적으로 외국의 이론과 사상에 대한 수용과 이해의 문제를 어떻게 사유해야 하는가의 문제들을 검토하는 것은 매우 시의적절한 과제이다. 프랑스 사상에 대한 우리의 관심과 열기를 (지나간) 사랑에 비유할 수 있다면 프랑스의 소설가 프루스트의 말을 빌려 '우리들의 사랑에는 무엇이 남았는가?(Que reste-t-il de nos amours?)'라고 자문해 볼 필요가 있지 않을까?

포스트 담론과 1990년대 비평의 주체성

어떠한 비평적 전략도 그것이 전략인 한 그 자체로 완전한 것은 없다. 비평의 전략은 단지 역사 속에서 구현될 뿐이다. 비평은 이데올로기도 아니며, 순수한 과학도 아니다.

— 이광호, 「비평의 전략」

1 1990년대로의 이행을 다시 읽는다

그 누구보다도 새로운 세대의 문학적 실험을 열린 마음으로 수용하고자 한 비평가 김병익은 1990년대에 이루어진 한국 사회의 근본적인 변화를 1980년대와 대비하면서 다음과 같이 명료하게 요약한다.

혁명은 운동으로, 실천은 욕망으로, 정치경제학은 문화 연구로, 진보주의는 다원주의로, 지배-피지배 논리는 탈중심주의와 해체주의로, 계급에 대한 논의는 기호에 대한 탐구로, 민중은 대중으로, 민족은 세계화로, 마르크스는 푸코와 보드리야르로, 이야기가 옮겨 간 것이다. (……) 그런 대신 컴퓨터, 뉴 또는 멀티미디어, 영상, 사이버, 정보화, 또는 페미니즘, 다국적 기업, 문화제국주의 등등의 새로운 용어들이 담론의 중심어가 되었다.[1]

지금으로부터 10여 년 전에 작성된 이 글에는 단순히 1990년대에 이

---

1) 김병익, 「신세대와 새로운 삶의 양식, 그리고 문학」, 『새로운 글쓰기와 문학의 진정성』(문학과지성사, 1997). 위의 글의 발표 연도는 1995년이다.

루어진 새로운 변화를 객관적으로 기술하는 것이 아니라 이러한 변화를 어떻게 바라보고 수용할 것인가라는 당혹스러운 의문이 짙게 깔려 있다. 아마 지금 이 글을 읽는 독자들은 위에서 기술된 변화가 여전히 현재에도 진행 중이며, 그런 측면에서 1980년대와 단절된 시대로서 1990년대의 새로운 패러다임이 새로운 세기를 맞아서도 여전히 지속되며 확산되고 있다는 사실에 동의할 것이다. 앞에서 이러한 변화를 바라보는 저자의 시선에 당혹감이 묻어 있다고 한 이유는 그가 1990년대를 다른 무엇보다도 문학의 진정성이 근본적으로 위협받고 있는 시대로 파악하고 있기 때문이다. 그렇기 때문에 저자는 이러한 진정성의 상실에 맞서, 책의 제목에서도 잘 드러나듯 진정성의 회복, 보다 구체적으로 "기능주의적 가치관이 주도하는 시대이기 때문에 더욱 강력하게 요구되는, 예술가의 가장 본연적인 자질"로서 '예술가의 장인 정신'을 주문하고 있다. 이러한 장인 정신이 1990년대 젊은 작가나 비평가들에게 어느 정도 호소력 있게 다가왔으며, 1990년대의 당혹스러운 변화에 효율적으로 대처할 수 있는 자산이 되었는지는 알 수 없다. 다만 문학 텍스트에서 근대성에 대한 부정 또는 반성의 계기를 찾아내고자 하는 전략을 즐겨 취했던 1990년대 문학 비평의 틀에서 보자면 이러한 '예술가의 장인 정신의 회복'이야말로 근대의 극복이 아닌 근대 이전으로 되돌아가기, 즉 반근대 또는 전근대의 패러다임으로 비추어졌을 가능성이 높다.[2] 위의 인용문에서 제시된 1990년대 한국 사회의 핵심어들, 다시 말해서 욕망·문화 연구·다원주의·탈중심주의와 해체주의·기호에 대한 탐구·세계화 등의 용어들을 포괄하면서 이에 대한 체계적인 설명을 제시하는 이론으로 포스트모더니즘

---

2) 물론 예술가의 장인 정신의 발현을 반드시 반근대 또는 전근대의 정신으로 귀착시키는 태도는 매우 단순화된 논리의 귀결일 가능성이 높다. 이와는 반대로 이광호는 이청준 소설집 『목수의 집』을 '근대성과 장인성의 문제'라는 맥락에서 접근하면서 이 소설에 나타나는 장인성의 정신의 추구를 근대적 삶에 대한 치열한 반성적 지표로 해석한다.(이광호, 「장인성, 혹은 근대의 저편」, 『움직이는 부재』, 문학과지성사, 2001.)

이나 포스트구조주의 같은 포스트 담론을 손쉽게 머리에 떠올릴 수 있을 것이다.

위에서 나는 '포스트 담론'이라는 용어를 사용했는데, 이 글의 구체적인 내용 및 전개와 관련해 이 용어의 사용에 대해 사전에 몇 가지 지적을 덧붙여 둘 필요가 있다. 용어의 사용은 결코 객관적이거나 중립적이지 않기 때문이다. '포스트 이론'이란 용어는 다소 혼란의 소지가 생길 수 있다. 주지하다시피 서구의 경우 1970년대 이후로 이른바 '이론(theory)의 시대'라고 불릴 만큼 해체주의, 페미니즘, 정신 분석, 탈식민주의, 문화 연구 등의 이론적 경향들이 문학 연구에 지배적인 영향력을 행사했다. 이러한 '이론'은 서구의 지성사적 맥락에서 프로이트 '이후', 마르크스 '이후', 니체 '이후', 하이데거 '이후'의 사상적 흐름을 이어 가는 것으로 볼 수 있으며 우리가 통상적으로 포스트모더니즘이나 포스트구조주의라고 부르는 이른바 탈근대 담론과 겹친다. 게다가 20~30년간에 걸친 이론의 지배가 낳은 명백한 부작용에 대한 반작용으로 최근 서구의 문학연구가 이론 '이후' 즉 '포스트 이론(post-theory)'을 추구하고 있다는 점을 감안한다면[3] 일반적으로 사용되고 있는 '포스트 이론'이란 명칭은 오해의 소지가 있을 수 있다는 것이다. 여기서 나는 이러한 일련의 상황을 감안하여 1980년대 말 이후 한국의 지식 사회와 문학 비평 등에 지대한 영향을 끼친 포스트모더니즘, 포스트구조주의, 탈근대, 탈근대성, 모더니티 등 '포스트', '탈'의 접두사로 시작되거나 그러한 방향성을 내적 함의로 담고 있는 새로운 인식의 틀을 모두 포괄하여 '포스트 담론'이라고 부르고자 한다.

'포스트 담론'이란 용어에서 주목해야 할 또 다른 사실은 '담론'이라는

---

3) 이에 대해서는 서구의 문학 이론과 비평을 조명하는 가장 최근의 작업에 해당하는 Patricia Waugh (ed), *Literary Criticism and Theory*(London : Cambridge University Press, 2006)의 "Introduction" 부분에 상세하게 설명되어 있다.

용어의 함의일 것이다. '포스트 담론'이 '포스트'란 접두사로 시작하는 각종 용어들을 총체적으로 포괄한다고 해도 이는 이 각각의 용어들이 드러내는 차이들을 은폐하고 총체화하는 의미로 해석되어서는 안 된다. 여기서 '담론'이란 용어는 그것을 구성하는 기호나 주체들의 차이나 다양성 또는 경우에 따라 갈등이나 모순의 관계들을 내포하는 용어이다. 예컨대 포스트모더니즘은 포스트구조주의와 일정 부분 차이와 갈등의 양상을 드러내며, 철학적인 모더니즘은 문학적인 모더니즘과 일정 부분 겹치면서 갈라진다. 더 구체적으로 영문학의 시각에서 파악한 푸코는 불문학의 시각에서 파악한 푸코와 다르며, 사회과학에서 받아들인 푸코의 모습은 인문학이나 문학 비평에서 받아들인 푸코의 모습과 구별된다. 이 모든 차이와 다양성을 담고 있으면서도 전체적인 모습을 일별할 수 있는 공간으로서 포스트 '담론'을 설정하자는 것이다.

2 1990년대 지식 사회와 '포스트' 담론의 유행

포스트 담론은 1990년대 한국 지식 사회에 매우 중대한 영향력을 행사했으나, 아직까지 1990년대라는 시대적 좌표와 포스트 담론이라는 지식의 좌표가 갖는 상관성이 체계적으로 고찰되지 못했으며, 향후 이 과제는 1990년대를 정리하고 평가함에 있어 매우 중요한 위치를 차지하게 될 것이다. 포스트 담론이라는 용어를 설명하면서 포스트 담론의 체계를 구성하고 있는 기호와 주체들의 차이에 대해 언급했거니와, 1990년대 포스트 담론의 눈에 띄는 특징 가운데 하나는 이러한 복수적 차이들을 단수적 통일성으로 환원시키고 그 '본질'에 성급하게 다가가려고 했다는 점일 것이다. 예를 들면 포스트모더니즘의 경우 처음에는 개괄적인 소개나 그 본질에 대한 정의를 시도하려는 개론서적 수준의 노력이 지배적이었다. 이는 어느 정도 이해할 수 있는 현상이지만 시간이 경과했음에도 여전히 포스트모더니즘 내에 잠재해 있는 모순적일 수도 있는 다양성을 그 깊숙한 맥락에서 살펴보려는 노력 없이 여전히 본질주의적 접근('포스트모더니즘이란 무엇인가'라는 질문으로 시작하여 '포스트모더니즘은 ~이다'로 끝을 맺는)에 머물러 있었던 점은 포스트모더니즘이 1990년대 한국의 포스트 담론에 깊게 뿌리내리지 못한 중요한 이유로 작용하게 된다. 사정이 이렇게 된 데에는 여러 가지 원인이 있겠지만, 무엇보다도 포스트 담론에 대한 소개 작업이 주로 미국에서 생산된 이차적인 문헌들에 의존해 이루어진 점을 들 수 있을 것이다. 개별적인 이론가나 사상가에 대한 심층적인 해석보다는 서로 구별되는 이론가들을 하나의 범주 속에 묶어서 설명하는 접근법이 오히려 포스트 담론의 다양성을 이해하는 데 방해가 된 셈이다.

포스트 담론을 구성하고 있는 다양한 기호나 주체들이 1990년대 내내 지속적인 영향력을 행사한 것은 아니었다. 주지하다시피 포스트모더니즘은 1980년대 말에서 1990년대 초까지 매우 집중적으로 소개되고 거론되다가 1990년대 중반에 이르면 포스트 담론의 장에서 거의 언급되지 않는다. 이러한 현상과 어떤 관련이 있는지 모르겠으나, 1990년대 중반까지 한국의 담론 시장에서는 데리다나 푸코에 대한 논의가 주로 포스트모더니즘을 배경으로 집중적으로 이루어졌으나, 1990년대 후반으로 가면 이들의 이론은 벌써 논쟁의 중심에서 밀려나고, 그 자리를 문화 연구나 탈식민주의, 페미니즘과 같은 새로운 이론들이 대신하게 된다. 이러한 동향과 결부되어 들뢰즈나 라캉 혹은 지젝에 이르는 새로운 이론가들이 자주 언급된다. 최근 몇 년 동안 각광을 받는 이론가로는 아감벤, 바디유 등을 들 수 있다. 이렇게 짧은 시간 동안 다양한 이론가들이 등장하고 퇴장하는 현상은 1990년대 한국 포스트 담론의 중요한 특징인데, 이를 단순히 천박한 지적 유행 정도로 폄하하는 것은 현상의 한 단면만을 고려한 결과이다. 이는 우리가 포스트구조주의라고 부르는 일련의 프랑스 사상가들의 작업이 지니는 차이들에 주목할 필요가 있으며, 급박하게 변해 가는 1990년대의 지적 지형도에서 이러한 차이들이 한국의 지식 담론에 일정한 음영을 드리우며 나름대로 의미 있는 풍경을 만들어 냈음을 뜻하기 때문이다.

그렇다면 예컨대 1990년대 후반 이후로 데리다나 푸코의 논의를 한국 문학 또는 문학 전반에 적용하려는 시도는 거의 없거나 매우 제한적인 반면, 라캉이나 들뢰즈의 논의를 적용하려는 시도는 자주 발견되는 이유는 무엇일까?

> 1970년대 중반부터 1980년대 초반까지 세계를 텍스트로서 접근·이해·설명하는 데 매료되었던 문학 연구자들은 언어학적 마법에서 풀려난 순간 분석의 대상이었던 바로 그 세계가 지평에서 사라져 버렸다는 사실을 발견하고는 경악하였다. 언어를 얻기 위해서 세계와 역사, 인간을 값비싼 대가로 지불하였는데, 잃어버린 세계를 복원하기 위해서는 텍스트 바깥으로 나가는 길을 열어야 했다. 이제 언어를 부분으로 포괄하면서도 인간과 세계를 한꺼번에 아우르는 총체적인 관점이 마련되어야 했다. (……) 라캉의 체계 안에서 행동이나 존재, 영혼, 자연, 욕망, 기쁨, 사랑, 시간, 의미, 과학 등을 비롯해서 인간이 생각할 수 있는 모든 문제에 대한 설명이 체계적으로 제공되어 있는 것이다. 한국 담론 시장을 거머쥐는 라캉의 장악력은 결코 우발적이 아니다.[4]

이러한 설명에 동의하건 그렇지 않건 간에 위의 인용문은 라캉이 1990년대 포스트 담론에 행사한 매혹을 잘 보여 준다. 문제는 라캉의 논의를 소개하는 개별적인 논문들을 검토해 보면 말 그대로 '소개'에 치우쳐 있어서 전문 학술지에 실린 논문임에도 불구하고 대부분 라캉의 체계

---

4) 김종갑, 「나르시시즘적 글쓰기」, 《안과밖》 12호, 2002, 108~109쪽.

에 '사로잡힌' 나머지 라캉의 언어에 입문하지 못한 사람에게는 거의 해독되지 않는 '안의 언어'에 머물고 만다는 점이다. 이러한 문제는 라캉 수용의 경우에만 국한된 문제는 아니며 데리다나 푸코 또는 들뢰즈 수용의 경우에도 상당 부분 관찰되는 현상이다.

더욱 큰 문제는 이 경우 수용의 양상과 문제의식을 밝히려는 시도가 구체적이고도 깊이 있게 이루어지기 힘들다는 점이다. 대부분 포스트 이론가들의 체계 '안'에 갇혀서 일종의 '복화술'로 담론에 생기를 불어넣는 포스트 담론의 경우 담론의 주체가 지닌 수용의 의도나 뚜렷한 차별화 전략 등을 찾아내기 힘들기 때문이다. 전문적인 학술지에 실린 논문의 경우 담론의 주체가 소개의 대상이 되는 담론의 뒤로 숨어 버리는 경우가 많아 그 주체의 비평적 전략을 읽어 내는 데 힘이 드는 반면, 문학 비평의 경우 창조적 변형이 이루어지는 경우가 많고 또 이론의 소개가 주를 이루는 경우라 하더라도 대상이 되는 1990년대 한국 문학작품에 대한 적용의 문제가 생겨나기 때문에 포스트 담론과 1990년대의 상관 관계를 규명함에 있어 매우 흥미로운 대상이 된다. 원본 – 주체 – 대상 사이에 여러 층위의 복합적인 관계망이 형성되는 것이다.

여기서 '창조적' 변형이란 용어는 담론의 주체가 대상이 되는 이론의 원형이나 모델에 새로운 작용을 가하여 원래와는 구분되는 담론을 만들어 냈다는 의미이며 독창적이거나 뛰어난 해석의 결과를 이루었다는 의미는 아니다. 나는 몇 년 전에 「비평과 진실: 과잉 해석된 포스트모더니티와 1990년대 문학」[5]이라는 글에서 이 문제의 일단을 다루어 보았는데, 한 비평가에게 지나치게 초점을 맞추었으며, 1990년대 문학이라는 전체적인 상을 논의에 담아내지 못했다는 느낌을 지울 수 없다. 이 글에서는 초점을 달리하면서, 그리고 중복될 수 있는 논의를 가급적 피하기 위해

---

5) 박성창, 「비평과 진실: 과잉 해석된 포스트모더니티와 1990년대 문학」, 『우리 문학의 새로운 좌표를 찾아서』(새물결, 2003).

포스트 담론을 1990년대 초반의 포스트모더니즘 담론과 1990년대 중반 이후의 '근대성 담론'의 두 부분으로 나누어 시기별, 담론의 양상별로 고찰하면서 이 문제에 접근해 보고자 한다.

3 포스트모더니즘 담론의 확산과 그 한계

주지하다시피 1980년대 말부터 1990년대 초까지 포스트모더니즘은 한국 지식 담론의 한가운데 놓여 있었다. 1989년 《현대시사상》의 '포스트모더니즘 기획'을 필두로 거의 모든 계간지나 월간지에서 포스트모더니즘을 주제로 찬반 양론의 특집을 기획하기 시작했다. 이러한 상황은 창비를 중심으로 한 민족 문학 계열에도 예외가 아니어서, 민족문학작가회의는 1990년대 하반기 심포지엄에서 '민족 문학과 포스트모더니즘'이라는 제목의 토론회를 개최하게 된다. 다시 말해서 거의 모든 문학적 진영들이 포스트모더니즘에 대해서 그 본질이 무엇인가에 관한 적합한 정의를 구하고, 한국 문학에 대한 적용 가능성을 탐색하며, 포스트모더니즘 논의가 가져올 수 있는 긍정적이거나 부정적인 효과에 대해 토론하는 등 일련의 논의를 펼치게 되었다.

이미 1980년대 중반에 포스트모더니즘 이론가인 이합 하산의 논의를 국내에 소개한 바 있는 영문학자 정정호는 포스트모더니즘과 한국 문학과의 연결 가능성에 주목하면서 향후 포스트모더니즘 논의에서 다음 몇 가지 사항을 고려할 것을 적극적으로 제안한다.

첫째, 1990년대의 올바르고 새로운 한국 문학 수립을 위해서는 민중 문학 진영/자유 문학 진영 또는 리얼리즘/모더니즘 식의 배타적 이분법을 벗어나 두 진영 또는 두 사조가 변증법적 또는 대화적으로 종합될 수 있는 새로운 전망을 세워야 한다.

둘째, 작가나 이론가 모두 변화하는 현실을 정확하게 읽어 내야 하며, 이를 위해 예리한 '작가의 눈'을 철저히 훈련해야 한다.

셋째, 새로운 현실의 변화에 상응하는 문학적 재현 방식이 필요하며, 민족 민중 계열의 리얼리즘과 구분된다는 점에서 이를 '새로운 리얼리즘'이라고 부를 수 있다.[6]

정정호가 지적한 이 각각의 사항은 1990년대 초반에 이루어진 포스트모더니즘 논의, 혹은 '한국산' 포스트모더니즘의 특징과 한계를 잘 드러내 준다.

우선 포스트모더니즘을 모더니즘과 리얼리즘의 한계를 극복하기 위한 새로운 시도로서 자리매김하려는 의도를 읽을 수 있다. 즉 포스트모더니즘은 전통적인 모더니즘과 전통적인 리얼리즘의 정신은 계승하면서도 그것들의 한계는 극복하겠다는 태도로부터 출발했다는 것이다. 이러한 관점을 가장 강력하게 밀고 나간 논자인 김성곤은 포스트모더니즘을 모더니즘의 극단적 표현으로서 에피모더니즘으로 간주하는 민족 문학 진영의 포스트모더니즘 비판을 의식한 듯 "포스트모더니즘을 자꾸만 모더니즘과 동일시하려는 심층 심리의 근저에는 리얼리즘과 모더니즘의 양극에 속하지 않는 제3의 존재, 또는 제3의 가능성에 대한 의식과 불안과 적개심이 자리 잡고 있다."[7]라고 천명할 만큼 포스트모더니즘을 통해 1980년대 한국 문학의 한계인 리얼리즘과 모더니즘의 이분법으로부터 벗어날 수 있는 '제3의 가능성'에 크게 주목하고 있다. 그러나 이러한 관점을 자세히 들여다보면 여기에는 모더니즘과 리얼리즘의 이분법이 은

---

6) 정정호, 「포스트모더니즘과 한국 문학의 길트기와 '새로운 리얼리즘'을 위하여」, 『포스트모더니즘과 한국 문학: 후기 산업 사회의 문학적 대응』(정정호 편, 글, 1991), 32쪽.

7) 김성곤, 「모더니즘과 포스트모더니즘」, 『포스트모더니즘과 문학 비평』(이승훈 외, 고려원, 1994), 29쪽.

밀하게 작동되면서 확대 재생산되고 있으며, 포스트모더니즘을 통한 종합과 초월은 단순히 용어상의 변화 이외의 질적 변화나 텍스트 상의 변화된 징후들에 대한 해석을 동반하고 있지 못함을 알 수 있다. 포스트모더니즘이 지향하는 '새로운 리얼리즘'이란 완성되지 않은 변증법이며 수사학적 초월로 머물러 있다. 즉 포스트모더니즘 논의는 표면적 의도와는 달리 리얼리즘과 모더니즘의 대립을 이용하여 한국 문학을 바라보고 분석하려는 시각을 배면에 감추고 있다. 리얼리즘과 모더니즘의 이분법적 대립 구도가 도식적이며 한국 문학을 분석하는 효율적인 틀이 아니라는 사실에 도달하기 위해서 1990년대 비평은 포스트모더니즘이라는 거품이 가라앉으면서 일기 시작한 이른바 '근대성 담론'을 기다려야만 했다. 이에 관해서는 이 글의 뒷 부분에서 자세하게 논하고자 한다.

두 번째로 지적할 수 있는 특징은 1990년대 초반 포스트모더니즘 담론은 '사회 비평' 혹은 '사회적 전망'으로서의 성격이 강했다는 점이다. 예를 들어 한기는 1990년대의 변화된 현실을 읽어 내기 위해 '후기 자본주의'라는 개념이 필요하다는 점을 다음과 같이 제시한다.

> 요컨대 나는 1990년대 한국 사회가 이전의 사회와는 대단히 다른 모습의 어떤 사회가 되리라고 보고 있다. 따라서 문제는 이제 그것을 어떻게 개념화해 낼 것인가의 문제로 되는데, 나는 나의 위 사회적 전망의 내용을 '후기 자본주의'의 개념으로 채우기로 한다. 여기에 대응하는 1990년대 문화(문학이 아닌) 전망 개념이 곧 이른바 '포스트모더니즘' 개념이며, 이 두 개념이 병렬적으로 같이 놓일 수 있는 것은 양자 사이의 개념적 상관도가 매우 높기 때문이다.[8]

---

8) 한기, 「후기 자본주의의 현실과 한국적 포스트모더니즘 문화의 탐색」, 『포스트모더니즘과 한국 문학: 후기 산업 사회의 문학적 대응』, 81쪽.

위의 인용문에서 저자는 1990년대 문화와 문학을 조심스럽게 구분하면서 포스트모더니즘을 성급하게 한국 문학 논의에 적용하려는 조급함에서 벗어나 있기는 하지만 '1990년대 사회의 변화 → 후기 자본주의의 논리 → 포스트모더니즘(문화)' 식의 논법을 구사하고 있다. 포스트모더니즘을 급격하게 변화된 현실을 전망할 수 있는 비판적 사회 분석의 틀로 간주하는 이러한 논법이 지니는 위험성은 크게 두 가지다. 우선 이러한 포스트모더니즘의 '포스트'를 연대기적 의미의 '이후'로, 과거와 구분되는 새로운 역사 시대로 설정함으로써 현대성과 탈현대성의 관계를 단절적 관계로 해석할 수 있는 소지가 있다. 또한 사회적 비판이나 전망의 성격이 강한 포스트모더니즘[9]을 문학에 적용할 때 생겨날 수 있는 선험적 성격을 지적할 수 있다. 이는 예컨대 "이러한 일련의 상황과 관련지어 볼 때 포스트모더니즘에 관한 논의가 우리 문학계에 도입되어야 할 당위성과 필요성을 느끼게 된다."[10]라는 발언에서 잘 드러나듯 한국 문학의 새로운 징후나 현상들에 대한 자세한 독해로부터 포스트모더니즘 논의를 출발시키는 것이 아니라 사회 비판을 문학에 도입할 '당위성'이나 '필연성'을 강조하게 되는 것이다. 이러한 논법을 문학작품 분석에 적용할 때 생겨나는 문제 가운데 하나는 포스트모더니즘을 '기법'의 차원에서 이해하려는 태도이다. 즉 "1980년대가 나름대로 1980년대의 우리 현실을 반영한다면, 1990년대는 나름대로의 기법으로 달라진 현실을 반

---

9) 1990년대 포스트 담론을 이끌어 간 중요한 비평가인 이광호는 그의 첫 비평집에서 '계몽주의적 사회 비판'으로서 포스트모더니즘에 대해 다음과 같이 지적한다. "문제는 새로운 문제 틀의 형성에 대한 욕망 그 자체가 아니라, 그 욕망의 불철저함이다. 인식의 전환에 대한 열광적인 요구에도 불구하고, 우리 시대는 여전히 1980년대의 망령에 시달리고 있는 것이다. 불행하게도 우리 시대에 권력의 이분법은 아직도 유효하며, 계몽주의적 이성은 끈질기게 살아남는다. '환경', '욕망', '포스트모더니즘' 따위의 새로운 비평적 화두들은 우리 세계에 대한 정밀한 분석 장치로서 정착되지 못하고 있으며, 그것은 소박한 계몽주의적 사회 비판의 혐의를 노출하고 있다."(「환멸의 시학: 최승호와 유하의 시」, 『위반의 시학』, 문학과지성사, 1993, 294쪽.)

10) 정정호, 앞의 글, 17쪽.

영하고 비판한다."[11]는 단순화된 논리는 포스트모더니즘을 달라진 현실을 반영하고 비판하기 위한 '기법'의 차원으로 축소시키고 환원시킨다. 달리 말하자면 문학작품(기법)으로서 포스트모더니즘은 사회 비판 혹은 사회 전망으로서 포스트모더니즘에 종속되어 있다.

아마 포스트모더니즘 담론이 1990년대 한국 문학에 깊게 뿌리내리지 못한 결정적인 이유는 한국 문학작품과의 연결 고리를 찾는 데 실패했기 때문일 것이다. 기이하게도 포스트모더니즘은 "아직 도래하지 않은 어떤 것을 위한, 혹은 그것에 반하는 치열한 움직임"(정정호)으로써 이해된다. 다시 말해서 아직 도래하지 않은 작품들과의 이론적 싸움인 셈이다. 포스트모더니즘의 틀에서 문학작품은 현실적인 사건이 아니라 '징후'로서 예견되고 판단된다. 서구 포스트모더니즘의 중요한 현상으로 간주되는 '메타픽션'이 한국 문학에 어떤 식으로 수용되는가를 다룬 어느 글의 논법은 이러한 논의의 한계점을 잘 드러내 준다.

> 필자의 견해로도 우리가 서구에서 생성된 양식인 메타픽션을 그대로 받아들여야 할 이유는 전혀 없지만 우리 나라 문화 현상도 서구에서 메타픽션을 생성하게 된 후기 산업 사회적인 상황과 일부나마 유사하게 접근되고 있는 것이라고 볼 때 우리의 내외적인 필요와 욕구에 의해 언젠가는 (아니 이미) 대두될(된) 문제가 되리라고 본다.[12]

현재 시제와 미래 시제가 혼용되어 있는 위의 인용문에서 사용된 두 개의 부사, '일부나마'와 '언젠가는'은 '부분과 전체의 혼동'과 징후로서 '예단되고 전망된 문학작품'이라는 1990년대 초반 포스트모더니즘 담론

---

11) 권택영, 「우리 시의 포스트모더니즘적 경향」, 『포스트모더니즘과 한국 문학: 후기 산업 사회의 문학적 대응』, 112쪽.

12) 정정호, 「메타픽션과 한국적 수용의 문제」, 『포스트모더니즘과 한국 문학: 후기 산업 사회의 문학적 대응』, 244쪽.

의 특성을 집약해서 보여 준다. 그 결과로 포스트모더니즘 담론은 해체 시와 같은 급격한 형식 실험과 현실에 대한 비판적 의식이 드러나는 문학적 경향과 거의 표절에 가까운 패러디나 인용, 상호 텍스트적인 시도들을 포스트모더니즘이라는 동일한 범주 속에 묶어 놓는 오류를 범한다. 황지우와 이성복, 이인화와 장정일 등의 시인과 작가들이 뒤섞여 버리는 것이다. 그러므로 "시의 경우 황지우, 이성복, 최승자, 최승호, 박노해, 백무산, 장정일, 소설의 경우 이인성, 최수철, 윤후명, 박영한, 양귀자, 정도상, 방현석의 소설들을" 1970년대 문학을 설명하는 '산업화' 개념과는 다른 '후기 산업 사회' 개념으로 설명할 필요를 강하게 느낄지라도, "우리 문학에서의 후기 산업 사회와 관련된 논의는 서구 중심의 사회 · 문화 이론을 이론적으로 대입하는 차원에서가 아니라, 우리 문학의 가능성과 미래를 읽어 내는 가능한 하나의 방법론으로 모색되어야 한다."[13]는 인식이 절실해진다.

4 1990년대 비평에 투영된 '포스트' 담론

철학의 영역에서 탈현대 이론을 깊이 있게 천착한 김상환이 철학사의 관점에서 탈현대론의 성과와 한계를 정리하는 글을 발표한[14] 1990년대 후반에 이르면 문학의 영역에서도 1990년대 초반의 포스트모더니즘 논의의 공과를 냉정하게 분석하고 비판하는 글이 발표된다. 성민엽은 한국에서 포스트모더니즘 논의의 시발점 역할을 한 이합 하산의 포스트모더니즘론과 리오타르의 포스트모더니즘론을 면밀히 검토한 후에 한국에서

---

13) 이광호, 「문학의 죽음: 후기 산업 사회의 문학적 징후들」, 『포스트모더니즘과 한국 문학: 후기 산업 사회의 문학적 대응』, 56쪽.

14) 김상환, 「탈현대 사조의 공과: 철학사의 관점에서」, 《현대비평과 이론》, 1997. 봄.

1980년대 말에 나타나 1990년대 중반에 사라진 포스트모더니즘은 정체
를 드러내지 않은 '유령' 같은 존재였음을 날카롭게 비판하고 있다.

> 포스트모던의 인식 구조(혹은 세계관)로서의 포스트모더니즘이라는 그
> '유령'은 실체가 아니라 가상이다. (……) 포스트모더니즘이라는 것은 포스
> 트모더니즘 담론으로부터 산출된, 조작된 가상일뿐이다. 그 가상은 실제 대
> 상이 없는 것이라는 점에서 보드리야르적인 의미에서의 시뮬라크르의 한 예
> 가 된다. 포스트모더니즘이라는 가상을 제작하기 위해 여러 가지 실제 현상
> 들이 원리로서 채용되는데 여기서 실제 현상들은 왜곡되는 것은 물론이고,
> 근본적으로 가상 안으로 함몰되어 버린다. 그 가상은 분쇄되어야 하고, 가상
> 안으로 함몰되는 실제 현상들은 그 함몰로부터 구출되어야 한다.[15]

1990년대 초반 포스트모더니즘 담론이 자신의 담론 영역을 확보하기
위하여 무한히 확대되고 팽창하는 경향이 있었다면 위의 논의에서 포스
트모더니즘은 '거품'이 완전히 빠진 상태에서 최소한의 담론으로 제한된
다. 위의 논의에서 흥미로운 것은 포스트모더니즘 담론의 유효성이 근본
적으로 비판되는 것과 아울러 포스트구조주의를 포스트모더니즘과 엄격
하게 구분함으로써 데리다나 라캉, 푸코나 들뢰즈 같은 포스트구조주의
사상가들을 포스트모더니즘이라는 애매한 장막으로부터 걷어 내고 이들
에 대한 새로운 시선을 확보할 수 있는 시야를 터 주었다는 사실이다.

다른 한편 1990년대 문학 비평의 현장으로 돌아가 포스트모더니즘 담
론과 비슷한 시기에 형성되었던, 1990년대 문학의 정체성을 선언하고 탐
구하려는 비평적 노력을 검토해 보면 매우 흥미로운 현상을 발견할 수

---

15) 성민엽, 「포스트모더니즘 담론과 오해된 포스트모더니즘」, 《문학과사회》. 43, 1998. 가을, 1112쪽.
성민엽에 의하면 포스트모더니즘 담론은 폐기되어야 하지만 다음 두 가지 경우에만 한정되어 매우
제한적으로 사용될 필요가 있다고 주장하고 있다. 1) 미국에서 생겨난 역사적 사조로서의 포스트모더
니즘 문예 사조 및 문화 사조 2) 리오타르의 철학적 입장으로서 포스트모더니즘.

있다. 포스트모더니즘이 일종의 '사조'로서 그 이론적인 도식을 문학작품에 적용하려는 폐단을 노출하고 있다면 1990년대 문학 비평의 현장에서는 '이론 비평'의 폐해에서 벗어나 '실제 비평'을 확립하려는 시도들이 이루어지고 있었다는 사실이다. 말을 바꾸면 포스트모더니즘에 대한 논의가 시들해지는 시점은 1990년대 비평이 1990년대 문학의 정체성을 확립하기 위하여 구체적인 작가론과 작품론을 통해 1990년대 문학의 현실적인 모습을 만들어 나가는 시점과 일치한다. 보다 구체적으로 "1990년대 비평이 가장 주력한 것은 실제 비평의 영역"이었으며, "실제 비평의 풍부한 생산은 1990년대 비평의 가장 현실적인 문학적 기여"[16]라는 진술이 이에 해당한다. "문학인은 적어도 일차적으로 작품으로 말해야 한다."라는 《작가세계》의 창간사나 "한 작가의 영역은 특정의 이념적 척도로 잴 수 없는 고유한 것이며, 한 작품의 세계 역시 그 내적 논리를 이해하는 바탕 위에서 평가되어야 한다는 입장"을 천명한 《문학동네》의 창간사는 이론 비평 또는 권위적 형태의 지도 비평에서 벗어나 작가의 개성을 존중하고 작품을 섬세하게 읽는 실제 비평으로 전환해야 한다는 1990년대 비평의 과제와 목표를 구체적으로 보여 주고 있다.

실제로 1990년대에 가장 활발하게 활동한 새로운 세대의 비평가들인 이광호와 우찬제가 각각 첫 비평집인, 『욕망의 시학』과 『위반의 시학』을 상재한 1993년은 포스트모더니즘에 대한 거칠고 성급한 논의가 어느 정도 해소되고 가라앉은 분위기에서 1980년대와는 확연히 구분되는 새로운 비평적 기획이 의도적으로 표출되었을 뿐만 아니라 구체적인 작품 분석을 통해 실현된 첫 사례를 목격한 해라고 할 수 있다. 그런데 이들 평론집의 제목에서 분명하게 드러나듯 이들이 내세운 비평적 핵심어는 각각 '욕망'과 '위반'으로 탈근대 또는 포스트구조주의의 핵심어와 정확하

---

16) 이광호, 「보이지 않는 '비평의 시대'」, 『움직이는 부재』(문학과지성사, 2002), 69쪽.

게 일치하고 있는 것은 매우 흥미로운 현상이다. 그렇다면 이를 두고 포스트모더니즘의 거품이 걷혀 가면서 실제 비평의 필요성이 그 어느 때보다 강조되던 시점에서 새로운 세대의 비평가들이 다시 포스트구조주의라는 또 다른 담론 체계에 의존하려고 했다는 징표로 해석할 수 있는가? 여기서 이들이 상재한 첫 평론집의 서문을 발췌해 읽어 보자.

> 좀 과감하게 말하자면, 지금, 여기서 그리고 저기서, '욕망'은 인간 삶과 문화의 대명사이다. 금지를 넘어선 자리에서, 억압을 해방시킨 자리에서, 이성을 해체한 밑자리에서, 욕망은 동시대의 중차대한 문제들을 끌어안는 핵심적인 문제 틀이다. 부정적 계기와 긍정적 계기를 모두 포괄하면서 동시에 그것을 넘어서는 욕망은 그 자체로 콤플렉스이면서, 콤플렉스를 넘어서 파동 치는, 새로운 인식론의 간단없는 변혁적 계기를 향해 물결치는, 지독한 콤플렉스이기도 하다. (……) 가라, 욕망이여! 욕망을 넘어서 가라.[17]

> 저 1980년대는 거칠고 사나웠다. 변혁의 이념은 희망의 대문자 그 자체였으며, 세상을 바꾸려는 싸움은 구체적이지 않으면 안 되었다. (……) 우리 시대는 문학의 본질적 구성 원리, 혹은 보편적 진리 체계로서의 '시학'의 존립이 위태로운 시대이다. (……) 문학 역시 스스로 해체의 속도전을 수행함으로써 재래적인 미학적 규범을 거절하고 있다. 이와 같은 사태를 '시학의 위반'으로 부를 수 있다면, 이러한 끊임없는 자기 해체와 가속력만으로 새로운 문학의 시대가 열리지 않는다. 우리는 이와 같은 사태 한가운데로 들어가 '문학의 탄생'을 정초할 수 있는 '위반의 시학'을 모색해야 한다.[18]

위의 서문에는 새로운 시대와 새로운 문학의 도래를 추구하는 듯한 비

---

17) 우찬제, 『욕망의 시학』(문학과지성사, 1993), iv~v쪽.
18) 이광호, 『위반의 시학』(문학과지성사, 1993), 3~5쪽.

장하면서도 선언적인 분위기가 담겨 있다. 새로운 문학을 만들기 위해서는 1980년대와 절연해야 하며, '욕망'과 '위반'은 그러한 절연의 시도를 작동시키는 핵심어 역할을 한다. 그러나 여기서 등장하는 '욕망', '해체', '위반', '전복' 등과 같은 용어들이 용어상의 표면적 동일성을 뛰어넘어 구체적인 내용과 이념의 차원에서도 포스트구조주의와 친연적 관련성을 맺고 있는가는 분명하지 않다. 예컨대 왜곡된 가짜 욕망이 생산되는 자본주의적 병리 현상을 비판함으로써 욕망의 부정적 계기를 비판하고, 억압이나 금지를 넘어선 자리에서 펼쳐질 수 있는 욕망의 긍정적 계기를 촉구하고 있는 우찬제의 경우 "이런저런 문제들이 보드리야르와 아울러, 포스트모더니즘 논의와 아울러 보다 심층적으로 검토되어야 할 것이다."[19]라고 말하면서 탈근대 논의를 참조하고는 있지만 그가 말하는 욕망론이 탈근대 욕망론과 만나고 갈라지는 지점을 명확히 찾아내기는 힘들다. 오히려 그의 욕망론은 소비 사회의 메커니즘이 인간의 자율성을 위협하고 인위적으로 욕망을 조장하는 현상의 문제점에 대해 투철한 이해를 보여 주었으며 욕망과 상상력, 욕망과 폭력 등의 관계에 대해 성찰했던 1980년대 김현의 욕망론에 닿아 있는 듯이 보인다. 김현이 개척하고자 한 욕망의 정치경제학이나 문화사회학의 흐름 속에서 이를 보다 깊이 있게 천착하고자 한 것으로 보이는 우찬제의 욕망론은 선배 비평가가 마르크스, 프로이트, 푸코, 지라르 등 서구의 폭넓은 욕망 이론들을 적극적으로 참조하고 인용하면서 자신의 욕망론을 만들어 간 것에 비하면 그 이론적 참조의 틀을 분명하게 제시하고 있지 않다.

이광호의 경우에도 그의 첫 비평집인 『위반의 시학』만을 놓고 볼 때 '위반'을 위시한 탈근대 이론적 취향의 용어들이 비평집 곳곳에 포진되어 있기는 하지만, 한국 문학의 전통을 벗어나 새로운 문학적 시도들을

---

19) 우찬제, 「그토록 불길한 욕망: 소비 사회의 구조와 욕망의 풍경」, 《문학과사회》, 1991. 가을, 837쪽.

촉구하려는 수사적 취향에 머물러 있거나, 아니면 작품 분석의 핵심어로 작용할 경우에도 탈근대 이론의 내용이나 이념과 구체적으로 결합되는 경우는 매우 드물다. 예를 들어 최승자의 시적 사유를 검토한 「위반의 시학, 혹은 신체적 사유」에서도 위반이나 신체, 몸과 같은 포스트 담론의 핵심어들이 등장하고 있지만, 이 경우에도 이론적인 뒷받침이 되는 것은 프랑스 포스트구조주의자들의 담론 체계가 아니다. 여기서 위반은 주로 프랑크푸르트학파의 비판 이론에 기대어 설명되고 있으며, 그 맥락에서 '부정적 사유 자체의 역동성과 방향성'이라는 의미를 부여받는다. 또는 마르쿠제의 『에로스와 문명』의 논리를 뒤좇아, 최승자의 시를 현실 원리의 과잉 억압에 대한 부정의 언어로 해석하고 있다. 문학사적 전통에 대한 '파괴와 해체'의 논리에 대해 유보적인 태도를 취하고 있는 우찬제와는 달리[20] 전복과 위반을 공공연히 역설하고 있는 이광호는 포스트구조주의를 위시한 포스트 담론에 '과도하게'(그는 항상 실제 비평을 중요하게 생각하기 때문에) 그리고 '분명하게'(비평은 이론이 아니기 때문에) 의존하지 않으면서도 이 용어들을 일정한 문제 틀로 감싸고, 그 문제 틀의 기반 위에서 1990년대에 새롭게 나타난 문학적 현상들을 해석하고 문학적 의미를 부여하고자 한다. 이 새로운 문제 틀이 바로 이광호에게는 '근대성 담론' 또는 '미적 근대성 담론'이라고 할 수 있다. 이제 바야흐로 포스트모더니즘 담론의 시대는 물러나고 황종연의 표현에 따르면 '근대성을 둘러싼 모험'이 시작되고 있는 것이다.

---

20) "우리에게 진정으로 해체 가능한 그 무엇이 과연 있기는 한 것일까? 그러니까 지금 여기는 '구축'의 시대인가, '해체'의 시대인가, '해체-재구축'의 시대인가? 혹은 해체의 콤플렉스인가?"(「오감도·95: 90년대 소설(소설가)의 콤플렉스」, 『타자의 목소리』, 문학동네, 1996, 69~70쪽.)라는 질문에서 확인할 수 있듯이 우찬제는 1990년대 문학 비평이 해체와 전복을 핵심으로 삼는 것을 경계할 뿐만 아니라 이러한 경향을 1990년대 비평의 '콤플렉스'로까지 해석하고 있는 듯하다. 욕망론을 제기함으로써 비평 활동을 시작한 그가 욕망론을 보다 심층적으로 탐구하는 방향을 취하는 대신 대화적 관계와 상생적 관계에 기초한 '타자'의 방법론으로 방향을 돌린 것은 이러한 맥락에서 이해할 수 있을 것이다.

5 1990년대 비평과 '미적 근대성'의 문제

포스트모더니즘 담론에서 근대성 담론으로의 이행은 1990년대 포스트 담론을 살피는 데 있어 매우 중요한 전환점을 차지하고 있다. 이광호가 1995년에 발표한 「문제는 '근대성'인가」는 이러한 전환을 촉구하고 그 의미를 밝히고자 했다는 점에서 중요한 의미를 지닌다. 실제로 그는 이러한 전환의 필요성에 대해 다음과 같이 말하고 있다.

> 근대화의 도래 이후 현재에 와서 우리가 어떤 세계사적 단절을 경험하고 있다는 전제에서, 포스트모더니즘 담론은 모더니티에 대한 논의를 비껴갈 수 없다. 이때 모더니티는 고대·중세와 변별되는 역사 단계이면서, 동시에 탈근대 이전의 상황으로 설정된다. 근대와 구별되는 새로운 시대가 도래했다거나 근대적인 기획들이 이제 극복되어야 한다면, 그러한 논의는 우선 근대에 대한 재구성을 요구하게 된다.[21]

이광호에 의하면 이러한 문제 틀에는 다음과 같은 네 가지 입장들이 반영되어 있다.

첫째, 리얼리즘/모더니즘이라는 문학사적 시각의 협소성을 반성하고 근대성이라는 더 포괄적인 틀 속에서 한국 근현대 문학을 이해하려는 입장. 둘째, 한국 문학의 근대성에 대한 새로운 인식을 통해 탈근대성의 지향이라는 문학사적 전망을 타진하려는 입장. 셋째, 포스트모더니즘 담론에 대한 비판적 대응 논리로서 근대성 문제를 검토하고 부각시키려는 입장. 넷째, 리얼리즘 논의에 비해 상대적으로 소극적으로 평가된 모더니즘 문학을 재인식하고 재평가하려는 입장.

포스트모더니즘이나 '신세대 문학' 이후 여러 비평적 '진영'이 함께 참

---

21) 이광호, 「문제는 '근대성'인가」, 『환멸의 신화: 세기말의 한국 문학』(민음사, 1995), 11~12쪽.

여할 수 있는 논쟁의 주제가 없는 상황에서 근대성 담론은 서로 다른 이론적 입장을 가진 비평가들이 1990년대 문학뿐만 아니라 한국 근현대 문학 전반에 대해 토론할 수 있는 의미 있는 기회를 제공해 주었다. 실제로 근대성 담론은 이광호뿐만 아니라 백낙청, 최원식과 같은 창비 진영의 비평가들 그리고 황종연 등 다양한 입장을 지닌 비평가들에 의해 1990년대 중반부터 활발하게 진행되어 왔다. 예컨대 황종연은 반성적 근대론이 특히 1990년대에 들어 활약하고 있는 젊은 비평가인 서영채와 이광호의 비평에서 중요한 역할을 하고 있다는 전제 아래 다음과 같이 지적하고 있다.

그들은 1990년대에 들어 우리 문학이 종전과는 매우 다른 역사적·사회적 환경에 처하게 되었고, 아울러 심오한 전환의 징후들을 보여 왔다는 것을 그들 나름대로 명확하게 인지하고 있으며, 그러한 변화에 응답하는 비판적·해석적 작업의 일환으로 근대성 문제를 제기한다. 그들이 동원하는 근대성의 이론들은 상당한 차이가 있지만, 근대성에 대한 반성적 사유의 이점을 활용하여 1990년대 문학의 달라진 조건을 규정하고 가능한 활로를 탐색한다는 점에서 그들의 비평은 서로 통하는 데가 있다.[22]

1980년대 말이나 1990년대 초의 분위기에서라면 '포스트모더니즘'이란 용어가 사용되었음직한 자리에 이제는 '근대성'이라는 용어가 사용되고 있음을 주목해 보자. 이 글의 제목이 시사해 주듯 1990년대 중반에 이르면 이제 "변혁과 진보의 이념이 퇴장하면서 남겨 놓은 이념의 공백에서 자기 시대의 문화를 묘사하고 기획하려는 지적 노력"이 더 이상 '포스트모더니즘'이 아니라 '근대성을 둘러싼 모험'으로 기술되는 것이다. "체제적 사고에 입각하여 근대를 해석하던 이전의 냉전적 사고에서

---

22) 황종연, 「근대성을 둘러싼 모험」, 《창작과비평》 93, 1996. 가을, 216쪽.

벗어나 근대를 훨씬 중층적으로 해석함으로써 우리 자신과 세계에 대해 더 깊은 이해를 하게[23]"되었다고 평가받는 1990년대 중반의 근대성 담론은 문제를 다시 '근대' 혹은 '근대 문학'에 대한 이해로 환원시킴으로써 근대와 탈근대의 '경계'에서 한국 근현대 문학, 좁게는 1990년대 문학을 고찰할 시각을 확보해 주었다. 이제 1990년대 중반 이후 그 누구보다도 근대성 담론을 집중적으로 탐구하고,[24] 이를 1990년대 문학 비평의 문제 틀로 확립하려는 시도를 보여 주었던 이광호의 논의를 중심으로 근대성 담론의 공과를 살펴보기로 하자.

이광호는 자신의 첫 번째 근대성론인 「문제는 '근대성'인가」에서 김동리의 문학을 '몰근대'나 '근대의 초극'에 위치시키는 김윤식의 근대성 논의는 단일한 근대성을 상정하거나 하나의 근대성만을 고집함으로써 자칫 대상이 근대(성)의 안에 있는가 혹은 밖에 있는가 하는 양자택일에 빠질 위험성을 내포하고 있다고 지적한다. 그렇기 때문에 이광호는 '이질적인' 근대성들을 나누어 살피거나 '다수의' 근대성을 고려하는 것이 중요하다고 주장한다. 다수의 근대성이 고려될 때, 대상은 근대성의 체계 안에 있으면서도 동시에 바깥에 있는 것이 가능해지기 때문이다. 이광호는 역사철학적 근대성, 이념형으로서의 근대성, 경제·사회적인 개념의 근대성과 대립되는 '다른' 근대성으로서 '미적 근대성'을 설정함으로써 근대성의 체계 내에서 근대성에 대한 내재적 비판, 내재적 부정의 계기를 마련하는 전략을 취한다. 그는 "자본주의적 현대성 혹은 합리성의 영역에 포획되지 않는 문학적 영역을 마련하는 것은 문학의 절실한 존재 근거가 된다."[25]라거나 "자본주의 사회의 도구적 합리성과 경제적 합리

---

23) 김재용, 「좌담: 한국 문학 비평의 오늘과 내일」, 《한국 문학평론》, 1999. 여름, 26쪽.

24) 이광호는 근대성 담론에 대한 자신의 탐구를 별도의 책으로 묶어 냈는데, 『미적 근대성과 한국 문학사』(민음사, 2001)가 바로 그것이다.

25) 이광호, 「모욕당한 달」, 『소설은 탈주를 꿈꾼다』, 260쪽.

성에 저항할 수 있는 미적·반성적 영역을 재구성해야 한다."[26]라는 발언들을 통해 근대성이 자기 동일적 개념으로 고착되지 못하도록 그것 내부의 모순과 분열 그리고 대립을 극화시키려는 발상을 취한다. 이광호에게 근대성 이론이란 언제나 스스로 동일한 단수로 드러나지 않으며, 정치적·사회적 근대성과 대립되고 모순되는 미적 근대성의 존재를 상정하고 있다는 점에서 근대성의 내적 모순과 아이러니를 주목하는 이론, 혹은 범박하게 미적 근대성의 이론이라고 요약할 수 있을 것이다.

이러한 미적 근대성의 이론은 사실 그다지 새로운 문제의식도 아니며 서구에서도 프랑크푸르트학파나 하버마스 그리고 포스트구조주의 등 다양한 각도에서 거론되어 왔음은 주지의 사실이다. 이광호는 미적 근대성 이론을 가다듬어 그의 비평적 체계 속에 융합시키는데, 이는 크게 두 가지 방향에서 이루어진다. 우선 그는 복수의 이질적인 근대성을 상정함으로써 한편으로는 자율적인 문학의 영역을 설정하고, 그 기반 위에서 문학의 반성적 기능을 구축하는 방향을 취한다. 다시 말해서 한편으로는 서구의 미적 근대성 이론에서 문학의 자율성 테제를 취하고, 김현과 문지 진영에서 문학의 반성적 기능의 테제를 취해 와 이 둘을 자신의 근대성 담론에서 결합하고 있는 것이다.

두 번째로, '위반'이나 '탈주', '전복'이나 '해체' 같은 이광호 초기 비평의 핵심어들은 그의 첫 번째 비평집에서 단순히 수사적 취향에 머물거나, 아니면 이론적 의도와 실제 비평 사이의 간극을 느끼게 하는 경우가 많았지만, 근대성 담론의 틀 안에서 복수의 근대성을 상정하고, 미적 근대성을 옹호함으로써 예컨대 '위반'은 미적 근대성의 반성적 또는 비판적 기능이라는 분명한 함의를 가지게 된다. 그는 두 번째 비평집인 『환멸의 신화』에서 구체적인 작품론을 통해 얻어진 텍스트들의 함축적 의미를

---

26) 같은 책, 같은 곳.

근대성의 비판적 인식 또는 미적 근대성의 반성적 기능과 긴밀하게 결부시키는 작업을 수행한다. 이러한 작업은 특히 1990년대 시에 대한 독해에서 일정한 성과를 거두고 있는데, 예를 들면 기형도의 시를 '모더니티의 균열, 혹은 계몽주의의 좌절, 계몽주의적 직선적 시간관에 대한 전복'으로 읽는다거나, 1990년대 시에 나타나는 몸에 대한 사유를 '근대적 주체성의 담론과 대립'되는 것으로 읽는 것이 여기에 해당된다. 혹은 좀더 거슬러 올라가 문학사의 맥락에서 서정주의 중기 시나 김동리의 소설을 근대적 담론의 틀에서 재해석하는 작업도 그 구체적인 결과라고 할 수 있다.

이광호의 근대성 담론에서 미적 근대성의 범주는 근대의 완성이라는 기획과 근대의 극복이라는 이중의 과제를 결합하고 해결할 수 있는 범주로 간주되기 때문에 예컨대 '탈근대성'이나 '미적 현대성'은 이 이중의 과제 가운데 어느 하나에만 초점을 맞추고 있는 것으로서 그것만으로는 근대성을 고려하기 위한 필요충분조건이 되지 못한다. 이러한 생각은 "탈근대는 지금 이 순간 시작되는 근대이다."라는 과감한 진술을 낳는다. 그것이 과감한 이유는 탈근대 사유 역시 근대성에 대한 자의식의 일부로서, '또 하나의 비판적, 반성적 근대성'으로 자리매김되기 때문이다. 이러한 논리를 따라가 보면 이광호에게 근대주의자는 동시에 탈근대주의자이기도 하며 그럴 경우에만 진정한 근대주의자가 될 수 있다는 논리에 도달하게 된다. 이는 앞서 언급했듯이 역설과 아이러니에 근거한 논리가 아닐 수 없다. 이광호의 이러한 논리는 그의 근대성 담론의 핵심적 테제 가운데 하나로서, 오해와 비판의 대상이 되기도 했다. 예컨대 "탈근대성 이론은 일반적인 근대의 기획뿐 아니라 미적 근대성까지를 포함한 근대성 전반에 대한 해체를 의미하는 것이고, 그런 측면에서 '근대의 극복'과 '미적 근대성의 옹호'는 하나의 논리 속에 포함되기 어렵다."(황종연)라는 비판이 그러하다. 김윤식의 근대성 논의에 대한 비판에서도 잘 드러났듯이 근대를 벗어난 공간을 상정하고 실체화하는 사유란 근대와 탈근대를 그만큼 이분법적이고 도식적인 틀 속에서 고려하는 함정에 빠질 수 있기 때문에 이광호의 근대성 담론에서 근대와 탈근대의 일원적 관계 틀의 설정은 매우 소중한 것이다. 문제는 근대성과 탈근대성이 맞붙어 있어서 생기는 효과를 극대화시키고 이를 1990년대 문학에 대한 사유에 전용하는 일일 것이다. 이와는 다른 각도에서 오형엽은 1990년대 중반 이후 근대성 논의는 탈현대성의 담론이 현대성까지 포함하여 우리 문학사 전반에 대한 성찰과 반성으로 이어졌다는 점에서 긍정적 측면이 있음을 지적하고, 1990년대 문학의 과제를 "현대와 탈현대, 주체와 탈주체의 경계에서 그 동시적 진전을 통해 세기말적 위기와 침체를 돌파해야 하는 과제"[27]로 파악하는데, 이는 이광호의 근대성 담론과 일맥상통하는 논리라고 할 수 있다.

문제는 현대(근대)와 탈현대(탈근대), 주체와 탈주체 사이의 이러한 '경계'가 이론상으로는 쉽게 천명될 수 있지만 실제 비평 속에서 구체적인 텍스트의 실천으로 드러나기 힘들다는 사실이다. 사실 1990년대 비평과 포스트 담론 사이의 상관성을 따질 때 가장 주의해야 할 부분은 이러한 '경계'의 지점에 대한 탐색이 '이론적'으로 어떻게 확립되어 있는가를 밝히는 것이 아니라, 그러한 '경계'가 텍스트에서 구체적으로 어떻게 실천되어 있는가를 치밀하게 읽어 내는 작업이다. 나는 포스트모더니티 담론과 1990년대 비평의 상관성을 따져 본 한 글에서 이러한 '경계'에 대한 사유를 '이중 구속(더블 바인드)'이라고 부른 바 있다.[28] '이중 구속'이란 부정적인 것과 긍정적인 것이 동시에 작용한 결과 이 상반된 요구 사이에서 어떤 명확한 결론을 내릴 수 없는 상태를 말하는데, 이러한 '이중

---

27) 오형엽, 「전환기적 모색, 현대와 탈현대의 경계에서」, 『신체와 문체』(문학과지성사, 2001), 63쪽.
28) 박성창, 「비평과 진실: 과잉 해석된 포스트모더니티와 1990년대 문학」, 『우리 문학의 새로운 좌표를 찾아서』, 112~113쪽 참조.

구속'의 상태는 근대와 탈근대의 경계에서 이루어지는 양면적이고 모순적 과정을 지칭하는 것으로 확대하여 생각해 볼 수 있을 것이다. 이광호의 실제 비평에서 이러한 근대와 탈근대의 경계가 지니는 이중 구속의 상태가 어떤 방식으로 나타나는가라는 문제는 별도의 지면을 통해 면밀하게 검토해야 할 문제일 것이지만, 이는 1990년대 비평을 넘어서 2000년대 비평에도 적용될 수 있는 현안으로 보인다.

예컨대 1990년대 후반부터 활발하게 비평적 활동을 펼치고 있는 손정수의 경우 많은 평론들에서 탈근대 또는 포스트 담론의 용어들과 사유 체계가 발견된다. 백민석, 김경욱, 정영문, 김연수, 김영하, 조경란 등 1990년대 소설가들에 대해 집중적으로 검토하고 있는 그의 첫 비평집인 『미와 이데올로기』(2002) 서문에서도 밝히듯이 "완성도를 향한 욕구보다 거침을 무릅쓰고라도 무언가 새로움을 담아야 하는 의욕이 컸던" 것 같다고 고백함으로써 이러한 포스트 담론과 1990년대 문학과의 만남이 쉽게 이루어질 수 없는 비평적 기획임을 인정하고 있다. 제목에서 이미 포스트 담론의 취향을 짙게 풍기는 그의 두 번째 비평집인 『자전하는 시뮬라크르들』에서는 포스트 담론의 용어와 체계를 더욱 빈번하게 동원하고 있다. 문제는 이러한 포스트 담론에 대한 의지가 앞서 언급한 근대와 탈근대 사이의 경계 혹은 이중 구속의 문제를 완전히 망각하고 1990년대 이후 특히 2000년대 문학을 탈근대의 일방적인 움직임으로 해석할 때 발생한다. 예컨대 손정수는 1990년대 중반 이후로 소설에서 재현의 이데올로기에 대한 회의가 본격화되기 시작해서, 김중혁, 편혜영, 김유진, 조하형 등의 소설에 이르면 "자율적인 시뮬라크르, 말하자면 더 이상 실재와 교환되지 않는 시뮬라크르들이 생산되는 징후"(119~120쪽)가 나타난다고 말하고 있다. 그 근거로 원본과 가상의 폐기, 실제와 비현실의 폐기, 과거와 현재 그리고 미래의 구분의 폐기 등을 들고 있는데, 이러한 탈현실의 일방적인 움직임으로서 2000년대 소설에 대한 탈근대적 해석에 대해 손정수 자신이 분석하고 있는 『키메라의 아침』의 저자의 말을 상기시키는 것으로 잠정적으로 논의를 맺도록 하자.

> 나는 현실을 무시하는 것도 아니고 거기에서 도망치려는 것도 아니다. 나는 다만, 당신이 현실이라고 부르는 것, 그 대단하고 잘난 것의 의미를 한번쯤, 묻고 싶은 것이다.[29]

현실에서 도망치려는 탈주를 통해 현실이나 원본과 아무런 관련이 없는 시뮬라크르를 만드는 운동은 텍스트의 어느 한 지점을 통과하는 움직임으로서, 텍스트 전체를 관통하는 움직임으로 확대 해석되어서는 안 될 것이다. 그렇기 때문에 텍스트의 실천에서 탐구해야 하는 것은 이러한 탈주의 움직임이 다시 현실로 돌아와 그 경계에서 만들어 내는 '주름'과 '틈'을 면밀히 관찰하는 일일 것이다.

6 다시 문제는 '미적 근대성'인가

이광호는 문학에 근대성에 대해 특별한 반성적·비판적 인식의 권능을 부여하고 있다. 이러한 문학의 힘은 문학이 근대의 합리화 과정의 결과로 얻게 된 자율성의 효과이다. 다시 말해서 문학이 도구적 근대성을 비판할 수 있는 힘은 근대성의 다른 영역에서 분리된 미적 근대성에서 비롯되는데, 미적 근대성의 이러한 권능은 오직 미적 자율성이 확보된 상태에서만 가능해진다. 근대성 담론의 근거를 이루는 핵심적인 테제가 바로 '미적 자율성의 신화'인 것이다. 이광호가 탈근대성이나 미적 현

---

29) 조하형, 『키메라의 아침』(열림원, 2005), 235쪽.

대성이라는 어휘 대신 미적 근대성이라는 어휘를 줄곧 사용하는 것도 근대가 배태한 예술과 문학은 그것의 자율성을 토대로 오히려 근대에 대한 비판과 부정에 이를 수 있다는 점을 강조하기 위한 것으로 보인다.

그러나 이광호의 근대성 담론의 근거를 이루는 '미적 자율성의 신화'는 다음 여러 가지 측면에서 문제에 봉착한다. 이는 이광호가 모색하는 근대성 담론에 치명적인 독소로 작용할 수도 있고, 그의 이론이 보다 진일보할 수 있는 계기가 될 수도 있다.

첫째, 미적 근대성의 신화는 자칫 잘못하면 서구의 근대성 논의를 추수하는 결과를 낳을 수 있다. 서구의 경우 칸트로부터 발원된 미적 근대성이란 부르주아 합리주의 또는 경제적·사회적 근대성의 형성 위에서 그 비판적 방향이 설정되었다면 한국 문학에서 미적 근대성이란 이른바 '결핍된 근대성'으로서 사회적인 합리성이 정착되지 못한 상태에서 동시에 미적 근대성을 추구해야 한다는 역설적 모순성이 내재해 있기 때문이다. 이광호 또한 이러한 문제를 의식하고 있다.

서구의 미적 근대성은 합리성과 적대적인 관계에만 있는 것은 아니며, 한국의 경우 그것은 보다 복합적인 모순의 과정을 형성한다. 서구의 경우 미적 근대성 혹은 미적 합리성의 영역이란 사회적 근대성과 대립하는 듯하지만 궁극적으로는 그것의 부차적인 현상이라 볼 수 있으며, 한국 사회의 근대성은 사회적 근대성의 결핍이라는 보다 불우한 조건 위에서 추구될 수밖에 없는 것이었다. 그렇기 때문에 우리 문학사의 현실 안에서 이러한 평면적인 의미의 미적 근대성 개념을 추구하면 할수록 근대주의 전반에 대한 비판적 겨냥은 과녁을 비껴가는 결과를 빚는다.[30]

이를 위해 그는 일반적인 체계로서의 근대성이 아니라 "현실적인 문

---

30) 이광호, 「문제는 '근대성'인가」, 『환멸의 신화: 세기말의 한국 문학』, 216~217쪽.

학적 사건들에서 구체적인 전략들을 발휘하는 '작고 주변적인 근대성들'에 주목"(218쪽)할 것을 제안하고 있지만 이러한 '작고 주변적인 근대성들'이 그의 실제 비평에서 충분한 견인 역할을 하고 있다고 보기는 힘들며, 원칙의 원론적 확인 수준에 머물러 있다. 향후 이광호 비평의 중요한 과제로 남겨져 있다고 할 수 있다.

둘째, 자율성에 토대를 둔 미적 근대성 논의가 빠질 수 있는 또 하나의 함정은 그것이 세대론과 결합되거나, 1980년대 문학과의 대비 또는 차별화 전략과 결부될 때 생겨난다. 예를 들어 1980년대와 1990년대를 갈라놓고 이를 이분법적 도식 위에서 살피려고 할 때, 그리고 이러한 고찰에 근대성 담론을 포개어 놓을 때, 자칫 잘못하면 근대로부터의 탈주라는 문제의식은 1980년대 문학에 대한 반작용(탈주와 위반)으로서 1990년대 문학의 의미에 지나치게 집중하게 되면서 1990년대 문학의 다양한 문학적 실천들을 구별하지 못하거나 그 전략적 차이점들을 적절하게 호명하지 못할 수 있다. 김수림이 날카롭게 지적하듯이 1990년대 소설을 '리얼리즘 규율로부터의 탈주'로 해석할 경우, "이 같은 논증에서 적극적인 기능을 맡는 것은 리얼리즘 문학적 질서이며 탈주의 시도들은 소극적으로 정의될 뿐이다."[31] 또한 그러한 논증의 결과로서 1990년대 소설 가운데 신경숙·윤대녕 같은 문체와 이미지 중심의 소설과 성석제 등의 탈내면화된 소설이 서로 구분되지 않은 채 리얼리즘의 규율로부터의 탈주라는 공통점만 부각될 뿐이다. '작고 주변적인 근대성들'이 그 환원될 수 없는 차이들을 보전한 채 미적 근대성의 체계에 기입되고 그럼으로써 '탈전일화되는(de-totalization)' 것이 아니라 '전일화'된 총체성으로 남는 것이다.

셋째, 주지하다시피 1990년대에 들어 급격하게 이루어진 문화 산업의

---

31) 김수림, 「비평의 상황, 비평의 방황」, 《비평과 전망》 창간호, 1999, 272쪽.

팽창과 한층 강화된 상품 미학의 논리로 인해 문학의 자율성은 급격하게 변질되는 과정을 겪을 수밖에 없었으며, 이는 종종 '문학의 위기'라는 용어로 표현되었다. 이렇듯 1990년대에 급속하게 확산된 자본주의 시장 질서는 미적 자율성의 테제에 매우 심각한 영향을 미친다. 이는 미적 자율성의 '신화'를 미적 자율성의 '아포리아'로 변형시키며 "문학이 스스로의 자율성의 도움으로 체제에 대한 비판을 실현하는 것이 아직도 가능하다는 말인가?"[32]라는 탄식에 가까운 질문을 낳게 한다. 이는 자율성의 이념이 문화적으로나 이론적으로 더 이상 강력한 신화의 자리에 머물지 못하는 시대에 문학이 비판적이고 반성적인 기능을 유지할 수 있는가라는 질문과 통한다. 아포리아는 바로 이 지점에서 발생한다. 이러한 아포리아의 상태에서 더 이상 문화의 중심에 문학을 두고 근대성의 체계 내에서 자율적 공간을 인정하는 방식으로 이루어졌던, 문학만의 고유한 질서나 법칙을 찾아내는 작업의 유효성을 재고하는 한편, 그 시효성이 의문시되지만 그럼에도 불구하고 여전히 문학이 자신이 속해 있는 사회와 문화에 대한 비판적 의식을 보여 줌으로써 생겨나는 '문학적 탈주의 운동'에 주목해야 하는 것이다.

이광호의 비평적 탐색은 마치 외줄 타기 선수의 위태로운 몸짓처럼 이러한 미적 자율성의 아포리아 또는 근대성의 아포리아 위에 놓여 있다. 이는 결국 대중문화와 문학과의 접속의 문제로 귀결된다. 실제로 이광호는 「문학은 무엇이 될 수 있는가: 오늘의 문화 상황과 문학의 논리」나 「키치를 먹고 자라는 문학」 등의 글을 통해 이러한 접속의 가능성과 의미에 대한 고찰을 시도하고 있다. 한편으로는 "1990년대 이후의 새로운 문화 주체들에 의해 생산되고 의미화되고 있는 '하위 문화' 또는 '소수 문화'의 영역"에 주목하면서 대중문화 안에서 그에 저항할 수 있는 문화

---

32) 이광호, 「문학은 무엇이 될 수 있는가: 오늘의 문화 상황과 문학의 논리」, 『움직이는 부재』, 21쪽.

적 에너지를 찾아내고, 이러한 에너지가 새로운 문학적 상상력과 만나는 계기를 탐색하기도 하고, 다른 한편으로 키치와 같은 대중문화의 낡고 진부한 현상이 "우리 문학의 전위적 에너지를 배가하는 방식을 알아보기 위해 '키치의 문학화'를 검토하기도 한다. 문제는 이론적으로는 '문학의 키치화'를 경계하고 키치를 문학화할 수 있는 문학적 전위의 에너지를 옹호하면서도 실제적으로는 문학적 전위에 합당한 작가를 발견하지 못하거나, 전위적인 에너지를 '포즈'로만 취하거나 부분적으로만 지니고 있는 작가에게 '전위'의 지위를 부여할 때 생겨난다. 이광호의 이러한 외줄 타기는 2000년대에 들어 점점 상업적인 위력과 문학적인 성찰을 요구하고 있는 이른바 '중간 문학'의 존재라든가 정이현 같은 작가에 대한 옹호(이와는 반대로 1990년대 문학에서 유하의 존재는 각별하며 이광호의 비평에서도 유하의 문학에 대한 옹호는 그의 문학론에 든든한 뒷받침이 되고 있다.)에서 생겨날 수 있는 그의 비평 내적 모순 같은 여러 가지 문제들로 매우 힘든 노정을 걷게 될 것이다.

7 근대의 '밖'에서 근대를 사유하기

서구에서 1970년대 말부터 약 20년 동안 전통적 문학 가치들을 의심하고 탈신화화하는 이른바 '이론'이 득세했음은 주지의 사실이다. '회의와 전복의 해석학'에 기울어진 포스트구조주의와 해체론의 논리들은 서구 문학의 전통을 만들어 왔던 '작가'와 '작품'이 허구에 근거한 개념임을 폭로함으로써 '정전'의 파괴와 해체 작업을 가속화시켰다. 물론 이러한 서구 문학의 탈신화화 작업이 문학에 대한 해석적 지점의 다원화를 가져오고, 텍스트 수용 과정의 정교함과 풍요로움을 유도한 긍정적 측면이 없는 것은 아니지만, 작품의 특수성과 고유한 질서를 부정하게 만들고, 이론의 체계 속에 작품은 파편화되어 무화되어 버리는 결과를 낳은 점 또한 부정할 수 없는 사실이다. 이론의 매력은 작품을 도외시하는 결과를 낳았고, 문학작품의 독서는 이론서 읽기에 의해 문학 연구와 교육의 중심부에서 밀려났다. 이제 서구에서조차 이론의 압제에서 작품을 해방시키기 위해 이른바 이론 '이후의' 이론이 모색되기 시작했다는 사실은 여전히 서구의 탈근대 담론에 경도되어 있는 우리의 비평이 곰곰이 되짚어 보아야 할 문제일 것이다.

날로 쏟아지는 정보의 홍수 속에서 비평가들 또한 서구로부터 밀려오는 다양한 이론들에 직면해 있다. 1990년대 이후로 우리에게는 포스트모더니즘을 위시해서 해체 비평, 페미니즘 비평, 탈식민주의, 정신 분석, 문화 연구 등 수많은 이론들이 계속 쏟아져 나오고 있다. 비평가가 이 모든 비평들을 조감하며 장점과 한계를 동시에 꿰뚫어 보면서 그 위에 자신의 비평적 담론을 구축한다는 것은 매우 어려운 과제가 될 것이다. 그러나 이는 결코 비평이 이론을 도외시해도 좋다거나 비평이 이론과는 무관한 지점에서 자신의 담론 체계를 만들어 나갈 수 있다는 뜻은 아니다. 황종연이 말했듯이 "수많은 사람들이 정신 분석의 용어를 사용하고 해체론의 용어를 사용하지만 정작 정신 분석적 비평가라고, 해체론적 비평가라고 부를 만한 사람이 드문 것이 우리의 현실"[33]이라면, 서구의 최신 문학 이론에서 가져온 온갖 어휘들이 우리의 비평 담론에 펼쳐져 있는 지금의 상황에서 오히려 절실하게 요구되는 것은 엄밀한 의미의 '이론적 노력'이라고 할 수 있다. 그 이론적 노력은 이론의 목소리와 가면 속에 숨어들어 비평가 자신이 내야 할 목소리를 잊어버리고 자신의 얼굴을 지워 버리는 것이 아니라 보들레르가 비평을 정의하는 자리에서 말했듯이 "가능한 한 많은 지평을 열어 줄 수 있는" 주관성과 만나는 지점에서만

---

33) 황종연, 「좌담: 한국 문학 비평의 오늘과 내일」, 23쪽.

결실을 맺을 수 있을 것이다. 이 점에서 포스트 담론과 1990년대 문학 비평은 비평의 '주체성'과 관련해 우리에게 커다란 숙제를 남기고 있으며, 새로운 세기를 맞아서 비평가들의 이론적 분발을 촉구하면서 여전히 지속되고 있다.

2000년대 비평과 한국 문학의 지형도

1 비평적 열정과 냉정 사이

『악의 꽃』의 시인이면서 날카로운 안목을 가진 비평가로 활동한 보들레르는 비평이란 그 존재 이유를 갖기 위해서는 편파적이며 정열적이며 정치적이어야 하며, 배타적인 관점으로 이루어져야 한다고 주장한 바 있다. 보들레르 당대의 비평적 분위기를 고려해서 받아들여야 할 이 발언은 도발적이면서도 다소 생경한 감이 없지 않다. 보들레르가 강조하고자 했던 것은 모든 것을 설명한다는 구실 아래서 대상에 대한 증오도 사랑도 갖지 못하는 차가운 실증적 비평, 이른바 모든 종류의 기질이 제거된 비평에 대한 거부감이었다. 비평은 객관성을 갖고 제 현상을 설명하는 과학적 태도와는 달리 필연적으로 정치성을 가지기 때문에 특정한 입장 혹은 배타적인 관점에서 현상을 바라보는 옹호와 배제의 작용을 수반하게 된다는 것이다.

보들레르가 비평에는 열정이 있어야 한다고 했을 때, 이 열정의 의미는 두 가지 측면에서 해석될 수 있다. 우선 비평가가 다루는 텍스트에 투사되는 열정을 생각해 볼 수 있다. 문제는 열정만이 살아 숨쉬는 것으로는 비평이 성립될 수 없다는 점이다. 열정은 아마도 비평가가 대상이 되는 텍스트에 애정을 부여하고 비평적 탐색의 근거를 마련해 주는 기점의 역할을 할 수는 있겠지만, 열정만으로 비평적 텍스트가 완벽하게 구성되지는 않기 때문이다. 비평가가 다루고자 하는 대상을 객관화하고, 자신의 주관적인 인상에 근거를 부여하기 위해서는 열정에 냉정이 수반되어야 하고, 비평가는 좋든 싫든 일종의 이론적인 틀에 의존하게 된다. 우리는 대상 텍스트에 대한 열정이 이론적인 틀에 대한 열정과 뒤섞이거나 그것으로 뒤바뀌는 많은 예들을 보아 왔다. 여기서 우리는 비평적 열정이 대상 텍스트에서 이론적 틀로 전이되어 투사되었을 때 생겨나는 또 다른 난관에 봉착한다. 대상 텍스트의 특수하고 고유한 면이 이론적인 틀 속으로 사상(死狀)되어 버리는 것이다. 비평가의 열정이 대상 텍스트로 투사되건, 아니면 이론적 틀로 투사되건 간에 비평가는 일종의 모순적인 상황에 직면하게 된다.

비평가는 언어 현상을 다루는 다른 어떤 이론가들보다 더 자기모순에 빠질 수 있으며, 오류와 자기부정에 직면해 있는 자이다. 진정한 비평가란 이러한 자기모순을 은폐하고 매끈한 거대 서사 안에 이 모든 오류와 모순을 집어넣는 자가 아니라 모순과 부정까지 직시하면서 이를 자신의 비평적 자산으로 껴안으려는 자이다. 비평가에게 비평적 자의식은 이런 의미에서 매우 소중한 자산이라고 할 수 있다. 2000년대 중반을 막 접어든 시점에 나온 두 권의 비평집[1]을 읽으면서 우선적으로 확인할 수 있었던 것은 그 어느 때보다 강화된 비평적 자의식, 또는 비평 행위의 본질에 대한 반성적 성찰이다. 이들이 보다 강화된 비평적 자의식을 가동시키는 근본적인 이유는 비평적 열정의 대상인 '2000년대 문학에 대한 의미 부여의 작업을 보다 원활하게 추진하고자 하기 때문이다. 이 두 비평집은

1) 김영찬, 『비평 극장의 유령들』(창비, 2006)(이하 『비평 극장』으로 표기.)과 이광호, 『이토록 사소한 정치성』(문학과지성사, 2006.)(이하 『정치성』으로 표기.)

2000년대 문학에 대한 본격적인 의미 부여의 작업이 시작되었음을 알리는 신호탄과 같다. 이 두 비평집은 앞으로 더욱 활발하게 이루어질 2000년대 문학에 대한 비평적 논의의 중요한 출발점이 되어 줄 것이다.

2 2000년대 문학, 미성숙의 유혹에서 성숙의 모험으로

주로 백낙청과 최원식 등 창비 진영의 이론가들을 비판적으로 검토하고 있는「한국 문학의 증상들 혹은 리얼리즘이라는 독법」은 등단 3년 만에 첫 비평집을 낸 김영찬의 비평적 자의식을 잘 보여 주는 글이다. 이 글은 겉으로는 기존의 비평, 그 가운데에서도 리얼리즘 계열의 비평가들에 대한 비판적 검토의 성격을 지니고 있지만 실은 신예 비평가로서 자신의 비평 작업에 대한 일종의 약속 또는 확인의 의미를 품고 있다. 여러 가지 외적 요소들로 추측해 보건대 리얼리즘 또는 창비 계열의 평론에 가까울 것으로 짐작되는 비평가가 자신과 친연성이 있는 비평가 그룹을 비판하는 것은 그에 대한 애정 여부를 떠나 쉬운 일은 아닐 것이다. 여기서 김영찬이 던지는 궁극적인 질문은 새로운 작품을 기존의 코드로 읽는 것은 얼마만큼 정당한 것인가에 관련되어 있다. 여기서 '새로운' 작품이란 일차적으로 모더니즘 계열의 작품으로 한정되고, '기존의' 코드란 리얼리즘적 독법을 의미하지만 김영찬은 이렇게 특수하게 한정된 작품의 계열과 비평적 코드를 뛰어넘어 궁극적으로 비평이 작품과 맺는 본질적인 관계를 검토하고자 한다.

작품을 읽는 다양한 방법이 가능할 수 있다 해도 작품을 읽기 위해 선택한 이러한 방법이 작품 '자체의' 생생한 실감에 얼마나 귀를 기울이고 있으며, 작품의 '실재'에 얼마나 다가가고 있는가를 되묻는 일은 앞서 말한 비평가의 비평적 자의식의 첫 번째 요건이라고 할 수 있다. 김영찬은 선배 비평가들의 비평적 공과를 꼼꼼하게 분석하는 과정에서도 늘 자신의 비평이 나아가야 할 지점을 염두에 두고 있다. 만일 메타 비평이 대상이 되는 비평가의 논리적 모순만을 들추어내는 것에 그친다면, 이는 별다른 의미가 없을지도 모른다. 앞서 언급했듯이 비평가란 사실 자기모순을 어느 정도는 안고 가는 사람이기 때문이다. 김영찬의 글이 설득력을 갖는 이유는 한편으로는 타인의 글을 분석하면서도 궁극적으로는 자신의 비평에 대한 반성 행위를 겹쳐 놓고 있기 때문이다. 혹시나 내가 해석하지 못한 부분에 작품의 실재가 담겨 있는 것은 아닐까? 내 스스로 설정한 비평적 입장이나 규범에 들어맞지 않는 불편한 요소들에 나는 얼마나 관심을 기울였는가? 이러한 질문은 김영찬이 스스로에게 되묻는 본질적인 질문들 가운데 하나이다. "설혹 그 회피할 수 없는 바깥의 혼돈스러운 몸체가 고통스럽게도 자신의 '이론'과 '비평'의 살을 찢고 들어온다고 하더라도, 그것까지도 감내하면서 바로 그 속에서 자기 자신의 진리를 발견해야 한다는 요청"(『비평 극장』 37~38쪽)은 그의 비평적 자의식의 일면을 잘 보여 주는 대목이다.

김영찬이 이렇듯 비평적 자의식을 한층 강화하면서 '이론 비평'과 '실제 비평'의 간극을 줄이고자 하는 시도는 2000년대 문학에 대한 의미 부여를 위한 일종의 사전 정비 작업의 성격을 지니고 있다. 다시 말해서 1980년대 문학과 1990년대 문학에 대한 기존의 의미 부여 작업이 종종 빠져들었던 비평적 독단에서 벗어나 작품이 보여 주는 실체에 한층 가깝게 접근하기 위해서 비평적 정신을 바짝 차리는 자세를 환기시키는 것이다. 예를 들어 1990년대 문학을 설명하기 위해 흔히 사용되던 세대론의 코드가 2000년대 문학 검토에는 결코 반복 적용될 수 없다는 생각을 뒷받침하기 위해서는 이론과 실제, 독법과 작품 사이의 간극에 대한 한층 강화된 의식이 필요한 것이다. 김영찬이 2000년대 문학을 "한국 문학사에서 되풀이되어 온 연대기적 시기 구분의 강박이나 새로운 세대의 문학적 경향의 특권화와는 전혀 다른 맥락"(『비평 극장』 80~81쪽)으로 읽어 볼 것을 제안하는 것은 바로 이런 맥락에서이다.

그렇다고 해서 그가 문학사적 단계의 상징화 작업이 갖는 중요성 자체를 부정하는 것은 아니다. 오히려 그는 비평집 곳곳에서 연대기적 의미에서가 아니라 질적인 의미에서 문학의 연대를 구분하고 현 시점의 문학을 그 좌표 안에 표시하는 작업이 비평의 중요한 임무임을 역설한다. 다시 말해 비평은 동시대 문학의 좌표를 설정하는 작업을 통해서 이전 문학의 한계를 분명히 인식하고 그것과의 상징적인 단절 속에서 문학의 '진화'와 '성숙'을 추구하는 작업이라는 점을 분명히 하고 있는 것이다. 그가 「1990년대 문학의 종언, 그리고 그후」라는 글에서 1990년대 문학과 2000년대 문학의 관계를 설명하기 위하여 '한계', '단절', '종언', '진화', '성숙'과 같은 단어들을 수차례 사용하고 있는 것은 바로 이런 맥락에서이다. 2000년대 문학의 성숙과 진화를 이야기하기 위해서는 1990년대 문학이 안고 있는 한계를 분명하게 인식해야 하고 이를 통해 1990년대 문학과 상징적인 단절을 이루어야 할 필요가 있다고 보는 것이다. 그는 1990년대 문학의 실질적인 '죽음'이라는 문학사적 단절의 좌표 속에서 2000년대 문학의 의미와 방향을 탐색하고자 한다.

1990년대 문학에 대한 그의 평가는 "1990년대 문학이 개인과 일상의 가치를 앞세우며 미학의 영역에서 이루어 낸 진화"의 부대 비용으로 "문학의 자발적 왜소화와 사소화"라는 대가를 치렀다는 진술에서 잘 드러난다. 이러한 왜소화와 사소화의 원인을 흔히 그렇듯이 문학을 둘러싼 외적 환경 탓으로 돌리지 않고, 문학 자체에 내재하는 원인으로 인해 문학 스스로 자초한 것으로 보면서 문학의 '성숙'과 분발을 촉구하는 것은 김영찬 비평이 내는 중요한 목소리 가운데 하나이다. 그가 그려 내는 2000년대 문학의 지형도는 이러한 1990년대 문학과의 상징적 단절의 좌표 속에서 크게 두 가지 방향에서 이루어지는 것처럼 보인다. 그 하나는

"시기적으로 2000년대에 들어와 백민석, 배수아, 김영하, 윤대녕, 신경숙, 김연수, 조경란 등의 소설에서 각기 그 형태와 방식은 다를지언정 언젠가부터 공통적으로 나타나기 시작한 미묘한 변화"(『비평 극장』 49쪽)의 표출이며, 다른 하나는 다양성과 혼종성이 어지럽게 교차하면서 아직 형성 중인 2000년대 문학의 흐름이다.

하나의 흐름은 문학사적 단절에 관여하며, 다른 하나는 문학사적 쇄신에 기여하는 셈인데, 이 두 흐름이 합쳐져 "2000년대를 전후로 진행되어 왔던 문학장의 공통 감각이나 변화의 흐름"을 이끌어내고 있는 것이다. 다시 말해서 2000년대 문학의 지형도를 그려 내기 위해서는 한편으로 1990년대 작가들이 1990년대 말부터 보이기 시작한 변화와 2000년대 작가들의 새로운 문학적 탐색이 1990년대 문학과 질적인 변화를 드러내면서 문학사적 단절을 이루는 양상을 드러내야 한다. 다른 한편으로는 1990년대 작가들의 문학적인 갱신의 노력이 "우리가 '2000년대 작가들'이라고 불러야 할 작가들이 의식적인 태도든 아니면 강요된 선택이든 간에 어떤 측면에서는 이미 처음부터 품고 있었던 출발 지점"을 이루고 있는 양상을 드러내는 작업이 있어야 할 것이다. 그러니까 2000년대 문학의 지형도를 그리고자 하는 김영찬에게 다음과 같은 질문은 핵심적인 것이다. "2000년대를 즈음해 작품 활동을 시작한 젊은 세대의 문학과 이전 세대의 문학이 어떤 지점에서 갈라져 각자에게 주어진 길을 밟아 나가고 있으며 또 그러면서도 어떤 지점에서 합류해 하나의 큰 공통된 흐름을 형성하고 있는"가?(『비평 극장』 93쪽)

3 2000년대 문학과 사회(학)적 상상력

이러한 구도 속에서 김영찬이 2000년대 문학의 의미를 읽어 내기 위해 동원하는 독법은 정신분석학적 독법과 사회(학)적 독법이다. 물론 그가 자신의 비평적 방법을 의식적으로 구체화시키거나 명료한 형태로 언술화하고 있지는 않다. 하지만 '상상적 주체'나 '상징적 주체', '자아', '타자', '큰 타자'와 같은 용어들은 그의 비평을 구성하는 핵심적 어휘들이며, 사회(학)적 독법은 그가 리얼리즘 계열의 비평가들과 마찬가지로 문학과 사회의 연관성을 매우 중요하게 생각한다는 사실을 잘 반영해 준다. 그가 특별히 강조하는 '사회학적 상상력'이라는 용어는 앞서 지적했듯이 그가 리얼리즘 비평의 연장선상에 서 있으면서도 그 도식성에 함몰되지 않으려는 비평적 자의식을 단적으로 보여 준다.

김영찬은 1990년대 문학의 개인 주체를 '상상적 주체'라고 규정한다. 여기서 '상상적'이란 주체인 '나'가 그 존재 조건인 후기 자본주의의 현실을 괄호 안에 묶어 둠으로써 성립되는 나르시시즘을 의식의 주된 동력으로 삼는 태도를 말한다. 이러한 상상적 주체는 "세계(혹은 역사나 현실)와 무관하게 그와 절대적으로 독립된 자기 자신의 의미와 가치를 정립할 수 있으리라는 자기기만(mauvaise foi)"(『비평 극장』 50쪽)에 갇혀 있게 된다. 그 결과 사회와 역사를 비롯한 '나' 바깥의 모든 타자성의 계기를 지워 버리거나 '나' 안으로 동화시켜 버린 것은 1990년대 문학의 근본적인 한계로 지적된다. 개인의 주체와 내면의 드라마를 읽어 내는 정신 분석적 독법을 이렇듯 사회학적 상상력과 결부시키는 태도야말로 김영찬 비평의 중요한 특징 가운데 하나이다. 1990년대 문학의 질적인 변화는 1990년대 문학이 보여 준 이러한 상상적 주체에서 '상징적 주체'로의 형질 변화로 설명할 수 있다. 이제 2000년대 문학이 "상상적 주체 바깥으로의 한걸음에 대한 내적 요구" 속에서 타자를 재발견하게 되는 것은 당연한 논리적 귀결이라고 할 수 있다.

상상적 자아에서 상징적 자아로의 형질 변화는 앞서 언급한 2000년대 문학의 성숙을 보여 주는 중요한 지표이다. "나르시시즘적인 상상적 공간의 바깥으로 걸어나와 감당하기 쉽지 않은 세계 자체의 진실과 정직하게 대면하는 주체의 고통스런 자기성찰"(『비평 극장』 56쪽)은 김영찬이 보기에 진정한 인식적 · 문학적 성숙이 2000년대 문학에 접어들면서 시작되었음을 알리는 중요한 증거이다. 사실 김영찬이 동시대 한국 문학을 조명하면서 동원하는 중요한 담화 가운데 하나는 바로 '계몽의 담화'이다. 실제로 그는 비평집의 곳곳에서 한국 문학이 미성숙의 단계에서 벗어나 내적 성숙을 이루어야 함을 촉구하기 위하여 헤겔, 칸트, 루카치, 아도르노 같은 계몽의 사상가들을 원용하고 있다.

김영찬은 한국 문학이 '미성숙의 유혹'과 '성숙의 모험' 사이에서 여전히 갈등하고 있음을 보여 주면서 소설 자체에 내재해 있는 이른바 '부정의 정신'을 최대한도로 활용하여 질적인 성숙의 단계로 확실하게 들어서기를 희망한다. 그가 말하는 부정의 정신이란 고착된 현실이나 이데올로기는 물론이고 소설 자신의 고유한 믿음이나 동일성마저도 회의하는 자유롭고 활달한 정신을 말한다. 소설은 소설에 내장해 있는 부정의 정신을 최대한도로 활용해야 할 의무와 권리를 가진다. 반대로 '미성숙의 유혹'이란 변화하는 현실에 대한 민감한 대결 의식 대신에 굳어져 버린 기존 관습을 아무런 갱신의 노력 없이 지루하게 반복하는 태도를 말한다. 실제로 그는 이러한 각도에서 한편으로는 2000년대 문학의 형질 변화와 그로 인한 문학적 성숙을 확인하면서도 다른 한편으로는 여전히 남아 있는 '미성숙의 유혹'이 낳는 문학적 현상들에 대해 비판적 시선을 거두지 않는다. 2000년대의 젊은 작가들의 상상 세계를 조명하고 있는 「아비 없는 소설 극장」이라는 글에서 "많은 소설들이 새로운 형식과 문법을 지향하는 듯하면서도 역설적이게도 평면성과 상투성에 갇혀 있"(『비평 극장』 214쪽)다고 지적하면서 1990년대 문학과의 단절을 촉구하는 것도 이런 맥락에서이다.

자아가 상상적 나르시시즘의 단계에서 벗어나 타자와 대면하게 되는 상징화의 단계에 접어들었다고 해서 이를 현실의 온갖 어려움을 이겨 내고 극복하는 강력한 주체의 출현으로 해석해서는 안 된다. 2000년대 문학에서 나타나는 자아는 "삶의 횡포에 적극적으로 반발하기보다는 감내하는 빈곤하고 왜소한 주체"이며 "자기 자신의 현실적·정신적 무력함을 일종의 운명으로 내면화하고 있는 자아"이기 때문이다. 성급한 비평가라면 탈현실의 움직임으로 해석할 법한 이러한 현상을 오히려 김영찬은 새로운 문학적 주체가 후기 자본주의의 풍요와 활기 뒤에 감추어진 불안과 폐쇄성에 대한 '정직한 실감'을 보여 주는 것으로 해석하고 있다. 김영찬이 주목하는 것은 바로 박민규 소설에 대한 분석에서 설득력 있게 보여 주듯이 주체의 약화가 오히려 허구의 새로운 문법에 대한 탐구를 열어 주는 역설적 가능성이다.

위에서 드러나듯이 김영찬은 2000년대 문학의 중요한 변화로 현실을 비껴가지 않고 그 중력을 어떤 식으로든 견뎌 내려는 자세로 보고 있는데, 이렇듯 문학을 그 바탕이 되는 현실과 끊임없이 연결시키려는 자세는 문학을 대하는 김영찬의 가장 근본적인 태도인 것처럼 보인다. 그가 "소설의 허구가 창안되도록 존재하는 자본주의 근대의 현실적 조건에 대한 치열한 사유나 자의식"(『비평 극장』 215쪽)을 강조하는 것이나, "2000년대의 문학의 다수가 겉으로는 비록 한없이 가볍거나 아니면 환상이나 엉뚱한 쇄말(瑣末)에 집착하는 듯 보이고 그래서 탈현실적인 것으로 비칠 수는 있어도 그 안에 숨어 있는 나름의 민감한 현실 감각, 그리고 현실에 비스듬히 맞선 자아의 고투의 흔적"(『비평 극장』 92쪽)을 찾아내려고 애쓰는 것은 문학에서 차지하는 이른바 '사회학적 상상력'의 중요성 때문이다. 현실을 회피하지 않고 견디고 거스르며 핵심을 파고들어 끊임없이 질문하고 성찰하는 태도야말로 시대가 바뀌고 문학의 외적 환경에 지대한 변화가 찾아온 현 시점에도 여전히 간직해야 할 소중한 문학적 자세라고 보기 때문이다.

많은 비평가들이 2000년대 문학에 나타나는 발랄하고 경쾌한 감수성을 탈현실의 징후로 파악하고, 이를 '무중력 공간의 탄생'[2]으로 명명한 것과는 달리 김영찬은 김중혁, 편혜영, 서준환, 김애란, 한유주 등 언뜻 탈현실을 지향하는 듯이 보이는 소설 곳곳에 숨어 있는 '부재 원인(absent-cause)으로서 현실'을 포착하고자 한다. 그렇다면 비슷한 소설을 두고 이광호가 무중력의 공간이 탄생한 것이라고 본 반면 김영찬이 집요하게 공통된 현실 감각이 반영되어 있다고 파악한 데에는 김영찬이 의미하는 '현실' 또는 '사회학적 상상력'이 일반적이고 상식적인 용법에서 벗어나 개인적인 내포를 지니고 있기 때문은 아닐까?

이때 무엇보다 긴요한 것은, 사회(학)적 상상력을 사회적 의제의 제기나 경험적인 사회 문제에 대한 문학적 재현 혹은 형상화쯤으로 환원하는 항간의 오해나 편견과 거리를 두는 일이다. 물론 그와 다른 관점에서 지금 2000년대의 문학은 개인을 넘어선 '전체'를 사고하고 의식화하는 상상의 길에는 미치지 못하는 것이 사실이지만, 우리가 확인한 바 있듯이 적어도 그들 문학이 그런 한계 속에서나마 부재 원인으로서 '사회'와 그 진실을 포착하고 상상하는 나름의 방법론적 자의식을 펼쳐 나가고 있다는 사실만큼은 부정할 수 없다.(『비평 극장』94쪽)

박민규의 소설에서 단적으로 드러나는 (희)비극적 유머를 "자아를 압박하는 현실의 무게를 오히려 밖으로 분산시켜 버리면서 상대화하는" 탈내면의 상상력으로 읽는다든가, 최인석, 구효서, 은희경, 윤대녕, 정지아, 권여선 등의 최근작에 나타난 상실의 감각을 "자본주의적 삶에 대

---

2) 이광호, 「혼종적 글쓰기, 혹은 무중력 공간의 탄생」, 『이토록 사소한 정치성』(문학과지성사, 2006). 김영찬은 2000년대 문학이 한국적 현실 경험의 중력에서 자유로운 '무중력의 문학'이라는 이광호의 지적이 옳지 않다고 비판한다.(『비평 극장』82쪽)

한 예민한 고통과 출구 없는 막막함이 유례없는 공통의 감각과 정서를 형성하면서 뚜렷하게 부각되고 있"는 것으로 파악하는 것은 2000년대 문학을 이러한 사회(학)적 상상력으로 해독한 결과이다. 김영찬이 2000년대 문학의 또 다른 특징이라고 할 수 있는 가상 공간의 탐색을 "현실의 외상적 핵심과 그에 대한 고통스러운 성찰을 회피하는 하나의 방법"(『비평 극장』 113쪽)이라고 규정하면서 비판적 관점에서 보는 것은 이런 맥락에서 이해할 수 있다.

김영찬은 이제 첫 비평집을 낸 비평가임에도 불구하고 1990년대 문학과 2000년대 문학의 대차대조표를 작성할 수 있는 거시적인 안목과 작품의 미세한 대목까지 꼼꼼하게 잡아내는 세밀한 시선을 두루 갖추고 있다. 그러나 한국 문학의 흐름을 단절과 성숙의 드라마로만 파악하려는 것은 자칫 다양성과 혼종성이 주된 특성인 2000년대 문학을 선조적이고 변증법적인 문학사의 도식에서 해석할 위험이 있으며, 2000년대 한국 문학의 성숙된 모습을 '계몽의 서사'의 관점에서만 파악하는 것은 2000년대 문학이 보여 주는 다양한 '미성숙의 현상'들을 극복되어야 할 부정적인 계기로만 파악하는 우를 범할 수도 있다. 이는 김영찬이 그토록 민감하게 귀를 기울이는 비평적 자의식에도 어긋날 수 있다. 자칫 잘못하면 한국 문학의 제 증상들을 '계몽'과 '성숙'을 향한 목적론적 틀 속에만 해석함으로써 정작 증상들의 '실체'는 은폐되어 버리는 수가 있기 때문이다. 그가 이번 비평집에서 제시한 여러 가지 해석의 틀에 불편하거나 낯선 요소들이 2000년대 문학에 내재해 있는 것은 아닌지 되돌아볼 수 있기를 바란다. 그가 말하고 있듯이 "무릇 모든 해석은 잉여를 남기게 마련이지만, 그 남겨진 견딜 수 없이 낯설고 불편한 것이 실제로 소설의 고유함과 성취를 결정하는 중핵에 해당"(『비평 극장』 28쪽)할 수도 있기 때문이다.

4 이데올로기적 호명에 저항하는 생성의 비평

이광호의 다섯 번째 비평집은 주류적이고 제도화된 문학성을 넘어서려는 문학을 찾아내고 호명하는 방식과 태도에 관한 질문들로 가득 차 있다. 그는 문학성에 관한 제도적 척도들이 이미 그 안에 개별적인 텍스트의 움직임을 규제하는 '권력의 작용'을 담고 있다는 점을 투철하게 의식하면서, 이러한 공식적 문학성에 저항하면서 넘어서려는 '낯선' 문학성을 제기하는 생성의 문학을 찾아내고 이에 '적절한' 이름을 부여하고자 한다. 그렇다면 제도적인 비평의 시선과 방법으로는 포착될 수도 없고 호명될 수도 없는 이 '낯선' 문학을 과연 어떤 이름으로 불러야 할 것인가? 생성의 문학에 대응하는 생성의 비평의 가능성을 생각할 수 없다면 아마도 우리가 연대기적 순서에 따라 간편하게 '2000년대 문학'이라고 부르는 이 새롭고 낯선 문학에 걸맞는 '이름'을 발견할 수 없을지도 모른다. 이광호가 이번 비평집에서 유독 '이름'의 문제나 호명 방식의 문제에 대해 집요한 의문을 제기하는 것은 이런 맥락에서 이해할 수 있다.

> 문학 비평이 만약 기존의 문학 제도를 공고히 하는 데 봉사하지 않으려면, 그것은 이데올로기적 호명을 비껴가면서 텍스트의 개체성을 읽는 방식을 모색해야 한다. 텍스트에 대한 굳어진 제도적 호명과 이데올로기적 척도의 틈새에서 새로운 호명의 방식을 찾아내는 일. 다른 곳에서 다른 시선으로 대상을 '다시' 읽을 수 있다면, 비평은 '해석'이 아니라 '생성'의 작업이 될 수 있다. 주어진 호명의 외부를 사유하고 낯선 호명을 창안하는 일. 그것은 '다른 삶'의 가능성을 여는 '혁명적인 사랑'의 방식이다.(『정치성』 11쪽)

인용문의 마지막 문장에 잘 드러나듯이 생성의 문학과 비평에 대한 집요한 탐색은 김영찬의 경우와 마찬가지로 한층 강화된 비평적 자의식이나 실존적 자의식의 형태로 표출되고 있다. 내가 이 낯선 작품들에 던지는 일련의 질문들은 내가 속해 있는 제도적 권력의 척도에서 얼마만큼 비껴갈 수 있는가? 한국 문학이 '문학성'을 호명하는 전통적인 제도적 방식이라고 할 수 있는 세대론이나 이데올로기적 호명 방식에서 벗어나 2000년대 문학을 호명하는 것은 가능한 일인가?

이러한 질문에 제대로 답하기 위해서 이광호는 한국 문학 비평에 끊임없이 출몰하는 '이분법적 호명 방식'이라는 망령을 호출해 내고 이를 해체시킬 수 있는 논의의 장을 마련하고자 한다. 여기서 이분법적 호명 방식이란 리얼리즘/모더니즘, 1980년대/1990년대, 문학적인 것/정치적인 것, 개인적인 것/사회적인 것 등과 같이 기존의 한국 문학을 설명하기 위하여 무반성적으로 동원되었던 이분법적 이데올로기 작동 방식을 말한다. 이러한 이분법적 호명 방식이 이데올로기적인 이유는 그것이 부르디외가 말하는 '구별 짓기'의 전략을 작동시키고 있기 때문이다. 그렇기 때문에 이분법이 호명하는 두 항목들은 그 대립적 구조 속에서만 실체를 유지할 수 있는 '텅빈 이름'들이다. 이광호는 「문제는 리얼리즘이 아니다」라는 다소 논쟁적인 성격의 글에서 여전히 리얼리즘과 모더니즘이라는 이분법적 구도에서 1990년대 문학을 살피려는 비평적 기획을 문제 삼는다. 1990년대 이후의 문학 지형에서 이러한 이분법적 틀로 해명될 수 있는 작품이 거의 없다고 해도 과언이 아닌 상황에서, 다시 말해서 리얼리즘과 모더니즘의 이분법이 가지는 텍스트 해석력이 거의 고갈된 상황에서 이러한 이분법이 (재)출현할 수 있는 근거를 해체하고자 하는 것이다. 한국 문학의 미적 근대성의 프로젝트를 다른 각도에서 재구성해 보는 작업과 맞물려 있는 이러한 이데올로기적 호명 방식에 대한 비판적인 독해는 이광호 비평의 중요한 한 축을 이루고 있다.

그렇다면 이러한 문제의식이 2000년대 문학을 호명하는 방식에 어떠한 영향을 미치는가. 어느 곧 다음과 같은 질문을 던지게 한다. "'2000년

대 문학'이라고 명명하는 순간 '1990년대 문학'이라고 명명하면서 생겨
났던 문제점들이 은연중에 반복될 수 있는데, 그러한 가능성까지 엄밀하
게 차단하면서 작업을 할 수 있겠는가?"(『정치성』 283쪽) 이를 위해서 이
광호는 앞서 김영찬이 시도했듯이 서둘러 1990년대 문학과의 상징적인
단절 작업을 시도하지 않는다. 1990년대 문학의 '종언'을 고하는 자리에
서 2000년대 문학의 출발을 선언하는 것이 아니라 1990년대 문학의 미학
적 가능성을 최대한도로 섬세하게 읽어 내고 이를 현재화하는 일에 중요
성을 부여한다. 그의 말을 빌리면 "1990년대와 '잘' 작별하기 위해서는
이를 현재화하는 것이 중요"하기 때문이다.

5 2000년대 문학과 '사소한' 정치성의 발견

1980년대와 1990년대를 대비시키고 단절의 관계에 두는 1980년대 문
학/1990년대 문학의 이분법적 구도가 집단/개인, 거대 담론/미시 담론,
정치적인 삶/문학적인 삶, 역사/일상 등과 같은 이분법적 연쇄를 낳았
다면, 이제 2000년대 문학을 의미화하고 그것에 제 이름을 불러 주기 위
해서 비평이 해야 할 일은 이분법적 구도의 틈새 혹은 외부에서 사유하
는 것이다. 다른 한편으로 2000년대 문학이 '생성의 문학'이라는 이름에
걸맞는 모습을 보여 주기 위해서는 1980년대/1990년대, 거대 서사/미
시적 일상성 등과 같은 이분법을 '가로지르며' 새로운 서사 공간을 만들
어 내야 한다. 이광호는 1990년대 말 이후의 사회적 분위기와 결코 무관
하지 않은 2000년대 문학의 특성을 '사소한 정치성'이라고 호명하고 있
다. 이는 공적인 차원에서는 탈정치적이지만 문화적 공간에서는 정치성
을 드러낼 수 있는 가능성의 다른 이름이다. 2000년대 문학은 제도적 억
압과 폭력에 대한 저항을 나름대로의 방식(이광호가 말하는 미학적인 방식)

으로 실천해 왔다는 점에서 여전히 '정치적'이지만 그 실천의 공간이 공적 범주에서 사적 일상생활의 공간으로 이동했다는 점에서 '사소한' 것이라고 부를 수밖에 없다는 것이다. 그러니까 이분법적 논리의 해체를 주장하는 이광호에게 그가 2000년대 문학을 '탈정치적' 또는 '탈현실적'이라고 규정했다고 비판하는 것은 해체의 어느 한 면만을 염두에 둔 비판이기 쉽다. 2000년대 문학은 공적 담론의 범주에서 보면 탈현실을 지향하는 것처럼 보이지만, 일상성과 미학적 차원에서 현실과의 대결 의식을 구현하고 있기 때문이다.

2000년대 문학은 더 이상 세대론으로 호명할 수도 없고, 우리에게 익숙한 이분법적 구도로도 설명될 수 없다. 그렇다면 2000년대 문학에 합당한 호명은 이른바 포스트 386세대가 공유하는 역사적 경험을 특권화하는 방식으로 이루어져서도 안 될 것이고, 이분법적 도식에 얽매여서도 안 될 것이다. 이광호가 2000년대 문학을 부르기 위해 고안한 호명 가운데 하나가 바로 '혼종적 글쓰기'라는 용어이다. 그는 원래 탈식민주의 담론에서 사용되던 이 용어를 2000년 문학이라는 맥락에 전유하면서 "2000년대 문학 공간에서 새로운 세대의 경험과 미학의 동일성의 분열을 설명하기 위해"(『정치성』 283쪽) 사용하고 있다. 그렇다면 이제 이광호가 말하는 2000년대 문학의 '혼종적 글쓰기'의 특성을 자세히 살펴보는 일이 그의 비평적 기획의 중요한 단면을 포착하는 단서가 될 것이다.

그가 '혼종적 글쓰기'라고 부르는 문학적 경향에는 크게 두 가지 문학적 흐름이 합쳐져 있다. 하나는 "1990년대 작가들(신경숙, 은희경, 성석제, 하성란, 배수아, 조경란, 김영하)이 2000년 이후에 보여 준 문학적 변모"이며 다른 하나는 "2000년대에 와서 공식적인 글쓰기를 시작한 작가들"의 미학적 모험이다. 이러한 구도는 크게 1990년대 문학의 바탕 위에 1990년대 작가들이 1990년대 말부터 보여 준 변화와 2000년대 작가들의 문학적 특성을 복합적으로 고려하고자 한 김영찬의 독법과 크게 다르지 않다. 이광호는 혼종적 글쓰기의 의미를 "다양한 문화적 텍스트들과의 접속을 통한 상호 텍스트적인 글쓰기", 보다 구체적으로는 "1990년대 후반 이후의 젊은 작가들의 소설에서 드러나는 대중문화적 상상력과 하위 장르적인 문법의 차용"으로 규정하고 있다. 이전의 세대와는 달리 역사적 경험의 동일성이라는 문맥으로 설명될 수 없는 새로운 문학적 세대는 영화, 게임, 만화 등 1990년대에 등장한 다양한 문화적 텍스트들을 문학적 질료로 삼고서 주로 미학적인 차원에서 '사소한 정치성'을 실현하고자 애쓴다는 것이다.

이광호의 이러한 설명에서 눈에 띄는 것은 혼종적 글쓰기의 이른바 대중문화적 상상력이 "문학 장르들 내부의 문법적 규범으로부터 미끄러져 달아나는 미학"이 됨으로써 '전위'와 '소수'의 미학적 코드가 된다는 지적이다.

문학성과 장르에 대한 자의식을 미학적 모험의 에너지로 삼는 문학. 그런 문학을 여전히 '본격 문학'이라는 이름으로 불러야 할지, 나는 알지 못한다. 하지만 그런 문학은 필연적으로 '전위'와 '소수'의 미학적 코드를 가질 수밖에 없다. 그것이 전위의 미학을 가지는 것은 문학과 장르에 대한 근본적인 질문을 통해 문법과 미학이 갱신되고 전복될 수 있기 때문이다. 그런 문학은 전통적인 장르 개념이나 미학적 규율을 고수하는 문학이 아니라, 그것에 대해 근본적으로 질문하는 문학이며, 그 질문의 과정에서 본격 문학에 편입되지 못했던 하위적이고 주변적인 장르와 언어들과 혼종적 접속을 통해 장르의 순결성을 넘어설 수 있다.(『정치성』 283쪽)

2000년대 작가들이 대중문화나 하위 문화에서 미학적 에너지를 가져온다는 것은 잘 알려진 사실이다. 그러나 이광호는 이러한 에너지가 어떻게 미학적 전복의 에너지로 질적 변화를 이루는가에 대해서는 설명하지 않는다. 본격 문학과 하위 문학, 중심부 문학과 주변부 문학 사이의 경계가 선을 긋듯이 분명하게 나뉠 수 없는 상황에서 대중문화적 상상력을 폭넓게 구현하는 작가들의 미학이 "문학적 자율성의 최대치를 구현하는" 문학, 즉 양적인 개념이 아니라 질적인 개념의 소수 문학과 손쉽게 양립할 수는 없기 때문이다. 2000년대에 와서 공식적인 글쓰기를 시작한 작가들이 이전의 어느 문학보다 더 과감하게 리얼리즘의 규율로부터 벗어나 시도하는 "새로운 미디어와 과학적 상상력 그리고 하위 장르적 문법을 차용한 극단적인 판타지와 우화적 요소의 과감한 도입"(『정치성』 101쪽)이 단순한 미학적 포즈에 머물고 말 것인가 아니면 이전의 이분법적 구도를 가로지르는 전복의 미학적 모험으로 귀착될 것인가에 관해서는 보다 섬세하고 신중한 판단과 해석이 필요하다. 이광호는 '해석'의 비평에서 '생성'의 비평으로의 이동과 전환을 촉구했지만, 비평가가 궁극적으로 되돌아가야 하는 곳은 바로 해석의 지점이며, 비평가는 해석의 '갈등들'에서 자유롭지 못한 존재이기 때문이다.

오히려 성급하게 미학적 '전복'과 '소수' 문학의 코드를 단정짓기보다는 아직은 혼종적 접속이 가져오는 양가성을 인정하고 그에 대해 정직한 질문을 던져야 할지도 모른다. 이와 관련해서 김영찬이 지적하는 "젊은 개인주의자들의 실존적 포즈의 양가성"(『비평극장』 28쪽)에 주목하기 바란다. 불안과 매혹, 체념과 자기 긍정, 의혹과 확신, 슬픔과 유머가 공존하는 2000년대 문학의 공간은 '무중력'의 단일한 공간이 아니라 중력과 부력이 동시에 작용하는 공간이기 때문이다.[3]

---

3) 이광호는 정이현의 소설에 등장하는 일인칭 여성 화자가 통상적인 의미에서의 고백적인 화자가 아니라 일종의 위장적인 화자의 얼굴을 갖는다고 지적하면서, 이 위장술을 두 가지 층위, 즉 '사회적인' 위장술과 '문법적인' 위장술로 나누어 살펴보고 있다. 여기서 이광호가 지적하는 위장술은 앞서 지적한 양가성과 매우 유사한 의미를 지닐 수 있다. 대중성을 지향하는 문학이 '소수'와 '전복'의 미학적 효과를 위장할 수도 있고, 전위의 미학적 코드가 대중 문학의 형식적 외피를 입을 수도 있기 때문이다. 한국 문학에서 본격 문학과 하위 문학 장르 사이의 혼종성이 더욱 강화될 것이라는 전제 아래, 이러한 양가성, 또는 위장술에 대한 보다 치밀한 독해가 필요하다.

한국 문학과 외국 문학의 어느 행복한 만남
— 정명환의 비교문학적 고찰

1 한국 문학과 서양 문학의 변증법

정명환은 비평 활동 초기부터 한국 문학에 대해 지속적인 관심을 표명해 왔다. 그는 불문학자로서 '틈틈히', 그리고 일종의 '여가 활동'으로 한국 문학에 관심을 표명한 것이 아니라, 한국인의 근대적 사유 체계, 한국 사회의 근대성을 규명하는 필연적 방식으로 한국 문학과 서양 문학의 교섭과 영향 관계에 주목해 왔다. 그는 서양 문학을 그 자체로 존재하는 먼 나라의 상징적 체계가 아니라 한국 근대 문학의 생성과 전개를 사유하기 위해서는 반드시 참조해야 하는 틀로 인식하며, 한국 근대 문학 역시 서구의 갖가지 문예 사조들의 영향에서 자유로울 수 없었다는 점에서 서양 문학과의 넓은 의미에서의 비교문학적 고찰을 반드시 요하는 것으로 받아들인다. 넓은 의미에서의 비교문학적 고찰이란 예를 들면 그의 첫 번째 비평집인 『한국 작가와 지성』의 책머리에 나오는 다음과 같은 발언을 가리킨다.

나는 프랑스 문학을 공부하는 한편 우리 문학에 관심을 가져 왔다. 그래서 우리 문학에 대한 이야기를 할 때라도 프랑스 문학에서 얻은 지식을 이용하거나 또는 그것과 대비하는 일이 많았다. 그런 경향이 과연 우리의 작가들의 어떤 특성을 뜻있게 부각시키기에 이바지했는지, 혹은 반대로 그들에 대한 정당치 않은 편견을 초래했는지는 독자 여러분의 판단과 평가에 맡길 수밖에 없다.[1]

1960년대 초반으로 거슬러 올라가 정명환 비평의 구체적 양상들을 살펴볼 때 외국 문학의 올바른 수용, 서양 문학에 대한 우리의 태도, 한국 근대 문학의 생성과 전개, 한국 근대 문학을 대표하는 작가나 시인에 대한 지속적인 탐구 등을 살펴볼 수 있는 것은 이런 관점에서 매우 자연스러운 일이다. 지금으로부터 40여 년 전에 쓴 그의 초기 비평문들을 읽다 보면 아직도 한국 문학 또는 한국의 지성계가 처한 상황에 유효한 진단으로 받아들일 수 있는 사유가 도처에 발견된다. 예를 들어 정명환은 문학 연구의 분야가 크게는 한국 문학과 외국 문학, 작게는 영문학, 프랑스 문학, 러시아 문학 등의 세부 분야로 "실오라기처럼 가늘게 쪼개진" 분화의 현상을 비판하면서 "문학을 공부하기 위해서는 현대의 학문적 경향과는 정반대로 분화된 여러 갈래의 지식의 축적이 필요하다."[2]는 점을 역설하는데, 이는 위에서 말한 분화의 길을 빠르게 달려 세분화되고 한층 세련된 전문성을 구축하면서도 역으로 '위기'의 상황을 초래한 현재의 인문학에 여전히 유효한 지적이다. 인문학이 요구하는 '종합'의 방향으로 나아가기 위해서는 세분화된 분야들을 서로 대조하고 비교하며 수렴하는 지적 활동이 요구되는데, 정명환은 초기부터 이러한 종합적 노력의 일환으로 끊임없이 한국 문학과 외국 문학의 비교와 대조의 작업을 수행해 왔다.

이제 정명환 비평의 핵심에 놓여 있다고 할 수 있는 한국 문학과 서양

1) 정명환, 『한국 작가와 지성』(문학과 지성사, 1978).
2) 정명환, 「비평의 저편」(1967), 『문학을 생각하다』(문학과지성사, 2003), 70쪽.

문학의 관계 양상에 대해 보다 자세히 알아보기로 하자. 정명환은 1950년 대 중반부터 한국의 지성계에 불기 시작한 실존주의 열풍이 갖는 한계를 명확하게 지적하면서 그 한계를 다음과 같은 문제에 연결시킨다.

어떤 사람들은 비평의 기능이 작품의 비교 분석에 있다고 합니다만 이런 기능을 훌륭히 수행하기 위해서는 먼저 평론가 자신 속에서 발휘되는 비교와 분석이 선행되어야 할 것입니다. 실존주의라는 말이 처음으로 나왔을 때, 만 일 평론가들이 자기가 지녀 왔던 인생관이나 문학관과 그 말을 대결시키고 이모저모로 분석해 보았다면 그런 터무니없는 과오를 저지르지는 않았을 것 입니다. 이러한 비교 분석이 제대로 이루어지지 않을 때, 우리는 개념을 오용 하는 데 그치는 것만이 아닙니다. 더욱 큰 문제는 1960년대의 한국인이라는 우리의 특수한 상황을 고려하지 않고 외국의 문학 이론을 기계적으로 도입하 는 데서 야기되는 모순과 혼란에 있습니다. 이런 의미에 있어서 서양 사람들 의 이론은 우리에게 어떤 명확한 방법을 제시해 주기보다는 우리 자신의 여 건으로 말미암은 어떤 괴로운 문제를 불러일으키는 것이 아닐까 우선 의심하 고 들어가는 것이 좋을 것 같습니다.[3]

위의 인용문에서 우리는 서양 문학을 대하는 태도와 관련해 '부정의 정신'이라는 핵심어를 떠올릴 수 있을 것이다. 실제로 정명환은 초기 비 평에서 '부정의 정신'이라는 표현을 곳곳에서 사용하면서 그 중요성을 강조한다. 우선 위의 인용문에 드러나듯 부정의 정신이란 일단 서양의 문학 이론을 대하고 접하는 우리의 자세와 관련되어 있다. 서양의 문학 이론에서 도출된 개념과 방법론의 틀이 한국 문학에도 반드시 유효하다 는 생각을 접고 한국적 상황에 직면해 생겨나는 문제들을 직시하면서 이 러한 회의와 부정의 태도를 우리의 상황 의식과 주체 의식의 정립을 위

---

3) 「평론가는 이방인인가」(1962), 『문학을 생각하다』, 22쪽.

한 밑거름으로 삼자는 것이다. 이와는 별도로 정명환은 '근대 서양의 문학적 시도와 경험을 관통하는 공통의 저류'로서 '부정적 지성의 지속성'을 언급하고 있기도 하다. 또한 부정적 정신은 한국 근대 문학이 전통에 대해 지녀야 할 태도를 가리키기도 한다. 이런 맥락에서 정명환은 1960년대 문학이 신문학사에 등장하는 작가나 시인의 상대적 공적을 인정하면서도 그들을 끊임없는 부정의 대상으로 삼을 때만 한국 문학의 발전을 기대할 수 있다는 점을 분명하게 밝힌다. 이렇듯 부정의 정신은 서구 문학을 관통하는 근본 정신이면서도 서구 문학을 받아들이는 우리의 태도와 연결되고, 한국 문학이 진일보한 모습을 갖추기 위해 자신의 전통에 대해 취해야 할 태도를 가리키기도 한다. 즉 서양 문학에서 습득할 수 있는 부정의 정신을 통해 한국 문학과 한국 문학의 전통을 회의와 부정의 대상으로 대했을 때, 한국 문학이 처한 상황에 대한 날카로운 의식과 반성 작업이 생겨날 수 있으며, 이를 통해 한국 문학의 전통과 주체성이 고통스럽게 만들어질 수 있을 것이다.

이러한 '부정의 정신'을 통한 철저한 상황 의식은 아직도 주목할 만한 이상론(李箱論)으로 남아 있는 「이상 ── 부정과 생성」(1964)에 잘 드러나 있다. 저자는 "부정이 되풀이되어 온 듯이 보이면서도 진실한 의미의 부정이 이루어지지 않은 우리 나라 신문학사에 있어 작품 생산의 근원을 부정 그 자체에서 찾아낸 작가"인 이상의 문학적 성과와 한계를 동시에 드러낸 후 "우리들 문학은 밀어닥치는 서구의 문학 앞에서 절름발이의 숙명을 지닐 것인가?"[4]라는 근원적인 질문을 던진다. 이러한 질문에 정명환은 서구 문학과 대비할 때 두드러지게 드러나는 한국 문학의 '기형'이나 '불구'의 양상이라는 그 당시 주로 통용되던 답변을 제시하는 대신, 다음과 같은 사유를 촉구한다.

---

4) 「이상 ── 부정과 생성」(1964), 『문학을 생각하다』, 158쪽.

한 문학적 표현이 어떤 다른 공동체에 의해서 또는 다른 시대에 있어서 받아들여질 때에는 반드시 어떤 굴절 작용이 생기며 이 굴절 작용을 빚어내는 것은 그 공동체나 시대에 깃든 주체성이다. 희랍·나전의 문학을 재생시키려던 문예 부흥 운동은 희랍·나전과는 다른 예술을 만들어 냈고, 유리피데스로부터 주제를 따온 라신의 「페드르」는 17세기 프랑스의 독특한 산물이 되었다. 이와 마찬가지로 서구의 문학이 한국에 들어와서 아무런 굴절 작용을 겪지 않고 단순한 모방이 되기를 우리는 바라기 싫고 또 바란다 한들 불가능한 일이다. 도리어 우리나라에서는 서구의 어느 나라에서도 찾아보기 어려울 정도의 대규모의 굴절 작용이 이루어졌다. 다만 그 굴절 작용을 가한 우리의 원리가 우리들 자신이 의식하지 못하면서도 우리를 지배해 온 미분화 상태의 사고방식, 절대의 인력에서 유리된 채 우리의 타성으로 전락해 버린 그 사고방식이라는 점이 문제이다.[5]

서구 문학은 단순한 모방의 대상이나 영향의 원천에 결코 머무를 수 없으며 이를 받아들이는 주체의 상황 의식의 소산이기 때문에 서구 문학의 수용과 관련해 무엇보다도 우선적으로 고려해야 할 것은 모방을 굴절로 변화시킨 수용 주체의 의식을 명확히 하는 일이다.

2 정명환의 비평과 비교문학적 고찰의 상관성

정명환의 본격적인 비교문학적 작업은 졸라와 자연주의에 대한 본격적인 논문들[6]을 통해 이루어지지만, 그 이전에도 겉으로는 한국의 근대 작가를 다루는 듯이 보이는 글에서 이미 작동하고 있었다고 보아야 한

---

5) 정명환, 『한국 문학과 지성』, 117쪽.
6) 『졸라와 자연주의』(민음사, 1982)에 실린 글들 가운데 특히 세 편의 글(「염상섭과 에밀 졸라」, 「나가이 가후(永井荷風)와 졸라」, 「졸라의 자연주의와 일본의 자연주의」)이 이에 해당한다.

다. 특히 1960년대 중후반부터 10년간에 걸친 한국 문학이나 작가에 관련된 비평들을 모은 『한국 작가와 지성』은 본격적인 비교문학의 틀이 적용되어 있지는 않지만 프랑스 문학과 한국 문학을 비교하는 작업을 곳곳에서 선보이고 있다. 그 두 가지 예만 들어 보자. 정명환은 이광수의 계몽사상을 다루는 글에서 한국 계몽주의 운동이 마주친 불행한 조건을 분명히 하기 위한 '대척적인 예'로서 프랑스 계몽 운동을 거론한다.[7] 보다 구체적으로 프랑스 계몽 운동의 '행복한 배경'은 한국의 계몽 운동이 겪어야 했던 역경과 대비되면서 한국 계몽 운동의 특성과 본질을 잘 드러내는 대조와 비교의 항목으로서 기능하고 있다. 물론 이러한 '대척적인 예'는 한국 계몽 운동이 겪은 역경과 불행을 탓한다거나, 서구의 근대화 과정에 비해 불리했던 한국의 근대화 과정 및 그 특성을 비판하기 위해서 활용되지 않는다. 다시 말해서 이러한 비교와 대조의 작업에는 우열 관계를 가려내는 데 목적이 있는 질적인 평가가 개입되어 있지 않다. 프랑스의 계몽 운동이 안고 있는 여러 유리한 여건과 성공적인 결과를 기준으로 삼아 한국의 계몽 운동이 보여 주는 부정적인 결함이나 결핍을 비판하는 것이 아니라 한국의 계몽 운동이 처한 현실과 목표를 더 잘 부각시키기 위해 프랑스 계몽 운동이 언급되고 환기되는 것이다.

비교와 대조의 작업을 통해 한국 근대 문학의 특성과 본질을 부각시키려는 의도는 이효석에 대한 논의에서도 잘 드러난다. 여기서 정명환은 이효석 문학의 특성을 보다 명확히 하기 위해 루소의 경우와 비교하고 대조하는 작업을 수행하고 있다. 예를 들어 이효석 문학에 나타나는 자연 예찬의 특질을 이해하기 위하여 루소의 경우와 비교하거나, 비교와 대조의 폭을 넓혀 이효석 문학의 중요한 특성인 도피주의를 "19세기 이후 유럽 문학의 한 중요한 표현이 된 사회와 개인의 적대 관계의 테마와

---

7) 「이광수의 계몽사상」, 『한국 작가와 지성』(문학과지성사, 1978), 12~14쪽 참조.

연결시켜, 그 차이를 알아내는"[8] 작업을 수행하기도 한다. 이러한 비교와 대조의 작업을 통해 정명환이 알아내려고 하는 것은 비교의 두 항목 사이의 유사성이 아니다. 예컨대 이효석과 루소가 드러내는 '자연 예찬'이라는 주제는 '표면적인 유사성'에 그칠 뿐이며, 궁극적으로 밝혀내야 하는 것은 이러한 표면적인 유사성을 넘어서서 "이 두 자연 예찬자를 갈라놓는 본질적인 차이"이다.

위의 두 가지 예를 통해 알 수 있는 것은 비교와 대조의 작업을 통해 밝혀내려고 하는 일차적인 목표는 비교의 두 항목, 즉 서구의 작가나 이념과 한국 근대 문학 사이의 표면적인 유사성을 뛰어넘는 본질적인 차이이며, 궁극적으로 밝혀내야 하는 것은 이러한 본질적인 차이를 근거로 하여 한국 근대 문학의 특성과 양상을 규명해 내는 작업이라고 할 수 있다. 이러한 태도는 우리가 본격적으로 살펴보려고 하는 염상섭과 졸라, 더 나아가서는 한국의 근대 자연주의 문학과 프랑스의 자연주의 문학에도 그대로 적용된다. 정명환은 「염상섭과 졸라」라는 기념비적인 글에서 "염상섭의 문학 사상의 본질과 한계를 밝히기 위한 하나의 참조점으로서 졸라를 이용하려는 것"이라는 점을 분명히 하면서 여기서도 이 두 소설가가 보여 주는 표면적인 공통점을 뛰어넘어 '본질적인 부동성(不同性)'을 부각시키려는 것이 논의의 주안점임을 밝히고 있다. 궁극적으로 이러한 접근법이 졸라와 염상섭 문학의 우열 관계를 따진다거나, 염상섭 초기 문학에 끼친 졸라의 영향을 논의하는 것이 아니라 다음과 같은 질문을 던지는 것이 목표임은 다음과 같은 맥락에서 볼 때 자연스러운 일이다. "졸라와 대비할 때 드러나는, 염상섭의 독특한 문제와 특이한 양상은 무엇이겠는가?"[9]

여기에 한 가지 사실만 덧붙이자. 정명환은 에밀 졸라에 관심을 가진

---

8) 「이효석 또는 위장된 순응주의」, 위의 책, 87쪽.

9) 「염상섭과 졸라」, 『졸라와 자연주의』(민음사, 1982), 270쪽.

동기를 책의 머리말에 다음과 같이 밝히는데, 이는 앞서 말한 비교와 대조의 작업과 더불어 정명환의 비교문학적 작업의 중요한 일면을 비추어 준다.

나는 나 나름대로 한국 근대 소설의 전개 과정을 알아보고 싶다는 욕망을 젊어서부터 품어 왔다. 그리고 이 욕망의 바람직한 실현을 위해서는 서양의 자연주의를 더 깊이 공부할 필요가 있다고 느껴서 졸라를 읽기 시작했다.[10]

다시 말해서 졸라를 공부하다 보니 한국 근대 문학의 상황과 양상이 궁금해진 것이 아니라 한국 근대 문학의 전개 과정을 보다 깊이 있게 이해하기 위한 길로서 에밀 졸라와 서양의 자연주의 문학을 택했다는 것이다. 예를 들어 서구 모더니즘 문학을 전공한 영문학자가 한국의 모더니즘 문학에 관심을 갖게 되어서 김기림의 시와 평론에 나타나는 모더니즘적 특성에 주목하는 것처럼 통상적으로 외국 문학 전공자는 비교의 한 항목을 서구 문학에 두고 이를 출발점으로 삼아 비교의 또 다른 항목인 한국 문학으로 다다가는 것이 통례이다. 정명환의 비교문학적 접근은 그가 서양 문학에 대해 매우 폭넓은 고찰과 깊이 있는 분석을 보여 주고 있으면서도 통상적으로 외국 문학 전공자가 한국 문학에 대해 취하는 접근법과는 반대로 역발상을 보여 주고 있다는 점이 매우 흥미롭다. 이러한 태도는 뒤에서 상술하겠지만 영향과 이입 중심의 실증적인 비교문학 연구가 빠질 수 있는 함정이나 한계를 뛰어넘고 극복하는 데 커다란 밑거름이 된다.

---

10) 앞의 책, 7쪽.

3 영향 및 수용 연구의 현황과 문제점

본격적으로 비교문학적 접근을 취하고 있는 것으로 보이는 「염상섭과 졸라」에서 정명환은 매우 흥미롭게도 "비교문학적 입장을 완전히 떠나지 않으면서도 다른 접근 방법을 시도할 수 있다는 일례"를 보여 주고 싶다는 희망을 피력하고 있다. 여기서 우리는 다음과 같은 질문을 던져 볼 수 있다. 여기서 정명환이 말하는 '비교문학적 방식'이란 무엇을 뜻하는가? 통상적인 비교문학적 방식과 '완전히' 결별하지 않으면서도 새롭게 시도될 수 있는 '다른 접근 방법'이란 어떤 것인가? 다시 말해서 정명환은 이러한 희망을 피력하면서 기존의 비교문학적 접근 방식이 보여 주는 함정과 한계를 뛰어넘는 새로운 접근 방법을 강력하게 소망하며, 이러한 방법론적 자각을 통해 기존의 자연주의 문학에 대한 비교문학적 연구와는 다른 지평을 보여 주고자 한 것이 아닌가? 만약 그렇다면 여기서 중요한 것은 정명환의 비교문학적 작업을 구체적인 부분에서 세밀하게 검토하는 것이 아니라, 이러한 구체적인 작업을 뒷받침하는 방법론적 틀이나 이론적 태도를 밝히는 것이라고 할 수 있다. 물론 정명환은 졸라와 한국의 자연주의 또는 일본의 자연주의와 관련된 비교문학적 접근에서 1970년대에 들어 이루어진 다수의 비교문학적 연구 성과나 선행 연구를 직간접적으로 참조하거나 비판하지는 않는다. 그러나 정명환이 앞에서 밝히듯이 기존의 접근 방법과는 다른 새로운 비교문학적 분석은 동시대에 이루어진 자연주의와 관련된 비교문학적 연구 성과들의 지평 속에서 보다 분명하게 드러난다. 이러한 취지에서 우리는 정명환의 비교문학적 작업을 곧바로 검토하는 방식을 취하는 대신, 동시대에 이루어진 선행 연구들의 성과와 한계를 일별해 봄으로써 정명환의 비교문학적 작업의 특성과 의미를 보다 잘 드러내는 '비교와 대조의 작업'을 수행하고자 한다.[11]

백철 문학사는 크게 두 가지 원리에 의해 기술된다고 할 수 있다.[12] 하나는 신문학의 전개 과정을 사조의 변천에 의거하여 설명하려는 사조사적 인식이며, 다른 하나는 서구의 근대 문학과 신문학을 서로 비교하고 대조하여 보려는 비교문학적 접근법이다. 이 두 가지 원리는 마치 동전의 양면처럼 결부되어 있어서, 백철 문학사의 사조사적 인식을 제대로 규명하기 위해서는 반드시 비교문학적 관점에 대한 해명이 필요하게 되며, 역으로 백철의 문학사와 문학론 일반이 기대고 있는 비교문학적 원리는 항상 사조사적 접근에 의해 뒷받침되고 있음을 알 수 있다.

백철은 한국 신문학의 주된 패턴은 외국 문학을 번역을 통해 받아들인 것이 아니라, 주조적(主潮的)인 것을 이론과 소개로 받아들인 일종의 사조적인 문학 운동이 중심을 이루었기 때문에 사조적인 것이 우선 소개되고 작품이 뒤를 따르는 현상이 생겨났다고 설명하고 있다. 사조사를 '문학사를 쓰는 유일한 방법론'으로 생각할 정도로 사조사적 인식에 대한 백철의 믿음은 확고할뿐더러 신문학을 구성하는 사조 가운데에서도 자연주의는 매우 중요하게 다루어지고 있다.[13]

백철 문학사에서 특징적인 것은 이러한 사조사적 인식에 비교문학적 접근이 긴밀하게 결부되어 있다는 점이다. 주지하다시피 백철이 전집본 문학사를 기술한 1960년대 중후반은 한국 문학 연구에 비교문학적 관점

---

11) 여기서 우리가 검토하고자 하는 선행 연구는 다음과 같다. 백철, 『신문학 사조사』(신구문화사, 1980(1968)); 김윤식, 「한국 자연주의문학론」, 『근대 한국 문학 연구』(일지사, 1973); 김학동, 「자연주의 소설론」, 『한국 근대 문학 연구』(서강대학교 인문과학연구소, 1969); 강인숙, 『자연주의문학론』(고려원, 1987).

12) 백철의 문학사가 처음 단행본으로 간행된 것은 해방 직후인 1948년이지만, 신구문화사에서 전집본으로 개작하는 과정에서 상당히 의미 있는 수정 작업이 이루어졌다. 대표적인 경우가 바로 비교문학적 관점의 강화이다. 이런 이유로 우리는 백철 문학사를 1960년대 후반에 이루어진 작업으로 간주하고자 한다. 백철 문학사의 원본과 전집본 사이에 이루어진 개작의 양상과 의미에 관한 자세한 논의로는 전용호, 「백철의 『신문학 사조사』 개작에 관한 연구」, 《어문논집》 51(2005) 참조.

이 도입되어 성과를 내기 시작하던 시기이다. 물론 여기서 말하는 비교문학적 관점의 연구란 전통적인 비교문학 방법론이 지향하는 '영향과 수용' 위주의 연구를 말한다. 이러한 관점에 입각하여 서구 문학과 한국 문학을 비교할 경우 필연적으로 서구 문학을 비교의 기준과 전거로 삼을 수밖에 없기 때문에 한국 문학의 형성과 전개 과정을 기형적이고 특수한 것으로 기술할 수밖에 없게 된다. 백철의 이러한 논법은 마치 임화가 이식문학론을 펼치면서 제기했던 논점들과 상당히 유사하다. 실제로 백철은 서구의 근대 사조의 변천에 의해 한국의 신문학이 성장하고 발달하였으나, 우리 신문학의 기조가 된 근대 사조가 한국에 들어와서는 부자연스럽고 불구적인 형태로 자라날 수밖에 없었던 환경을 "불구성", "기형성", "특수성"과 같은 용어들이나 "자녀를 낳지 못하는 조숙한 부인들"과 같은 비유를 동원하여 그의 문학사 곳곳에서 서술하고 있다.

문학사 서술에서 서구를 모델이자 준거로 삼는 것은 비주체적 태도라고 비판될 만한 것임에도 불구하고 백철이 이러한 비교문학적 관점을 강화시키고 이를 사조사적 접근과 결부시킨 까닭은 한편으로는 민족주의

---

13) 백철이 자신의 신문학사에서 자연주의 문학에 상당히 중요한 위치를 부여하고 비중 있는 역할을 인정한 까닭은 근본적으로 1920년대 전반기의 한국 근대 문학, 보다 좁게는 한국 근대 소설이 신문학사에서 차지하는 중요성 때문이다. 백철은 한국 문학의 근대화 과정에서 중심이 되는 것은 1920년대 문학 운동이며, 한국의 신문학은 1920년대에 와서 더 명백하게 근대 문학 운동의 조건을 갖추었다고 본다. 백철 문학사에서 자연주의가 중요하게 다루어지는 두 번째 이유는 비단 1920년대 문학뿐만 아니라 신문학 전체를 놓고 볼 때에도 자연주의 문학이 상당히 중요한 비중과 역할을 수행하고 있기 때문이다. 이제 자연주의 문학은 1920년대라는 시간적 틀을 뛰어넘어 신문학 전체에 커다란 영향을 미친 사조로 간주된다. 백철은 『신문학 사조사』의 여러 곳에서 자연주의를 "근대적인 모든 사조 중에서 우리 신문학사상 가장 뚜렷한 발자취를 남긴 사조", 혹은 "우리 신문학에 있어 사조 중의 사조"라고 높이 평가하고 있다. 백철 문학사에서 자연주의 문학이 비중 있게 다루어지는 세 번째 이유는 근대 문학의 역사상 자연주의가 외래 사조를 작품으로 승화시킨 유일한 사례로 기록되기 때문이다. 백철은 1920년대의 문예 사조를 정리하는 또 다른 글에서 자연주의 문학이 단순히 이념이나 관념으로 머무르지 않고 1920년대 전반기에 산출된 훌륭한 단편 소설의 미학으로 승화된 점을 다음과 같이 설명한다. 여기서 백철이 말하는 "성장한 수준을 올린" 단편 소설은 그의 문학사에 자세하게 기술되어 있듯이 염상섭과 현진건을 필두로 김동인, 전영택, 나도향이 앞서 언급한 시기에 발표한 단편 소설들이다.

적 각성이 일어나면서도 다른 한편으로는 비교문학적 방법이 강화되었던 1960년대 중후반의 문학 연구 동향과 무관하지 않을 것이다. 실제로 백철은 1960년대 중반에 발표된 어떤 글에서 근대 혹은 근대 문학에 대한 비교문학적 성찰의 필요성을 강조함으로써 문학사 기술에 있어 비교문학적 관점을 논리적으로 정당화하고 있다. 백철은 근대에 대한 비교문학적 고찰을 다음과 같이 요약하고 있다.

> 한국 문학의 근대화를 검토하는 데 있어서 나는 근대의 개념과 패턴을 서구적인 데 두고, 그 근대성이 우리 한국에 얼마나 정확하게 적용되고 얼마나 특수하게 발전되었는가 하는 것을 고찰해 가려고 한다. 비교문학의 용어를 쓰면 근대의 한국 문학이 서구의 근대 문학의 경향 속에서 생성한 과정을 그 양과 질에서 재확인해 보는 일이 되는 것이다.[14]

위의 인용문은 서구에서는 20세기 현대 문학을 19세기의 근대 문학과 대립시키면서 규정하기 때문에 한국의 근대화 문제를 검토함에 있어서도 근대라는 개념과 원형을 서구의 19세기 문학사에 두면서 그것이 한국의 근대 문학에 어떻게 반영되었는가를 고찰하는 것이 중요하다는 점을 역설하고 있다. 백철이 신문학 가운데에서도 근대 문학이 가장 특징적으로 구현된 시기인 1920년대 전반기의 문학을 다룰 때, 다른 시기와는 달리 유독 낭만주의나 자연주의와 같은 서구의 19세기 문예 사조에 매달린 것은 이러한 측면에서 이해할 수 있다. 문제는 이러한 태도는 한국의 근대 문학 또는 한국의 자연주의를 논의함에 있어서 서구 문학을 우위에 두고서 한국 문학을 부정적인 결여나 결핍의 상태로 파악하게 만들며, 결국 1920년대 한국 근대 문학에 대한 생산적이고 대안적인 논의를 원천적으로 불가능하게 만든다는 점이다.

---

14) 백철, 「한국 문학의 근대화에 대하여」, 『백철 문학 전집』 1권(신구문화사, 1968), 84쪽.

백철의 신문학사에서 규정된 문예 사조의 의미와 한국 신문학에 미친 영향은 1970년대 이후로도 지속적인 영향을 미치고 있다. 문학사 기술의 측면에서 그 연장선상에 있는 조연현의 문학사 이외에도 비교문학의 측면에서는 1960년대 후반부터 1980년대 초반에 이르기까지 김윤식, 김학동, 강인숙, 정명환 등에 의한 일련의 연구가 성과를 거두기 시작한다. 우선 김윤식은 서구의 자연주의와 한국의 자연주의라는 이항 대립의 틀에서 벗어나 서구/일본/한국의 자연주의라는 3항의 틀을 제시한다는 점에서 백철과 조연현이 제시한 문학사의 틀과 구분된다. 하지만 서구의 자연주의를 우위에 두는 설명 방식의 틀 자체는 변화하지 않았으며, 백철 문학사에서 서구가 차지하고 있는 위치와 의미가 일본이라는 또 다른 항목으로 대체된 것에 불과하다. 또한 한국의 자연주의를 후진 사회의 사회적 특수성에 입각하여 설명하려는 이른바 '토대 구조'에 의거한 설명 방식을 취함으로써 한국 문학을 서구 문학이나 일본 문학에 비교해 부정적인 결여로 파악하려는 시각을 유지하고 있다.

한국에 있어서의 자연주의문학론은 종종의 오해와 애매성을 지녀 왔는데 그 까닭은 자연주의라는 어사 자체의 다의성 및 그 속성에도 까닭이 있지만, 특히 후진 사회에 있어서의 전개의 특수성에 기인함이 크다. 이 특수성이란 개성 확립으로서의 근대 문학이 자연주의라는 기치 아래서 형성되었음을 뜻한다. 그러므로 이것을 구명하기 위해서는 그 사회적 구조 파악이 중요한 위치를 갖는 것이다. 자연주의엔 발생사적 고찰을 해 둘 필요가 있음은, 사회적 특수성에 의해 전개, 굴절되는 모습을 측정하기 위함일 것이다. 졸라이즘이라는 과학적 자연주의에서 각국의 전개 단계로 넘어올 땐 다분히 감정적 자연주의로 변모함을 볼 수 있으며, 아시아적 풍토 속의 일본이 특히 그 점이 현저하며, 한국도 그 궤를 같이함이 자못 심하다는 점이 드러난다.[15)]

15) 김윤식, 「한국 자연주의문학론」, 189~190쪽.

김윤식의 논의가 일본의 자연주의와 한국의 자연주의의 구분 그리고 전자가 후자에 강한 영향을 끼쳤으리라는 지적만으로 그치고 있음에 반해 김학동과 강인숙의 연구는 실증적인 자료를 바탕으로 이러한 영향의 구체적인 측면을 탐구하고 있다. 우선 김학동은 프랑스 자연주의와 한국 근대 문학과의 관계에 대한 비교문학적 성찰을 수행함에 있어 '영향'이라는 용어 대신에 '이입'이라는 용어를 사용하면서 모파상, 졸라, 플로베르를 중심으로 한 프랑스 작가들의 '이입 과정'을 최대한 실증적인 관점에서 설명하고자 한다. 그는 모파상, 졸라, 위고, 입센 등 서구의 작가들이 어떠한 계기를 통해 한국에 소개되고, 어떤 양상으로 인식되었는가를 실증적인 자료들을 통해 보여 준다. 그러나 실증적 자료들의 수집과 나열에 치우쳐 있어, 이러한 자료들이 한국 근대 문학에서 어떤 의미를 갖는가에 관련된 심층적 해석 작업이 부족하다. 예컨대 모파상의 작품이 졸라의 작품보다 많이 번역되어 소개되었다는 점을 번역의 구체적 자료들을 통해 제시할 뿐 모파상을 통해 한국 자연주의가 어떠한 특성을 갖게 되었는지에 대해서는 심층적인 분석과 해석의 작업이 보이지 않는다. 또한 졸라와 플로베르가 자연주의의 이식 과정에 결정적인 역할을 한 작가로 언급되고 있기는 하지만, 결론은 이들을 언급하고 소개하는 한국의 작가나 평론가들이 두 작가가 표방하고 있는 자연주의를 정확하게 인식하지 못하고 있으며, 일본에 소개되어 있는 내용의 일단을 소개한 것에 불과할 따름이라고 비판하는 것으로 마무리된다. 이러한 결론에 따르면 한국의 자연주의는 프랑스의 자연주의의 일단을 소개한 일본의 자연주의를 몰이해한 상태에서 모방한 결여태에 지나지 않는 셈이다. 김학동의 논의에 대해 "재래의 전통적 요소를 수용한 이국적 요소 간의 교차에서 어떠한 갈등과 조화가 이루어지면서 우리의 현대 문학이 어떻게 변형했는가의 해명이 있어야 했을 것이다."[16]라는 지적은 한국의 자연주의 문학을 결여태로 보는 시각에 대한 적절한 비판이라고 할 수 있다.

강인숙의 『자연주의 문학론(I)』은 프랑스, 일본, 한국의 대표 모델 작가군을 선정하여 비교 연구함으로써 자연주의 문학의 전개 과정을 도출해 내고자 한다. 이를 위해 프랑스의 에밀 졸라, 일본의 다야마 가타이와 시자마키 도손, 한국의 김동인 등으로 연구 범위를 한정하고 이를 집중적으로 분석하면서 일본 및 한국의 자연주의의 발신 및 수신 과정을 밝히며 궁극적으로는 한국에서의 자연주의 수용과 전개 양상에 관해 분석하는 방식을 취하고 있다. 그러나 매우 제한된 자료를 선정하여 세심하게 분석하겠다는 의도와는 달리 실제 분석에서는 졸라의 작품과 김동인의 작품에 나타나는 세부적인 디테일의 유사성을 추출하는 데 만족하고 있어서 김동인의 작품이 졸라의 작품과 구분되고 갈라서면서 얻게 되는 고유성이나 특수성에 대해서는 고찰이 이루어지지 않는다. 예컨대 김동인의 후기작 중에서는 유전과 환경의 영향이 전형적으로 나타난다는 이유로 유일하게 「김연실전」 하나만을 다루고 있는데 작품 분석이 인물과 표면적인 줄거리 분석에 제한되어 있어서 김동인의 자연주의와 졸라의 자연주의가 유전과 환경과 관련해 어떻게 유사하며, 어떤 지점에서 갈라지는지 분명하게 밝혀내지 못했다.[17] 또한 이 책의 결론 부분인 「자연주의의 한국적 양상」에서는 프랑스의 자연주의와 일본의 자연주의, 그리고 한국의 자연주의 사이의 유사성과 차이에 대한 목록을 제시하는 것으로 그쳐 아쉬움을 남긴다. 중요한 것은 무엇이 같고 다른가가 아니라 그러한 유사성과 차이의 이유를 해명하고 그 의미를 해석하는 일이기 때문이다.

---

16) 이재선, 「철저한 서지(書誌)적 조사 연구」, 《신동아》 100, 1972, 252쪽.

17) 이 작품에서 지적되는 유전적 영향은 여주인공 김연실이 퇴기의 소생이라는 점이며, 환경적 영향으로는 어려서 어머니를 여의고 새어머니에게 지속적으로 기생 어머니의 흉을 들으며 천박한 계집애 취급을 받으며 자라난 점, 15세의 어린 나이에 일어 선생과 성관계를 가진 후 이후 일본 유학을 떠나면서 자유연애와 성행위를 동일하게 생각하는 사고방식을 지니며 온갖 남자들과 관계를 맺는 점 등이 지적된다.

김학동과 강인숙은 비교문학 연구가 진전됨에 따라 비교문학의 방법론을 도입하고 실증적인 자료들을 근거로 제시하지만, 근본적인 관점에서 볼 때 한국 문학을 부정적인 결여나 기형적인 결핍으로 간주한 백철의 문학사적 관점과 긴밀하게 연결되어 있음을 부정하기 힘들다. 정명환의 작업은 한편으로는 서구의 자연주의 자체가 단일한 이론적 내용을 지니고 있는 것이 아니라 이원적이고도 모순적인 구조를 지니고 있음을 보여 주고 다른 한편으로는 서구나 일본의 자연주의를 한국의 자연주의가 따라야 할 모델이나 모방해야 할 전범으로 간주하지 않는데, 이는 기존의 비교문학적 접근법의 한계를 보완해 주면서 동시에 1920년대 한국 근대 소설에 대한 긍정적이고 대안적인 탐색을 가능하게 한다.

4 정명환의 비교문학적 고찰의 의의

정명환은 한국 근대 문학에 미친 서양 문학의 영향이 주로 일본 문학을 매개로 해서 이루어졌다는 점을 인정하면서도 서양 문학과 일본 문학 그리고 한국 문학의 연관성을 실증적으로 고찰하는 작업에는 큰 의미를 부여하지 않는다. 오히려 그는 이러한 작업의 위험성을 충분히 자각하고 있는 듯이 보이는데, 그 이유는 실증적 고찰은 대부분의 경우 영향론의 함정에 빠질 수 있기 때문이다. 영향론의 함정이란 여러 가지 측면에서 지적될 수 있다. 우선 영향론은 작품의 전체적인 구조를 도외시하고 작품의 몇 가지 디테일의 원천만을 고립시켜 강조하는 태도를 보여 줌으로써 영향을 받은 작품이 그 원천이 되는 작품의 단순하고 일방적인 모방이라는 결론에 이르기 쉽다. 정명환이 염상섭과 졸라의 소설에 대한 비교문학적 고찰을 시도하면서 "부분적인 모방이나 차용이 가질 수 있는 의미가 작품의 전체적 구조와의 관련하에서 구명되어야 한다."라는 점을 역설한다거나, 나가이 가후와 졸라와의 관계를 살필 때에도 이 일본 작가의 작품에 드러나는 영향의 흔적이 작품의 본질적인 양상을 규정할 만한 근원적인 것인지, 아니면 부차적인 중요성밖에는 띠지 않는 몇몇 디테일에 한정되어 있는 것인지 의문을 던지는 것은 바로 이런 맥락에서이다. 정명환은 실증적인 자료에 입각한 작품의 구체적인 영향 관계는 대부분의 경우 작품의 전체적인 구조나 본질적인 의미와는 무관한 몇몇 세부점에 한정된 과장된 의미 부여로 끝나기 마련임을 작품 분석의 곳곳에서 강조한다. 그 이유를 다음과 같이 요약할 수 있다.

성찰의 대상이 된 작품의 전체적 구조와 의미를 떠난 영향론은 작품 자체의 이해에 별다른 도움을 주지 못할뿐더러 도리어 해로울 수도 있기 때문이다. 그리고 이러한 일반적 견해는 가령 앙드레 지드에 대한 도스토예프스키의 영향이라든가, 혹은 한국 문학에 대한 일본 문학의 영향을 따질 때와 마찬가지로, 졸라의 자연주의와 나가이의 이 뜻깊은 초기작의 관계를 살필 때도 역시 적용될 수 있을 것이기 때문이다.[18]

비교문학자에게 중요한 것은 세부적인 사항에서 드러나는 영향 관계가 아니라 그러한 영향 관계에도 불구하고 영향을 받은 작품이 드러낼 수밖에 없는 독특한 주제와 문제의식이다. 영향론이 빠질 수 있는 두 번째 함정은 영향을 준 나라의 문학을 표준으로 삼아 영향을 받은 나라의 문학을 "변질, 역행, 오류, 결함" 등을 드러내는 것으로 해석할 수 있다는 점이다. 이런 함정에 빠질 때 프랑스나 졸라의 자연주의에 비해 일본의 자연주의는 어떤 결함을 지닌 것으로 파악되고, 한국의 자연주의는 더욱더 치명적인 결함을 지닌 것으로 파악되기 마련이다. 한국의 자연주의는 프랑스의 자연주의라는 원형 또는 이상적 모델에서 '이중으로 멀어

---

18) 정명환, 「나가이 가후와 졸라」, 『졸라와 자연주의』(민음사, 1982), 311쪽.

진' 문학으로 간주되기 때문이다. 정명환은 이러한 함정을 충분히 의식하고 "염상섭의 자연주의나 사실주의가 졸라에 비해 어느 정도 천박하고 피상적인 것에 불과하냐는 점을 드러내는 것"[19]을 그의 비교문학적 고찰에서 철저하게 경계하고 있다.

또한 정명환은 자연주의에 대한 비교문학적 고찰이 문예 사조적 접근 방식이 되는 것을 경계하고 있다. 이는 한국 신문학의 역사가 빈약한 모습을 보여 주는 중요한 이유 가운데 하나가 바로 어떠한 사상을 '응결된 절대'로 받아들였기 때문임을 강한 어조로 비판한 초기의 평론 「이상 — 부정과 생성」에서부터 정명환이 줄곧 강조하는 바이기도 하다. '사상의 경화(硬化)'만큼 진정한 창조의 작업을 방해하는 것도 없는데, 문예 사조란 작가에게 작품 창조의 근원에 충격을 가하거나 작품의 전체적인 구조에 의미 있는 변화를 주기보다는 경화된 사상으로 남아 창조적 열정을 응고시키는 부정적인 역할을 하기 때문이다. 1920년대 한국 문학이 서양 문학의 심대한 영향을 받았다는 사실을 중시한다는 것이, 반드시 영향을 준 서양 문학의 주조를 이루었던 문예 사조에 대한 성찰을 동반하는 것은 아니며, "우리 문학의 빈곤은 다만 준비 없던 터전에 밀어닥쳐 온 서구의 갖가지 문예 사조를 소화할 겨를이 없었다는 여건과 아울러 우리들 속에 깃들어 온 사고방식의 전통이 근대 문학을 탄생시킨 서구의 그것과 대단히 먼 거리에 있다는 보다 본질적인 사실에 의해 설명"[20]된다 하더라도 그것이 반드시 문예 사조적인 접근의 정당성까지 보장하는 것은 아니다.

이제 『졸라와 자연주의』의 3부 「비교문학적 고찰」에서 정명환이 도달한 결론을 명제의 형식으로 정리해 보자.

① 한 사회는 당면한 문제나 요청과의 관련 아래서만 이질적인 것을

---

19) 「염상섭과 졸라」, 앞의 책, 42쪽.
20) 「이상 — 부정과 생성」, 『한국 작가과 지성』, 158쪽.

받아들이고 거기에 독특한 의미를 부여하거나 그것을 이용한다.

② 외부로부터 어떤 새로운 영향이 작용한다고 해서 수용자는 자신이 속한 사회의 문화적 유산이나 전통적 가치를 완전히 버릴 수 없으며, 이러한 문화적 가치의 지속은 외부로부터 유입된 문학이나 사상의 필연적인 굴절을 가져온다.

③ 외래의 사상이나 문학은 그 본래의 의미나 정신 그대로 옮겨지지 않기 때문에 이를 표준적인 기준으로 삼아 수용자의 문학이나 사상의 내용이나 성과를 평가할 수 없다.

④ 어떠한 사상이 영향이나 접합 관계의 흔적을 드러낸다 해도 근본적으로 다른 발상 아래에 다른 진전 방식을 취하는 것을 막지 못한다.

⑤ 진정한 비교문학적 성찰은 영향 관계를 추정하거나 실증적으로 규명할 수 있는 작품의 부분적인 디테일의 유사성을 밝히는 데 있는 것이 아니라 그 표면적 유사성에도 불구하고 작품의 전체적인 구조나 의미를 통해 보여 주는 본질적인 차이, 또는 근본적인 기도에서 있어서의 대척성(對蹠性)을 드러내는 것이다.

정명환의 이러한 비교문학적 성찰은 그와 동시대에 이루어진 비교문학적 접근법과 뚜렷하게 구분되며, 그러한 접근법이 지니는 한계를 분명하게 의식한 상태에서 새로운 시각을 제시해 준다. 그가 서양 문학과 한국 근대 문학의 관계를 살피기 위해서는 일본 문학의 결정적 역할을 반드시 고려해야 한다면서 "서양·일본·한국의 삼자(三者)를 잇는 선의 복잡성과 그런 복잡한 관계가 가져온 제 양상을 구명하려는 어려운 과업을 수행해 나가야"[21] 한다고 역설할 때, 이러한 발언은 오늘날 한국 문학을 비교문학적 관점에서 접근할 때 반드시 부딪히는 문제일뿐더러 앞으로 탐구해 나가야 할 과제이기도 하다. 어느 학문이건 초창기에는 실증

---

21) 「염상섭과 졸라」, 『졸라와 자연주의』, 41쪽.

적인 탐구의 욕구가 강해지는 법이다. 1960년대 초반부터 시작된 한국의 비교문학 연구는 방티겜을 위시한 프랑스의 비교문학 연구로부터 커다란 영향을 받으면서 주로 실증적인 영향 관계를 규명하는 데 치중했다. 김병철의 서양 문학 이입에 관한 연구라든가, 김학동의 실증적 자료에 입각한 포괄적인 영향 관계의 수립 등은 이러한 실증적 영향론이 낳은 구체적인 성과라고 할 수 있다. 정명환은 이러한 실증적 영향론이 비교문학 연구의 대세를 이루던 시기에 그 한계를 지적하고 새로운 대안을 모색한 흔치 않은 비교문학 연구자라고 할 수 있다. 여기서 '비교문학 연구자'란 비교문학을 전문적인 지식의 차원에서 탐구하는 연구자가 아니라 한국 문학과 서양 문학이 동전의 양면처럼 결코 분리될 수 없는 복합적인 현상임을 인지하고 그 어느 면을 들여다보더라도 필연적으로 다른 한 면에 대한 고찰을 동반할 수밖에 없음을 인식하는 문학 연구자를 뜻한다. 정명환이 추구한 비교문학적 고찰은 학문의 분리와 전문화가 이미 대세로 굳어진 요즈음의 현실에 경종을 울리면서, 실증적 영향론의 단계에서 벗어난 한국의 비교문학 연구가 지향해야 할 지점에 대한 좋은 성찰의 계기를 마련해 준다.

앞서 우리는 정명환이 졸라의 자연주의에 관심을 기울이게 된 계기가 한국 근대 소설의 전개 과정을 소상하게 알아보고 싶다는 욕구에 있었다는 사실을 지적한 바 있다. 이제 관점을 바꾸어 다음과 같이 생각해 볼 수는 없을까? 정명환이 기존의 비교문학적 접근법과 구분되는 시각으로 한국 근대 문학과 자연주의 문학을 바라볼 수 있었던 것은 결국에는 프랑스 문학이 중심이 된 서양 문학이나 혹은 범위를 좁혀 졸라의 자연주의를 바라보는 독특한 시각이 있었기 때문에 가능한 것은 아닐까? 우리는 정명환이 심혈을 기울여 탐구한 졸라가 문학사에 나오는 졸라나 자연주의 및 리얼리즘의 역사에서 요약되는 졸라의 모습이 아니라는 점에 유의해야 한다. 정명환은 "졸라의 자연주의는 그 자신이 주장하던 것과는 달리, 또 문학사에서 일반적으로 정의되고 있는 것과는 달리, 상이하고 상반되기까지 하는 두 가지 요소로 구성되어 있"[22]음을 여러 차례 강조하기 때문이다. 이 상반되는 두 가지 요소들은 졸라의 작품 세계의 통일성을 저해하고, 일관된 해석을 방해하는 요소가 아니라 졸라의 작품을 보다 풍요롭게 해석할 수 있는 근거를 마련해 준다는 점에서 '풍요한 애매성'이라고 할 수 있다. 비교의 한 항목이 지니는 이러한 '뜻깊은 애매성'은 비교의 또 다른 항목을 어느 단일한 기의나 주제로 환원시켜 해석하거나 부분적인 요소들의 국부적인 분석에 치우치는 것을 방지해 주는 역할을 한다. 영향을 준 작품이 '뜻깊고도 애매한 양상'을 지니고 있기에 영향을 받은 작품 또한 이러한 양상으로부터 자유로울 수 없으며, 그것을 이해하고 해석하고 평가하려는 작업을 그때마다 새로운 각도에서 심층적으로 이어 나갈 필요성을 제기한다. 한국 근대 문학의 전개 과정을 알고 싶다는 내면의 욕망이 졸라의 자연주의를 탐구하게 했고, 졸라의 작품에 대한 심층적인 해석이 역으로 한국 근대 문학에 대한 새로운 시선을 던져 주었다. 한국 문학과 서양 문학이 맺은 참으로 행복한 인연인 셈이다.

---

22) 『졸라와 자연주의』, 148쪽.

생태학적 비평의 가능성
— 정현종과 게리 스나이더 비교를 중심으로

1 문학과 생태학적 인식

1972년 스톡홀름에서 열린 '유엔 인간 환경 회의'가 지구의 환경 문제를 전 세계적인 관심사로 부각시킨 결정적인 계기를 이루었음은 널리 알려진 사실이다. 이 회의에서 채택된 '스톡홀름 선언'이라고 불리는 '인간 환경 선언'의 골자는 다음 문단에 잘 요약되어 있다.

> 우리는 역사의 전환점에 도달했다. 지금이야말로 우리는 전 세계에 환경이 미치는 영향에 더 사려 깊게 주의하면서 행동해야 한다. 우리가 자연환경에 무지하고 무관심하다면, 우리 생명이 의존하는 지구 환경에 중대하고 돌이킬 수 없는 해악을 줄 것이다. 반대로 충분한 지식을 가지고 현명한 행동을 한다면, 우리는 인류의 필요와 희망에 맞는 환경에서 더 좋은 생활을 할 수 있다.[1]

위의 인용문은 이제는 환경 문제에 관한 상투어가 되어 버린 그 취지

---

1) 양명수, 『녹색윤리』(서광사, 1997), 205쪽에서 인용.

와는 별도로 심각한 인식상의 문제를 드러내고 있다. 우선 위의 선언문은 단순한 환경 보호의 차원에서 인간이 충분한 주의와 노력을 기울이면 환경 문제는 해결될 수 있다는 낙관론을 보여 준다. 환경은 관리나 보호의 대상이며, 그 주체는 여전히 인간인 것이다. 그 결과 인간이 자연환경의 파괴에 어떻게 대처해야 하는가의 문제에만 매달리고 있는 것이다. 이러한 인식상의 문제는 다른 무엇보다도 '환경'이라는 용어 자체에 본질적으로 내재해 있는 문제인데, 환경이란 용어는 인간과 자연을 분리하는 이원론적 시각을 담지하고 있기 때문이다. 그런 뜻에서 본다면 '환경'에서 '생태'로의 변화는 단순한 용어상의 변화가 아니라 인식론상의 변화로 간주되어야 한다. '생태'를 뜻하는 '에코(eco)'는 그리스어 '오이코스(oikos)'에서 나왔는데, 이 말은 집을 의미한다고 한다. 생태란 용어는 환경처럼 인간의 삶 밖에 실재하는 자연의 의미가 아니라 삶 그 자체, 인간과 도저히 떼어서 생각할 수 없는 거주지, 인간이 살고 있는 집의 의미를 내포한다. 현대 인문학에서 가장 많이 언급되는 용어들 가운데 하나인 '에콜로지(ecology)'는 이렇듯 '집(eco)'에 대한 학문(logos)이란 뜻으로 19세기에 만들어진 용어이다. 생물학의 한 분야로 제창되었던 생태론은 자연환경을 다루는 학문의 의미를 뛰어넘어 인간의 삶에 대한 윤리적인 규범까지 포괄하는 용어로 그 의미의 내연과 외포를 넓혀 왔다. 환경 운동에서 생태론 또는 생태철학(ecology)으로의 이행은 바로 이러한 각도에서 이해할 수 있다.

오늘날 환경 운동이나 생태학적 관심의 증가로 인하여 환경의 위기나 성장의 한계에 대한 인식은 매우 보편적인 것이 되었다. 그러나 인간이 현재와 같은 성장 위주의 물질문명을 계속해서 추구하고, 지구의 생태계를 파괴한다면 머지않아 지구와 함께 공멸할 것이라는 경고도 결국 인간의 마음을 바꾸어 놓지 못한다면 이러한 위기를 타개할 구체적인 실천을 이끌어내지 못할 것이다. 달리 말해서 환경 문제가 심각해졌음은 알면서도 이를 자기 자신의 절실한 문제로 받아들이지 못하고, 이를 위한 적극적인 실천 행위를 보이지 못하는 것은, 이러한 위기를 단순히 지식의 차원으로 받아들일 뿐 마음으로 느끼지 못하기 때문이다. 혹은 환경의 문제는 곧 인간의 문제이며, 인간의 문제는 곧 '마음'의 문제라는 인식에 투철하지 못했기 때문이다. 1990년대 한국 인문학에 생태론적 인식을 환기시키는 데 중요한 역할을 한 어느 문학평론가는 이러한 '마음'의 중요성을 다음과 같이 설파하고 있다.

> 오늘날 가공할 만한 환경 재난이나 생태학적 위기는 산업 문화의 퇴폐성과 직결되어 있을 뿐만 아니라, 우리 자신의 개개인의 인간성이 극도로 피폐해진 것과 완전히 내면적으로 일치하고 있다. 우리가 제일 중요하게 생각해야 할 문제는 환경 파괴의 문화와 인간성의 문화가 근본적으로 동일한 문제임을 인식할 때, 철저히 변혁되어야 할 것은 사회의 외면적인 구조가 아니라 우리 **자신의 내면의 구조, 즉 감수성과 욕망이라는 점이다.**[2]

위의 진술은 여러 가지 전언들을 내포하고 있다. 우선 사회의 외면적인 구조를 바꾸자고 호소하고 실천하는 운동으로서 생태론과 인간의 마음의 문제에 우선적인 관심을 기울이는 생태론을 구별하자는 것이다. 전자를 사회생태론으로 부를 수 있다면, 후자를 '마음의 생태론' 또는 '마음의 생태학'이라고 불러 보면 어떨까. '마음의 생태학'은 생태계의 파괴를 아무리 과학적으로 설명하더라도 우리의 마음이 움직이지 않으면 허사라는 점을 전제로 한다. 또한 위의 진술은 문학이란 현실적으로 '환경 운동'처럼 사회를 바꿀 수 있는 힘을 갖고 있지는 않지만, 인간의 마음을 바꿀 수 있는 힘을 갖고 있으며, 그런 점에서 '마음의 생태론'은 사회생태론보다 더욱 근원적인 문제를 천착한다는 점을 전제로 하고 있다. 이

---

2) 김종철, 「시의 마음과 생명 공동체」, 『시적 인간과 생태적 인간』(삼인, 2002), 131쪽.(강조는 필자)

렇게 지식이나 운동의 차원에서 생태 문제를 제기하지 않고 마음의 문제와 생태 문제를 결부시키는 경향이야말로 한국의 생태론의 중요한 특징이라고까지 말할 수 있다. 예컨대 한국의 생태론을 대표하는 사상가인 김지하는 이와 비슷한 맥락에서 "더 이상 환경이라는 말을 쓰지 말자."라고 제안하면서 그 배경을 다음과 같이 설명한다.

> 나는 20년간 환경 운동을 해 왔고 또 늘 뒤에서 운동의 이론을 제공해 왔습니다. 그러나 내가 보기에는 절망입니다. 그린피스가 가장 적극적입니다. 그 외의 환경 단체들이 감시, 고발만 해서는 근본적인 치료를 할 수 없습니다. 인간의 마음보를 바꾸어야 합니다. 내가 너무 비하하는지 모르겠지만, 그동안의 환경 운동은 큰 길거리에서 쓰레기 줍고 그 옆에 있는 골목에 들어가서는 다시 버리는 운동이었습니다. 하나도 달라진 것이 없습니다. 우리나라가 환경 운동을 시작한 지 15년이 넘지만 무엇이 달라졌습니까? 문제는 마음보가 변해야 합니다. 그것은 미적 교육에 있습니다. 그것은 '접화군생'이라는 경지의 미적이고 윤리적인 패러다임과 윤리가 통용되는 교육을 말합니다. (……) 유럽의 어느 나라의 한 호수 속에 중금속을 먹고 등뼈가 휜 고기가 있다고 할 때, 그 등뼈가 휜 고통을 한국의 여기에 앉아 있는 내 등뼈가 아픈 고통과 함께 연결시킬 수 있는 문학과 시가 나타나야 합니다.[3]

이렇듯 생태론의 차원을 '운동', '인식'(또는 지식이나 과학) 그리고 '마음'의 세 가지 차원으로 나눌 수 있다면, 특히 문학과 생태론을 결부시키고자 할 경우 다른 무엇보다도 '마음'의 층위가 중요하다는 점을 명심할 필요가 있다. 문학이란 바로 인간다운 삶이 있기 위한 존재의 근원에 대한 인식이며 생명의 신비와 신성함을 느낄 수 있는 '마음의 능력'을 기르는 필수적인 방편이기 때문이다. 이런 측면에서 보면 생태학적 상상력은

---

3) 김지하, 「접화군생: 인문학과 생태학」, 『인문학과 생태학』(백의, 2001), 37~38쪽.(강조는 필자)

문학적 마음가짐과 일치하며, '마음의 생태학'은 문학이 취할 수 있는 방편들 가운데 하나가 아니라 문학 그 자체이다. 이런 맥락에서 프랑스의 철학자 펠릭스 가타리(Felix Guattari)의 논의를 참조해 볼 수 있다. 그는 종래의 생태 운동이 이른바 자연환경을 중심으로 한 '환경 문제'에 한정되어 왔다는 사실에 의문과 불만을 토로하면서 무엇보다도 그것만으로는 현대 세계의 전면적인 위기에 대처할 수 없다고 보았다. 그는 진정한 에콜로지는 '환경의 에콜로지', '사회의 에콜로지', '마음의 에콜로지'와 같은 세 가지 에콜로지로 이루어져야 한다고 주장한다.[4] 흔히 에콜로지의 대상으로 여기는 자연환경 이외에도 인간의 마음과 사회의 문제를 추가해서 이를 종합적으로 고찰해야만 인간이 풍요롭게 살아갈 수 있는 지혜, 즉 진정한 에콜로지가 생겨난다는 것이다. 이 세 가지 에콜로지는 각각 '자연', '사회체', '정신'에 대한 인간의 관계에 대응한다. 물론 가타리는 정신, 환경, 사회체에 대한 행동을 구분하는 것은 옳지 않으며, 자신이 제기하는 세 가지 생태학적 관점이 구성하는 '세 가지 상호 교환할 수 있는 렌즈'를 통해 세계를 이해하는 것이 좋다고 말하고 있다.

이러한 '마음의 생태학'은 이른바 '심층생태학(deep ecology)'이라고 부르는 생태학의 한 경향과 부합된다. 주지하다시피 심층생태학은 인간의 이기적 입장에서 환경 문제를 보고 그에 대한 해결을 모색하는 태도를 '피상생태학'이라고 비판하면서, 인간과 자연 사이의 새로운 균형과 조화를 강조한다. 심층생태학의 입장에서 가장 절실한 과제는 인간이 자신을 되돌아보고 자신을 재발견하는 일이다. 감성과 생각이 변하지 않으면, 결국 아무것도 변하지 않는 것과 마찬가지이기 때문이다.

---

4) 펠릭스 가타리, 『세 가지 생태학』(동문선, 2003). 들뢰즈와 더불어 많은 철학적 저작들을 남긴 가타리는 무엇보다도 프랑스 녹색당의 일원으로서 생태 운동에 새로운 지평을 열기 위한 이론적이고도 실천적인 운동을 정력적으로 전개했다. 팸플릿 형태로 된 이 글에서는 그의 생태학적 관심이 잘 정리되어 있다.

이것(자기 자신을 돌아보는 것 — 인용자)은 생태 의식의 계발이라고 말할 수 있다. 그 과정은 바위, 늑대, 나무, 강 등의 실체를 더 잘 알게 되는 것, 즉 모든 것이 연관되어 있다는 통찰을 포함한다. 생태 의식을 계발한다는 것은 침묵과 고독을 알게 된다는 것을 뜻하며, 또한 (자연의 소리를 — 인용자) 든는 방식을 배운다는 것을 뜻한다. 그것은 보다 관대하고 믿음직하고 보다 전체적인 지각 능력을 배우는 것이며, 그리고 과학과 기술을 비착취적으로 사용하는 방식을 생각하는 것이다. 그 과정은 자신에게 정직해지는 것이며, 자기 직관을 바로 아는 것이고, 그리고 분명한 원칙에 따라 행동하는 것이다. 그렇게 되면 우리는 자기 행동의 주체가 되고, 책임감을 갖게 되고, 공동체 안에서 정직하게 일하게 된다. 이것은 단순하지만 쉬운 일이 아니다.[5)]

위의 인용문에서는 무엇보다 인간의 마음을 강조하는 심층생태학의 기본적인 태도가 잘 드러나 있다. 이제 우리는 이러한 '마음의 생태학'이 보다 구체적으로 어떻게 구현되고 있으며, 문학적인 차원에서 어떻게 논의될 수 있는가를 살펴보기 위해, 각각 미국과 한국에서 생태 문제의 문학적 형상화에서 뚜렷한 업적을 남긴 두 시인, 게리 스나이더와 정현종의 작업을 집중적으로 검토해 보기로 한다. 이 두 시인들을 논의의 대상으로 선택한 것은 두 시인이 서로 비교될 만한 흥미 있는 요소들을 간직하고 있기도 하지만, 생태의 문제와 이를 해결하기 위한 '마음의 생태학'의 시도가 무엇보다도 국가의 경계선을 뛰어넘는, 진정으로 전 지구적인 현안이라는 사실을 보여 주기 위해서이다. 넓은 의미의 생태의 문제뿐만 아니라 '마음의 생태학'이 문학적 차원에서 어떻게 구현되는가를 살피는 비평을 '생태학적 비평(Ecocriticism)'이라고 부를 수 있다면, 이는 개별 민족문학의 틀에 얽매이지 않고 전 지구적 차원에서 이루어지고 있는 새로운 생태학적 문학을 그 대상으로 삼아야 할 것이다. 생태의 문제가 한

---

5) Bill Devall & George Sessions, *Deep Ecology*(Gibbs Smith Publisher, 1985), 8쪽.

두 나라로 제한된 지역에 국한된 것이 아니듯이, 생태학적 비평 또한 국가와 국가, 어느 지역의 시인과 정반대 지역의 또 다른 시인을 이어 주는 비교문학적 고찰 또는 세계 문학적 고찰을 요한다. 우리가 정현종과 게리 스나이더라는 서로 아무런 영향의 수수 관계도 감지할 수 없는 두 시인을 비교의 대상으로 삼아 이들이 각자의 방식으로 '마음의 생태학'을 구현하는 방식을 검토하려는 것은 이러한 생태학적 비평의 가능성을 모색하기 위해서이다.

2 게리 스나이더의 생태학적 이상

게리 스나이더(Gary Snyder, 1930~)[6]는 생태의 위기가 근본적으로 사람들의 도덕적 실패에서 비롯된다는 입장을 취한다. 현대의 생태 위기를 단순히 자연의 파괴라는 물리적 측면에서 이해하는 것이 아니라, 자연에 대한 태도와 가치관의 변혁만이 생태 문제의 해결을 가져올 수 있다고 주장한다는 점에서 그의 이러한 태도는 심층생태학의 태도와 매우 유사하다. 앞서 언급한 『심층생태학』의 저자들은 스나이더를 가장 대표적인 심층생태주의자, 그들의 표현에 따르면, '영적 심층생태주의자(spiritual deep ecologist)'로 간주한다. 스나이더가 다른 어느 작가들보다 생태 의식의 수행에 필수적인 자아 성찰적인 명상이나 정신적 수행을 통한 감수성과 의식의 계발에 적극적이었다는 것이다. 실제로 스나이더는 그의 전 작품을 통해서 "통합적이고 공평한 마음을 다시 찾는 방법"을 발견하기

---

6) 게리 스나이더의 작품들 가운데 우리 말로 번역된 것은 시선집, 강옥구 옮김, 『무성(No Nature)』(한민사, 1999)과 에세이집 『야생의 삶(The Practice of the Wild)』(이상화 옮김, 동쪽나라, 2000) 두 권뿐이다. 이 밖에 그의 에세이 「불교와 지구 문화의 가능성들」과 「자유의 예절」이 《세계의문학》 2000년 가을호에 소개되었으며, 이상화 교수가 2003년부터 《시와 시학》 지에 그의 산문을 번역 연재하고 있다.

위한 노력을 기울였으며, 항상 "우리의 문화뿐만 아니라 우리의 마음도 변화시킬 우리의 가장 깊이 존재하는 내면의 힘"[7]을 강조하였다. 물론 스나이더가 한결같이 '인간의 의식과 자아의 변형'만을 강조했던 것은 아니다. 평자들은 스나이더가 후기 작품으로 갈수록 정치적, 경제적 그리고 윤리적인 면에서 현재의 문명사회를 대체할 구체적인 프로그램과 패러다임을 제시한다고 본다.[8] 그러나 스나이더가 초기 작품에서 강조하고자 했던 인간의 의식과 자아의 변형에 대한 관심은 그의 정치적이고 윤리적인 비전을 확립하는 데 중요한 기반으로 작용하고 있음 또한 분명한 사실이다. 현재 인류가 처한 생태 위기는 근본적으로 인간의 무절제한 욕망과 그 욕망의 충족을 최고의 가치로 간주하는 자본주의와 발전 일변도의 기술 문명의 소산이라고 진단하면서 이를 대체할 구체적인 대안적 프로그램이 아무리 중요하다 해도, 이는 근본적으로 마음의 혁명 없이는 치유될 수 없는 일종의 집단적 광기라는 것이 스나이더의 기본적인 입장인 것이다.

여기에는 대부분의 생태론자들에게서 엿볼 수 있는 것처럼 생태계의 파멸을 몰고 온 인간중심주의적 세계관에 대한 가차 없는 비판이 깔려 있다. 슈나이더는 '인간의 마음'의 중요성을 설파하면서도 동시에 만물의 상호 의존성과 운명 공동체 의식을 고취시켜 온전한 전체성을 회복하려는 시도를 게을리하지 않는다. 모든 살아 있는 것들의 생명 공동체를 구축하는 것, 그것이 궁극적으로 스나이더의 목표이다.

나는 헌신한다. 터틀 아일랜드라는
대지와

---

7) Gary Snyder, *Turtle Island*(New York: New Directions, 1974), 99쪽.

8) 김은성, 「게리 스나이더 초기 작품 읽기 ─ 이분법적 사고의 틀을 넘어 새로운 패러다임을 향하여」, 《영어영문학》 49권 3호, 2003, 425쪽.

그 위에 사는 모든 생명체들에게

태양 아래

다양하게

한 생태계를 이루어

서로 기쁘게 관통되어 있는 모든 것들에게[9]

　이러한 거시적인 틀 속에서 스나이더의 문학을 고찰할 경우, 그는 대부분의 생태시와 커다란 주제를 공유하고 있는 듯이 보인다. 문제는 이러한 생태학적 비전을 위해 그가 어떠한 문학적 또는 사상적 프로그램을 제시하는가에 있다. 모든 것들이 '서로 기쁘게 관통되어 있는 생태계'의 회복을 위해 스나이더는 그가 '원래의 마음(original mind)'이라고 부른 마음의 상태를 회복하는 것을 궁극적인 목표로 제시하고 있다. 이 '원래의 마음'이란 인간들로 하여금 유기적이고 통합적인 우주의 질서를 인식하게 하고 그 인식에 따라 주위 환경과 조화를 이루며 살 수 있게 한 마음과 의식이다. 스나이더는 이러한 마음의 세계가 역사적인 실체로 존재했으며, 구전 전통이나 문화 인류학적인 연구를 통해서 그 실체를 그려 볼 수 있다고 말한다. 그러나 한때 인류가 공유했던 "기본적으로 자연과 연결된 문화의 모델로서 태곳적인 것과 원시적인 것"[10]이 존재했다 해도 스나이더는 이러한 시대와 모델로 '되돌아가는' 것은 바람직하지 않다고 역설한다. 중요한 것은 이러한 세계를 부활시키는 것이 아니라, 그것을 '현재화'하여 동시대를 위한 새로운 생태학적 비전으로 만드는 것이다. 즉 인류가 그 기원에서 간직하고 있었던 '원래의 마음'을 되살리는 것은 현대 문명으로부터 과거로 도피하자는 것이 아니라 새로운 관점으로 현대 문명을 치유하자는 것이다. 다만 인간이 문명을 본격적으로 건설하면

---

9) *Turtle Island*, "For All".

10) *Turtle Island*, 102쪽.

서 나타난, '원래의 마음'이 분열되고 상실되는 과정을 역사적으로 설명하는 일까지 그 의미를 잃어버리는 것은 아니다. 왜냐하면 이러한 분열과 상실의 과정이 인간 문명이 발달하면서 나타난 인간에 의한 자연의 지배와 파괴의 과정과 대체로 일치하기 때문이다. 『신화와 텍스트(*Myths and Texts*)』에 실린 시편들은 이러한 '원래의 마음'이란 무엇이며, 그것이 어떠한 과정을 통해 분열되고 파괴되었는가를 면밀하게 파헤친다. 특히 「벌목」 부분에 수록된 시들은 어떤 요인들이 자연을 파괴하고 파괴를 가속화시켰는지 그리고 그 파괴 때문에 인간이 상실한 것은 무엇인가와 같은 문제들을 다루고 있다.

> 삼림들이 무너진다.
> 잘려 나간다.
> ⋯⋯⋯⋯⋯
> 아합의 숲도, 시벨리의 숲도
> 세아미의 소나무도, 하이다의 삼나무도
> 잘려 무너진다. 이스라엘 선지자들에 의해
> 아테네의 요정들과
> 로마의 자객들에 의해
> 옛날의 또 현재의
> 잘려 나간다. 도시를 건설할 터를 닦기 위해
> 루터와 에이어하우저에 의해 밀려 나간다.[11]

그렇다면 스나이더가 그토록 회복하자고 주장하는 '원래의 마음'이란 구체적으로 어떤 것인가. 우리는 '사냥'에 대한 원시인들의 태도를 논의하는 그의 또 다른 글에서 그 단초를 찾아볼 수 있다고 생각한다.

---

11) "The groves are down", *Myths and Texts*: 『무성』, 56쪽에서 재인용.

인간은 아름다운 동물이다. 다른 동물들이 우리를 찬미하고 사랑하는 데서 우리는 이를 알 수 있다. 거의 모든 동물들은 아름답고 구석기 시대 사냥꾼들은 이런 사실에 대단히 감동했다. 사냥을 한다는 것은 우리의 몸과 감각을 최대한 활용한다는 것을 뜻한다. 의식을 곤두세워 사슴이 오늘 지금 이 순간 무엇을 생각하는지를 감지하며 짐승이 출몰하는 길에 앉아 기다리며 자신과 새들과 바람에게로 놓아 주는 것이다. 사냥 주술은 사냥감을 우리에게로 이끌기 위해 고안된 것이다. 우리 노래를 듣고, 우리의 정성을 지켜본 짐승이 연민의 정을 이기지 못해 우리의 영역으로 들어오는 것이다. 사냥 주술은 짐승들을 죽음으로 이끌 뿐만 아니라 그들의 출산을 도와주어 그들의 번성을 촉진하기 위한 목적도 지니고 있다.[12]

위의 인용문은 새롭게 정립된 자연과의 관계를 잘 보여 준다. 이는 인간이 가해자가 되고 사슴이 피해자가 되는, 현대식 사냥과는 정반대이다. 스나이더는 「사냥」이라는 시에서 어떠한 정신적 또는 육체적 긴장이나 노동도 들어 있지 않은 무차별한 실상을 고발한다.

밤에 집으로 간다
술취한 눈이
낮게 떠 밝게 빛나는
황소자리를 찾아낸다
방아용 저수지 1마일을 지나
인적 드문 길에
전조등 불빛에 춤추고 있는
정말 큰 사슴
차를 세운 채, 쏘아 버렸다

---

12) *Earth House Hold*(New York: New Directions, 1969), 120쪽.

그 어리석고 눈멀어 날뛰는 짐승을.[13]

위의 시에서 "술 취한 눈"이란 말을 사용함으로써 스나이더는 자동차 전조등 불빛에 꼼짝도 못하는 사슴을 이렇게 쏘아 죽이고 그 주검을 무참히 훼손하는 것은 제정신으로는 불가능한 무자비한 만행임을 고발한다. 스나이더는 위의 시에서 드러나는바 총을 난사해 무참하게 사냥감을 죽이는 현대식 사냥과, 의식의 수련과 단련을 통해 사냥감과 하나가 됨으로써 사냥감을 잡는 인디언들의 사냥법을 서로 대비시킨다. 스나이더가 보여 주고자 하는 것은 사슴과 사람이 사냥이라는 의식을 통해 하나가 되는 과정이다. 이는 사슴과 인간이 서로를 동정하며 측은히 여기는 '연민'의 정서 때문에 가능한 것이다. 즉 "인간이 잔인한 것이 아니라 먹어야 산다."는 딱한 사정을 사슴이 알고 자신을 인간에게 베푸는 의식이 바로 사냥인 것이다. 이제 연민을 베푸는 것은 인간이 아니라 동물이라는 점에서 사냥의 주체는 동물로 역전된다. 생태계에서 동물들은 인간 없이도 자족한 삶을 살 수 있지만 인간은 이들의 도움 없이는, 다시 말해서 이들의 '연민' 없이는 살 수가 없다. 이렇듯 사냥은 인간이 주변 동식물들과 서로 '어울려 사는' 상생의 지혜가 발휘되는 기회이다. 또한 사냥은 먹이를 포획하기 위한 단순한 육체적 행위가 아니라 의식을 단련해 나의 영혼이 사냥의 대상으로 들어가는 일종의 '영적인 경험'으로 묘사된다. 실제로 스나이더의 생태 사상에 커다란 영향을 주었던 아메리카 인디언들은 이러한 동물들의 자발적인 자기희생을 겸손과 감사의 표시로 받아들임으로써 '마음의 생태학'을 실천했다.

사냥의 예에서 잘 드러나는 '원래의 마음'의 본질을 현재화하는 것이 중요하다면, 그 본질 즉 우리가 갈구하는 온전한 인간성이란 무엇인가.

---

13) "Hunting", *Myths and Texts*.

스나이더는 이러한 질문에 대한 해답을 '야생성(野生性/The Wild)'에 대한 논의로 구체화하고 있다. 스나이더는 균형을 잃은 인간성을 본래의 모습으로 되돌리는 작업은 곧 인간의 야성을 회복하는 일이라고 주장하고 있다. 이렇듯 문명의 대안으로 흔히 그렇듯이 '자연'을 제시하는 것이 아니라 '야성' 혹은 '야생성'을 제시하는 것이 스나이더의 생태 사상의 독특한 점이라고 할 수 있다. 그리고 이 점에서 스나이더는 '야성적이고 자유로운' 삶의 구가로 집약되는 미국적인 꿈의 연장선상에 있다고 할 수 있다. 다만 스나이더는 이제는 상투적인 수사나 광고의 이미지로 퇴색해 버린 이러한 꿈을 보다 근본적으로 천착하면서 '야성적인 것'의 의미가 무엇인지, 그것이 '자유로움'과 어떻게 연결되는지, 그리고 이런 의미들에서 얻고자 하는 바가 무엇인지를 성찰하고자 하는 것이다.

'야성' 또는 '야생성'의 개념은 문명 사회에서는 유럽이나 아시아에서나 똑같이 '제멋대로임', '무질서', '폭력' 등의 의미를 내포하고 있다. 또한 야성을 나타내는 한자 '야(野)'는 다른 말과 조합될 경우 부정한 관계, 사막의 땅, 사생아, 창녀 등을 뜻하게 된다. 스나이더는 '야성적인 것'에 대한 사전적인 정의는 대개 인간의 관점에서 볼 때 야성적이지 않은 것, 즉 문명적인 것에 의해 정의되어 왔다고 간파한다. 예를 들어 '야성적인 것'은 동물의 경우 '길들여지지 않은', '가축화되지 않은', '제멋대로 구는' 등의 의미를 지닌 것으로 파악되는데 이는 '길들여짐', '가축화(化)', '조련' 등과 같은 문명 사회의 관점에서 부정적인 방식으로 정의된 것이다. 야성적인 것은 문명적인 것의 정반대로 규정되므로 야성적인 것이란 결국 '문명적이지 않은 것'에 다름이 아닌 것이다. 스나이더는 이런 방식으로는 야성 또는 야생성의 실체를 알 수 없다고 주장한다. 그 실체를 알기 위해서는 일종의 역발상, 예컨대 옥스퍼드 사전에 나타나 있는 야성의 개념에 대한 사전적인 의미를 초월하고, 문명과 야성의 관계를 역전시킬 것을 주장한다. 이렇게 관점을 정반대로 되돌리면 야생 동물은 "각기 자신의 본성을 부여받고 태어나, 자연 생태계 안에서 사는, 자유로운 개체"로 정의된다. 스나이더는 자신의 에세이집 『야생의 삶』에서 이렇게 "관점을 반대로 되돌려서" 얻어진 야성의 목록들을 열거한다. 우선 옥스퍼드 사전에서 '야성'이 여러 경우들에서 어떻게 정의되는지 살펴보자.

식물의 ─ 재배되지 않은.

토지의 ─ 거주하지 않는, 경작되지 않는.

작물의 ─ 사람이 경작하지 않고 생산되거나 산출되는.

사회의 ─ 문명화되지 않은, 거친, 법적 정부에 저항하는.

개인의 ─ 제지당하지 않는, 복종하지 않는, 방탕한 방종한, 풀려 있는. "자유분방하고 바람기 많은 과부들"(1614년)

행동의 ─ 격렬한, 파괴적인, 잔인한, 다루기 힘든.

이제 새롭게 정의된 야성의 의미를 살펴보자.

식물의 ─ 자체 번식하는, 자체 양분으로 유지하는, 타고난 성질과 조화롭게 번성하는.

토지의 ─ 본래의 잠재력 있는 식물과 동물이 손상되지 않고 완전한 상호작용 상태에 있고 완전히 비인위적인 힘의 결과로 이루어진 지형을 가진 장소. 오염되지 않은.

작물의 ─ 야생 식물이 자연적으로 넘치고 풍부해서 다량의 열매나 씨앗이 성장하고 생산됨으로써 이용할 수 있고 유지되는 식량 공급.

사회의 ─ 그 질서가 내부에서 생기며 명시적인 법률이 아니라 합의와 관습의 힘으로 유지되는 사회들. 스스로 그 지역의 원주민이자 영원한 주민이라고 생각하는 원초적 문화들. 문명에 의한 경제적, 정치적 지배에 저항하는 사회들. 그 경제 구조가 지역 경제 구조

와 긴밀하고 지역 경제를 지지해 줄 수 있는 관계를 맺고 있는
사회들.

개인의 ─ 지역의 관습, 스타일, 예절을 대도시나 가장 가까운 곳의 교역
장소가 가진 기준을 염려하지 않고 따르는. 위협받지 않고 자신
을 신뢰하며 독립적인. "긍지가 있고 자유로운."

행동의 ─ 어떤 종류든 억압, 감금 또는 착취에 격렬하게 저항하는. 현실과
동떨어진. 무도한. "나쁜", 경탄할 만한.[14]

우리가 문명에 의해 왜곡되고 분열된 야성의 마음을 되찾을 때, "도시
의 비옥한 구석구석에 야생계의 법칙과 일치를 이루며 자신들의 에너지
그물 안에서 사는 절묘하고 복잡한 생명들"[15]을 발견하는 '눈'을 가지게
된다. 문명은 야성이 깃들 수 있는 주거 환경이 되는 것이다. 야성은 자
연에만 국한되어 있는 것이 아니라 규모를 바꾸면서 도처에 있다. 그러
나 이렇게 도처에 산재해 있는 야성을 발견하기 위해서는 마음이 우선
야(생)성을 되찾아야 한다. '마음의 생태학'은 인간이 원형적인 야성의
눈으로 세상을 바라보는 것도 중요하지만 "모든 생물 하나하나가 우리
인간이 가진 것만큼 눈부신 지성을 가진 영(靈)"[16]인 세계가 인간을 지켜
보고 있다는 사실을 깨닫는 것도 중요하다고 주장한다. 이를 통해 인간
중심주의는 부정되고 인간과 자연은 영원한 공생의 관계를 맺는다.

이렇게 복원된 야성의 개념을 '생태학적 인간성의 발현'이라고 할 수
있겠는데, 이는 정신/물질, 문화/자연, 혹은 유기물/무기물 같은 대립뿐
만 아니라 문명/야성의 대립까지도 극복하고 전일적 통찰을 체득할 때
가능한 것이다. 스나이더가 두 가지 상반된 요소들이 잘 조화된 사유 방

---

14) 게리 스나이더, 「자유의 예절」, 『야생의 삶』, 36~37쪽.
15) 위의 책, 43쪽.
16) 위의 책, 51쪽.

식의 예로 불교나 도가의 사상을 들거나 세계의 다양한 토착 문화 특히 미국 인디언의 전통적인 삶을 찾는 것은 이러한 맥락에서이다. 특히 스나이더는 1960년대 일본에서 선불교 수행을 했던 개인적 체험을 잘 활용하면서 불교에서 새로운 생태학적 비전을 찾아내고자 한다. 스나이더가 생태학에서 배운 만물의 유기적 연관성과 순환, 재생 등의 개념들은 불교의 무상과 연기론 등으로 발전한다. 특히 이성과 논리의 사슬에서 벗어나 사물에 대한 직관을 중시하는 선(禪)에서 스나이더는 허욕에 사로잡힌 정신의 안개를 걷어낼 수 있는 가능성을 발견한다. 자연과의 조화와 상생의 관계를 바탕으로 하는 생태적 자아는 피상적인 자아의 절멸을 통해 도달한 더 큰 자아, 자신의 진정한 자아와 다르지 않다. 불교는 이러한 생태학적인 자아를 깨닫게 도와주는 일종의 '마음의 훈련'이다. 그러나 이러한 마음의 훈련은 그 자체가 목적이 되는, 최종적 단계가 결코 아니다. 그것은 불교식으로 말하자면 작은 자아로부터 나와 산과 강과 만다라 우주 전체로 가는 것을 도와주는 역할을 할 뿐이다. 지혜의 세계에서 도덕적 실천의 세계로 나아가는 것이다.[17] 앞서 우리는 세 가지 생태학에 대해 말하면서 '마음의 생태학'이 무엇보다도 중요하지만 그것만으로는 생태학의 온전한 구현을 기대하기 힘들다고 했는데, 스나이더는 이런 맥락에서 야성의 삶이 지니는 윤리적 차원, 그의 말을 빌리면 '자유의 예절'에 대해서 말하고 있다.

야성에서 우리가 배우는 교훈은 자유의 예절입니다. 야성은 우리에게 땅에 대해서 배우고, 모든 동식물과 새들에게 머리를 끄덕여 알은체를 하고, 여울을 건너고, 산마루를 가로질러 가고, 그리고 집에 돌아와서는 즐거운 이야기를 나누라고 요구합니다. (……) 아직 살아 있는 생명들 속에 있는 선남선녀

들은 느긋한 마음이 되면서 진정한 의미에서 야성적이 될 수 있습니다. 그럴 때 그것이야말로 야성이 갖는 최후의 의미입니다. 가장 심오하고 무서운 비의적 의미이지요. 그것을 맞아들일 준비가 되어 있는 사람은 거기에 도달할 것입니다.[18]

지혜와 명상이 마음을 닦는 일이라면 도덕이나 '자유의 예절'은 개인적인 본보기와 책임 있는 행동을 통하여 '모든 것들이' 다함께 평등하게 살 수 있는 진정한 공동체를 이룩하는 일이다. 야성은 개인적인 명상을 통해 얻어지고 사회적인 실천을 통해 실현된다.

3 정현종 시에 나타난 생태학적 에로스의 발현

이제 생태나 환경의 주제들을 중심으로 한국의 현대시사를 정립하는 것이 가능해질 정도로, 특히 1970년대 이후로 우리 시사에서는 생태학적 상상력을 형상화한 시편들이 적지 않다. 그 시편들은 일률적인 목소리로 자연, 환경, 생태를 말하고 있는 것이 아니라, 제각기 다른 발상법과 시작 태도에 근거하여 생태학적 상상력을 형상화하고 있다. 특히 정현종은 1990년대 이후로 문명이나 생명의 문제에 지대한 관심을 기울이면서 이를 문학적으로 형상화하고 있는데, 1990년대 이후에 발표된 시집들인, 『한 꽃송이』(1992), 『세상의 나무들』(1995), 『갈증이며 샘물인』(1999)에서 이러한 생태학적 상상력이 매우 응축된 형식으로 나타난다. 그의 생태학적 작업에서 제일 먼저 주목할 수 있는 것은 생명에 대한 관심이 어떤 이데올로기적인 구심점을 전제로 한 생명 사상이나 환경 친화 운동과는 일정한 거리를 유지하고 있다는 점이다. '생명의 황홀'이라는 그의 산문집

18) 앞의 책, 57~58쪽.

제목이 시사하듯이 그는 생명의 황홀감에 도취되어 그 비상한 순간을 풍부한 감각적 언어로 포착하여 드러내고자 할 뿐이다. 이 점에서 정현종은 한국의 생명 사상을 대표한다고 알려져 있는 또다른 시인인 김지하와 구별된다. 김지하의 생명 사상이 일종의 거대 담론을 지향한다면, 정현종의 '생명 사상'은 구체적이고 감각적이며, 일상적이다.[19] 이는 시인이 생명 현상 자체의 비밀이나 구조를 근원적으로 탐색하기보다는 생명의 현상에 동참하는 자기 마음의 움직임을 포착하고, 시인의 마음과 뭇 생명 사이의 '시적 교감'을 중요시하기 때문이다. 그가 오늘날 지구를 위협하는 생태 위기에 대해 "다른 무기가 없습니다/ 마음을 발사합니다"[20]라고 말하는 것은 생명의 신성함과 신비를 느끼기 위해서는 다른 무엇보다도 이러한 '마음의 능력'이 필수적이라고 생각하기 때문이다. 그런 의미에서 정현종의 시는 '마음의 생태학'의 한 표현으로 간주할 수 있다. 자연이나 환경에 대한 올바른 인식만을 촉구할 때 그의 시는 간혹 메시지를 직접적으로 표출하는 이데올로기의 전달체가 되어 버리곤 한다. 예를 들어 다음 시를 읽어 보자.

> 그 어떤 경우에나 이제는 꼭
> 먼저 생각해야 할 게 있어.
> 죽어 가는 물
> 죽어 가는 흙 생각이야.
> 공기니 물이니 흙 따위엔 관심이 없다고?
> 그 무관심은 오늘날 아주 큰 죄악.
> (……)

19) "정현종의 '생명'이 한국 지식인들의 일반적인 생명에 비해 작은 개념"이라는 평(정과리, 「환경을 만드는 시인」, 『정현종 깊이 읽기』, 문학과지성사, 1999, 303쪽)은 이러한 측면에서 이해할 수 있다.
20) 「요격시 1」, 『한 꽃송이』, 『정현종 시 전집』 1·2권(문학과지성사, 1999), 72쪽.(앞으로 인용될 시 작품의 출처는 전부 이 전집에 의거한다.)

국가 예산은 환경 보존에도 많이 써야 하고

번 돈은 공해 방지에 아낌없이 써야 해.

중요한 건 정권 유지, 정권 쟁탈이 아니야.

중요한 건 생태계 문제에 심각한 관심을 기울이는 정부의 탄생이야.

중요한 건 세계 지배, 공해 기업 수출이 아니고

군비나 전쟁이 아니며

지구인이 공동 운명이라는 거,

생태계 보전을 위해 우선 신경쓰고 돈을 쓰는 일이야.

(……)

늦기 전에 정신차려 기약해야 한다.

생명 살리는 세계 살림

생명 살리는 나라 살림

생명 살리는 집안 살림

서둘러 열심히 생각해야 한다.

녹색 사상 녹색 예산

녹색 기업 녹색 소비를 ——

맑은 공기

맑은 물

산 흙 그 큰 품 속에

모든 생명 흥청대는 세상을 위해!

　　『한 꽃송이』에 수록된 「급한 일」이라는 시에서 시인의 마음은 시의 제목만큼 급하다. 자연과 환경을 지키고 보호하는 일이 다른 무엇보다도 '급한' 일임은 누구나 인정할 수 있지만, 그러한 잘못된 현실을 비판하고 직접 꾸짖을 경우 시적 성취도는 떨어지기 마련이다. 이 시가 메시지를 직접적으로 노출한 것은 역으로 시인의 '마음의 움직임'이 감추어져 있

기 때문이다. 시인의 급하고 조급하고 화난 마음 이외의 다른 섬세하고
감각적인 내면의 모습은 드러나 있지 않다. 정현종의 시는 "만물 중에서
제일 잘생긴 나무"에게 "내 뇌수(腦髓)도 심장도 이제 초록이다"라고 말
하면서 서로 대화하고 교감을 나눌 때, 그리하여 자연과 생명이 우리의
마음을 바람처럼 움직여 우리를 활력 속으로 열어 놓으며 세상의 생기의
원천이 될 때, 그 빛을 발한다.

　　시인의 생각이 직접적으로 표출되는 것이 개별적인 시작품에서는 흠
이 되지만 시인이 쓴 산문이나 에세이에서는 오히려 미덕이 될 수 있다.
이런 측면에서 보면 1992년에 발표된 정현종의 산문 「가이아 명상 —
시, 인간, 생명권」은 생명에 관한 시인의 생각을 훌륭하게 요약한 글이
다. 여기서 시인은 J. E. 러브록이 제시한 '가이아'란 개념[21](물리적, 화학
적 환경을 스스로 조절함으로써 지구를 건강하게 유지하는 능력이 있는 자기 조
정적 실체로서의 생물권)에 기대어 생명에 관한 사유를 전개하고 있다. 예
컨대 시인은 러브록의 주장을 받아들여 시인이 제일 먼저 생물권 안에서
의 인간중심주의와 인간우월주의와 결별해야 한다고 말하는데, 시인의
사유가 가장 빛나는 대목은 그가 '가이아 명상'이라고 부른 시적이고 생
태적인 사유의 특성을 설명하고 있는 부분이다.

　　사람은 만물과 더불어 사람이고 시인은 더더구나 만물과 더불어 시인이다.
　시인들은 이제 '가이아 명상'이라고 내가 이름 붙여 본 그러한 느낌의 우주에
　노닐 필요가 있다. 느낌의 우주라고 해도 좋고 감정의 공간이라고 해도 좋으며
　섬세하고도 광활한 앎이라고 해도 좋다. 가이아 명상은 천지를 꿰는데, 미생물
　에서부터 인간에 이르기까지 전 생명권으로 퍼져 나가는 생기 있고 탄력적이

---

21) 러브록은 '가이아'란 개념을 중심으로 일련의 생태학적 성찰을 지시하였는데, 이는 전문 과학계
　　뿐만 아니라 일반 독서계에 커다란 반향을 일으켰다. 우리나라에 소개된 책들로는 『가이아』(범양사,
　　1990), 『가이아의 시대』(범양사, 1992), 『가이아, 지구의 체온과 맥박을 체크하자』(김영사, 1993)
　　등이 있다.

며 온당하고 착한 움직임이다. 동시에 다차원적으로 움직이는 고요하고도 역동적인 영혼. 모든 생명 현상을 향해서 퍼져 나가는 슬프고 기쁜 마음. 참되고 착한 마음.(가이아 명상은 그러니까 생명권에 관한 명상이기도 하고 생명권이 하는 명상이기도 하며 그중에 일부인 우리의 마음의 움직임이기도 하다.)[22]

'가이아 명상'은 시와 생태론, 문학적 상상력과 생태적 관심이 결합해서 생긴 산물이다. 위의 인용문 가운데 특히 괄호 안에 인용되어 있는 부분은 시인의 '가이아 명상'이 크게 세 가지 차원으로 나누어 이루어진다는 점을 잘 보여 준다. '생명권에 대한 명상', '생명권이 하는 명상', '우리 마음의 명상'. 우선 '생명권에 대한 명상'은 생명 현상에 대한 전반적인 고찰과 사유를 의미한다. 아마도 이 부분은 생명이나 생태를 문학적 주제로 삼는 시인이나 작가들 모두가 유념하는 부분일 것이며, 그렇기 때문에 오히려 정현종 특유의 생태학적 상상력을 추출하기 힘들다. 두 번째로 '생명권이 하는 명상'은 첫 번째 층위에서 한 걸음 더 진전된 사유를 보여 준다. 즉 이러한 명상은 "내가 가이아 명상에 잠길 때 세균이나 메뚜기, 풀 같은 것도 명상에 잠기며, 내가 움직일 때 만물이 더불어 움직인다는 느낌"(376쪽)을 분명히 해 주기 때문이다. 아마도 시인에게 제일 중요한 것은 마지막 층위인 '마음의 명상'일 것이다. 시인은 이러한 마음의 명상을 통하여 "가이아의 지각 능력을 증대시키"며, 가이아의 실체는 이러한 시적 명상을 통해서 온전히 포착된다.

사실 '명상'은 정현종이 생태학적 문제들에 관심을 기울이기 이전부터 줄곧 간직해 온 정신세계의 핵심어이다. 잘 알려진 것처럼 그는 크리슈나무르티라는 인도의 철학자에게 각별한 관심을 쏟았는데,[23] 이러한 관심을 통해 '명상'에 대한 다음과 같은 깊이 있는 통찰이 이루어진다.

---

22) 정현종, 「가이아 명상」, 『정현종 깊이 읽기』(문학과 지성사, 1999), 375~376쪽.
23) 그는 크리슈나무르티의 『아는 것으로부터의 자유』(정우사, 1979)를 직접 번역하기도 했다.

즉 명상은 삶의 전체성(그 속에서는 모든 단편화가 중지된)에 대한 이해이다. (……) 생각의 구조와 근원을 이해하는 것이 곧 명상이다. (……) 명상은 모든 것을 완전한 주의력을 가지고 보는 것, 즉 그것의 일부가 아니라 완전하게 보는 마음의 상태이다. (……) 우리가 자신에 대해서 배우고 자신을 관찰할 때, 자기가 어떻게 걷고 어떻게 먹는지를 관찰하고, 자기가 말하는 것, 가십, 증오, 질투를 관찰할 때 — 그 모든 것을 아무 선택 없이, 자기 자신 속에서 알아차릴 때, 그것이 명상의 일부이다.[24]

그는 크리슈나무르티 사상의 가장 핵심적인 전언을 '있는 그대로 보기'라고 요약하는데, 이는 나 자신의 마음의 운동 과정과 구조에 대한 연구, 마음의 상태에 대한 연구를 의미한다. '가이아 명상'은 이렇듯 생태학적 상상력과 '마음' 또는 '내면'에 관한 시인 자신의 관심이 결합되어 나타난 용어이다. 이를 통해 생태학적 상상력을 통해 마음을 들여다보고 마음의 움직임을 생태에 대한 관찰과 밀접하게 결부시키고자 한 것이다. 그러므로 정현종이 추구하는 '마음의 생태학'의 첫 번째 과제는 시인의 마음을 자극하고 시인의 마음이 스며들 수 있는 생명과의 '교감'이다. 정현종의 표현에 따르면 '즐거운 자극원'을 찾는 일인데, 이는 온갖 살아 있는 자연 상태, 생명 현상으로부터 '아름다운 숨결'을 느끼는 것으로 시작된다.

내 즐거운 자극원은
천둥과 번개
세상의 새들
지상의 나무들
꽃과 풀잎

---

24) 「세속에서의 명상」, 『생명의 황홀』(세계사, 1989), 69~70쪽.

이쁜 여자
터질 거예요 보름달
어휴 곤충들
저 지독한 동물들[25)]

이 '즐거운 자극원'에 '지상의 고통원'이 대립된다. 타락한 권력이나 정치적 음모 등 지상의 고통원은 생명의 활력을 거세하고, 정신의 기운을 무력화시킨다. 정현종의 시는 이 '즐거운 자극원'들을 찾아내고 교감을 나누는 일련의 과정들에 대한 기술에 다름 아니다. 시인이 이 자극원들 속으로 퍼져 나가고 또 그것들이 시인의 마음과 숨결 속에 스미게 하는 과정이야말로, 한편으로는 '가이아 명상'에서 촉발된 생명의 마음을 발견하는 일이면서 다른 한편으로는 정현종의 시적 창조 과정 그 자체이기도 하다. 이렇듯 생명을 매개로 타자를 발견하고 이를 시인의 마음과 교감하는 과정은 삶의 '역동적인 순간'을 발견하는 과정과 동일하게 나타난다. 시인은 삶의 지루하고 반복적인 흐름 속에서 시인의 마음을 즐겁게 자극할 수 있는 '순간'을 고정시키고, 그 고정된 '순간'의 깊이와 넓이를 확보함으로써 '가이아 명상'을 완수하고자 한다. 이러한 순간은 "생명의 온갖 기미"를 느낄 수 있는 순간이며, 자연의 미세한 움직임까지 포착할 수 있는 순간이다. 정현종의 시에서는 이러한 '순간'들을 도처에서 발견할 수 있다. 예를 들어 다음 시를 살펴보자.

내 일터 손바닥만 한 숲
포장한 길을 걸어가다 문득
멈춰 섰습니다.
(그러고 싶어서 그랬겠지요)

---

25) 「내 즐거운 자극원들」, 『세상의 나무들』, 전집 2권, 175쪽.

내가 움직일 때는 나무도 움직였군요.

멈춰 서자 나무들도 움직이지 않았습니다.

정적일순(靜寂一瞬) ──

아주 잘 들렸습니다 그 고요.

부동(不動)이 만들어 내는 그

고요의 깊이에 빨려들었습니다.

광막하고 환했습니다.

움직이지 않는 것의 미덕이

쟁쟁했습니다.[26]

위의 시는 '나무'도 '나'도 꼼짝 않고 멈춰 있는 "정적일순(靜寂一瞬)"의 시간에 대해 말하고 있다. 이러한 짧은 순간은 길을 걸어가다가 '문득' 발견한 순간이다. 그 순간 속으로 시인의 마음은 말 그대로 "빨려들"어간다. 시인은 순간적으로 발견한 자연과의 이러한 교감을 통해 변화하는 마음의 움직임, "마음의 음영, 마음의 안개, 마음의 공기"를 섬세하게 따라가려고 한다. 마음의 생태학의 관점에서 시인이 주목하려고 하는 것은 마음이 "무한 바깥(타자)과 스스로의 내적 깊이를 향해 한없이 열려 있고 겸손히 듣고 있음으로써 생기는 섬세한 진동"이나 "무슨 아지랑이"(「한 정신이 움직인다」) 같은 것이다. 이러한 순간은 "꽃병에 물을 갈아주다가"(「꽃잎 2」), "벚꽃잎 내려 덮인 길을 걸어"가다가(「꽃잎 1」) 찾아오기도 하고, "아스팔트를 조금 벗어난 숲길에서 문득"(「날개 소리」) 찾아오기도 하며, "후덥지근한 여름날 오전"(「모기」)이나, 보다 구체적으로 "5월 7일 오전 9시 43분"(「올해도 꾀꼬리는 날아왔다」)에 자신의 모습을 드러낸다. 이러한 "순수 집중의 순간"(「한 청년의 초상」)에는 시인의 마음이 자연을 끌어당기고, 자연 속으로 시인의 마음이 빨려든다. 서로가 서로

---

26) 「숲가에 멈춰 서서」, 『갈증이며 샘물인』, 전집 2권, 253쪽.

에게 끌리는 '인력(引力)'이 발생하는 이 순간, 생명의 핵이 드러나는 것이다. 한 비평가는 이러한 순간의 인력을 발생시키는 정현종의 시적 상상력을 '감염의 상상력'이라고 부르고 있다.[27] 이를 우리는 '생태적 에로스(ecological eros)'의 발현이라고 부르고자 한다. 이러한 생태적 에로스의 발현 속에서 나는 타자를 품는 씨앗이 되고 타자는 나를 품는 씨앗이 된다.

> 더 맛있어 보이는 풀을 들고
> 풀을 뜯고 있는 염소를 꼬신다.
> 그저 그놈을 만져 보고 싶고
> 그놈의 눈을 들여다보고 싶어서.
> 그 살가죽의 촉감, 그 눈을 통해 나는
> 나의 자연으로 돌아간다.
> 무슨 충일(充溢)이 논둑을 넘어 흐른다.
> 동물들은 그렇게 한없이
> 나를 끌어당긴다.
> 저절로 끌려간다.
> 나의 자연으로.
> 무슨 충일이 논둑을 넘어 흐른다.[28]

염소를 들여다보는 나와 나를 한없이 끌어당기는 염소 사이에 생기는 살가죽의 촉감은 한순간, 나와 염소 두 존재가 동시적으로 참여하여 생겨나는 교감이다. 시적 화자의 눈에는 그럴 때 '무슨 충일'이 논둑처럼

---

27) 최현식, 「순간과 도취의 시학」, 『정현종의 시 세계: 사람이 풍경으로 피어날 때』(문학동네, 1999). 감염의 상상력이란 보다 구체적으로 "무심한 듯이 놓여 있는 서로 다른 존재들을 집단적으로 조응하게 함으로써 존재와 관계의 동시적 확장을 가져온다는 점"(239쪽)에 그 특징이 있다.
28) 「나의 자연으로」, 『한 꽃송이』, 전집 2권, 15쪽.

넘쳐흐르는 것으로 느껴진다. 가이아적 명상을 통해 '변화된 마음' 속에서 자연은 하나의 대상이자 타자가 아니라 연인으로 보이며 그것과 사랑을 나누게 될 때, 생태적 에로스가 발생하며 생태계의 위기는 극복된다.

이제 정현종 시의 또다른 생태학적 차원에 대해 언급하면서 그의 시에 나타난 '마음의 생태학'에 대한 고찰을 마무리하자. 그것은 정현종 시의 '시론'에 해당하는데, 그는 "시는 우리를 숨쉬게 하고, 우리는 시를 숨쉰다."[29]라는 말로 자신의 시론을 요약한다. 물론 '숨쉬기'는 그의 시에도 자주 등장하는 용어이자 핵심 주제이다. 그래서 "헤게모니는 무엇보다도/ 우리들의 편한 숨결이 잡아야 하는 거 아니예요?/ 무엇보다도 숨을 편히 쉬어야 하는 거 아니예요?"(「헤게모니」)라고 시인은 묻는 것이다. '숨'은 말할 것도 없이 생명의 가장 확실한 징표이다.

바람이 우주의 숨이듯 시는 우리의 마음을 바람처럼 움직여 우리를 활력 속으로 열어 놓으며 그래서 세상의 생기의 원천이 되어 왔습니다. 그래서 숨은 또한 정신의 기운 자체를 일컬으며 심신의 역동적 움직임을 구체적으로 (감각적으로) 느낄 수 있게 하는 말이기도 합니다. 그리고 시는 문명과 제도와 이데올로기에 의해 왜곡되고 쭈그러든 인간의 원초적 자아가 회생하는 공간이기 때문에 또한 자연의 숨결이기도 합니다. 우리가 시를 읽는다기보다는 시를 숨쉰다고 말하는 것도 위와 같은 연유에서이며 그래서 시를 산다는 말도 가능해집니다.[30]

---

29) 그는 자신의 첫 번째 시론집 「책머리에」에서 다음과 같이 말한다. "시는 그것 자체가 그냥 숨이다. 시의 언어는 무엇에 대해서 이야기한다기보다는 그 자체가 그냥 숨 덩어리이다. 그것은 자유의 숨결이며 자연의 숨결이다. 그래서 그것은, 기쁨이든 고통이든, 우리로 하여금 '시간의 순수한 결정(結晶)' ─ 이슬과도 같은 시간을 체험하게 한다. 시에 관한 한 우리는 그걸 읽는 게 아니라 그걸 숨쉰다고 할 수 있다. 그만큼 현실적이다.(『숨과 꿈』, 문학과지성사, 1982)
30) 「시의 자기동일성」, 『생명의 황홀』, 145~146쪽.

이런 맥락에서 보면 우리가 시를 숨 쉰다는 것과 우리가 자연을 숨 쉰다는 것은 동일한 층위에 놓인다. 시가 쉬는 숨, 시를 통해 쉬는 숨 속에서 시인은 가이아 명상에 잠겨든다. 이러한 명상의 한가운데 시인의 마음에서 흘러나오는 에너지, 그것은 바로 시인의 꿈에 다름이 아니다. 그의 첫 번째 시론집의 제목이기도 한 '숨'과 '꿈'은 이렇게 서로 연결된다.

4 마음의 생태학의 요소들

지금까지 우리는 '마음의 생태학'이 문학적인 차원에서 어떻게 논의될 수 있는가를 살펴보기 위해 게리 스나이더와 정현종의 작업을 집중적으로 검토하였다. 지금까지의 논의를 정리하는 의미에서, 그리고 두 시인들 사이에 '마음의 생태학'의 정립에 도움이 될 수 있는, 서로 비교될 만한 요소들이 무엇인가의 문제에 초점을 맞추어 '마음의 생태학'의 기본 요소들을 정리해 보자.

'생태 의식'의 계발

생태 이념은 궁극적으로 개인의 각성과 변화를 기도하기 때문에 개인의 세계관과 감각의 측면에서 변화를 모색하고 촉구하는 것이 중요하다. 그리고 문학은 다른 어느 분야보다도 이러한 생태 의식과 자연 존중의 감각을 계발하고 연마하는 일을 최우선의 과제로 삼는다. 스나이더의 경우 이러한 생태 의식의 계발은 크게 '원래의 마음'의 회복과 구체적으로 현대인에게 상실된 '야생성' 또는 '야성'의 회복으로 귀결된다. 정현종의 경우 중요한 것은 생명 현상 자체의 비밀이나 구조를 포착하는 것이라기보다는 생명의 현상에 동참하는 자기 마음의 움직임을 포착하는 것이며, 이는 시인의 마음과 뭇 생명 사이의 '시적 교감'의 포착이라는 형태로 구현된다. 스나이더에게 중요한 것은 생명의 야생성이라면, 정현종은 생명의 에로스적 특성이다. 이러한 생태 '의식'은 보다 구체적으로 다음과 같은 요소들을 내포한다.

첫째, '모든 것이 서로 연결되어 있다는 통찰'. 자신을 다른 인간뿐만 아니라 자연 세계 전체와 연결시키고 그 모든 것이 하나라는 사실을 깨닫는 것은 물론 생태론의 기본적인 입장이지만 '마음의 생태학'에서는 특별히 강조되는 전제이다. 스나이더의 경우 앞서 제시된 복원된 야성의 개념은 결국 '생태학적 인간성의 발현'으로 귀결되는데, 이는 정신과 물질, 문화와 자연, 혹은 유기물과 무기물 같은 대립뿐만 아니라 문명과 야성의 대립까지도 극복하고 전일적 통찰을 체득할 때 가능한 것이다. 스나이더가 자신의 생태론적 사유를 개진하기 위하여 불교나 도가의 사상을 예로 들거나 미국 인디언들의 생활 방식을 참조하는 것은 이러한 맥락에서 이해할 수 있다. 또한 정현종은 시인과 자연 사이의 교감을 일종의 '생태학적 에로스'라는 상상력의 틀 속에서 구현하고자 한다. 이러한 생태학적 에로스의 발현 속에서 나는 타자를 품는 씨앗이 되고 타자는 나를 품는 씨앗이 된다.

둘째, '인간중심주의에 대한 비판'. 이는 우리의 세계관과 의식이 얼마나 인간중심주의적인가를 깨닫고, 자연 속의 모든 존재들이 각기 고유한 가치를 갖고 있음을 인정하는 것을 말한다. 스나이더의 야생성에 대한 논의나 정현종이 가이아 명상이라고 부르는 것이 이에 해당한다.

생태 의식의 미적·윤리적 차원

생태 의식은 감각적인 측면(감수성의 측면)뿐 아니라 윤리적 차원(책임 감과 정직)에서 분명한 효과를 나타낸다. 스나이더의 야성은 개인적인 명상을 통해 얻어지고 사회적인 실천을 통해 실현된다. 그의 생태론은 미학과 윤리를 거쳐 존재론으로 연결된다. 정현종의 경우도 "시는 우리를 숨 쉬게 하고 우리는 시를 숨 쉰다."라는 생각에 잘 요약되어 있는 것처럼, 생태론은 시론과 존재론과 밀접하게 연결되어 있다.

현대 사회에서 일어나는 모든 문제들을 궁극적으로 마음의 문제에 돌리는 것은 결코 그러한 문제들을 외면하고 구체적인 실상으로부터 멀어지는 것을 의미하지 않는다. 그것은 보다 근원적인 문제의 해결을 위한 노력의 일환으로 이해되어야 한다. 이런 뜻에서 보면 '마음의 생태학'은 생태론의 근본적인 문제를 천착하면서도, 문학의 중요한 핵심을 포착하고 있다. '마음의 생태학'이 궁극적으로 생태학적 비평의 가능성에 대한 천착으로 이어져야 하는 것도 바로 이러한 까닭에서이다.

한국 문학의 과잉과 결핍
— 서울이라는 괴물과의 대결

1

한국 문학의 과잉과 결핍이라는 주제는 필연적으로 비교의 대상을 요구한다. 무엇이 넘치고 부족한가를 알아보기 위해서는 항상 다른 무엇을 기준으로 삼아야 하기 때문이다. 한국 문학의 과잉과 결핍에 대한 사유는 한국 문학 이외의 다른 문학과의 비교를 통해서 이루어진다는 점에서 비교문학적 고찰에 속한다. 문제는 이러한 비교문학적 고찰이 은연중에 깔고 있는 전제로 인해 곧잘 빠지곤 하는 함정이 숨어 있다는 점이다. 예컨대 한국 문학과 서양 문학의 비교적 고찰을 통해 찾아낸 일련의 과잉 또는 결핍의 양상은 객관적인 현상의 차원에 머무는 것이 아니라, 모종의 가치 평가나 주관적 해석으로 이어지기 마련이다. 서양 문학에 있는 어떤 것을 한국 문학에서는 찾아볼 수 없다거나, 서양 문학의 전통을 떠받쳐 온 어떤 정신이 한국 문학에는 결핍되어 있다는 식의 사유는 은연중에 한국 문학의 불구성, 후진성, 미숙성 등을 강조하는 식의 결론으로 이어지곤 한다. 임화의 이식문학론과 백철이나 조연현의 문학사 등은 이러한 부정적 결핍으로서의 한국 문학을 강조한 사례에 속한다. 한국 문학의 과잉과 결핍이라는 주제는 한국 문학의 보편성과 특수성을 더 잘 이해하기 위한 방편으로 기능해야 한다. 이 글에서 나는 한국 문학에 드러난 결핍의 양상, 보다 정확하게 말해서 '과잉 속의 결핍'의 양상에 대해 말하고자 하는데, 여기에는 서양 문학과의 비교가 전제로 깔려 있지만 결코 그러한 결핍을 부정적 가치 평가로 단정 짓고자 하는 의도는 없음을 밝혀 둔다. 오히려 그러한 결핍을 만들어 낸 원인을 이해하고, 이를 통해 한국 문학의 특수성을 '현상적인' 차원에서 확인하고, 더 나아가 세계 문학의 보편성과 견주어 보고자 하는 희망이 숨어 있다.

2

도시에서 태어나고 도시에서 자라난 나는 가끔 시골 태생의 친구들과 만나 이야기를 나눌 때 그들의 자연 체험에 대해 부러움을 느낀 적이 많았다. 특히 어릴 적부터 접해 온 자연과의 교감이 삶에 대한 태도뿐만 아니라 문학적 감수성의 깊은 토양을 이루고 있다는 자부심 섞인 고백 앞에서는 주눅이 들기도 했고, 꽃이나 나무 이름 하나 제대로 기억하지 못하는 나 자신을 탓하기도 했다. 그러나 삶의 어느 순간부터 생각이 바뀌기 시작했다. 과연 자연과 도시의 이러한 이분법은 올바른 것인가? 내가 태어나고 자라나고 교육을 받은 도시는 내게 아무것도 베푼 것이 없단 말인가? 곰곰이 생각해 보면 삶의 체험의 측면에서 나는 도시의 물질적인 혜택뿐만 아니라 도시가 가져다주는 다양한 체험들을 즐기면서 나의 정체성을 키워 오지 않았는가? 보다 본격적으로 한국과 서양의 문학작품을 읽으면서 이러한 의문을 다양한 작품을 통해 확인하거나 키워 나가고, 운 좋은 경우에는 해답을 위한 실마리를 찾아낼 수도 있었다.

한국 근현대 문학이 도시를 문학적으로 형상화하려는 일련의 노력을 통해 문학적 모더니티를 획득했다는 사실은 문학사적 정설로 굳어 있다. 그런데 이러한 정설 속에는 적어도 두 가지 전제가 무반성적으로 개입되어 있다. 그 하나는 '모더니즘=도시'라는 일반화된 공식을 마치 선험적인 명제로 전제하면서 비평적 논의가 이루어지고 있다는 점이다. 마치 모든 모더니스트들이, 물론 방식에 있어서는 개인적인 차이가 있겠지만, 그 주제에 있어서는 예외 없이 도시성이라는 주제를 구현하고 도시의 체험을 문학적으로 형상화한 것으로 간주된다.

이를 1930년대 한국 모더니즘 문학의 대표적인 작가인 박태원을 예로 들어 설명해 보자. 박태원이 활동하던 1930년대부터 최근에 이르기까지 박태원은 모더니즘 작가라는 인식이 일반화되어 있다. 대부분의 문학사에서 박태원은 이상, 김기림 등과 함께 1930년대 대표적인 모더니즘 작가로 규정된다. 김기림이 모더니즘 시의 이론적 입지를 탄탄하게 했다면, 박태원은 모더니즘 소설의 입지를 탄탄하게 다진 작가로 받아들여진다. 1990년대 이후로 본격화된 박태원 연구에서는 그가 시도한 모더니즘의 구체적 방법론과 의미에 대한 탐색이 이루어지기 시작한다. 박태원 자신이 남긴 다양한 문학론을 통해 볼 때 그가 모더니즘이라는 문학적 범주를 자기 시대의 문학적 과제로 인식하고 천착했음은 분명해 보인다.

박태원을 서구적인 의미의 모더니즘 작가로 동일시하는 인식에는 몇 가지 중요한 전제가 깔려 있는 듯이 보이는데, 그 대표적인 것으로 모더니즘이 근대적인 도시의 생성 및 발전과 긴밀한 연관성을 갖는다는 것이다. 즉 1930년대 경성을 서구 모더니즘의 발흥지인 19세기 후반 파리와 같은 대도시와 동일시하거나, 서구 모더니즘의 특정 주제나 모티프가 박태원 문학에서 발견된다는 식이다. 특히 모더니즘과 도시, 1930년대 경성과 모더니즘은 모더니즘을 거론할 때 항상 거론되는 일종의 클리셰와도 같다. 마치 박태원 문학을 거론할 때 '박태원=모더니즘 작가, 모더니즘＝근대적 대도시'라는 공식이 성립되어 있는 듯하다.

　이런 측면에서 박태원의 소설, 특히 그중에서도 「소설가 구보 씨의 일일」에 나타난 산책자(flâneur) 모티프는 매우 중요한 의미를 지닌다. 즉 모더니즘＝도시 체험이 일종의 대전제라면, 모더니즘 소설의 한 전형으로서 산책자 모티프는 이를 뒷받침해 주는 소전제의 구실을 한다. 마치 박태원 소설에 나타난 산책자 모티프는 김기림으로 대표되는 모더니즘 시에서 이미지즘의 역할과 유사한 것으로 간주된다. 이를 통해 우리는 '모더니즘＝도시'라는 일반화된 공식에서 더 나아가 '모더니즘＝도시＝산책자 모티프'라는 또 다른 공식을 이끌어낼 수 있을 것이다. 이러한 공식에서 산책자 모티프는 모더니즘이라는 예술적 경향을 도시라는 현실적 토대에 연결시켜 주는 매개체 역할을 하며, 박태원 소설의 미적 근대성의 현실적 상관성을 해석하는 한 방식으로 기능한다.

　박태원 소설에 대한 논의가 「소설가 구보 씨의 일일」과 『천변풍경』에 집중된 감이 없지 않지만, 특히 「소설가 구보 씨의 일일」의 경우 이 작품에 나타난 산책자 혹은 산책의 모티프를 거론하지 않는 경우는 드물다. 대부분의 연구는 이 작품을 산책자 모티프가 잘 구현된 소설로 간주하고 이를 1930년대 경성이라는 대도시의 공간 체험과 연결시켜 해석하고 있다. 이러한 연구사의 배경에는 서구 모더니즘의 발흥을 19세기의 수도로 불리는 파리라는 공간에 연결시키고 이를 산책자 모티프로 읽어 낸 발터 벤야민의 연구가 전제로 깔려 있다. 하지만 박태원의 소설, 특히 그 가운데에서도 「소설가 구보 씨의 일일」을 산책자의 모티프를 통한 경성이라는 근대적 도시 공간의 탐색으로 해석하고자 하는 시도에는 명시적이건 암묵적이건 간에 벤야민의 산책자 개념 혹은 보다 폭을 넓히자면 벤야민의 모더니티 탐색을 전제로 삼는 일종의 비교문학적 의식이 깔려 있다는 점이다. 즉 이러한 해석은 1930년대 한국의 모더니즘/19세기 후반 서구의 모더니즘, 1930년대 경성/19세기의 수도 파리, 박태원 소설의 산책자 모티프/보들레르 작품에 나타난 산책자 모티프 등과 같은 일련의 비교의 항목들을 전제로 삼고 있다.

다른 하나의 문제는 도시를 문학적으로 형상화하는 방식 또는 형상화를 이론적으로 고찰하는 방식이다. 예컨대 문학에 나타난 도시화의 문제를 다룬 그간의 비평적 작업들은, 산업화는 곧 도시화를 초래했으며, 이것이 계층 간 불평등의 심화, 비인간화, 익명성, 개인의 고립 등을 낳았다는 전제를 마치 거역할 수 없는 왕명처럼 따랐던 것은 아닌가. 한국 문학 속에 집요하게 되풀이되면서 나타나는 이른바 '현대 도시 문명 비판론'에 대한 평론가 이동하의 날카로운 지적[1]도 있지만, 도시의 문제를 다루는 여러 작품들이 위에서 언급한 일종의 사회과학적 틀을 일방적이고 과도하게 작품에 투영하고 있으며, 이는 도시를 형상화하는 데 있어 너무나도 익숙한 틀이 되어 오히려 문학적 상상력을 옥죄고 있지는 않은가라는 의문이 든다. 도시의 문제를 형상화하는 방식과, 이를 이론적으로 모색하는 비평적 시도에 나타난 편향된 틀에 관해서는 보다 치밀한 검토가 필요하겠지만, 이 글에서 내가 제기하고자 하는 의문은 보다 구체적으로 다음과 같다. 앞서 나는 도시에서 태어나고 자랐다는 말을 했거니와, 여기서 '도시'란 막연하고 추상적인 도시성을 뜻하는 것이 아니라, '서울'이라는 구체적인 장소를 의미한다. 그렇다면 나에게 '거대한 괴물'과도 같지만, '너무나도 인간적인' 형상을 한 '괴물'이기에 단순히 미워할 수만은 없는 미묘한 존재로 느껴지는 서울이라는 도시가 한국 문학에서 어떤 방식으로 형상화되어 있으며, 작가들은 서울이라는 '괴물'과 어떤 자세로 대결하고 있는가.

---

1) 이동하, 『한국 문학 속의 도시와 이데올로기』(태학사, 1999).

3

근대적 도시를 '괴물'로 비유한 대표적 소설가는 발자크이다. 발자크는 여러 작품들을 통해 파리라는 도시를 다양한 비유를 동원하여 묘사한 바 있는데, '깊이를 알 수 없는 대양', '타락하고 부패한 진흙탕', '세계의 머리', '커다란 바다가재'와 같은 각종 비유들을 압도하는 이미지가 있다면 바로 '괴물'로서의 파리의 이미지일 것이다. 발자크가 관찰하고 묘사하는 파리는 중세성과 근대성이 묘하게 뒤섞이고 충돌하는 '완벽한 괴물'로서의 파리이다. 19세기 전반기에 해당하는 이 시기의 파리는 실제로 완벽한 근대적 도시로서의 풍모를 갖춘 도시라기보다는 근대성으로의 전환이 이루어지던 시기의 도시라고 할 수 있다. 이와 관련해『고리오 영감』에서 주인공 라스티냐크가 고리오 영감을 매장한 페르 라 셰즈 언덕에서 파리 시가를 내려다보며 "이제부터 파리와 나와의 대결이야!"라고 외치는 마지막 장면을 들 수 있다.

혼자 남은 라스티냐크는 묘지 꼭대기를 향해 몇 걸음 옮겼다. 그리고 그는 센 강의 두 기슭을 따라서 꾸불꾸불 누워 있는, 등불들이 빛나기 시작하는 파리를 내려다보았다. 그의 두 눈은 방돔 광장의 기둥과 불치병자 병원의 둥근 지붕 사이를 뚫어지게 바라보았다. 그곳에는 그가 들어가고 싶었던 아름다운 사교계가 있었다. 그는 벌들이 윙윙거리는 벌집에서 꿀을 빨아먹은 것 같은 시선을 던지면서 우렁차게 말했다. "이제부터 파리와 나와의 대결이야!"[2]

실제로 이 소설은 파리라는 거대한 괴물과의 싸움에서 한 청년이 어떻게 좌절하고 승리하는가를 기록한 작품이라고 할 수 있다. 사실 파리라는 괴물과의 대결은 소설의 등장인물인 라스티냐크뿐만 아니라 그 이

---

2) 오노레 드 발자크, 박영근 옮김, 『고리오 영감』(민음사, 1999), 396쪽.

후의 작가들에게 남겨진 문학적 과제와도 같다. 보들레르와 랭보의 시적 형상화 작업을 거쳐 20세기 들어 벤야민이 야심차게 시도한 아케이드 프로젝트에 이르기까지 이 과제의 결과물들을 떠올려 보자. 서구 문학은 도시와의 정면 대결을 통한 모더니티의 탐색을 현대 문학의 제1과제로 올려놓았다. 우리는 파리의 경우 이외에도 작가와 도시가 연관되어 독자의 가슴속에 각인된 사례들을 추가할 수 있다. 예컨대 제임스 조이스와 더블린, 폴 오스터와 뉴욕, 아모스 오즈와 예루살렘, 밀란 쿤데라와 프라하 등등. 최근에 읽은 오르한 파묵의 작품들 또한 이스탄불이라는 도시를 빼놓고는 설명될 수 없다. 파묵 자신이 "나는 나 자신을 설명할 때 이스탄불을, 이스탄불을 설명할 때 나 자신을 설명한다."라는 말을 한 바도 있는데, 그는 사실 '터키'의 작가라기보다는 '이스탄불'의 소설가라고 해야 옳을 것 같다. 그의 작품들도 그렇거니와 자전적 에세이인 『이스탄불 — 도시 그리고 추억』(2003)은 파묵과 이스탄불의 상관 관계를 상세하게 설명해 주는 책이다. 이 책 곳곳에 이스탄불에 대한 작가로서의 애정이 묻어나지만, 이스탄불이 작가로서 파묵의 정체성에 미친 영향을 말해 주는 한 대목을 인용해 보자.

사람들은 상대방에게서 무엇인가를 알려고 할 때 항상 '기원'을 묻곤 한다. 내게 있어 이는 별로 중요하지 않다. 남들이 내게 나의 삶을 얘기하라고 한다면, 나는 40년 전에 이스탄불에서 태어났습니다,라고 말하지 않을 것이다. 나는 이스탄불에서 살며 여기서 글을 쓰고 있습니다,라고 말할 것이다. 더 자세히 말한다면, 나는 책상 앞에 앉아서 글을 쓰고, 이스탄불 거리를 걷습니다. (……) 도시의 거리에서 걷고, 도시의 삶을 호흡하고 글을 쓰는 것, 이것이 나의 낙관적인 사고입니다.[3]

---

3) 오르한 파묵, 이난아 옮김, 『이스탄불 — 도시 그리고 추억』(민음사, 2003), 57쪽.

이 책을 읽다 보면 파묵에게 중요한 것은 이스탄불이라는 도시이지 터키라는 국가가 아니라는 생각까지 든다. 작가는 국가에 귀속되는 것이 아니라 자기가 태어나고 자라난 도시에 귀속되는 것은 아닐까. 파묵의 경우는 한 작가가 특정 도시의 브랜드와 이미지를 얼마나 높이고 있는가에 관한 훌륭한 사례로 꼽힐 수 있을 것이다. 예컨대 스웨덴 한림원은 2006년 노벨문학상 선정 이유를 밝히면서 "파묵은 고향인 이스탄불의 음울한 영혼을 탐색해 가는 과정에서 문화 간 충돌과 복잡함에 대한 새로운 상징을 발견했다."라는 말로 이스탄불에 대한 파묵의 애정에 보답한 바 있다. 역설적이게도 노벨문학상은 '터키'의 작가 오르한 파묵에게 수여되었지만 말이다.

19세기 전반의 발자크와 파리, 20세기 후반의 파묵과 이스탄불의 예를 통해 던져 보고 싶은 질문은, 우리의 경우 서울이라는 도시 하면 바로 떠올릴 수 있는 작가나 작품은 무엇일까 하는 점이다. 파리보다도 지독하고 완벽한 괴물인 서울과의 대결을 선언하고 서울의 총체적이고 복합적인 모습을 작품 속에 심혈을 기울여 담아내고자 한 작가나 시인이, 아쉽게도 나의 문학적 독서의 기억 속에서는 잘 찾아지지 않는다. 서울을 배경으로 삼은 작품들은 많으며, 더 깊숙이 들어가 서울이라는 대도시의 삶이 함축하는 모순을 파헤치고자 한 작품들도 더러 있지만, 파묵과 이스탄불의 등식처럼 서울로 치환될 수 있는 작가를 떠올리기란 어렵다. 서울을 그린 작품은 많지만 서울이라는 괴물과의 정면 대결을 선언하고 실천한 작품은 찾아보기 힘들다는 것, 이것이 바로 내가 생각하는 '서울이라는 괴물과의 대결'로 요약되는 한국 문학의 '결핍' 혹은 보다 정확하게 말해서 '과잉 속의 결핍'이다.

4

1930년대에 비평가 최재서는 『문학과 지성』이라는 평론집에 수록된 한 글에서 도시는 "현대의 매력"이며 현대 생활의 "속력성, 집단성, 준엄성, 직선성"을 지니기에 현대 문명에 대해 현대 작가가 느끼는 매력과 야심을 자극하기에 충분하다는 긍정적인 평가를 내린 바 있다. 이는 아마도 이상이나 박태원의 소설과, 김기림의 시와 산문을 염두에 두고 한 발언일 것이다. 그러나 공교롭게도 그는 이른바 도시 문학이 아직까지는 농촌 문학에 비해 손색이 있음을 인정하면서 그 이유로 조선 인구의 8할 이상이 농민이고 도시가 대부분 외래 자본에 의존하는 상황에서 조선의 리얼리티가 도회보다는 농촌에 있다는 점을 지적한다. 물론 여기서 최재서는 자신이 말하는 '도시 문학'의 본질이 무엇인지 자세하게 설명하지 않는다. 다만 최재서의 발언을 정반대로 뒤집어, 인구의 대부분이 도시에 집중되어 있고 자본주의의 급속한 팽창으로 도시화가 거스를 수 없는 대세로 받아들여지는 지금 도시 문학은 어느 정도 활성화되어 있는가 하는 점을 생각해 볼 필요가 있다.

전 국토가 도시화의 소용돌이에 휘말려 있고 지방의 구석구석까지 도시화된 생활 풍속이 스며든 지금의 현실에서 도시 문학의 범주를 단순히 '도시성'을 다룬 작품이라는 식으로 정의할 경우 도시 문학의 범주가 지나치게 포괄적이며 모호해질 우려가 있을뿐더러, 이러한 잣대를 들이댈 때 도시 문학이 아니라고 단정 지을 수 있는 작품도 드물 것이다. 아마 이런 맥락에서 "대부분의 작가가 서울이란 도시를 염두에 두고 인물들을 등장시키거나 삶을 이야기하기 때문에, 모든 소설이 지방 도시를 특별히 대상화하지 않은 한, 직접적으로건 간접적으로건 서울이나 서울 사람들에 관해 쓰인 것이라고 말해도 과언이 아닐 것"[4]이라는 진단이 가능하다. 어쩌면 서울이란 거대한 실체가 우리의 삶을 단단히 감싸고 있어서,

그 진정한 모습을 객관적이고 냉정한 자세로 관찰할 수 있는 '외부'로의 이행이 불가능한 상황에 접어든 것일지도 모른다.

서울이라는 도시를 다룬 도시 문학은 단순히 서울에서 일어난 이야기를 소설화한 작품은 아닐 것이다. 서울의 특정 거리나 공간적 요소가 작품 속에서 중요한 기능을 할뿐더러 평면적으로 서울의 풍속도를 재현하면서 수직적인 차원에서 서울의 총체적 지형도를 작품 속에 담아내는 작품이어야 할 것이다. 단순히 서울이라는 평면적 지도(topography)를 펼쳐 보이는 것이 아니라 서울의 밑바닥에 깔려 있는 다양한 힘들의 역학 관계를 수직적으로 파헤치는 지세학(topology)이 서울이라는 괴물과의 대결에 필요한 요소가 아닐까. 이를 두고 임화가 그토록 강조했던 풍속과 이념의 결합이라고 해도 좋다. 돌이켜보면 서울의 특정 장소나 지역을 다룬 작품들은 없지 않다. 일찍이 박태원의 「소설가 구보 씨의 일일」에 나타난 1930년대의 경성에서 이호철의 『서울은 만원이다』에 나타난 1960년대 중반의 서울이나 강석경의 『숲속의 방』에 나타난 1980년대의 종로를 거쳐 이순원의 『압구정동에는 비상구가 없다』에 묘사된 1990년대의 압구정동에 이르기까지, 사실 서울이 무대가 되고 서울의 일부를 파고든 작품이 없는 것은 아니다.

하지만 이른바 '구보형' 소설이라고 부를 수 있는 소설들이 도시 풍속에 대한 면밀한 관찰이나 세밀한 묘사를 보여 주지 못하고 소설 쓰기에 대한 자의식을 짙게 보여 주는 예술가 소설로 귀착된 것에서 알 수 있듯이 서울이라는 공간에 대한 총체적인 탐색의 노력은 치밀하게 이루어지지 못했다. 도시를 배회하는 구보의 산책은 도시적 삶을 객관화시키기 위한 것이라기보다는 실제 현실과 거리를 두고 자신의 내면을 드러내기 위한 장치로 사용되고 있다는 점이다. 말하자면 구보의 내면이 경성이라

---

4) 오생근, 「소설 속에 나타난 서울과 서울 사람들」, 『현실의 논리와 비평』(문학과지성사, 1993), 35쪽.

는 도시를 압도한다. 도시라는 공간과 인물이 상호 작용을 일으킨다기보다는 도시는 배경으로 인물의 내면을 부각시키는 장치로 활용되는 성격이 강하다. 「소설가 구보 씨의 일일」에서 산책자의 모티프는 '소설가의 자의식'을 드러내는 장치이다. 즉 산책자가 도시화된 경성을 무대로 자본주의적 현실에 대한 비판적인 자세를 보여 주기보다는 도시적 풍경을 내적 성찰을 위한 기호나 발판으로 삼으려고 한다. 그가 걸으면서 마주치는 모든 것은 기호로서만 존재하며 공간 그 자체는 의미를 지니지 않는다.

앞서 발자크를 위시한 소설가들과 시인들의 도시에 대한 다양한 비유를 살펴본 바 있지만, 서울을 형상화하려는 노력이 결핍되어 있다는 생각은 서울에 관한 문학적 비유를 손쉽게 떠올릴 수 없다는 점에서도 확인된다. 예컨대 이호철은 위에서 언급한 소설에서 서울은 '만원이다'라고 선언하면서 공정한 규칙도 없고 성실한 노력에 응분의 보상이 따르지 않는 서울은 마치 "싸움터"와 같은 곳이라고 설명하고 있는데, 이는 말의 엄밀한 의미에서의 비유라고 하기 힘들다. 서울에 대한 문학적 비유는 소설보다는 오히려 시에서 더 훌륭히 형상화되는 듯이 보인다. 예컨대 1980년대 서울이라는 대도시의 공간을 문화 산업과 대중 소비문화의 비약적인 발전이 이룩해 낸 새로운 '기호의 제국'으로 간주한 유하나 장정일의 시편들에서 우리는 그동안 한국 문학에서 볼 수 없었던 새로운 비유나 이미지들을 발견할 수 있으며, 서울이라는 대도시를 유리벽으로 이루어진 '미궁의 세계'로 치밀하게 묘사한 김혜순의 작품(『나의 우파니샤드, 서울』)이나 최승호와 김기택의 문명 비판적인 시들도 이 범주에 포함시킬 수 있다.

다행스럽게도 2000년대에 들어 서울이라는 괴물과의 대결을 선언한 작가들이 늘어나고 있다. 내면으로 침잠했던 1990년대 한국 문학에 대한 반성의 일환인지는 몰라도, 서울을 단지 사건이 일어나는 장소로 활용하는 것이 아니라 서울이라는 도시 자체를 텍스트의 주인으로 삼는 작품들이 늘어나고 있다. 김애란이 편의점이라는 기호에 주목한 것부터 박성원이 '도시는 무엇으로 이루어지는가'라는 진지한 질문을 던진 것이나, 9명의 여성 작가들이 모여 『서울, 어느날 소설이 되다』라는 작품집을 출간한 것 등은 이제 서울이 본격적인 탐색의 대상이 되었음을 알리는 징후처럼 여겨진다. 정이현이나 이홍 같은 작가들이 천착하는 이른바 '강남(江南) 서사'가 어떤 양상으로 전개될지도 주목할 만하다. 발자크 소설의 등장인물인 라스티냐크가 파리와의 대결을 선언한 것처럼 이제 우리 작가들도 서울이라는 괴물과의 본격적인 대결을 선언한 것은 아닐까.

| 찾아보기 |

박성창

1963년 서울에서 태어나 서울대학교 불어불문학과와 동 대학원을 졸업하고 파리 3대학교에
서 박사학위를 받았다. 현재 서울대학교 국어국문학과 교수로 재직하면서 비교문학과 문학 이
론 등을 가르치고 있으며, 1999년부터 계간 《세계의 문학》 편집위원으로 활동하고 있다. 저서
로 「수사학」, 「수사학과 현대 프랑스 문화 이론」, 「우리 문학의 새로운 좌표를 찾아서」가 있으
며, 주요 논문으로 「한국 근대 문학과 번역의 문제」, 「말을 가지고 어떻게 할 것인가: 이태준과
김기림의 문장론 비교」, 「1930년대 후반 한국 근대 문학 비평에 나타난 묘사론 연구」 등이 있
다. 역서로 생텍쥐페리의 「어린 왕자」, 밀란 쿤데라의 「커튼」, 이브 슈브렐의 「비교문학, 어떻게
할 것인가」 등이 있으며, 2008년 프랑스의 문학 잡지 《NRF(La Nouvelle Revue Française)》에 한
국 현대 문학을 소개한 바 있다.

글로컬
시대의
한국 문학

1판 1쇄 찍음 2009년 10월 23일
1판 1쇄 펴냄 2009년 10월 30일

지은이 | 박성창
발행인 | 박근섭, 박상준
편집인 | 장은수
펴낸곳 | (주)민음사

출판등록 | 1966. 5.19. (제16-490호)
주소 | 서울시 강남구 신사동 506 강남출판문화센터 5층 (135-887)
대표전화 | 515-2000 팩시밀리 | 515-2007
홈페이지 | www.minumsa.com

값 18,000원

ISBN 978-89-374-2668-1 03810